KB220797

이봄호

인터쎌트

초판 1쇄 찍은 날 ㅣ 2015년 06월 12일
초판 4쇄 펴낸 날 ㅣ 2021년 03월 30일

지은이 ㅣ 우지혜
펴낸이 ㅣ 서경석

편집책임ㅣ 강다윤

펴낸곳 ㅣ 도서출판 청어람
등록번호 ㅣ 제387-1999-000006호
등록일자 ㅣ 1999. 5. 31
어람번호 ㅣ 제5-0413호

주소 ㅣ 경기도 부천시 부일로 483번길 40 서경B/D 3F (우) 14640
전화 ㅣ 032-656-4452 팩스 ㅣ 032-656-4453
http:// blog.naver.com /roramce
E-mail ㅣ roramce@naver.com

ⓒ 우지혜, 2021

ISBN 979-11-04-90263-5 03810

Chungeoram romance novel

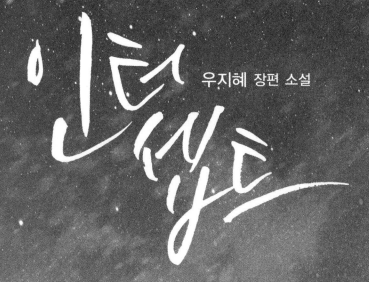

우지혜 장편 소설

도서출판 청어람

"청교로 나는 아주 느리.

"붉새가 붙는 속도도, 발화하는 속도도, 가끔은 불이 붙고 있는 것도 모를 만큼."

INTERCEPT

CONTENTS

비는 좋아하지 않는다.

비가 내리기 시작할 때의 그 습한 공기라던가, 피어오르는 흙먼지와 바짓단에 튀는 흙탕물 같은 것은 내게 썩 유쾌하게 느껴지지 않았다. 머리칼이 숨이 죽고 옷깃만 축축해질 정도로 내리는 비도, 우산이나 우비로 방어하겠다는 생각 자체를 우습게 만들 만큼의 무시무시한 장맛비도, 어느 쪽이나 내게는 성가실 뿐이었다.

"비 오는 날에 어떤 안 좋은 기억이라도 있는 거 아니에요?"

그렇게 묻는 후배의 말에 나는 곰곰이 기억을 더듬는 척을 해야 했다.

안 좋은 기억이 있냐고? 글쎄. 지금까지 내 인생에서 안 좋은 일이 열 가지가 일어났다면, 그중 아홉 가지가 비 오는 날에 일어났다고 해도 과언은 아닐 것이다.

소소하게는 초등학교 때 달리기 주자로 선발되어 일주일 전부터 기다리던 운동회가 비 때문에 취소가 된다거나, 중학교 때 중요한 시험을 앞두고 빗길에 미끄러져 발목을 접질린다거나 하는 것에서부터 날 특히나 예뻐하셨던 할머니가 돌아가신 날도, 아버지와 어머니가 이혼을 하던 날도, 하나같이 비가 오는 날이었다.

그리고 나와 비의 악연에, 지금 막 또 하나가 추가되고 있었다.

"……러니까 술이나 한잔 하러 가자. 만남이 있으면 헤어지기도 하는 거지, 뭐. 너무 끌어안고 있지 말고 그냥 털어 버리…… 윤서야? 내 말 듣고 있어?"

"잠시만."

창밖을 바라보고 있던 내가 몸을 일으키자 한참 속사포처럼 쏘아대고 있던 희정이 눈을 끔벅였다. 나는 카페를 가로질러 밖으로 나섰다. 희정을 만나 느지막한 점심을 먹고 카페에 앉고 나서야 비가 오기 시작한 탓에, 나는 우산을 갖고 있지 않았다.

그다. 분명히 그였다. 고작 헤어진 지 한 달밖에 되지 않은 그를, 거의 매일 회사에서 마주치는 그를 내가 잘못 볼 일은 없었다.

뭐라고 했더라. 나는 빗속으로 걸음을 옮기며 묵묵히 생각했다. 술을 많이 마신 날, 어두운 얼굴로 그는 어머니의 깊은 병환에 대해서, 그 병원비 때문에 조금씩 늘어나기 시작한 빚에 대해서 말했다.

인터벌트

나는 그에게 결혼에 대해서 말을 꺼내본 적이 없었다. 같은 회사, 다른 팀으로 만나 얼굴만 알아온 지 이 년 만에 그에게 데이트 신청을 받았고 우리는 사귀게 되었다. 교제는 칠 개월째로 접어들고 있었지만, 나는 딱히 그와의 결혼을 염두에 두고 있지 않았다. 아니, 결혼이라는 제도 자체에 그다지 관심이 없었다.

누군가와 살을 비비며 사는 삶이 영원히 행복하기만 할 수는 없다는 것을 두 눈으로 보면서 컸기 때문일지도 모르겠다.

"미안해. 우리 그만 헤어지는 게 좋겠어. 널 사랑하지만 계속 만나는 건 너에게 더 부담을 주는 일이라고 생각해. 지금은 내가, 내 미래를 꿈꿀 때가 아닌 것 같아."

괴로워하는 얼굴로 말하는 그의 앞에서, 나는 울지 않았다. 내게 기대되는 답은 정해져 있었고, 나는 그의 어머니의 병 수발과 일 억의 빚을 함께 감당할 테니 그런 것쯤 걱정 말고 나와 계속 만나자고 그에게 매달릴 생각은 없었다.

그날 포장마차에서 일어서서 집에 돌아올 때까지 나는 멀쩡했다. 미리 말해줘서 고맙네, 하고 중얼거리기까지 했다. 그러나 나는 내 방 침대맡에 있는 그의 향수병을 보자마자 눈물을 뚝뚝 흘리기 시작했다. 갑자기 뭐야, 하고 스스로도 어이없어 헛웃음을 짓기도 했지만 눈물은 멈추지 않았다.

나는 내가 생각한 것보다 더 그를 좋아하고 있었던 모양이었다.

"민석 씨."

앞을 가로막자 커다란 우산 속에 있던 남자가 고개를 들었다. 그는 만면에 미소를 띠고 있었고, 그 미소는 그의 품에 거의 안겨 있다시피 한 여자를 향해 있었다. 제 것임을 주장하듯 당당하게 그의 허리에 팔을 두르고 있는 여자가 나를 바라보았다. 모르는 얼굴이었다. 나는 천천히 미소를 지우고 있는 그의 얼굴을 응시했다.

"누구? 자기 아는 사람이야?"

여자는 비에 젖어 흘러내린 머리칼이 얼굴을 휘감고 있는 볼품없는 나를 바라보며 눈살을 귀엽게 찌푸렸다. 칠 개월을 사귀면서, 끝까지 그를 부르는 내 호칭은 민석 씨였다. 자연스럽게 자기라고 부르고 있는 그녀는 그와 얼마나 된 관계일까. 내 기준으로 보자면 내 쪽이 후발 주자일 가능성이 높았다.

"어, 음. 그게…… 우리 회사 사람이야. 회계팀 차윤서 씨."

눈을 깜빡이자 속눈썹에 매달려 있던 빗방울이 후두둑 떨어졌다. 나는 곤란한 듯 다소 경직된 얼굴로 내게 눈빛을 보내고 있는 그를 바라보았다.

실례지만 저는 이 남자와 팔 개월 전부터 한 달 전까지 사귀고 있던 사람인데요. 혹시 당신과 겹치는 기간이 있나요?

그렇게 묻는 게 무슨 소용이 있을까. 겹친다면 이 빗속에 그녀와 나는 서로의 머리채를 잡고 뒹굴게 될까. 아니면 그의 머리채를 번갈아 가며 쥐게 될까. 겹치지 않는다면, 그녀가 나와는 달리 그의 어머니의 병 수발과 일 억의 빚을 감수하며 그의 곁에 있을 결심을 한 거라면, 그건 또 어떤 진흙탕이 되는 것일까.

아니, 애초에 그것들이 그가 나와 헤어지고 싶어 댄 핑계에 불과하다면, 그 사실을 알게 된 나는 또 어떻게 될까.

"저기요? 자기, 뭐야. 이 사람 좀 이상한 사람 아니야?"

곱게 인사를 했지만 미동 없이 자신을 뚫어지게 바라보며 서 있는 빗속의 여자가 달갑게 보이지 않는지 여자의 목소리가 날카로워졌다. 나는 짧게 숨을 들이쉬고는, 한 걸음 물러섰다.

"죄송해요. 잠깐 현기증이 일어서. 먼저 가볼게요."

나는 고개를 조금 숙이고는 그들을 지나쳐 카페 쪽으로 걸음을 옮겼다. 뭐야, 저 여자, 하고 속닥거리는 여자의 목소리가 멀어졌다. 나는 젖은 옷에 머리칼을 타고 흘러내린 빗방울이 차갑게 스며드는 것을 느끼며 가만히 길가에 멈춰 섰다.

갑자기 찾아온 이별이었지만 덤덤하게 받아들이고 있다고 생각했다. 그가 그립다거나, 문득 생각나는 날이 없는 것은 아니었지만, 갑자기 가슴이 쓰린 순간이 없는 것도 아니었지만 그럭저럭 지나 보내고 있다고 생각했다.

원래가 사람에게 깊이 정을 주는 것에 익숙하지 않은 나였기에, 익숙해진 어떤 것을 잃은 것에 대한 상실감은 시간이 지나면 자연스레 그것의 부재에 또다시 익숙해질 것이라 생각했다.

차가운 비가 계속 내리고 있었지만 내 뺨은 뜨거웠다. 비의 싸늘함에 지지 않겠다는 듯이 눈물이 줄기차게 흘러내리고 있는 덕이었다. 나는 닦을 생각도 하지 않고 가만히 서서 비를 맞았다. 비를 반긴 적은 없었지만, 지금은 오히려 비가 와서 다행이라는 생각이 들었다.

왜 우는지도 모른 채 울고 있던 나는 불현듯 눈앞을 어둑하게 가리는 그림자에 눈을 깜빡이며 고개를 들었다. 비에 젖은 나무처럼 눅눅하지만 시원한 향기가 훅 끼쳤다.

"울든지, 비를 맞든지, 하나만 하시죠. 둘 다 하면 너무 처량하지 않습니까."

남자의 묵직한 목소리는 농담이라고는 태어나서 한 번도 해본 적이 없는 사람처럼 무뚝뚝했다. 나는 멍청하게 눈을 깜빡이며 그를 바라보았다. 본 적 없는 얼굴이었다.

"받아요."

그는 불쑥 들고 있던 우산을 내밀었다. 온도로만 그 정체를 알 수 있는 비와 흡사한 액체가 내 속눈썹을 타고 또르륵 떨어져 내렸다. 나는 우산을 쥐고 있는 그의 가지런한 손톱과, 낯선 그 얼굴을 번갈아 바라보다가 입을 열었다.

"울고 있었던 거 아닌데요."

라고 뱉어보았지만 이미 목소리에 콧물이 잔뜩 들어차 맹맹하다. 남자는 고개를 슬쩍 기울이며 덤덤한 얼굴로 나를 응시했다. 우산을 쥔 채 내밀어진 손은 쉽게 거두어질 것 같지 않았다. 나는 아랫입술을 씹으며 우산대를 쥐었다.

"혹시, 우리 아는 사이예요?"

"아닙니다. '우리'는."

남자는 그다지 감정 표현이 많아 보이지 않았다. 무표정한 얼굴에 눈썹을 슬쩍 들어 올린 게 전부인 그는 더는 볼일이 없다는 듯 한 걸음 물러서며 다른 손에 쥐고 있던 자동 우산의 버튼을 눌렀다. 개운한 소리와 함께 펼쳐진 우산을 들어 올린 남자는 고개를 까닥이고는 돌아섰다.

"저기요."

나는 마치 어디선가 내게 우산만 전달하고 오라는 지령을 받은 심부름꾼처럼 구는 남자의 희한한 행동에 나도 모르게 그를 불러 세웠다. 다행히 그는 흘끗 나를 돌아보았다. 나도 키가 작지는 않았지만, 그의 머리는 한참이나 위에 있어서 나는 턱 끝을 젖혀야 했다.

"그러니까…… 이 우산은, 어떻게 돌려주죠?"

말끝에 딸꾹질만 하지 않았다면 얼마나 좋았을까. 나는 히끅, 하고 추위와 눈물로 뭉쳐진 딸꾹질을 내뱉고는 또다시 입술을 짓씹었다. 남자는 웃지도 않았다. 그저 묵묵히 나를 바라보다가, 툭 말을 던졌다.

"기회가 있겠죠."

짧게 자른 머리가 잘 어울리는 동그란 뒤통수를 가진 남자는 검은 우산을 든 채 성큼성큼 빗속으로 사라졌다. 나는 미간을 찌푸린 채 그를 멀뚱멀뚱 바라보았다. 이미 눈물은 멎어 있었다.

왜일까. 길 가다 우연히 보게 된 처량하기 짝이 없는 여자에게 느낀 연민을 외면하지 못할 만큼 친절한 성격인가. 그렇게는 안 보이는 얼굴인데.

아니면 그저 비 맞는 여자에게 우산을 들려주는 취미라도 있는 것일까. 세상에는 정상적인 생각으로는 이해하지 못할 사람들이 많으니까.

그것도 아니면 간밤에 돌아가신 조상님이 나와서 내일 비 맞고 있는 여자를 보거든 우산을 들려줘라, 그러면 복을 받을 것이다, 라고 예언이라도 한 걸까.

"미쳤구나, 차윤서…… 히끅."

피식 웃음을 흘린 나는 길게 한숨을 들이켰다. 모르는 남자에게 우산을 받았다. 그것만으로도 희한하게 늪에 빠져 가라앉는 것 같았던 몸이 가벼워진다. 기이한 일이었다.

아마도 오늘을 떠올리면 헤어진 남자친구와 새로운 여자, 그리고 나와의 관계를 찝찝하게 되새기다가도 어디선가 불쑥 나타나 내게 우산을 쥐여 주고 사라진 남자를 궁금해하는 것으로 끝맺음을 하게 될 것이다.

나는 그래서, 그 남자가 고마웠다. 무겁기만 했을 오늘 하루를 그렇지 않게 만들어준, 정체불명의 그 무뚝뚝한 남자가.

1

회사는 늘 그렇듯 바빴다. 아침에 출근해서 커피 한 잔을 마시기가 무섭게 일이 쏟아졌다. 숫자를 보는 것은 좋아했다. 어떻게 하든 답이 정해져 있었으니까. 그럼에도 일을 하다 보면 종종 숨이 턱 하고 막히는 기분이 들었다.

"오늘 채권 회수율 정리해서 보고하는 날이지? 영업팀 또 시끄럽겠다."

옆자리의 지현이 내 어깨를 툭 건드렸다. 전표상의 데이터를 프로그램에 입력하고 있던 나는 그녀를 흘끗 보고는 고개를 끄덕였다.

"괜히 또 우리 팀 와서 난장 피우는 거 아닌지 모르겠네. 지난번에도 왜, 거래처 입력이 뭐 잘못된 거 아니냐고 한참 깽판 치다가

박 팀장님 하고까지 언성 높이고 난리도 아니었잖아. 우리가 뭐 숫자를 조작이라도 한다는 거야 뭐야, 있는 그대로 입력해서 나온 숫잔데. 재깍 외상 대금들 회수를 잘 해오던가."

"악성 거래처가 지난 분기보다 늘었어요. 조용히 넘어가긴 틀린 것 같네요."

한숨이 나온다. 영업팀의 석 부장은 성격이 불같기로 유명했다. 목소리도 커서 같은 층을 쓰는 모든 사람은 영업팀의 누가 무슨 일로 혼났는지 본의 아니게 다 알게 되곤 했다. 그는 윗사람들에게는 코가 땅에 닿도록 허리를 굽히지만 제게 흠이 될 것 같은 일에는 물불 가리지 않고 달려드는 타입이었다.

회계팀에서 가장 꺼리는 사람 중 한 명이었지만, 업무 성격상 모든 부서와 엮일 수밖에 없기 때문에 피할 방법은 없다. 나는 모니터에 떠오른 숫자들을 눈으로 훑고는 인쇄 버튼을 누른 뒤 몸을 일으켰다.

자료는 이미 완성되었지만 나는 조금 더 시간을 끌다가 제출할 생각이었다. 말하자면 팀장님이 받아 검토하고, 더 윗선에 보고를 올리고, 그 윗선에서 석 부장을 질책할 때쯤 퇴근하는 것이 나의 바람이었다.

적어도 머리를 식힐 시간이 하루쯤 있으면, 그가 득달같이 달려와 말도 안 되는 트집을 잡으며 우리를 피곤하게 할 가능성이 더 낮아지니까. 평화를 바라는 자의 소박한 요령이라고나 할까.

"점심 먹으러 갈까요?"

"이것만 정리하고. 아, 혹시 들었어?"

뭔지 말을 해야 들었는지 안 들었는지를 알죠, 하는 눈빛으로 그녀를 응시하자 지현이 씨익 웃었다. 상당히 능글맞아 보이는 미소였기에 나는 대놓고 미간을 찌푸렸다. 그런데도 지현은 아랑곳하지 않고 주변을 살피며 목소리를 낮췄다.

"이번에 이 년 파견 근무 마치고 본사로 돌아온 해외영업팀 직원. 지금 인사팀에서 그 직원 자료 넘겨받아서 정보 입력 중이거든."

"그런데요. 왜, 회장 아들이라도 돼요?"

"……차 대리, 그렇게 안 생겼는데 드라마 광 같은 소리를 하고 그래."

드라마 광이 맞긴 하지만 이건 부당한 편견이다, 라는 말을 하기도 전에 지현이 흐흐흐, 하고 웃으며 나를 쿡쿡 찔렀다.

"잘생겼어. 사람 확 휘어잡는 느낌? 처음 입사했을 때도 여직원들 입에 자주 오르내렸지. 오늘 첫 출근 했을 건데 아마 오후쯤이면 비서과에서도 한두 명씩 흘끔거리다 갈 걸. 이럴 땐 우리도 다른 팀처럼 파티션만 되어 있으면 좋을 텐데 말이야. 이거야 완전 외딴 섬이니."

"대신 덜 피곤하잖아요. 가뜩이나 모든 팀의 공공의 적 같은 느낌인데, 공개되어 있다고 생각해 봐요."

하긴, 하고 지현이 길게 의자에 등을 기대었다. 나는 사무실을 둘러보았다.

회계팀은 보안 및 기타 등등의 이유로 다른 팀들과 같은 층을 쓰고 있지만, 사방이 막힌 사무실을 쓰고 있었다. 파티션만으로

팀이 나뉘어 있는 다른 곳과는 다르게 폐쇄적인 느낌이다.

다른 직원들이 드나들 수는 있었지만 용건이 명확해야 했기에 필요한 자료가 있을 경우에는 찾아오는 것보다 전화로 요청하거나 회의실에서 따로 만나는 경우가 더 많았다. 석 부장은 예외에 속하는 멧돼지 과였다.

"다 됐다. 점심 먹으러 갑시다."

"어, 저 화장실만 다녀올게요!"

지현의 우렁찬 목소리에 뒤에 앉아 있던 미림이 재빨리 일어섰다. 또각거리는 구두 소리를 내며 사무실 밖으로 나가는 그녀의 팔락이는 꽃무늬 스커트를 바라보는 지현의 눈매가 가늘어졌다.

지현이 그녀를 달갑게 생각하지 않는다는 건 알고 있었지만, 왜인지는 알 수 없었다. 일을 하는데 확실히 요령을 피우는 구석이 있긴 했지만, 지현이 그녀를 싫어하는 것은 뭔가 다른 종류의 이유로 느껴졌다.

"차 대리, 그러고 보니 우산 가져왔어?"

"우산, 이오?"

"지난주 비 딱 하루 왔는데 내내 우산 가지고 다녔잖아. 오늘은 오후부터 비 온다고 했으니까 가지고 나가야 할 것 같아서. 차 대리 우산이 장우산이니까 그거 하나면 되겠지?"

"아. 음, 네."

'우산' 하면 어느새 나는 자동적으로 특정한 누군가를 떠올리게 되었다. 그도 그럴 것이, '기회가 있겠죠'라는 왠지 얼토당토 않은 말을 남기고 사라진 남자의 인상이 워낙 강렬했기 때문이다.

인터섹트

기회라니 대체 무슨 기회 말인가. 만나야 우산을 돌려줄 텐데, 매일같이 그곳을 찾아서 서성일 수도 없는 노릇이고, 이름이나 연락처도 모른다. 사실 남자도 그 무덤덤한 얼굴로 미루어 봤을 때 딱히 받을 생각 없이 준 것일 가능성이 농후하니, 그 말은 그저 '돌려주지 않아도 된다'의 완곡한 표현일지도 몰랐다.

그런데도 나는 매일 아침 출근을 하면서, 남자의 장우산을 챙겼다.

다시 만날 수 있으리라 생각하는가? 대답은 '아니오'다. 그런데도 번거롭게 비가 오지 않을 맑은 날씨에도 그 우산을 챙기는 것은, 나 나름의 감사의 표시였다.

어쩌면 비에 얽힌 또 하나의 안 좋은 기억이 되었을 그날을 전혀 다른 이미지로 치환시켜 준, 그에 대한 나름의 감사.

미림이 돌아와 우리는 근처 단골 백반집으로 향했다. 팀원은 여섯 명이었지만 주로 점심을 함께 먹는 것은 우리 셋이었다. 그리고 자리에 앉자마자 나는 누군가에게 턱, 하고 어깨를 붙들렸다.

"여, 차윤서 씨. 점심 먹으러 오셨나?"

안녕하세요, 하고 지현과 미림에게 기운차게 인사를 하는 것은 영업팀의 고승준이었다.

강아지처럼 곱슬거리는 머리. 사람, 특히 성별이 여자인 쪽에게 잘 먹히는 화사한 미소가 잘 어울리는 말끔한 얼굴의 그는 명실상부한 영업팀의 에이스였다. '안 되는 일도 되게 하라'라는 영업팀의 모토를 그만큼 깔끔하게 실행하는 사람도 드물었다.

남들이 발로 뛸 때 머리로 뛰고, 술로 접대할 때 미소로 접대한다는 평을 심심치 않게 들을 수 있는, 어딘지 독특한 인물이었다. 사람 관계에 다소 폐쇄적인 내가 언제부터 그와 이렇게 가까워졌는지 의식하지 못한다는 것 자체가, 사람 마음에 파고드는 그의 요령을 충분히 검증하고 있었다.

나는 삐딱한 눈으로 그를 올려다보며 어깨에 묵직하게 얹힌 그의 손가락을 떼어내었다. 까칠하기는, 하고 중얼거리며 양손을 흔쾌히 뗀 승준이 씩 웃으며 허리를 굽혀 내 귓가에 속삭였다. 쓸데없이 달콤한 목소리에 목이 움츠러들었다.

"오늘 채권 회수율 보고 들어가지? 몇 시쯤 갈 건지 언질 좀 줘. 미리 외근 나가게."

"세상에 공짜가 있던가?"

작게 맞받아치자 끙, 하고 미간을 찌푸린 승준이 이쪽을 보고 있는 지현과 미림에게 살갑게 말했다.

"하하하. 우리 회계팀 여러분, 늘 수고 많으시죠? 오늘은 제가 대접해 드리겠습니다."

"어머, 우린 괜찮은데."

"아니에요. 곧 법인세 기간이기도 하고, 미리 드시고 힘내시라고. 하하하."

눈인사를 하고 승준은 다시 몸을 굽히며 내 등을 콕 찔렀다. 나는 그에게 고개를 기울였다.

"3시 반."

"4시 반은 안 될까? 거래처가 무조건 4시 이후에 미팅을 잡자고 해⋯⋯."

상대할 가치도 없다는 듯 고개를 돌리며 물을 마시자 어색하게 이를 악문 듯한 웃음소리가 들려왔다.

"아주 고맙다, 동기야. 사랑한다, 동기야."

나는 건성으로 손을 흔들었다. 승준은 또다시 쾌활하게 인사를 건넨 뒤 제자리로 돌아갔다. 지현이 예의 능글맞은 표정을 지으며 몸을 당기는 것을 나는 애써 못 본 척했다.

"이제 솔직히 좀 말해봐. 고승준 대리랑 뭐야. 사귀는 거 맞지?"

"아니에요."

"우리 회사, 딱히 사내 연애에 까다롭고 그렇지도 않은데 뭘 그렇게 숨기세요. 고 대리님 은근히 노리는 여직원들 많아요. 얼굴 귀엽고 성격 좋고. 차라리 빨리 공개하는 게 나을 걸요?"

"노리지만 말고 제발 행동을 하라고 해. 전 순두부 백반이오."

점원에게 말하고 나는 한숨을 내쉬며 의자에 등을 붙였다. 원래 성격이 워낙 스스럼없긴 하지만 유달리 '동기'라는 이름으로 나를 챙기는 듯한 그의 행동은 오해를 불러일으키기에 충분했다.

그와 엮으려는 주변 사람들의 말이라면 이미 귀에 못이 박힐 정도로 들어왔다. 심지어 민석과 사귀는 중에도 말이다. 사람들 눈이 신경 쓰이니 사귀는 걸 비밀로 하자는 합의가 없었다면 무심코 그 성가심을 견디지 못하고 승준과 사귈 수 없는 이유를 말해 버렸을지도 모를 일이었다.

승준과 나는 동기가 아니다. 우리는 그저 다른 회사를 다니다 우연히 비슷한 시기에 이 회사로 이직을 했을 뿐이었다. 입사 환영회를 하는 자리가 겹쳐서 우연히 안면을 트고 말을 섞다 보니, 어느새 넉살 좋은 그는 나를 '동기'라고 지칭하고 있었다.

완전히 회사에 스며든 지금에는 다들 당연한 것처럼 그와 내가 입사 동기라고 생각하고 있다. 고승준에 의한 세뇌의 결과였다. 회사를 다니는 이 년 남짓한 기간 동안 그의 도움도 몇 번쯤은 받았고, 내 입장에서는 조금 과한 친한 척만 아니라면 좋은 사람이었다. 이렇게 자꾸 엮이지만 않는다면 그와 마주치는 것이 더욱 기꺼울 것이다.

"어, 저거 봐. 비 오네. 우산 가져오길 잘했지?"

지현의 말에 고개를 돌리자 후두둑 떨어지는 빗소리가 들리기 시작했다. 흐려진 바깥을 바라보던 눈을 돌려 나는 바닥에 놓아둔 검은 우산을 바라보았다. 돌려주기 위해서가 아니라, 내 마음의 평온을 위해 들고 다니는 그 우산을.

오늘은 집에 가서 꼭 민석이 두고 간 향수를 버리리라. 나는 짧게 숨을 들이켜며 점원이 반찬을 내려놓는 것을 물끄러미 바라보았다. 배가 고파 왔다.

"차 대리도 얼른 퇴근해. 멧돼지 쫓아오기 전에."

"곧 끝나요."

나는 사무실을 나서는 지현에게 손을 흔들고는 시계를 곁눈질했다. 7시 5분. 예정대로라면 나도 퇴근해야 할 시간이었지만 그러지 못했다. 전월 보고를 위해 리포트를 작성하던 중에 뒤늦게 추가된 매출의 일부가 누락된 것을 발견한 것이다.

회계팀의 월간 리포트 회의는 내일 오전 10시였고, 출근하자마자 쏟아질 다른 업무를 생각하면 오늘 마무리를 하고 가야 했다. 최대한 빨리 데이터를 정리하고 오류가 없는지 확인하고 나서야 리포트를 출력했다. 어느새 시계는 7시 28분을 가리키고 있었다.

창문의 블라인드를 슬쩍 걷어 올리자 군데군데 환하게 불이 켜진 사무실들이 보인다. 위치로 보건대 영업팀과 해외영업팀이었다. 그렇다면 멧돼지, 아니, 석 부장도 남아 있을 가능성이 컸다.

잔뜩 뿔이 나 있을 그와 운 나쁘게 마주치는 것만은 피해야 한다. 나는 조심스레 소등하고 사무실을 나섰다. 절로 발소리를 죽이게 되는 것은 어쩔 수가 없었다. 혹시나 싶어 엘리베이터도 피하고 계단으로 내려왔다.

1층을 밟으며 길게 안도의 한숨을 내쉬고는, 비상문을 열고 나가 로비를 가로질러 건물 밖으로 나서던 나는 그대로 석상처럼 굳어졌다. 막 우산을 접으며 계단을 올라서는 사람은 다름 아닌 석 부장이었다.

……빌어먹을 비. 망할 비.

이번만큼은 나는 비를 탓하지 않을 수 없었다. 우연을 탓하기에는 너무 억울했던 것이다.

"어어, 차 대리! 잘 만났네! 안 그래도 내가 차 대리한테 할 말이 있었어. 아니, 대체 상무님께 보고를 어떻게 한 거야? 어떻게 했길래 그런 숫자가 나오냐고?"

석 부장은 빗물에 잔뜩 젖은 우산을 마구 털어내며 대뜸 소리를 지르기 시작했다. 그가 휘두르는 우산에서 튄 빗물이 내 종아리를 잔뜩 적시고 있었다. 나는 이쪽을 흘끔거리며 오가는 사람들의 시선을 의식하며 목소리를 낮췄다.

"무슨 말씀을 하시는 건지. 업무 이야기는 회사에서 하시죠."

"눈 있으면 딱 보라고. 여기가 회사지, 어디야? 똑바로 얘기해봐. 그거 데이터 잘못된 거 아니야? 그러게 윗선에 보고를 하기 전에 나한테 먼저 결재를 받았어야지. 사람이 왜 그렇게 경솔해? 어?"

면전에 대고 금방이라도 잡아먹을 것처럼 달려드는 석 부장의 험상궂은 표정에 나는 얼굴이 점점 상기되기 시작했다. 가만히 몰아붙여지는 편이 더 빨리 끝날지도 모른다는 생각이 들었지만, 억울함이 억지로 내 입술을 벌렸다.

"회계팀 결재는 회계팀장이 합니다. 요청하시면 언제든 필요한 자료는 보내 드리고 있고요. 채권 회수에 관련된 이슈는 지속적으로 제가 부장님께 메일을 드렸는데요. 회수 기일을 훨씬 넘긴 악성 거래처가 많이 늘어나서 신경을 쓰셔야 할 것 같다고……."

"아니, 그러니까! 아, 젊은 사람이 왜 이렇게 말을 못 알아들어?"

버럭, 하고 귀가 아플 정도로 소리를 지르는 바람에 나는 반사적으로 한 걸음 물러섰다. 심장이 쿵쿵대며 뛰고 있었다.

회계팀은 전반적으로 조용한 분위기이고, 야단을 치거나 실수를 지적할 때도 이렇게 윽박지르지는 않는다. 게다가 나는 남자형제도 없었고, 아버지는 조용한 분이셨다. 말하자면, 나는 이런

인터셉트

식으로 남자가 호통치는 것에 익숙하지 않았던 것이다.

석 부장은 씩씩대며 한 걸음 다가섰다. 나는 얼떨결에 그를 올려다보고는 후회했다. 눈을 부라리는 그의 험악한 얼굴에 심장이 바짝 조여들었던 것이다.

"그러니까 그런 부분을 나한테 제대로 주지시켰어야지! 회계팀이 하는 일이 뭐야! 우리가 영업해서 만들어낸 실적을 숫자로 나타내는 게 회계팀이 하는 일 아니냔 말이야! 그럼 더 좋게, 좋은 그림을 그릴 수 있게 노력을 해야지. 그 거래처 중에는 이번 주 내로 입금해 줄 거래처가 줄잡아 넷은 있었다고! 그 외상 대금만 해도 일 억이 넘어! 그런데 내가 그 며칠 차이 때문에 상무님께 불려가서 이런저런 소리 들어야겠어? 어?"

퇴근하던 안면이 있는 직원들이 나를 흘끔거리며 인상을 찌푸렸다. 사람들의 이목을 한껏 끌면서, 그것도 사무실이 아닌 장소에서 다른 팀의 윗사람에게 혼나고 있는 이 상황을 나는 빨리 끝내고 싶었다.

'제가 실수했습니다' 라고 말하라며 머리가 냉정하게 지시했지만, 파르르 떨리고 있던 고집스러운 입술은 그 지시를 따르지 않았다.

"보고하는 날짜가 오늘이라는 건 미리 알고 계셨잖아요. 정말로 그 거래처에서 외상 대금을 받을 수 있었다면, 보고 기일 이내에 하실 수도 있었을 텐데요. 고작 며칠 차이니까요."

"뭐, 뭐가 어째?"

틀렸다, 차윤서. 너 완전히 실수한 거야.

이성적인 뇌가 혀를 끌끌 차는 소리가 들리는 것 같았다. 붉으락푸르락해진 석 부장의 얼굴이 그것을 증명하고 있었다. 그러나 이미 벌어진 일이다. 나는 턱을 조금 당기고, 떨리는 입술을 앙다물었다.

석 부장은 유난스러운 편이긴 했지만, 이런 일로 다른 팀과 다투는 건 한두 번 있는 일도 아니었다. 직급이나 억지에 밀려서 원칙을 어기게 되면 그 책임을 물어야 하는 것은 결국 나다. 가끔은 얼굴을 붉히는 일이 있더라도 버텨내야 한다는 건 경험으로 알고 있었다.

"회계는 실제 일이 일어나는 시점을 기준으로 기록합니다. 할 수 있다, 할 예정이다라는 말을 기록하지는 않아요. 저는 해야 할 일을 한 것뿐입니다."

할 말을 해서 속이 시원한 것은 잠시뿐이었다. 이제는 완전히 이성의 줄이 끊어진 얼굴을 하고 있는 석 부장 앞에 있는 나는 고양이 앞에 쥐였다. 그냥 고양이도 아니고, 몹시 굶주린 데다 쥐에 대한 원한을 가득 품고 있는 그런 고양이 말이다.

"야, 차윤서! 너, 이 어린것이 어디서 따박따박 말대꾸야? 몇 살이나 먹었다고 어디서 부장을 가르치려 들어? 박 팀장이 너 그렇게 가르쳤어? 윗사람한테 보고하는 태도 자체가 아주 틀려먹었는데 이런 걸 데리고 일이라는 걸 하고 있으니 회계팀이 제대로 돌아갈 리가 있나!"

삿대질까지 시작한 석 부장을 도대체 무엇으로 말려야 할지 알 수가 없었다. 딱 한순간만 참을 걸 그랬나. 앞에서 네네, 하고 돌아서서는 내 일을 하면 되는 건데. 나는 내 어리석음을 탓하며 입술을 깨물었다.

잠시 걸음을 멈추었다가도 사람들은 고개를 내저으며 못 본 척 계단을 내려갔다. 나는 바닥만 바라보았다. 이제는 애꿎은 비를 탓하며 머리와 귀에 따갑게 꽂히는 폭언을 견디는 수밖에는 없었다. 석 부장의 화가 조금은 풀릴 때까지, 혹은 그의 목이 쉴 때까지 말이다.

"부장님!"

'이래서 처음부터 회사 분위기 제대로 파악하면서 키운 애들만 받아야'하며 내 이직을 트집 잡고 있는 석 부장 앞에서 머리를 숙이고 있던 나는 귀를 쫑긋거렸다.

차분하게 가라앉은 이성과는 반대로 수치심과 분노로 뺨이 붉게 달아오른 채 자꾸만 고이려는 눈물을 삼키느라 애를 먹고 있었기에 잠시 석 부장의 목소리를 중단시켜 준 그 부름이 너무나 고마웠다.

고개를 들자, 막 우산을 접으며 계단을 올라오고 있는 남자가 보였다. 나는 내 눈을 의심했다.

"어어, 강제훈이! 오늘부터 나온다고 하더니, 나 회의 들어가 있는 사이에 외근 나갔다대? 이야, 반갑다."

틀림없이 그다. 기억 속의 모습은 조금 흐릿해져 있었지만 그를 보는 순간 아주 선명하게 떠올랐다. 다른 점이라면 무뚝뚝하기 짝이 없던 그 얼굴에 옅은 미소가 번져 있다는 것뿐이었다. 말끔한 슈트 차림으로 나타난 그는 석 부장에게 허리를 숙여 깍듯하게 인사했다.

"덕분에 무사히 잘 돌아왔습니다. 부장님으로 승진하신 거, 축하드립니다."

"뭘, 이제 한참 지난 일을 가지고. 이 시간에 회사로는 왜 들어와? 바로 퇴근하지."

"두고 간 게 있어서요. 부장님이야말로, 늦었는데 그만 퇴근하시죠."

나는 흘끗 나를 곁눈질하는 남자를 바라보지 못하고 시선을 돌렸다. 그 바람에 몹시 낯설게도 살가운 얼굴을 하고 있는 석 부장과 눈이 마주치고 말았다. 그는 금방 세모꼴로 눈을 뜨며 투덜거렸다.

"아, 직원 교육 좀 시키느라고. 나 참, 대리나 되는 애를 데리고 내가 교육을 시켜야겠냐?"

할 말이 입안에서 격렬하게 꿈틀거렸지만 그 사달을 다시 겪고 싶지는 않았다. 더구나 남자의 눈이 추가된 이 상황에서 느낄 내 수치심은 배가될 것이다. 나는 두 사람의 눈치를 살피다 재빨리 석 부장을 향해 고개를 숙였다.

"죄송하지만 부장님, 저는 회사에 다시 들어가 보겠습니다. 우산을 두고 와서요."

"……앞으로 조심 좀 해, 차윤서 대리. 내가 지켜볼 거야!"

끝까지 한마디를 메다꽂는 석 부장을 뒤로하고 나는 도망치듯 엘리베이터 앞에 섰다. 다행인지 불행인지 두 사람은 금세 다시 웃는 얼굴로 대화를 나누고 있었다. 문이 열리는 엘리베이터에 올라타며 나는 오랫동안 잠수하다 뭍으로 올라온 사람처럼 가쁘게 숨을 들이켰다. 온몸이 박자를 맞춰 떨릴 정도로 심장이 거세게 뛰고 있었다.

이번에는 당당하게 엘리베이터를 선택했다. 이렇게나 한바탕 퍼부었는데 또 마주친다 한들 더 무슨 말을 하겠는가, 싶었던 것이다. 그리고 무엇보다 5층 계단을 걸어서 다시 내려갈 힘이 남아 있지도 않았다.

"이대로 눈을 감았다 뜨면 집이었으면 좋겠다."

땅을 뚫어버리고야 말겠다는 의지가 담긴 듯한 한숨과 함께 툭 말을 내뱉고는 나는 거울을 보았다. 눈가가 불그스름한 얼굴은 피곤과 체념으로 창백했다. 이번에도 어떻게든 넘겼다. 비록 최악의 상황이었지만 말이다.

나는 나를 흘끗 바라보던 남자의 시선을 떠올렸다. 석 부장을 향해 은은하게 웃고 있었지만 나를 향하던 그의 눈에는 이렇다 할 감정이 담겨 있지 않았다.

'……아뿔싸.'

착각도 유분수지, 차윤서. 뭘 기준으로 그도 나를 기억하고 있을 거라고 생각한 거지? 그날의 나라고 한다면, 빗물에 축 늘어진 미역 같은 머리칼이 얼굴에 들러붙어 있었고, 오래된 친구인 희정과 만나느라 화장기 없는 얼굴에 캐주얼한 후드 티셔츠와 두꺼운 야상 점퍼 차림이었는데.

지금의 나는 블라우스와 몸에 잘 맞는 니트, 그리고 딱 떨어지는 코트 차림이고 머리도 단정한 데다 눈이 1.5배는 커 보일 정도로 화장을 했다. 한눈에 알아보기는 좀 무리가 있지 않을까.

그쪽이야 옷차림을 제외하면 그날과 그다지 다르지 않은, 멀끔하고 인상이 강렬한 얼굴 그대로였지만 말이다.

띵, 하고 엘리베이터가 1층에 도착했음을 알렸다. 나는 손에 들린 검은 장우산을 바라보며 걸음을 옮겼다. 같은 회사 사람에게 그런 민망한 모습을 보였는데 굳이 이 우산까지 내밀며 당신이 열흘쯤 전에 우산을 준, 처량하게 길에서 비 맞으며 울던 여자가 나였음을 고백할 필요가 있을까.

"없지. 없고말고."

강제훈. 석 부장에게 살갑게 인사하는 걸로 봐서는 영업팀과 연이 닿는 사람이고, 오늘부터 나온다는 석 부장의 말과 오전에 파견 근무에서 돌아온 해외영업팀 직원 운운하던 지현의 말이 겹쳐진다. 나는 볼을 부풀리며 길게 한숨을 내쉬었다.

우리와 제일 협업이 많고 잡음도 잦은 것이 영업팀과 해외영업팀이다. 나는 미간을 찌푸리며 우산을 단단히 쥐었다. 돌려줄 생각은 이미 접었다. 감사의 마음을 꼭 표현해야 한다는 법은 없지 않은가. 마음속에 간직하면 되는 거지.

꿍얼거리며 계단 앞에 서서 우산을 펼치려 할 때였다.

"그 우산, 낯이 익네요."

불쑥 뒤에서 빗겨 날아온 목소리에 나는 흠칫 놀라 고개를 돌렸다. 그 남자, 강제훈이 성큼성큼 걸어오고 있었다. 나는 재빨리 눈을 굴려 그의 주변을 살폈지만 멧돼지는 보이지 않았다. 강제훈은 내 곁에 멈춰 섰다.

"계단으로 내려올 줄 알았는데. 대범하게 엘리베이터로 내려와 놓고, 새삼 뭘 또 겁내는 겁니까?"

"겁내는 거 아닌데요."

기시감이 들었다. 정중하고 무뚝뚝한 그의 말에 '울고 있던 거 아닌데요' 하고 대답하던 빗속의 내가 떠올랐다. 비슷한 생각을 했는지 그의 팽팽한 눈가가 웃기라도 하는 것처럼 느슨하게 늘어졌다.

"석 부장님, 정면 반박 제일 못 견디시죠. 그것도 어린 직원들일수록 더. 최악의 반응이었던 거 알아요?"

"……알아도 어쩔 수 없는 때가 있어서요."

이 남자는 왜 안 가고 여기 이러고 있는 걸까. 오지랖이라고는 한 방울도 없을 것 같은 냉철한 얼굴을 한 주제에. 아니, 그보다 뭐라고 했더라. 우산이 낯이 익다고?

나는 말없이 이쪽을 보고 있는 남자를 올려다보았다. 얼굴에 핏기가 가시는 것 같았다.

"혹시, 저 기억하세요?"

"눈썰미는 있는 편이라."

짙게 뻗은 눈썹을 슬쩍 들어 올리며 대꾸하는 그의 말에 나는 신음 같은 한숨을 삼키고는, 얌전히 들고 있던 우산을 내밀며 고개를 숙였다. 오늘은 수치심 연타의 날이었다.

"그날은 감사했습니다."

"우산 있어요? 아직 비 오는데."

"없…… 지만 괜찮아요."

"비 맞는 취미라도 있습니까?"

퉁명스럽게 들리는 말에 눈썹이 비죽 솟았다. 그는 빗줄기를 바라보던 시선을 내렸다. 날카로운 눈매가 쏘듯이 바라보는 것이 반항심을 불러일으킨다. 나는 억지가 분명한 미소를 내보였다.

"그럼 고맙게 쓰고 다음에 돌려 드리죠."

이제는 손에 익은 묵직한 장우산을 펼쳐 들었다. 왜 하필 저 사람은 우리 회사 직원이고, 왜 하필 멧돼지가 나를 향해 돌격할 때 나타났으며, 우산을 받을 것도 아니면서 왜 여기 이러고 있는 것인가. 이게 다 빌어먹을 비 때문이다!

"차윤서 씨."

있는 대로 인상을 쓰며 계단을 내려가던 나는 그의 낯선 부름에 깜짝 놀라 고개를 돌렸다. 내 이름을 어떻게 알지? 석 부장이 바보 같은 직원이라고 저 남자 앞에서 내 신상을 탈탈 털기라도 했나?

"앞으로 잘 부탁합니다."

가뜩이나 큰 키의 그는 몇 칸이나 되는 계단 위에 있어서 나는 한참을 올려다봐야 했다. 참 빈틈없이 날카로운 인상의 얼굴이다. 저런 무뚝뚝한 표정으로 과연 영업이 되기는 되는 걸까. 멍청하게 생각하던 나는 가까스로 그에게 고개를 숙여 보이고는 바쁘게 걸음을 놀렸다.

어지간하면 다시 마주치지 않았으면 좋겠다. 적어도 당분간은 말이다.

검고 튼튼한 장우산을 빗방울이 토도독 두드리는 소리를 들으며, 나는 버스 정류장으로 향했다. 얼른 따뜻한 물로 씻고 맥주 한 잔과 함께 잠들고 싶은 마음뿐이었다.

2

"그래서 기어코 멧돼지가 쫓아왔단 말이야? 어휴, 차 대리 혼자서 욕봤다. 팀장님이라도 계셨으면 한마디 해주셨을 텐데."

"불운의 소치죠. 누굴 탓하겠어요."

나는 커피를 마시며 길게 한숨을 내쉬었다. 지금 휴게실에 있는 사람들 중 나와 눈이 마주치는 사람들은 혹시 어제 회사 앞에서 그 장면을 본 사람들이 아닐까 하는 의구심이 들었다. 나는 고개를 숙이며 크흠, 하고 목을 가다듬었다. 낯이 뜨거웠다.

"이제 월 마감 끝냈으니 이번 주는 숨 좀 고를 수 있겠다. 다음 주부터는 또 법인세 때문에 넋 나간 사람처럼 일해야 할 테니까 말이야."

"네, 주말에는 죽은 듯이 잠만 자고 싶네요."

"연애나 좀 해. 주말마다 그래서야 언제 연애하겠어? 차 대리, 마지막으로 연애한 게 언제야? 회사 입사 전이지?"

입안을 감돌고 있는 커피 맛이 씁쓸하다. 나는 짧게 혀를 찼다.

"전 체질적으로 안 맞아요, 그런 거."

"이런 불쌍한 영혼을 보았나!"

난입한 목소리는 무척이나 익숙한 것이었다. 혀까지 끌끌 차며 곁에 서는 승준을 성가신 눈으로 바라보자 그는 어깨를 으쓱여 보였다.

"연애가 체질적으로 안 맞는 사람은 없지. 잘 맞는 상대를 만나보지 못했을 뿐."

"사랑하는 동기 챙기러 바람처럼 나타나셨네, 고 대리."

지현이 은근히 웃으며 내게 눈짓했다. 나는 떨떠름한 얼굴로 커피잔을 물었다.

"아침부터 저희 부장님 입에서 자꾸 제 동기 이름이 나오길래요. 또 한차례 푸닥거리했구나 싶어서."

목을 긁적이는 승준에게서는 상큼한 애프터 쉐이브 냄새가 났다. 우리 회사에서 제일 번지르르한 사람들은 주로 영업팀이었고, 그중에서도 손에 꼽힐 정도로 깔끔하고 센스 있기로 소문난 것이 고승준이었다.

은근히 튀는 컬러의 넥타이도 그에게는 제법 잘 어울린다. 나는 그의 핑크 톤 넥타이를 바라보던 시선을 돌렸다.

"매달 있는 일인데 새삼."

"이번만큼 관중이 많았던 건 처음이지, 아마?"

"······어디부터 어디까지 들은 거야?"

"음. 주요 목격자 중 한 명이 나랑 꽤 가까운 사이라서."

승준은 씩 웃었다. 위로를 하려는 건지 놀리려는 건지 불분명한 표정에 나는 그 진의를 밝혀내는 것을 그만두었다. 저 사람을 상대로 진지하게 파고들어 봐야 남는 게 없는 장사다.

"그리고 그 목격자가 저기 오는군요. 어, 여기."

곁에 있는 승준이 손을 흔들었다. 나는 그의 핑크 넥타이를 콱 조이고 싶은 충동을 조용히 억눌렀다. 말만 허울 좋은 동기 사랑이지, 굳이 그 광경을 목격한 사람을 내 앞에 데려다 놓을 건 또 뭐란 말인가.

사실은 석 부장에게 사주를 받은 게 아닐까. 어제 일을 되뇌고 또 되뇌게 만들어서 다시는 그런 일이 없게끔 하라는 사주. 동기 운운해 봐야 고승준은 결국 영업팀 사람이 아니냔 말이다.

"어머머, 화제의 인물을 드디어 보네. 반가워요. 나 기억나나? 입사했을 때 법인카드 정산 교육 내가 시켰었는데."

"예, 대리님. 건강하셨죠?"

"그래 봐야 몇 살 차이도 안 나는데 건강 안부부터 들으니 기분 이상하네."

꿍얼거리면서도 지현의 얼굴에는 웃음꽃이 피어 있었다. 나는 뻣뻣한 시선을 옮겨 덤덤한 얼굴로 그녀의 곁에 서는 남자를 바라보았다. 강제훈이었다.

그 순간, 나는 가장 만나고 싶지 않은 사람을 달고 온 승준을 향한 맹렬한 적의로 가득 찼다. 그것이 고스란히 드러나는 내 시선을 마주한 승준은 당황한 듯 눈을 깜빡이며 '왜?' 하고 입술로 물었지만 대답해 주고 싶은 생각은 없었다.

"그 사달 중이었으니 제대로 인사는 못 했겠지. 인사해. 이쪽은 내 입사 동기, 회계팀 차윤서 대리. 이쪽은 내 대학 동창, 해외영업팀 강제훈 대리. 일을 잘해서 해외 파견직으로 끌려갔다 이제 돌아왔지."

나는 조용히 눈인사를 건네는 제훈을 향해 고개를 숙이며 입술을 꽉 깨물었다. 입이 가벼워 보이지는 않았지만 어제 일을 미주알고주알 승준에게 말한 걸 보면 썩 믿을 수가 없었다.

턱을 괸 채 두 남자를 흐뭇하게 보고 있는 지현에게 열심히 눈짓하며, 나는 커피잔을 들고 테이블에서 한 걸음 물러섰다.

"너무 오래 자리를 비웠네요. 저는 급하게 처리할 일이 있어서, 먼저 가볼게요."

"왜? 우리 나온 지 5분밖에 안 됐잖아. 오늘은 좀 여유 있지 않아?"

내 텔레파시 따위는 전혀 통하지 않은 얼굴로 지현이 미소 지었다. 가만히 내게 향해 있는 제훈의 묵직한 시선을 요령껏 피하며 나는 허탈하게 웃었다.

"은행도 가봐야 하고, 원가표도 다시 정리해 봐야 할 것 같아서요."

"민망한 건 잠시라네, 동기. 분명 이 강제훈이라는 남자에게 배울 게 있을 것 같아서 일부러 힘들게 휴게실까지 끌어냈는데 어딜 도망가. 동기 사랑을 이렇게 외면하기야?"

그 빌어먹을 동기 사랑이라는 말을 땅에 파묻고 싶은 심정이다. 나는 승준을 향해 눈을 힘껏 부라리며 억지 미소를 지어 보였다.

"내가 저분께 뭘 배울 수 있을까? 응?"

"글쎄. 석 부장 대처법? 해외 나가기 전까지 이 녀석이 부장님 수족처럼 일했다더라고. 그래서 다른 팀이 된 지금도 유달리 아끼시는 것 같던데. 뭐, 사실상 부장 승진의 절반 이상은 이 녀석의 공이라고 해도 과언은 아니라는 말이 있으니까."

"과언이야. 뭐든 부풀리는 그 말버릇은 평생 가져갈 거냐?"

무뚝뚝한 목소리가 매정하게 승준의 말을 갈랐다. 제훈은 냉정한 얼굴로 혀를 쯧쯧 차는 듯한 표정을 지은 채 승준을 보고 있었다. 나는 단숨에 그가 마음에 들었다. 백번 동감이었다.

그러나 고승준은 고승준이다. 억울한 표정도 잠시, 그는 금세 태연한 얼굴로 양손을 들어 보였다.

"세상에는 늘 칭찬을 쑥스러워하는 겸손한 사람들이 있지. 하여간 요점은 이거야. 부장님을 다루는 법을 강제훈만큼 잘 아는 사람은 없다. 고로 매달 우리 부장에게 시달리고 있는 차윤서는 강제훈을 스승으로 모실 필요가 있다. 그런 의미에서 오늘 한잔 어때?"

승준은 영업팀에서도 실적이 좋은 편에 속했다. 호감형 얼굴에, 어떤 분위기에도 친화적으로 녹아드는 데다가 과연 영업팀 에이스답게 말이 청산유수였다. 나는 그의 엉터리 같은 말에 반박을 하려다가 불쑥 튀어나온 갑작스러운 제안에 순간 말문이 막히고 말았다.

"듣던 중 반가운 소린데. 그 제안에 나도 포함이 되나?"

"물론이죠, 대리님. 대리님 안 계시면 제가 이 까칠하고 무뚝뚝한 두 녀석과 무슨 재미로 술을 먹나요."

한가한데 잘됐네, 하고 깔깔 웃는 지현과 씩 웃고 있는 승준은 이미 이야기를 정리하고 있었다. 나는 얼떨떨한 눈으로 내 편이 되어줄 제훈을 바라보았지만, 그는 무심하게 고개를 기울인 채 커피를 마실 뿐이었다. 어쩌면 그는 내가 생각한 성격과 많이 다를지도 모른다는 생각이 문득 들었다.

"그럼 퇴근하고 7시 반까지 'HOPE'에서 보죠. 늦지 마라, 동기야."

내 어깨를 가볍게 두드린 승준은 찡긋 윙크를 하고 있었다. 나는 비린 음식이라도 입에 넣은 사람처럼 오만상을 찌푸리며 몸을 돌렸다. 두 남자와 인사를 나누고 나를 따라온 지현이 웃음을 흘리며 내게 팔짱을 꼈다.

"드디어 고 대리가 액션을 취하기 시작하는데? 덕분에 회사 꽃돌이들과 어울리게 되고, 고맙네, 차 대리."

"하루라도 남의 일에 참견을 하지 않으면 입안에 가시가 돋는 성격이라 그런 거예요. 저는 그 오지랖 병의 제물인 거라고요."

"……어떻게 하면 이런 로맨틱하고 사려 깊은 접근을 제물이라고 받아들일 수가 있어? 하여튼 차 대리도 성격 독특하다니까."

어떻게 하면 이걸 로맨틱하고 사려 깊은 접근이라고 받아들일 수가 있나요, 하고 되묻고 싶은 사람은 나였다. 그러나 나는 한숨으로 그 말을 대신하며 사무실로 들어섰다. 미림이 기다렸다는 듯이 상기된 얼굴로 내 책상을 가리켰다.

"솔직히 좀 말해보세요. 고 대리님이랑 사귀는 거 맞으시죠?"

"아니라고. 앞으로도 영영 아닐 거고. 대체 왜 자꾸 나한테 그런……."

이제는 조금 신경질이 나 미간을 찌푸리던 나는 말을 멈췄다. 책상 위에는 비타민 음료가 놓여 있고, 그 옆에는 제발 다들 읽어달라고 말하는 것처럼 눈에 띄는 형광색 포스트잇이 떡하니 붙어 있었다.

—너무 스트레스 받지 마라. 우리 팀은 지옥이다 ㅜㅜ

"거래처별 매출 자료 받으러 오셨다가 두고 가시던데요. 그런 건 보통 전화해서 메일로 받는데. 아무리 봐도 그거 주려고 일부러 온 것 같거든요. 진짜 부럽네요, 대리님."

나는 포스트잇에 휘갈겨 쓴 승준의 악필을 물어뜯을 것처럼 바라보며 한숨을 길게 내쉬었다.

그래, 나도 사람이다. 입사한 이후, 동기라는 이름으로 괜히 와서 인사를 건넨다거나, 단체 회식 때 옆자리에 와서 수다를 떤다거나, 외근 나갔다 오는 길에 사 왔다며 유명한 디저트를 회계팀에 두고 가는 걸 보면서, 혹시 나를 좋아하나, 라는 생각을 안 해본 것은 아니었다.

그러나 지금은 안다. 이것은 그저 고승준의 천성이다. 실제로 그가 다가오는 것은 딱 거기까지였다. 물론 다른 사람들보다 내게는 조금 더 가깝게 다가오긴 했지만, 나를 향한 이성으로서의 호감은 느껴지지 않았다.

작년에는 여자친구도 있었고, 나는 길 한복판에서 그와 여자친구의 데이트 현장을 목격하기도 했다. 그 이후로 나는 고승준의 행동에 어떤 의미도 둔 적이 없었다.

그는 왜인지 내게 친절하게 대하고 싶은 마음을 먹은 것뿐이다. 내가 어릴 때 기르던 고양이를 닮았을 수도, 어쩌면 첫사랑을 닮았을 수도 있겠지.

나는 그의 친절을 그저 그렇게 받아들였다. 다른 사람들이 그렇지 않은 게, 그리고 설명하기가 애매하다는 것이 문제일 뿐이었다.

"차 대리, 오늘 내가 빠져주는 게 좋을까?"

"아니요, 전혀요. 대리님 없이 제가 그 불균형한 두 사람 속에서 어떻게 견디나요."

나는 포스트잇을 매정하게 뜯어내며 입술을 삐죽거렸다. 꽤 목소리를 낮췄는데도 불구하고 들렸는지 미림이 고개를 들이밀었다.

"왜요? 무슨 일인데요? 대리님, 오늘 고 대리님 만나기로 하셨어요?"

헉, 하고 지현이 숨을 들이켰다. 그러나 나는 오히려 미림의 초롱초롱한 눈동자가 반가웠다. 번뜩, 어떤 생각이 머릿속을 관통했다. 친근하게 그녀의 어깨에 손을 얹자 미림이 가뜩이나 큰 눈을 더 크게 부풀리며 나를 보았다.

"미림 씨, 혹시 오늘 저녁에 시간 있어?"

지현이 쿡쿡 내 옆구리를 찔렀지만 나는 개의치 않았다. 고승준의 동기를 생각해 주는 마음이 기특하니, 이쯤 되면 나로서도 보답을 하지 않을 수 없는 일이다. 어쩌면 고맙다며 내게 절을 할지도 모를 일을, 나는 하기로 했다.

"고 대리 노린다는 사람들, 정말 진심이라면 오늘 저녁 7시 반까지 'HOPE'로 오라고 해. 여직원들하고는 그다지 교류가 없으니까, 하루쯤 이런 식으로 친목을 다지는 것도 좋겠지."

경악으로 입을 떡 벌리는 지현과 들뜬 눈으로 입을 딱 벌리는 미림을 두고 나는 자리에 앉았다. 비타민 음료의 뚜껑을 잡아 돌리고는, 나는 벌컥벌컥 그것을 들이켰다.

오해도 지겹고, 해명은 더 지겹다. 오지랖 넓은 천하의 고승준도 사내에 여자친구가 있다면 내게 이렇게 애매한 친한 척은 더는 하지 않을 것이다.

여자친구도 소개해 주고, 나와의 오해도 말끔히 사라지게 할 수 있으니 이 얼마나 큰 자기희생적인 동기 사랑이란 말인가!

"이번엔 내 동기 사랑 한번 받아보시지."

일방적으로 쏟아지는 동기 사랑이 과분하던 차였다. 나는 피식 웃으며 키보드를 두드리기 시작했다.

결론부터 말하자면 모임은 성황이었다. 나는 말로만 듣던 '고승준을 노리는 사람들'의 실체를 보았다. 들이닥친 일곱 명의 여자들의 한가운데에는 미림이 있었다.

생각지 못한 게 있었다면 그 일곱 중 셋은 강제훈에게 관심을 보였다는 점이었다. 완전히 테이블 끄트머리로 몰린 나는 지현과 묵묵히 맥주를 두 병쯤 마셨다. 종종 눈을 부라리는 승준의 시선이 이쪽을 향했지만 나는 그럴 때마다 빙긋 웃어주었다.

그러나 제훈을 바라보는 것은 어려워서, 그의 시선이 이쪽을 향한다 싶으면 나는 괜히 눈을 이리저리 돌렸다. 여자들에게 둘러싸이는 게 익숙하면서도 성가셔할 것 같은 이미지였기 때문에, 그에게는 조금 미안한 마음이 들었던 것이다.

"죄송해요."

"나야, 뭐. 이건 이것대로 보는 재미가 있네."

지현은 피식거리며 맥주를 들이켰다. 그 말에는 나도 동감이었다. 마치 리얼리티 쇼를 보고 있는 것 같은 광경이었다.

호감을 얻으려는 여자 일곱과 매너 좋고 훤칠한 남자 둘. 하나같이 외모에는 적당히 자신이 있는 꽃 같은 여자들에게 둘러싸여 있으니, 그들 또한 과히 기분이 나쁘지는 않을 것이다. 이쯤 되니 우리는 방해꾼처럼 느껴져 어색한 기분이 들었다.

그들 아홉과 우리는 완벽하게 분리되어 있었다. 벽에 몸을 기댄 채 맥주병을 따서 지현에게 내밀자 그녀가 흠, 하고 나를 들여다보았다.

"그러니까 정말로 고승준 대리에게는 관심이 없었던 거네. 나는 괜히 밀당이나 튕기는 거라고 생각했는데."

"그렇다고 몇 번이나 말씀드렸잖아요. 저쪽도 저한테 그런 관심은 없고요. 그건 장본인인 제가 더 잘 알아요."

"글쎄. 아무리 봐도 우리 눈에는 고 대리가 차 대리한테 관심이 있는 걸로 보였단 말이지. 뭐, 어찌 됐든 이걸로 차 대리는 확실하게 의사표시를 한 셈이니 이후의 고 대리의 행보를 보면 대충 알수 있겠지."

"그간에 받은 동기 사랑, 한 번에 갚는 거죠, 뭐."

나는 씩 웃으며 맥주병을 물었다. 지현이 쯧, 하고 혀를 찼다.

"그래도 아깝다. 난 고 대리 참 괜찮은 것 같거든. 고 대리랑 연애할 생각은 해본 적 없어? 꼭 남자가 적극적으로 나와야만 연애를 할 수 있는 건 아니잖아. 물론 내 눈에는 이만하면 충분히 적극적으로 나오고 있다고 생각하지만 말이야."

진지한 지현의 말에 나는 그저 어색하게 웃었다.

해본 적? 물론 없지는 않다. 민석과 사귀기 전 어느 날인가는 내 쪽에서 영화라도 같이 보겠냐고 물어볼까, 하며 심심한 주말 아침에 침대를 뒹굴거린 적도 있었다.

그러나 고승준이라면 능히 웃으며 거절할지도 모른다는 생각에, 어쩌면 그 이후로 나와 마주칠 때마다 흐뭇하게 바라보며 놀릴지도 모른다는 생각에, 나는 혀를 차며 이불을 뒤집어쓰는 쪽을 택했다. 그리고 그 후로 내내 그러기를 잘했다고 생각해 왔던 것이다.

"글쎄요, 저는……."

"사람을 사지로 몰아넣고, 재미있는 얘기라도 하고 계신 것 같군요."

가볍지 않은, 비에 젖은 한적한 삼림처럼 시원하고 깨끗한 향이 코끝에 훅 번졌다. 어느새 비어 있던 옆자리에 털썩 앉은 제훈이 넥타이를 느슨하게 잡아 내리고 있었다.

나는 미간을 세운 채 맥주병을 들고 있는 그에게서 얼른 시선을 돌렸다. 그의 차가운 얼굴에서 은근한 불쾌함이 느껴지고 있었기 때문이었다.

"어머, 길 잃은 어린 양 같은 눈을 하고 있는 저 아가씨들을 두고 사지라는 표현은 너무하네, 강 대리. 미팅 주선이 마음에 안 들었어요?"

"예기치 못한 자리는 질색이라서요."

칼같이 떨어진 묵직한 목소리에 지현이 입술을 내밀며 나를 흘끔거렸다. 고개를 숙인 채 맥주병을 물고 있던 나는 조심스레 얼굴을 들어 올렸다. 제훈의 날카롭게 뻗은 눈매가 나를 향해 있었다.

"그게…… 이렇게 될 줄은 몰랐는데요. 불쾌하셨다면 죄송합니다. 일단 고승준 대리가 이렇게나 인기가 많을 줄은 몰랐고, 덧붙여 강제훈 대리님께도 이렇게 몰릴 줄은, 정말 상상도 못 해서……."

"왜요. 제가 고승준보다 못합니까?"

"네?"

"상상도 못 할 정도로?"

고개를 기울이며 되묻는 제훈은 눈살을 약간 찌푸리고 있었다. 그래도 술을 꽤 마신 것 같았는데 여전히 말끔한 낯빛을 유지하고 있는 그의 의중을 파악하는 데 실패한 나는 눈을 굴리며 말을 더 들었다.

"그런 의미가, 음, 아니었는데요. 뭐, 굳이 비교를 하자면, 명백하게 고승준에게만 있는 게 하나 있긴 하죠."

"뭡니까, 그게."

영민해 보이는 검은 눈을 가늘게 뜨는 제훈을 바라보며 나는 양쪽 입술 끝에 검지를 세우고는, 머뭇거리며 입술을 길게 늘였다.

"웃는 얼굴?"

풋, 하고 곧장 입을 틀어막은 것은 지현이었다. 제훈의 짙은 눈썹이 몹시 불만스럽게 꿈틀거렸다. 나는 어색한 미소를 지은 채 고개를 돌렸다.

"그, 영업팀에 계실 때 팀 실적의 절반 이상을 올리셨다고 들었는데요. 그런 걸 보면 딱히 친절한 얼굴이 영업에 필요한 건 아닌가 봐요."

"……지금 면전에 대고 나 까는 겁니까?"

'아니요. 무슨 말을 해야 할지 몰라서 나오는 대로 주워섬기는 중인데요.'

차마 그 말을 하지는 못하고 나는 헛기침을 내뱉었다. 흥미진진하게 우리를 바라보고 있는 지현의 시선이 느껴졌지만, 곧게 떨어지는 제훈의 시선 쪽이 더욱 강렬해서 나는 감히 그녀에게 고개를 돌릴 수가 없었다.

흠, 하고 짧게 숨을 내쉰 제훈이 느릿하게 팔짱을 꼈다. 밀려 올라간 소매 아래로 뻗은 팔목이 단단해 보인다. 달리 볼 데가 없어 나는 그의 팔목만 뚫어지게 바라보았다.

음. 저런 위치에 희한한 모양의 점이 있네. 피부가 깨끗해서 더 눈에 띄는데.

"나도 잘 웃어요, 마음에 드는 사람 앞에서는."

나는 고개를 숙인 채 눈만 들어 그를 보았다. 냉정해 보이는 단정한 무표정에는 변화가 없었다. 치사하게 이런 식으로 앙갚음하기는. 지은 죄가 있으니 따지고 들 염치가 없어, 나는 그저 입술을 삐죽거렸다.

"네, 저는 갈 길이 한참 먼 것 같네요."

"할 말은 하는 타입이군요."

"그래도 참을 때가 더 많아요."

"어제는 그렇게 안 보이던데."

"그건 부장님이……!"

심드렁한 그의 말투에 발끈한 내가 순간 언성을 높이자 사람들의 시선이 쏠렸다. 이 테이블에 있는 사람들이 전부 회사 사람들이라는 걸 잠시 잊었다. 나는 어색하게 미소를 머금으며 몸을 움츠렸지만, 치켜뜬 눈만은 제훈을 향해 있었다.

"저도 그럴 만해서 그런 거거든요."

"매달 피곤하겠군."

제훈은 혼잣말처럼 중얼거렸다. '제가요, 아니면 부장님이오?' 하고 묻고 싶은 애매한 어투였다. 맥주를 마시며 바비큐 꼬치를 입에 물고 있던 지현이 끼어들었다.

"강 대리는 석 부장님 가까이에서 모셨잖아. 뭐, 충고해 주고 싶은 말 없어요? 어떻게 하면 큰 분란 없이 대할 수 있을지."

"일을 잘해야죠."

그래, 너 잘났다.

나는 눈에 힘을 바짝 준 채 태연하게 맥주를 마시는 제훈을 노려보았다. 그는 덤덤한 얼굴로 입가에 묻은 맥주를 훑고는, 말을 덧붙였다.

"그분 구미에 맞게. 굽힐 땐 굽히고, 웃어야 할 땐 웃고."

억지로 웃으라고 하면 침이라도 뱉을 것 같은 논개적인 기상이 흐르는 고고한 얼굴로 무슨 말씀을 하시는 건가요.

나는 아연한 얼굴로 한숨을 푹 내쉬었다. 제훈은 흘끗 내리깐 눈으로 나를 응시했다.

"차윤서 씨는 인내심이 없는 편이니, 영영 부장님과 잘 지낼 일은 없다고 봅니다. 포기하고 월중 행사로 견뎌내는 수밖에요. 어쨌거나 상대는 부장이니까."

"뭐, 또 그렇게까지 없는 건 아닌데요."

"글쎄. 제가 본 차윤서 씨는 그렇군요."

날을 세우고 내뱉어 보았지만 제훈은 무심하게 튕겨냈다.

나는 내 직감이 맞았음을 알았다. 그는 내가 처음 봤을 때 생각했던 성격과는 판이하게 다르다. 그저 얄밉고, 얄밉고, 또 얄미운 성격일 뿐이다!

"아, 네. 충고 감사드립니다. 퍽 도움이 되네요. 석 부장님과 마주칠 때마다 그 충고 꼭 되새길게요. 전 너무 많이 마신 것 같으니 이만."

지갑에서 돈을 꺼내어 안주 접시 밑에 끼워 두고 나는 벌떡 일어섰다. 마침 저쪽에서는 무슨 재밌는 이야기라도 하고 있는지 와락 웃음소리가 터져서, 딱히 이쪽에 관심을 두는 사람은 없었다.

나는 지현을 향해 고개를 숙이고는 재빨리 가게를 가로질러 걸어 나갔다. 애초에 여기에 오는 게 아니었다.

그러나 가게 입구에 멈춰선 나는 계단을 내려가지 못했다. 어둑한 밤, 빗줄기가 떨어지고 있었고 내 손에는 우산이 없었다. 가게 안으로 다시 들어가느냐, 이 비를 맞으며 버스 정류장까지 걸어가느냐, 사이의 고민은 길지 않았다.

술기운에 뺨이 따끈하게 달아오른 나는 입술을 깨물며 발을 움직였다. 그리고 이내 손목이 잡혀 돌려세워졌다. 낯선 열기가 순식간에 손목을 타고 번졌다.

"솔직히 말해봐요. 비 맞는 거 좋아하죠?"

아, 이 향기. 그의 인상처럼 서늘한 느낌이 드는 향기가 먼저 그의 존재를 알렸다. 나는 눈을 치켜떴다. 그쪽도 못마땅하다는 표정을 하고 있는 것은 마찬가지였다.

아니, 나는 그렇다 치고 댁은 왜 그런 얼굴로 나를 보는 건데요.

"싫어해요. 아주아주."

"그런데 왜 볼 때마다 맞고 있거나, 맞으려 하는 건데?"

"오늘은 아직 안 맞았거든요."

솔직히 나도 이렇게나 따박따박 말대꾸를 하는 성격은 아니다. 귀찮아서라도 그냥 입을 다물곤 하는데, 이상하게 그의 앞에서는 꼭 들은 말을 되돌려 주고 싶었다. 그런 걸 보면 그의 말마따나 인내심이 없는 것 같기도 했다.

제훈은 미간을 좁힌 채 어둑한 빗길을 바라보았다. 나는 내 손목을 단단하게 움켜쥐고 있는 그의 손을 보고 있었다. 무슨 말을 해야 할지, 미묘한 공기가 흘렀다.

"집까지 뭐 타고 갑니까?"

"버스요."

"오늘은 택시 타지 그래요?"

"버스가 좋은데요."

딱히 버스를 좋아하지는 않는다. 그러나 내 대답에 그의 눈썹이 치켜올라 가는 것을 보자 왠지 만족스러운 기분이 들었다. 하지만 그런 기분은 오래가지 않았다.

"고집은."

낮게 한숨을 내쉬며 미간을 긁적이는 제훈의 중얼거림에는 마냥 득의양양하던 내 기분을 순식간에 전환시키고야 마는 묘한 느낌이 실려 있었다. 당황하는 순간, 내 손목을 쥐고 있던 그의 손이 떨어져 나갔다. 더불어 온몸으로 번지고 있던 은근한 열기 또한 아쉬움과 함께 씻은 듯이 사라졌다.

"가요. 정류장까지 데려다줄 테니."

언제 들고 나왔는지 그가 장우산을 펼쳤다. 나는 멀뚱한 얼굴로 내 손목과 그의 얼굴을 바라보았다.

왜? 그냥 우산을 주려고 나온 거 아니었나. 내 우산도, 그의 우산도 아닌 것 같은 그 애매한 우산을.

"머뭇거리면 고승준이 잡으러 올 텐데. 꽤 술이 취했거든."

"얼른 가죠."

나는 서둘러 계단을 내려갔다. 그의 곁에 서자 따뜻한 바람이 부는 듯했다. 어색하게 밀착한 상태로 나는 제훈과 함께 걷기 시작했다. 목덜미가 왠지 오그라드는 것 같았다. 키가 커서인지 우산의 높이가 몹시 높았다.

"……궁금한 게 있는데요."

"뭡니까?"

"혹시, 비 맞는 여자에 대한 무슨 트라우마 같은 거, 있으세요?"

"뭐요?"

생각보다 남자와 한 우산을 쓰는 것은 불편한 일이었다. 게다가 기분 탓인지 몰라도 제훈은 유독 사람을 보는 눈빛이 강렬한 데다 표정은 주로 냉철하고 무뚝뚝해서 마주 보기가 힘들었다. 도대체 이런 사람이 과거 영업팀의 에이스였다는 게 말이 되는가. 영업 세계의 신비에 대해 생각하게 만드는 남자를 흘끗 올려다보자 그는 미간을 슬쩍 찌푸리고 있었다.

"아니, 비 맞고 있는 여자를 유독 보기 싫어하시는 것 같아서요. 무슨 안 좋은 기억이라도 있나, 해서. 궁금한 건 아니고요."

"없습니다, 그런 거."

제훈은 단칼에 잘라 말했다. '아니, 대화를 하는데 이렇게 상대를 무안하게 해서야 도대체 영업을 어떻게 하시는 건가요' 하고 묻고 싶은 걸 나는 꾹꾹 억눌렀다.

"혹시……."

"또 뭡니까."

낮고 묵직한 제훈의 목소리에는 마지못해 되묻는 기색이 느껴졌다. 나는 물웅덩이를 피해 우산 밖으로 빠져나갔다. 우산을 받쳐 주고 있던 제훈의 긴 팔이 나를 따라 기울었다.

"아니, 일할 때는 어떤 얼굴을 하는지 궁금해서요."

버스 정류장이 멀리서 보였다. 무심코 말을 뱉어낸 나는 그의 대답을 기다렸다. 웃는 얼굴 운운하며 날 까는 거냐고 시니컬하게 대꾸하지 않을까 생각했지만 의외로 그는 말이 없었다. 또각또각 걷던 나는 그를 향해 고개를 돌렸다. 제훈은 묘한 표정을 지은 채 나를 보고 있었다.

무덤덤해 보이는 얼굴이었지만 뭔가 느낌이 다르다. 내가 빤히 바라보자 그는 슬쩍 시선을 돌리며 말했다.

"볼 기회가 있겠죠. 영업팀보다는 사내 근무가 많으니까."

"뭐, 그렇다고 정말 훔쳐보겠다는 건 아니에요. 이쯤이면 됐어요. 뛰어갈게요."

뛰면 3초쯤 걸릴 거리에 정류장이 보였다. 정류장까지 배웅을 받기는 뭔가 민망한 구석이 있었기에 그 순간을 피하려던 나는 또다시 제훈에게 손목을 잡히고 말았다.

이 남자. 사람 손목 잡아채는 게 뭐 이리 자연스러워?

"버스 정류장에서 집까지는, 멀어요?"

"아…… 걸어서 한 10분 정도."

"가져가요, 그럼."

2초로 줄어든 거리에서 멈춰 선 제훈이 우산을 내밀었다. 나는 나도 모르게 미간을 찡그렸다.

"그, 강 대리님."

인터셉트

"예."

"미처 생각을 못 했는데, 지금 셔츠만 입고 계시거든요. 그 상태로 이런 날씨에 비 맞으면 감기 걸려요. 전 코트도 있고, 머플러도 있고. 또 집에 도착할 때쯤이면 비가 그칠 것 같기도 하고."

"안 걸립니다, 이 정도로는."

잡고 있던 내 손을 들어 올려 무표정한 얼굴로 고집스레 우산 손잡이를 쥐여 준 그는 그대로 몸을 돌렸다. 망설일 틈 없이 팔을 힘껏 뻗어 그에게 우산을 받쳐 준 나는 제훈을 붙잡았다.

"자, 잠깐만요."

순순히 고개를 돌리는 그에게 내가 불쑥 내민 것은 머플러였다. 눈꼬리가 좁아진 눈으로 나를 보는 제훈에게 나는 목을 향해 휘휘 손가락질을 해 보였다.

"여차하면 머리에 두르기라도 하라고요. 없는 것보다는 나을…… 어, 버스! 그럼 우산은 일단 가져갑니다."

멀뚱히 내 손에 들린 것을 보며 서 있는 그의 널찍한 어깨에 다급하게 머플러를 걸쳐 주고 나는 재빨리 정류장을 향해 뛰었다. 우산을 접고 버스에 오르는 심장이 갑작스레 달려서인지 두근거리고 있었다. 사람들 틈에 묻혀 겨우 손잡이를 잡자 저절로 긴 한숨이 흘러나왔다.

어차피 사람들에 가려 창밖은 보이지 않았지만 나는 어깨에 내 붉은 머플러를 걸치고 있을 그의 표정이 궁금했다. 그리고 머플러를 던지기 전, 이미 반투명하게 비로 젖어 있던 그의 어깨가 떠올라 나는 보는 사람도 없는데 괜히 헛기침을 내뱉어야 했다.

차가운 얼굴에 얄미운 말은 서슴없이 하면서, 이상한 데서 매너를 챙긴단 말이야.

"……어지간히 비 맞는 여자가 싫은 거지."

뜨겁게 달아오른 귓가를 가라앉히려 퉁명스레 중얼거려 보았지만, 효과는 없었다. 나는 버스가 집에 도착할 때까지 몇 번쯤 이유 모를 웃음을 피식거렸다. 머플러를 머리에 두른 제훈을 떠올려도, 그 머플러를 찡그린 눈으로 보며 아무렇게나 내던지는 그를 떠올려 봐도 원인 모를 그 웃음은 멈추지 않았다.

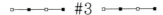 #3

비는 오지 않았지만 나는 장우산을 챙겼다. 돌려주고 말리라. 어차피 받을 것도 있지 않은가. 비가 온 다음 날이라 공기가 깨끗해진 것 같았다. 더불어 조금 추워졌다. 감기 기운이라도 있는지 등골이 으슬으슬해서, 나는 사무실에 들어와 자리에 앉자마자 몸을 웅크렸다.

코트를 벗어 옷걸이에 걸고 팔을 손바닥으로 비비고 있으니 지현이 들어섰다. 나를 보자마자 은근한 미소를 지으며 제자리에 앉은 그녀가 목을 길게 빼며 내 어깨에 턱을 걸쳤다.

"강제훈도 괜찮지, 그럼."

"네, 아주 괜찮은 사람이죠."

심드렁하게 대답하자 지현이 눈썹을 치켜세웠다.

"생각 없어?"

"이 자리에서 분명히 말하지만, 제 취향은요. 다정다감하고, 이쪽을 배려할 줄 아는 그런 따뜻한 심성의 사람이거든요. 그렇게 무심한 얼굴로 쿡쿡 찔러대는 사람 말고요."

"흐음. 그럼 확실히 고승준 쪽인데."

"대리님!"

목청을 높이자 대번에 콜록, 하고 기침이 튀어나왔다. 팔로 입을 막자 지현이 입술을 삐죽이며 고개를 돌렸다. 곧이어 출근한 미림이 헤헤 웃으며 내 책상에 커피 우유를 올려놓았다.

"어제 엄청 재밌었어요. 고맙습니다, 대리님."

애교 있게 혀를 굴리며 말하는 미림의 인사에 고개를 끄덕여 준 나는 사양 않고 커피 우유에 빨대를 꽂았다. 목이 영 칼칼한 게 불안했지만, 그런 거야 어찌 됐든 하루의 업무는 시작되고 있었다.

거래처에 확인차 보낼 부가세 자료를 작성하던 나는 뻑뻑한 눈을 비볐다. 때마침 띠링, 하고 메일이 도착했다. 새로운 일이 아니기만을 바라며 나는 메일을 열었다.

―지난 분기별 매출 발생 거래처 중에서 영업팀에서 제출한 예산보다 떨어지는 거래처 분류가 필요합니다. 오전 중에 편하신 시간 알려주세요. 회의실에서 뵙겠습니다.

메일에는 영업팀 고승준 대리의 이름이 찍혀 있었다. 이런 건 메일로 받아도 되는 자료일 텐데 굳이 회의실에서 봐야 하는 이유가 있나, 싶었지만 나는 삼십 분 뒤에 보자는 답변을 보내고 자료를 추출하기 시작했다.

내심 어제의 일에 대해 한 소리 하겠지, 싶었지만 업무를 피할 수는 없는 일이었다.

"회의실 좀 다녀올게요."

시계를 확인하고 프린트한 서류를 들고 사무실을 나섰다. 회의실에는 이미 승준이 앉아 있었다. 나는 짧게 노크를 한 뒤 회의실로 들어섰다.

"메일로 보내 드릴 수도 있었는데요. 자료에 궁금한 점이라도 있으십니까?"

"어제의 서프라이즈 미팅에 대한 해명을 좀 들어야 할 것 같아서요. 앉으세요, 차 대리님."

그답지 않게 딱딱한 얼굴에 나는 눈을 깜빡이며 승준의 맞은편에 앉았다.

기분이 나빴나. 그런 것치고는 웃고 떠들고 잘하는 것 같았는데. 사람들이랑 어울리는 거 좋아하면서 새삼. 변명처럼 중얼거리며 나는 은근히 그의 눈치를 살폈다.

"일단 이건 자료. 노란색이 미달 거래처, 빨간색이 초과된 거래처. 비교해서 볼 예산 자료는 뒤에 첨부했……."

"이유가 뭡니까?"

서류를 내밀었지만 승준은 내 얼굴에서 시선을 떼지 않은 채 물었다. 나는 미간을 좁혔다. 목소리가 저절로 날카롭게 튀어 나갔다.

"혹시 이 서류, 필요 없는 거예요? 어제 일로 따져 묻기 위해서 그냥 댄 핑계?"

바빠 죽겠는데 설마 귀중한 30분을 잡아먹은 이 일이 그저 핑계에 불과하다면 원죄는 나중에 따지고 일단 네 얼굴에 이 서류부터 내던져 주고야 말겠어, 하고 이글거리는 시선을 보내자 승준의 눈꼬리가 처졌다.

"필요한 거였어. 이 시기에 바쁜 거 아는데 쓸데없는 자료 요청할 리 없잖아."

"그렇다면 다행이고."

나는 눈에 살기를 풀고 서류를 갈무리하는 승준을 가만히 살폈다. 그래, 그러면 설사 기분이 상했더라도 그 자리에서 대놓고 표현하지는 않았을 것이라는 생각에 나는 눈을 내리깔았다.

"어제, 기분 나빴다면 미안해요."

동기라고는 해도 그는 엄연히 나보다 두 살이 많다. 편하게 대하라며 반말을 종용하는 승준에게 휘말려 어느샌가 나도 말을 놓고 말았지만, 그래도 그가 연장자라는 점을 잊고 있는 것은 아니었다.

존대가 달갑지 않은지 승준은 눈썹을 치켜올렸다. 따지러 온 사람처럼 얼굴을 굳히고 있었던 사람 같지 않게 그는 금세 허물어진 표정으로 손을 내저었다.

"사과까지는 필요 없어. 그냥 갑자기 다른 직원들을 우르르 대동한 이유가 궁금한 것뿐이야."

"그게, 음, 그러니까…… 사람들이 하도 고 대리님의 동기애를 동기애로 보지 않으니까. 알아요? 고 대리님이랑 사귀냐는 소리, 하루 걸러서 매일같이 듣고 있는 거?"

"갑자기 뭘 어색하게 존대야."

승준은 말의 내용보다 존대가 더 걸리는지 몸을 당기며 인상을 찡그렸다. 요점은 그게 아니거든, 하고 입술을 삐죽거리며 나는 짧게 한숨을 내쉬었다.

"어제 대리님이랑 만나는 거, 미림 씨가 알게 돼서. 오해도 풀 겸, 나도 동기로서 고 대리님한테 좋은 일도 한번 할 겸. 대리님한테 평소에 관심 있다고 하던 직원들 있으면 오라고 했는데, 음, 진짜로 그렇게까지 올 줄은 몰라서. 어쨌든 불편했다면 미안해요······ 미안. 그래도 다들 괜찮지 않았어?"

"오해라. 뭐가 오핸데?"

나는 느릿하게 의자에 등을 기대며 이쪽을 바라보는 승준의 말에 눈을 깜빡였다. 내 말을 귓등으로 들었나. 뭘 또 물어.

"그러니까 고 대리님이 나를 좋아한다던가, 우리가 사실은 몰래 사귀고 있다거나, 하는 오해 말이야. 그런 얘기 못 들어봤어? 난 정말이지 지겹도록 듣고 있는데."

"사귀는 건 분명 아니지."

"그러니까 말이야."

"하지만 완전히 다 오해는 아닌데."

"그러니까 말이······ 뭐?"

무의식적으로 고개를 끄덕이고 있던 나는 불현듯 그를 바라보았다. 팔짱을 끼고 있는 승준은 태연한 얼굴로 상큼하게 웃고 있었다. 눈매를 부드럽게 접은 채 그가 듣기 좋은 목소리로 중얼거리듯 말했다.

"설마 내가 좋아하지도 않는 사람한테 이렇게나 신경을 쓸 거라고 생각한 거야?"

"……또 뭐 그 정도까지 신경을 쓴 거라고 말하기는 좀, 부족한 감이 있는 거 같은데."

"음, 그렇지. 하지만 어쨌든 난 그 정도는 널 좋아한다고. 그러니까 완전히 오해인 건 아니지."

잠깐이었지만 심장이 덜컹 내려앉은 동요를 들키지 않기 위해 나는 입술을 비튼 채 그를 바라보았다. 홑꺼풀의 시원스런 눈을 반짝이며 웃고 있는 그를 보자 절로 한숨이 흘러나왔다. 나는 짧게 잘라 말했다.

"아니. 완전히 오해가 맞아. 내 기준에서는 그렇다고 생각해."

고승준을 상대로 내가 무슨 생각을. 고개를 설레설레 내저으며 나는 몸을 일으켰다.

"더 필요한 자료 있으면 요청해. 바쁜 저는 먼저 갑니다."

문손잡이를 잡자 의자를 빙글 돌린 그가 일어섰다. 불쑥 앞을 가로막는 승준을 피곤한 눈으로 올려다보자, 그가 대뜸 내 이마를 짚었다. 커다란 손이 따뜻했다.

"감기야? 눈가가 빨갛다."

"아마 그럴걸. 그리고 부탁인데……."

나는 짧게 한숨을 내쉬며 이마를 덮고 있는 승준의 손을 천천히 잡아 내렸다. 그가 맑은 눈을 깜빡이며 나를 뚫어져라 응시하는 시선이 느껴져, 나는 그를 마주 보았다.

"이런 건 동기애 범위 초과거든. 주의해 주세요, 고 대리님."

씩 웃어 보인 후 문을 열어젖힌 나는 사무실을 향해 걸음을 옮겼다. 어깨가 가벼워진 것 같기도, 더 무거워진 것 같기도 했다. 그러거나 말거나 나를 기다리는 일은 산더미였고, 나는 두어 번 고개를 털어내고는 금세 일에 빠져들었다.

사무실은 건조했다. 자꾸만 코가 막히는 것 같아 물에 적셔 둔 손수건을 아예 키보드 곁에 두고 한 번씩 쿵쿵대며 일에 몰입했다. 가끔 그런 꼴이 처량하다는 생각이 들었지만 어차피 눈여겨보는 사람도 없었다.

"적당히 정리하고 들어가. 코가 아주 울긋불긋하다."

여섯 시가 다 되어가는 시계를 가리키며 지현이 말했다. 화장실 두 번 갈 것도 한 번으로 줄이며 엉덩이 붙이고 앉아 있었던 보람이 있어 일은 거의 끝난 상태였다. 나는 고개를 끄덕이며 코를 훌쩍였다. 눈가가 뜨끈뜨끈했다.

"나 궁금한 게 있었는데 말이야."

서류를 가지런히 모으는 내 쪽으로 몸을 굽히며 은근히 속삭이는 지현을 미심쩍은 눈으로 바라보자, 그녀가 책상 아래에 놓아둔 장우산을 눈짓으로 가리켰다.

"저 우산, 무슨 사연 있어?"

"……무슨 사연이오?"

"아니, 이상해서. 지난주에도 일기예보에 그다지 비 소식 없었는데도 일주일 내내 들고 다니더니, 오늘도 들고 왔잖아. 어제야 비가 온다고 했으니까 그렇다 쳐도 말이야. 이번 주에는 비 온다는 소리 없던데."

"유비무환이죠, 뭐. 우산에 무슨 사연이 있을 게 있겠어요."

콜록, 하고 기침하는 입에 주먹을 가져다 대며 나는 눈을 굴렸다. 지현은 호기심이 많은 성격이었다. 조금이라도 틈을 보이면 필요 이상의 것을 알아내려 할 것이다. 나는 덤덤한 얼굴로 그녀에게 웃어 보이면서도, 은근히 저 소속이 애매한 우산을 어떻게 처리할지 고심했다.

해외영업팀은 야근이 잦았다. 상대하는 회사들의 시차에 맞춰서 일을 하는 경우가 많기 때문이었다. 강 대리의 자리를 알아내서 몰래 두고 올까, 생각했지만 그것도 어쩐지 이상하고 쓸데없이 눈에 띌 염려도 있다. 사내에서는 보는 눈이 많으니 이래저래 조심할 필요가 있었다.

무엇보다, 별로 신경 쓸 일은 아니지만, 해외영업팀의 옆에 있는 부서가 민석이 있는 관리팀이다. 미련이 남은 것은 아니지만 그다지 마주치고 싶진 않았다.

내일 또 들고 와야 하나. 내일은 금요일이니 우산을 주려면 주말 전에 주는 것이 나을 것이다. 주인이 엎어지면 코 닿을 데 있는데도 갖고 있자니 마치 짐을 보관하고 있는 것만 같아 영 신경 쓰였다.

퇴근했나 싶어 블라인드를 슬쩍 들춰 보았다. 아, 저 멀리 어깨에 전화기를 끼운 채 일어서서 모니터를 내려다보고 있는 사람이 보인다. 참 눈에 잘 띄는 사람이라 편하다는 생각이 들었다.

아무래도 바쁜 것 같아 다음으로 미루자 생각하며 고개를 돌리니, 지현이 능글맞은 미소를 지으며 나를 보고 있었다.

"그 방향이 딱 해외영업팀, 영업팀 있는 쪽이지. 누구? 강? 고?"

"영업팀이오. 혹시라도 석 부장님이랑 마주칠까 봐서."

눈을 내리깔며 조용히 중얼거리는 내 말에 아, 하고 고개를 선뜻 끄덕인 지현이 덩달아 블라인드를 들어 올렸다.

"내가 망 좀 봐줄까? 어디 보자, 부장님은 자리에 앉아 계신 것 같은데."

"그래 주시면 감사하죠."

"얼른 가. 부장님도 들썩이는 폼이 곧 일어나실 것 같다."

나는 비장하게 그녀를 향해 고개를 끄덕여 보이고는 직원들을 향해 인사했다. 잠시 망설였지만 우산은 책상 밑에 놔두었다. 오늘은 왠지 들고 갈 힘이 없었다.

회사를 나오자 거리가 흐릿했다. 겨울이 끝나가니 해가 길어진 것 같았다. 정신없이 일을 할 때는 몰랐는데 정작 퇴근할 때가 되니 등골에 소름이 돋는 것이 아무래도 몸살이 오려나 싶어 나는 버스 정류장으로 가다 말고 멈춰 섰다.

집에 가봐야 반겨줄 사람은 없고, 요리를 잘 안 하는 탓에 먹을 것도 없다. 근처에서 저녁을 먹고 약이라도 사가는 게 나을 것이다. 나는 터덜터덜 회사 근처의 죽집으로 향했다.

"삼계죽 하나 주세요."

자리에 앉자 새삼 머리가 찡, 하고 울린다. 기분 탓인지 열이 오르는 것도 같았다. 창문에 머리를 기댄 채 잠깐 졸다가, 아주머니가 가져다주신 죽을 먹었지만 다 비우지는 못했다.

'씻고 자자, 씻고 자자'를 주문처럼 되뇌며 죽집을 나온 나는 약국을 찾아 거리를 두리번거렸다. 멀리서 반짝이는 약국 표시를 보고 걸음을 떼는데, 낯익은 목소리가 들렸다.

"차윤서 대리님?"

어두워진 거리 저쪽에서 나를 향해 성큼 걸어오는 남자는 강제훈이었다. 슈트 재킷만 걸친 걸로 봐서는 잠깐 밖에 나온 모양이다. 아, 우산. 가지고 나올걸.

"퇴근하는 겁니까?"

"아, 네. 야근하세요?"

"10시 반에 캐나다 쪽 거래처와 회의가 있어서."

10시 반이라니. 과연 그쪽의 야근 개념은 우리와는 천지 차이다. 일 끝내고 집에 들어가면 새벽이겠네. 나는 힘없이 고개를 끄덕였다.

"고생하시겠네요."

"저녁은, 먹었어요?"

"네, 먹고 약 사러 가는 길입니다."

말끔한 얼굴에 이목구비가 또렷한 그의 미간에 주름이 잡혔다. 제훈은 삐딱하게 고개를 기울여 내 얼굴을 들여다보다가, 들릴 듯 말 듯 혀를 차며 내뱉었다.

"자신만만하게 머플러를 내던지고 가더라니."

'……솔직히 일을 잘해서 파견 간 게 아니라 못 해서 해외로 쫓겨난 거 아니에요? 도저히 순순히 웃는 얼굴로 협상을 하는 모습 같은 거 상상이 안 가거든요.'

라고 말할 수 있었다면 얼마나 좋았을까. 몸살로 기력이 쇠하지만 않았어도 당차게 내뱉고 내뺄 만도 했겠지만 오늘은 사람을 후벼 파듯 바라보는 그 시선을 감당할 자신이 없었다. 나는 그저 눈을 치켜뜨며 중얼거렸다.

"내던진 건 아니거든요. 그래도 그 덕분에 감기는 면하셨잖아요."

"그 덕분이라고 말하자면 내 체력이 억울하지. 여기 잠깐 있어요."

퉁명스레 대답하며 제훈은 손목시계를 곁눈질했다. 그리고는 왜요, 라고 물어볼 틈도 주지 않고 몸을 돌려 회사 쪽으로 가볍게 뛰어가 버렸다. 왜, 하고 입을 벌린 채로 멍하니 그 뒷모습을 바라보며 나는 얼굴을 찡그렸다.

……쫓겨났던 게 분명하다.

고개를 절레절레 저으며 나는 천천히 걸음을 움직였다. 약국의 녹색 십자가가 나를 부르고 있었다.

따뜻한 쌍화탕을 약과 함께 천천히 마시고는 약 봉투를 든 채 약국에서 나오던 나는 몇 발자국 떨어진 곳에 우뚝 서 있는 훤칠한 남자를 발견했다. 두리번거리다 나를 발견한 제훈이 짧게 한숨을 내쉬듯이 어깨를 들썩이는 것 같았다. 일순 부모님의 속을 썩인 장녀가 된 듯한 기분에 나는 주춤거리며 그에게 다가갔다.

"약 사려고……."

"간 줄 알았어요."

허리에 손을 얹은 채 주름진 미간을 매만지는 그의 뺨에는 곤혹스러운 기색이 어려 있었다. 내가 뭘 잘못했는지 잘은 모르겠지만 어쨌든 저런 표정을 눈앞에서 보고 있으니 괜히 미안한 마음이 든다.

영업팀 전직 에이스는 이런 식으로 사람 마음을 조종하는 건가!

쿨룩, 기침이 튀어나와 나는 입을 가렸다. 제훈의 시선이 이쪽으로 향했다.

"갑시다."

"어딜요?"

대꾸 없이 그는 그저 가볍게 내 어깨를 감싸며 앞으로 밀었다. 얼떨결에 그에게 밀려 나는 몇 걸음 앞으로 걸어야 했다. 등에 닿을 듯 말 듯 스치는 제훈의 팔의 단단한 감촉에 괜히 몸이 움츠러들었다.

도로변에 세워져 있는 차가 삑, 하고 울었다. 제훈은 무심한 얼굴로 조수석 문을 열었다. 새 차 냄새가 훅 풍겼다. 나는 아직 조수석 헤드 부분에 씌워져 있는 비닐을 멀뚱히 바라보았다.

"안 탑니까?"

시큰둥한 얼굴을 하고 있는 제훈은 장승처럼 여전히 내 곁에 버티고 서 있었다. 완고한 표정이 포로를 잡고 퇴로를 막고 있는 군인처럼 느껴지기도 했다. 그러니까 지금 이건 나를 집까지 바래다주겠다는 뜻으로 보인다. ……왜?

"어…… 시간 괜찮으세요? 그, 회의도 있고, 저녁이라도 드시러 나오신 거 아니……."

"말은 차에 타서 하죠. 아직 바람이 차니까."

제훈이 고갯짓으로 차를 가리켰다. 거절할 수도, 뭐라 말을 덧붙일 수도 없는 분위기에 나는 군말 없이 차에 올라탔다. 사실 이유야 어쨌든 간에, 퇴근길에 사람들로 밀릴 버스를 타고 가는 것보다야 나에게는 백번 나은 선택이었다. 새 차 냄새가 심하긴 했지만 말이다.

"벨트."

"아, 네."

시동을 걸자 차가 부드럽게 몸을 떨었다. 나는 나지막한 그의 말에 안전벨트를 맸다. 그러나 순순히 그의 말을 따르고 있자니 반항심이 고개를 비죽 치켜들었다.

"집까지 차로 한 시간 넘게 걸리기라도 하면 어떡하려고 대뜸 태워 주시는 건데요?"

"간선버스 타던데. 한 시간 넘게 걸립니까?"

"……아니요, 한 삼사십 분 정도."

"차로는 더 빠르겠지. 내비게이션에 주소 찍고, 눈 좀 붙여요."

사이드미러를 확인하며 제훈이 핸들을 돌렸다. 내비게이션의 버튼을 어설프게 누르던 나는 흘끗 그의 옆모습을 훔쳐보았다.

냉정하고 좀 뻐딱한 구석이 있는 성격인가 생각했는데, 비를 맞거나 아픈 사람은 그냥 못 지나치는 걸 보면 은근히 마음이 여린 모양이다.

"혹시 집에서 강아지 키우세요?"

"뭘 키워요?"

"강아지나 고양이."

"안 키우는데. 관심 있어요?"

"아니요."

그럼 왜 물어봐, 하는 눈으로 나를 보는 그를 피해 나는 헛기침을 하며 고개를 돌렸다. 가죽 냄새를 짙게 풍기고 있는 시트에 꼼지락거리며 등을 기대자 제훈이 말했다.

"그 던지고 간 머플러, 뒷좌석에 있습니다."

"던지고 간 게 아니라 호의였거든요. 셔츠 바람으로 배웅 나와주신 게 감사해서, 감기 걸리지 말라느…… 콜록."

기침이 튀어나와 나는 어깨춤에 입을 꾹 눌렀다. 영업팀의 사람들이 가장 경계하는 것 중의 하나가 감기다. 외부 인사와 접하는 게 업무의 일환인 그들에게 있어서 감기는 곧 자기 관리와 직결되는 문제였다.

예의상 머플러로 입이라도 틀어막을 생각으로 나는 몸을 돌렸다. 자그마한 종이 가방 하나가 덩그러니 놓여 있었다. 나는 가방을 잡아채었다.

"하필 전 우산을 회사에 두고 와서. 다음에 꼭 드릴게요."

"됐어요. 집에 쌓여 있는 것만 열댓 개는 될 테니."

응? 하루밖에 안 지났는데 세탁이라도 했나. 가방에 가지런히 접혀 있는 머플러를 꺼내자 익숙한 향기가 부드럽게 흘러나왔다. 큼큼대던 나는 그 향기의 정체를 알았다. 조금 달랐지만 제훈의 옷깃에 배어 있는 그 시원하고 맑은 느낌의 향이었다.

"어, 그럼 돈을 드릴게요. 제가 산 걸로 치죠."

"그것도 됐습니다."

하루 사이에 세탁소에 언제 맡기고 언제 찾았지? 나는 아랫단에 묻어 있던 거무스름한 흔적이 사라지고 새 것처럼 결이 매끈해진 머플러를 확인하고는 눈을 끔벅이며 제훈을 바라보았다.

그는 내 말이 탐탁지 않았는지 미간을 찌푸리고 있었다. 그런 얼굴에다 대고 차마 '내 머플러 세탁소에 언제 맡겼어요?' 같은 걸 물어볼 수가 없어, 나는 덤덤하게 머플러를 목에 칭칭 두르며 말했다.

"그냥 받으셔도 되는데. 왜 다 거절하시는 거예요?"

"그래야 뭔가 나한테 빚진 기분이 들 거 아닙니까."

무뚝뚝한 목소리가 툭 흘러나왔다. 나는 눈썹을 치켜올리며 그 고고한 옆모습을 바라보았다.

"저한테 뭐 부탁할 거 있으세요? 혹시나 해서 하는 말인데, 업무에 관련된 별도의 청탁 같은 건 안 받거든요."

흠, 하고 제훈의 입술이 비스듬히 기울었다. 늘 긴장한 것처럼 날이 서 있다가 가볍게 웃는 듯 풀어진 눈매가 매력적이다. 왜인지 그 웃는 얼굴을 따라 히죽 웃을 것 같아 나는 일부러 심드렁한 표정을 지어 보였다.

"저를 이렇게 빨리 마음에 들어 하실 줄 몰랐네요."

무슨 소리냐고 묻는 것처럼 신호등에 차를 세운 제훈이 나를 돌아보았다. 감기 기운에 헛소리를 했구나. 나는 겸연쩍은 얼굴을 감추려 머플러를 코끝까지 당긴 채 웅얼거렸다.

"마음에 드는 사람 앞에서는, 잘 웃는다면서요?"

제훈의 시선은 내게서 떨어지지 않았다. 모른 척하고 싶었지만 마치 내가 돌아보길 기다리는 것처럼 조용히 독촉하는 그의 시선에, 마지못해 눈을 들어 그를 바라보았다. 정면으로 마주한 제훈의 무표정한 얼굴은 빈틈없이 가지런했다.

"……방금 건 웃겨서 웃은 건데."

"네, 아무렴요. 전 말씀대로 눈 좀 붙일게요. 영 피곤해서."

앓느니 죽자. 무슨 생각으로 이런 바보 같은 말을 내던졌는지 스스로를 자책하며 나는 고개를 돌리고는 머플러에 얼굴을 파묻었다. 나직한 숨소리 같은 것이 들렸지만 그게 강제훈의 웃음소리였는지, 차창을 할퀴고 있는 바람 소리였는지는 알 수 없었다.

왜냐하면 그것을 채 구분 짓기도 전에, 감기를 잠재워 버리겠다는 의지가 아주 강력했던 약 기운에 떠밀려 그대로 곯아떨어졌기 때문이었다.

어디선가 부드럽게 속삭이는 소리가 들렸다. 민석이 처음으로 우리 집에서 자고 간 날이었던가. 새벽녘에 가물가물 눈을 떴을 때, 그는 내 머리칼을 쓰다듬으며 나직하게 노래를 흥얼거리고 있었다.

불과 몇 달 전의 일이었지만 오래되어 색을 잃은 사진처럼 인상이 흐릿하다. 애써서 지우려 노력한 결과일 것이다. 실제로 나는 그와 헤어진 뒤에 단 한 번도 그의 꿈을 꾼 적이 없었다. 그러나 왜인지, 그가 두고 간 향수는 버리지 못했다.

내가 사줬기 때문에 아깝다는 생각을 해서였을까. 버려야지, 생각하면서도 나는 그 향수를 화장대 한 켠에 밀어 두었다. 있어야 할 필요 같은 건 없었는데도, 왜인지 버리지 않았다.

몸을 뒤척였지만 노랫말처럼 듣기 좋은 목소리는 사라지지 않고 오히려 조금 더 또렷해졌다. 여기저기로 흩어져 있던 의식이 그 목소리를 따라 한데로 모이기 시작했다. 나는 천천히 눈을 떴다.

바짝 마른 입술을 혀로 축이며 가늘게 뜬 눈을 깜빡였다. 따뜻했지만 이곳은 내 집, 내 침대가 아니었다. 가죽 냄새와 그것에 뒤섞인 청량한 향기를 맡는 순간, 나는 눈을 부릅떴다. 바스락거리는 소리와 함께 나를 깨운 목소리가 들렸다.

"예. 계약 조건은 마케팅팀을 통해서 확인했습니다. 자료 분석은 곧 메일로 받을 수 있을 것 같고요. 예. 유통 단계를 얼마나 줄일 수 있을지가 주요 쟁점이 될 것 같습니다."

말투가 분명하고 냉정하다. 일할 때의 목소리는 이렇구나. 나는 기겁했으면서도 통화 중인 그를 생각해 꼼짝도 하지 않은 채 귀만 기울였다.

아나운서를 했어도 어울렸을 것 같다. 사심이라고는 조금도 섞이지 않은 이성적인 목소리는 울림이 좋아서, 팥으로 메주를 쑨다고 해도 그 목소리에 홀려 무심코 믿어 버릴 것 같았다.

"곧 들어갑니다. 30분쯤 걸릴 것 같은데요. 예. 회의실로 바로 가겠습니다."

창문에 제훈의 모습이 비쳐 나는 그를 흘끔거렸다. 그는 이런저런 서류를 잔뜩 펼쳐 둔 채 한 손으로는 휴대폰을, 한 손으로는 펜을 들고 무릎을 받침대 삼아 서류에 메모를 하고 있었다.

혹시 나 때문에 이러고 있는 건가. 아니, 깨우면 될 것을!

창문 밖으로 보이는 익숙한 오피스텔의 모습에 나는 입술을 깨물었다. 몇 시나 됐을까. 도착한 지 얼마 안 됐겠…… 9시 23분? 9시, 23분이라고?

차창에 비치는 시계의 숫자는 좌우가 뒤집혀 있었지만 분명히 그렇게 보였다. 나는 제훈이 휴대폰을 귀에서 떼고 메일을 확인하는 것을 보자마자 벌떡 몸을 일으켰다. 시트가 뒤로 젖혀져 있었음을 그제야 깨달았다. 제훈은 이쪽을 보지도 않은 채 무덤덤하게 말했다.

"일어났어요? 이대로 태우고 회사로 갈까 했는데."

"회, 회의. 회의 10시 반이죠? 지금쯤 출발해야 하는 거 아니에요?"

"그러려던 참입니다. 딱 맞춰 깼네."

미간을 좁히고 있는 그의 시선은 휴대폰 화면에 고정되어 있었다. 푸르스름한 빛을 받으며 태연하게 메일을 읽고 있는 제훈의 얼굴을 얼떨떨한 눈으로 바라보며 나는 목소리를 높였다.

"왜 안 깨웠어요? 도착한 지 두 시간은 됐을 텐데! 그, 저녁도 안 먹지 않았어요?"

그 말에 메일을 보던 제훈이 눈을 들었다. 정작 그가 고개를 돌려 나를 바라보자 나는 꿀 먹은 벙어리처럼 입을 다물어야 했다.

날카롭게 뻗은 그의 눈매에는 체념의 빛이 담겨 있었다.

"안 깨운 게 아니라, 본인이 눈을 안 떴을 거라는 생각은 안 합니까?"

"아니, 그게, 그렇다고 하더라도…… 아마 감기약 때문인 것 같네요. 죄송해요."

변명의 여지가 없다. 그래. 회의를 앞둔 데다 저녁도 안 먹은 상태로 넘치는 동정심 내지는 어떤 트라우마 때문에 아픈 나를 집까지 데려다준 사람이, 도대체 무엇 때문에 잠들어 버린 나를 안 깨웠겠는가.

약 기운에 포만감, 피로가 겹친 내가 너무 깊이 잠들었던 탓이다. 어깨를 흔들거나 엄한 목소리로 이름을 부르는 정도로는 눈썹 하나 까딱하지 않을 만큼.

……차가 조금만 덜 따뜻했어도 금방 깼을 텐데.

"어때요. 이대로 회사 들어갈래요?"

"아니요, 내립니다. 지금 내려요."

벨트를 풀고 주섬주섬 가방을 챙기던 나는 그제야 내 몸을 덮고 있던 커다란 슈트 재킷을 보았다. 무릎에 걸려 막 떨어지기 직전인 그것을 낚아챈 나는 떨떠름한 얼굴로 제훈에게 내밀었다.

"어, 이거……."

"추운지 내내 앓는 소리를 내길래."

"제, 제가 그랬어요?"

"몸으로 덮어줄 순 없지 않습니까."

나는 내 귀를 의심하며 입을 딱 벌렸다. 정작 저 폭탄 같은 말을

농담이랍시고 던진 남자의 얼굴은 태연하다 못해 무표정했는데
말이다.

재킷을 받아 뒷좌석에 던져 두는 그를 멍하니 바라보다가 빳빳
하게 경직되는 것 같은 목덜미를 두드리며 나는 삐걱삐걱 고개를
돌리고 문손잡이를 잡았다.

"고맙습니다. 수고하세요."

"그러죠."

6시 43분부터 운전해서 우리 집 앞에 도착하고는 차마 곯아떨
어진 나를 끌어내지 못해 두 시간 가량을 머물렀던 사람치고는 참
으로 덤덤한 대답이었다. 오히려 상대방이 그렇게 나오니 민폐를
끼쳤다는 생각에 영 마음이 불편했다. 문을 열던 나는 제훈을 돌
아보았다.

"잠깐만 여기 있어요. 5분이면 되니까."

나를 보고 있던 그는 의아한 눈을 한 채 짧게 고개를 끄덕였다.
그럭저럭 푹 잠들었던 탓인지 머리가 가벼웠다. 나는 차 문을 열
고 오피스텔로 재빨리 달려갔다.

"입에 맞을지는 모르겠지만, 줄 거라고는 이것밖에 없네."

아침으로 먹으려고 엊그제 사둔 떡이 있었다. 나는 문을 열자마
자 신발을 걷어차듯이 벗고는 불도 켜지 않고 자그마한 식탁을 더
듬었다. 떡이 담긴 봉투가 만져져 낚아채고는 냉장고 문을 열어
두유 두 병을 챙겼다. 비닐 봉투에 몰아넣으며 나는 계단을 뛰어
내려갔다. 제훈의 차는 그대로 있었다.

"이거라도 드세요."

운동 부족인가. 헉, 하고 숨이 거칠게 흘러나와 조수석 문을 열어젖힌 나는 비닐 봉투를 던지듯이 내려놓았다. 삐죽, 튀어나온 두유 병을 본 제훈이 눈을 들어 나를 응시했다.

"아, 그리고, 우산 아니라도 빚진 거 맞으니까 혹시 도움 필요하면 말씀하세요. 회사 일 말고요."

숨을 고르며 빠르게 내뱉은 나는 눈도 깜빡하지 않고 나를 바라보는 제훈의 칼날 같은 시선에 금세 민망해져 눈을 돌리고는 손을 내저었다. 어서 가라는 표시였다.

"생각 좀 해보고. 들어가요."

사람이 기껏 은혜를 갚겠다는데 생각은 무슨 생각, 하고 눈썹을 치켜세우던 나는 분명 보았다. 묘하게 일그러진 수려한 입매와 부드럽게 허물어진 강제훈의 눈매를. 웃음을 참고 있는 듯한 표정이었다.

그러나 무어라 지적하려 손을 들자마자 차는 출발했고, 제훈은 눈앞에서 날쌔게 사라졌다. 나는 오피스텔 앞에 덩그러니 남은 채, 뿌연 매연을 내뿜고 간 새 차를 멍하니 바라보았다.

"도대체 당신은 뭔가요, 강제훈 대리님."

멋대로 풀어져 길게 늘어진 머플러가 바람에 휘날린다. 나는 밤공기를 깊게 들이마셨다. 머릿속이 어쩐지 상쾌했다.

차가울 만큼 매정해 보이면서도 동정심이 넘치고, 의외로 마음이 여려 잠들고 병든 여자 하나 깨우지 못하는 전직 영업팀 에이스 강제훈 씨.

"뭐, 어쨌거나. 우산 하나는 번 셈이네."

혼잣말을 중얼거리며 나는 집으로 걸음을 옮겼다. 이제 내게 남은 것은 씻고 자는, 기꺼이 수행하고자 하는 미션뿐이었다. 그러나 열두 시간 후, 나는 이 순간을 뼈저리게 후회하고 있었다.

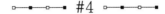

4

"들으셨어요? 오늘 강 대리님 출근 안 하셨대요."

"어디의 무슨 강 대리?"

"해외영업팀의 강제훈 대리님이오."

커피를 들고 돌아온 미림의 말에 습관적으로 까칠하게 대꾸하던 지현이 '뭐?' 하고 되물었다. 서류를 뒤적이고 있던 나도 놀라 고개를 돌렸다. 파티션에 팔을 기대고 있는 미림은 몹시도 실망스러운 얼굴을 하고 있었다.

"어제 캐나다 쪽이랑 회의까지 잘 끝내고, 댁으로 가던 중에 바로 응급실 가셨다고."

"어, 어디가 안 좋아서?"

때려눕히려 덤벼들어도 안색 하나 변화 없이 멀쩡히 버티고 서 있을 것 같은 그 남자가 응급실에 가다니. 코를 훌쩍이자 미림이 몸을 낮추고 속삭였다.

"장염이래요. 뭘 잘못 드셨나. 그래도 금요일이라 다행이죠. 사흘 푹 쉬실 거 아니에요."

손가락 사이에 끼우고 있던 펜이 덜그럭, 하고 떨어졌다. 그야말로 내 심장이 떨어지는 소리였다. 그 시간에 회사로 달려가 회의를 끝내고 새벽에 집으로 돌아가는 단순한 루트에서 내가 준 떡과 두유를 제외하고 그가 다른 무언가를 먹었을 가능성은 아주, 몹시, 낮은 듯 보였다. 얼굴에 핏기가 사라지는 스산한 소리가 들리는 것만 같았.

"미림 씨, 고승준 대리한테 관심 있는 거 아니었어?"

"물론 있죠. 그렇지만 멋진 남자가 여럿일 때 굳이 한 우물만 팔 필요 없잖아요. 고 대리님은 고 대리님대로 멋지고, 강 대리님은 강 대리님대로 멋지니까."

헤헤, 웃으며 뺨을 감싸는 미림의 손톱은 예쁜 핑크색에 찬란한 스톤으로 장식되어 있었다. 유달리 날씬한 몸매를 잘 보여주는 미림의 원피스를 수놓고 있는 꽃들을 멍하니 바라보던 나는 툭, 하고 어깨를 치는 지현의 손에 느릿하게 고개를 돌렸다.

"한가하게 있다가는 뺏긴다."

평소였다면 '네, 전 죽을 때까지 한가하게 있는 게 꿈이에요'라고 심드렁하게 대답이라도 했겠지만 지금의 내 머릿속에 그런 여유는 없었다. 창백하게 질린 내 얼굴을 무슨 뜻으로 해석했는지 지현이 금방 멋쩍은 얼굴을 하며 내 등을 부드럽게 토닥였다.

"아니, 그렇다고 너무 그렇게 신경 쓰지는 마. 뭐야. 그런데 차 대리, 노선 정한 거야? 강 대리로?"

"저, 화장실 좀."

"아, 그래. 왜, 차 대리도 속이 안 좋아?"

아니요. 저는 그 떡을 모조리 강 대리님한테 주는 바람에 아침에 빈속으로 와서 괜찮습니다.

은혜 갚은 까치가 되기는커녕 본의 아니게 독이 든 사과를 내민 백설공주의 계모의 탈을 쓰게 된 듯한 기분이 되어, 나는 비틀거리며 사무실을 빠져나왔다.

뒤집히는 속을 가까스로 가라앉히며 응급실로 들어서는 강제훈의 창백한 얼굴이 보이는 것 같다. 차, 윤, 서, 하고 씹어 먹을 듯이 차갑게 내뱉으며 장렬하게 바닥을 뒹굴고야 마는 그를 상상하며 나는 화장실 벽에 자진해서 머리를 박았다.

"그 전날 먹었을 때는 분명 멀쩡했는데…… 날이 좀 풀렸다고는 해도 그래도 겨울인데 하루 만에 상할 줄 누가 알았냐고요……."

쿵쿵, 하고 이마를 들이받자 묵직한 통증이 찌르르 번진다. 입술을 질끈 깨물며 나는 땅이 꺼져라 한숨을 내쉬었다. 할 수만 있다면 내가 대신 장염에 걸려 병원에 누워 있고 싶었다. 쉬고 싶어서가 아니라, 내 죄를 내가 알기 때문이었다.

이럴 땐 뭘 어떻게 해야 하나. 바쁜 업무 탓에 한국에 돌아와서 제대로 쉬지도 못하고 바로 복귀했다고 들었다. 체력과 정신력으로 버티고 있는 사람한테 내가 독을 먹인 것이다.

지금쯤 이를 갈며 나를 원망하고 있겠지? 석 부장을 조종해서 날 스트레스로 말려 죽일 계획 같은 걸 세우고 있지는 않을까? 얼음이 맺힐 것처럼 차가운 눈으로 병실에 누워서.

발끝에 무거운 추가 달려 끝도 없이 가라앉는 기분에 나는 한숨만 내쉬었다.

병원에 가야 할까. 가야 하겠지. 앞으로도 계속 회사에서 마주칠 텐데 찾아가서 사과를 하는 게 도리다. 과일이나 음료수도 사 들고 가야겠지…… 내가 주는 걸 먹으려나?

"어휴, 도대체 전생에 무슨 악연이었길래."

쏴아, 하고 쏟아지는 물에 괜히 손만 문질러 씻고는, 나는 터덜터덜 화장실을 나섰다. 그리고 마침 남자 화장실에서 나오던 누군가와 엇갈렸다. 고개를 들자 낯익은 해사한 얼굴이 거기 있었다.

"과연 동기는 이심전심이군. 화장실 가는 타이밍까지 같으니 말이야."

오늘도 깨끗한 셔츠에 색감이 선명한 넥타이로 자기주장을 하고 있는 승준이 나를 보며 싱긋 웃고 있었다. 그가 고른 선물을 너무나 마음에 들어 한 거래처 사장의 부인 덕에 몇 달째 지지부진하던 거래가 성사됐다는 얘기는 고승준에게 있어 딱히 새삼스럽지도 않은 일화였다.

"그래. 대리님도 변비구나. 몰랐네."

"뭐? 일 제대로 못 봤어? 요거트 사다 줄까?"

"이럴 땐 왜 농담을 진담으로 받아?"

"안색으로 봐서는 농담 아닌 것 같은데."

복도를 가로지르는 내 곁에서 함께 걸으며 승준이 중얼거렸다. 짧게 한숨을 내쉬며 걸음을 멈추자 그가 뜨끔한 표정으로 내게서 한 발 물러섰다.

"왜, 또 동기애 초과 범위야?"

"강제훈 대리, 연락처 좀 알려줄 수 있어?"

"……누구의 뭐?"

"해외영업팀의 강제……."

"못 들어서 되물은 건 아니고."

눈썹을 크게 들어 올린 그의 얼굴에 어린 것은 역력한 당황이었다. 내가 그 사람의 연락처를 물어본 게 그렇게나 놀랄 일인가. 대학 동창이라니까 당연히 알 거라고 생각해서 물어본 것뿐인데.

승준은 팔짱을 낀 채 천천히 내 주변을 빙글빙글 돌았다. 세 바퀴쯤 돌았을 때 내가 미간을 찌푸리며 쏘아보자 그는 흐음, 하고 길게 숨을 늘이며 멈춰 섰다.

"무슨 용건인지 물어봐도 되나?"

"……장염으로 응급실 갔다길래. 그냥, 괜찮은지 궁금해서."

이번에는 흐으음, 하고 더더욱 숨을 늘이며 승준은 미간을 찌푸렸다. 나는 혀를 차며 걸음을 내디뎠다.

"됐어. 따로 알아볼 테니까."

"문자로 보내줄게."

삐딱하게 웃으며 승준이 어깨를 으쓱였다. 나는 손을 내저었지만 그는 말을 덧붙였다.

"그런데 동기, 궁금한 게 두어 개 있는데."

"네, 뭡니까?"

일부러 정중하게 대꾸하며 고개를 돌렸지만 승준은 선뜻 말을 꺼내지 않았다. 복도 한 켠에 가만히 서서 나를 바라보는 그 시선이 어쩐지 고요하게 느껴져서, 나 역시 섣불리 그 침묵을 깨지 못했다. 승준이 천천히 입을 열었다.

"내 전화번호는 아나?"

뭔 소리야.

나는 미간을 좁혔다.

"당연히 알······."

그러나 말을 마무리 짓지 못했다. 사적으로 그와 문자나 전화를 주고받은 적이 있었던가. 필요한 연락은 메일로 주고받았고, 애초부터 그와 말장난을 하며 어울리는 것은 회사에서 마주칠 때뿐이었다. 그나마도 부서가 달라 얼굴을 보지 못하는 날도 부지기수였다.

게다가 나는 잘 쓰지 않는 번호는 정기적으로 지우는 습관이 있었다. 말하자면 그것은 사람을 정리하는 버릇 같은 것이었다. 내 휴대폰에 저장되어 있는 번호가 40개를 넘기는 일은 없었고, 그렇기에 나는 자신할 수가 없었다. 저장을 했던 때도 있었겠지만, 지웠을 수도 있었으니까.

이런 내 반응을 예상이라도 한 것처럼 승준은 픽 웃었다. 늘어뜨려진 그의 서글서글한 눈매에 어쩐지 뜻 모를 죄책감이 솟는다.

뭐라고 대답할까 갈팡질팡하는 사이, 승준이 한 걸음 다가섰다. 나는 주눅 든 눈을 깜빡이며 그를 응시했다. 훤칠한 키와 널찍하게 뻗은 어깨에서 왠지 모를 낯선 위압감이 느껴졌다. 승준이 나직하게 물었다.

"나 작년 봄에 울산 출장 갔다가 접촉 사고로 전치 2주 받았던 건 알고?"

"어, 그랬어? 아, 그러고 보니까 어디서 들었던 것 같기도……."

기억을 더듬으려 눈을 굴리며 말하는 내 머리 위에 턱, 하고 승준의 손이 얹어졌다. 늘 웃는 상이었던 그의 얼굴이 드물게도 차분히 가라앉아 있어서, 나는 놀라고 말았다.

"무심한 여자 같으니. 동기애라고 해봐야 밑 빠진 독에 물 붓기였군그래."

가볍게 내 머리를 두드린 승준은 홀연히 나를 지나쳐 걸어갔다. 순간 어떤 반응도 하지 못한 나는 뒤늦게 몸을 돌렸지만, 이미 멀어진 승준을 멈춰 세우지는 않았다.

그가 말하고자 하는 바는 어렴풋이 알 것 같았다. 말하자면 강제훈의 연락처를 물어보고, 장염으로 병원에 갔다는 그를 걱정하는 게 못마땅한 모양이다. 2년 가까이 함께 회사를 다니며 소위 '동기'라는 말로 엮인 자신의 연락처도 제대로 모르는 내가 말이다.

그러나 고승준이 알 리가 있나. 제훈을 병원으로 보낸 게 누구인지. 멀쩡하던 그를 떡 세 덩어리로 쓰러뜨린 내 죄를, 나는 굳이 드러내고 싶지 않았다. 고해성사는 본인에게 하는 걸로 충분하다.

"뭘 그런 걸로 새삼 섭섭한 티를 내고 그래, 무섭게."

조용히 중얼거리면서도 괜히 멋쩍은 기분에 나는 목덜미를 긁적였다. 항상 웃으며 장난을 걸어오는 것이 익숙한 만큼, 이런 식으로 서운한 얼굴을 보여주는 승준은 내게 한없이 낯설게 느껴졌다.

조만간 영업팀에 매출표 건네주러 가면서 음료수라도 두고 와야겠다, 생각하며 나는 천천히 사무실을 향해 걸었다. 이래저래 마음이 무거웠다.

□—■—□—■

제훈은 그럭저럭 운이 나쁘지 않은 인생을 살아왔지만, 그 순간만은 운이 나빴다.

운전을 하며 집으로 가던 중, 갑자기 식은땀이 나며 헛구역질이 올라와서 급하게 가까운 병원 응급실로 향해야 했다. 울렁거리는 속을 가까스로 달래며 비틀비틀 접수대로 향하던 그는 어느 노인이 기대고 있던 링거 거치대에 발이 걸렸고, 그대로 넘어져 바닥에 머리를 부딪치며 잠시 정신을 잃었다.

눈을 떴을 때는 날이 밝은 아침, 침대 위였고 그의 팔에도 링거선이 매달려 있었다. 과로에 가벼운 뇌진탕, 장염이 겹쳤다는 의사의 말에 시각을 확인한 그는 말라붙은 목소리로 겨우 회사에 사정을 알리고 나서 다시 쓰러졌다.

오후에 눈을 떴지만 몸에 힘이 없었다. 의사의 권고로 하루 입원하기로 결정하고 병실로 옮긴 그는 가까스로 환자복으로 갈아입은 뒤 침대맡에 등을 기댄 채 앉았다.

저녁으로 흘러가는 오후의 한적한 시간, 가만히 하는 일 없이 그렇게 앉아 있자니 어색한 기분이 들었다. TV를 바라보는 노인들, 찾아온 가족과 담소를 나누고 있는 환자들이 허우대 멀쩡한 그를 호기심 어린 눈으로 보았다. 이방인이 된 듯한 겸연쩍은 기분에 제훈은 어색한 미소를 지으며 괜히 휴대폰을 집어 들었다.

형이 결혼하고 집으로 들어오면서, 그는 따로 나가 살게 되었다. 내과 의사인 아버지, 영문학 교수인 어머니는 그가 어릴 때부터 마당이 넓은 2층 집을 짓고 두 아들 내외와 함께 북적이며 사는 노후를 꿈꾸셨다.

그러나 제훈이 해외에 나가 있는 동안 집을 지으면서 아버지는 단독 서재를, 어머니는 널찍한 거실을 포기하지 못하셨고 결국 1층은 부모님을, 2층은 형 내외를 위한 공간으로 꾸미게 되었다. 집에서 나오는 것은 내심 제훈이 바라던 바였기 때문에, 그는 한국에 들어오며 홀가분하게 오피스텔을 얻어 나올 수 있었다.

어머니께 알려야 하나, 잠시 고민하던 그는 휴대폰을 다시 내려놓았다. 하루면 퇴원할 거고 몸에 크게 문제가 있는 것도 아니다. 주말 동안 가만히 누워 약을 먹으며 쉬면 어느 정도 회복할 것이니, 번거롭게 걱정 끼치고 싶지 않다는 판단이었다.

그러나 제훈의 시선은 휴대폰에 머물렀다. 떠오르는 얼굴이 있어서였다. 늘 차분하고 침착하며 목소리를 크게 내는 것이 익숙하지 않을 것처럼 생긴 하얀 얼굴. 그러나 사실은 말로 맞서는 게 익숙하고 냉정하면서도 엉뚱한 구석이 있는, 의외의 일면이 있는 여자.

그녀를 처음 본 것은 사내 게시판에 올라와 있는 사진에서였다. 직원들의 결속력을 위한다는 핑계로 이런저런 행사를 여는 것을 좋아하는 사장의 기질 탓에, 회사는 계절마다 야유회며 체육대회를 거르지 않았다.

푸른색의 티셔츠에 청바지를 입은 그녀는 공을 품에 끌어안고 주변을 둘러싼 사람들을 바라보고 있었다. 짓궂은 얼굴로 그녀를 몰아붙이고 있는 사람들은 그것을 뺏으려는 듯 손을 뻗고 있었다. 그가 아는 한, 직원들은 체육대회에 그다지 열성적이지 않았다. 그저 별수 없이 시간을 보내며 적당히 장난스럽게 참여하는 것이 일반적이었다.

그 와중에 유일하게 진지하고 절박한 얼굴을 하고 있어서였을까. 침착하게 주변을 살피는 또렷한 눈빛이 인상적이었던 걸까.

'뉴 페이스, 회계팀 차윤서 대리의 의외의 활약!' 이라는 글씨를 보며 차윤서, 하고 불러 보았던 기억이 있다. 전에는 본 적 없는 얼굴이었고, 뉴 페이스라고 적혀 있는 걸 보면 최근 회사에 들어온 사람인 모양이었다.

의외의 활약이라는 말에서 그녀의 평소 성격이 얼핏 보이는 것 같았다. 생긴 대로 고여 있는 물처럼 평온하고 침착한 사람. 앞에 나서거나 활동적인 것과는 그다지 어울리지 않는 사람. 내성적이고 소극적인 사람일까.

솔직히 말하자면 사진에 찍힌 그녀는 제 취향이었다. 취향이 정해져 있다고 생각해 본 적은 없지만, 굳이 말하자면 대충 성기게 묶은 머리칼과 갸름한 볼이 발갛게 상기된 얼굴, 오밀조밀한 이목구비와 차분한 분위기 같은 것이 마음에 들었다고 할 수 있겠다.

본사로 돌아가서 마주치면 어쩐지 어색하겠는데. 그는 한국으로 오는 비행기를 타며 멋쩍게 생각했었다. 그리고 우연찮게 귀국한 다음 날, 그녀를 보게 되었다. 느지막이 일어나 카페에서 간단히 토스트와 커피를 먹고 있을 때였다.

캐주얼한 차림으로 친구와 마주 앉아 있는 그녀는 사진에서 봤던 것처럼 차분하고 고요해 보였다. 어딘지 무기력해 보이기는 했지만, 알아보기 어렵지는 않았다.

말을 걸어볼까. 아니, 친구와 같이 있는 자리에서 갑자기 그러는 것도 어색하다. 애초에 뭐라고 자신을 소개한단 말인가. 그는 여자에게 스스럼없이 호감을 표현하며 적극적으로 다가가는 타입은 아니었다.

망설이는 사이, 창밖으로 무언가를 보고 있던 그녀가 뛰쳐나갔다. '윤서야, 우산!' 하고 외치며 친구가 일어선다. 제훈은 생각할 겨를도 없이 들고 있던 장우산을 들고 그녀를 뒤따라 카페에서 나왔다.

관리팀의 이민석과는 안면이 있었다. 여자와 함께 있는 그의 앞을 비를 맞으며 가로막는 그녀를 보고, 제훈은 어렵지 않게 둘의 관계를 눈치챘다.

쏟아지는 차가운 비를 묵묵히 맞으며 그를 바라보다가, 결국 조용히 옆으로 비껴 서는 그녀의 뒷모습만 봐도 차윤서가 어떤 사람인지 조금은 알 것 같았다. 자신과 관계없는 일에는 딱히 나서지 않는 주의의 제훈이었지만, 그 순간만큼은 왜인지 화가 났던 것 같다.

그러나 회사에서 마주치기 시작한 그녀는 자신이 생각하고 있던 것과는 또 달랐다. 회사 정문 앞에서 상사에게 야단을 맞으면서도 기죽지 않고 제 할 말을 하는가 싶더니, 또 겁먹은 사람처럼 고개를 푹 숙이기도 하고, 눈치를 살피기도 한다. 배짱이 있는 것인지 없는 것인지 알 수가 없었다.

조금 심술 맞게 말을 해봐도 냉정한 얼굴로 맞받아칠 것처럼 생겼는데, 의외로 얼굴을 붉히며 발끈하고 자리를 뛰쳐나가기도 했다. 그래 놓고 감기 걸리겠다며 머플러를 어깨춤에 내던지고 가지를 않나, 우산값을 주겠다고 하지를 않나. 하여튼 복잡한 여자다. 물론 그렇기에 더 호기심이 생기긴 했지만 말이다.

연락처라도 받아둘 걸 그랬나. 늘 회사에서 마주치니 기회는 얼마든지 있다고 무의식중에 생각했기에 그에게는 윤서의 연락처가 없었다. 월요일에 출근하면 전화번호부터 물어볼까, 생각하며 휴대폰을 손가락으로 가만히 두드리고 있던 제훈은 띠리링, 하고 울리는 문자음에 시선을 내렸다. 모르는 번호였다.

—차윤서 입니다. 지금 혹시 병원이세요?

"······차윤서?"

저절로 미간이 좁혀 들었다. 눈길 한 번에 읽을 만큼 짧은 내용이었지만 제훈은 문자를 다시 한 번 천천히 읽었다. 제가 아는 차윤서라는 여자는 한 명뿐이다. 그는 큼, 하고 목을 가다듬고는, 망설임 없이 곧장 통화 버튼을 눌렀다. 신호음은 오래가지 않았다.

[여보세요?]

"차윤서 씨?"

[어, 아, 네.]

놀란 기색이 느껴지는 목소리는 그녀가 맞았다. 먼저 문자를 보냈으면서 이 당황하는 듯한 느낌은 무어란 말인가. 제훈은 맞은편에 그녀가 앉아 있는 것처럼 눈썹을 세우고 퉁명스럽게 말을 던졌다.

"무슨 일입니까?"

[어······ 그게, 음, 지금 병원이세요?]

"그런데요."

[많이, 심각한가요?]

"죽을 만큼은 아닙니다."

짧게 숨을 들이쉬는 소리가 들린다. 무슨 표정을 짓고 있을까. 피식 웃음이 새어 나와 제훈은 괜스레 턱을 매만졌다.

[제가, 그, 지금 거길 좀 가려고 하는데요. 이온 음료 사가면 드실 거예요?]

"······지금 여길 온다고?"

예상치 못했던 말에 무심코 되묻자 윤서가 헛기침을 했다. 제훈은 눈썹을 치켜세웠다.

"회사에 무슨 일 있습니까?"

[그건 아니고…… 음, 어쨌든 지금 갈게요. 그, 정말 죄송합니다.]

무어라 말을 덧붙일 겨를도 없이 전화가 뚝, 끊겼다. 제훈의 서늘한 눈매가 드물게도 멍하니 깜빡였다. 시각은 6시 5분이었다. 퇴근하자마자 전화를 했다는 소리다. 안부 문자만 보냈어도 충분히 놀랐을 텐데, 그녀는 분명 여길 온다고 했다. 반가운 마음도 들었지만 동시에 몹시 의아한 일이었다.

"죄송하다는 건 또 뭐야."

도무지 이해가 가지 않아 고개를 기울인 채 휴대폰을 바라보고 있자, 또다시 액정이 깜빡였다. 문자였다.

—어느 병원 몇 호실인지만 알려주세요, 문자로.

허, 하고 웃음과 한숨 그 사이의 어떤 것을 내뱉으며 제훈은 천천히 팔짱을 꼈다. 굳이 '문자로'라는 말을 집어넣은 걸 보면 전화를 하지는 말라는 뜻이렷다. 지금 이 여자가 무슨 생각을 하고 있는지 추측해 보려 했지만 쉽지 않다. 휴대폰을 바라보고 있는 제훈의 미간 주름이 깊어졌다.

병원은 저녁 시간이 시작되었는지 소란스러웠지만, 한동안 가만히 침대에 앉아 있던 제훈은 이내 사람들의 이동 방향과 반대인 화장실로 길쭉한 몸을 이끌었다. 사정이야 뭐가 어찌 됐든 그녀가 올 것이다. 일단 세수부터 하고 볼 일이었다.

매점에서 산 이온 음료를 든 채 병원 특유의 냄새를 맡으며 잠시 방황하던 나는 후우, 하고 길게 한숨을 내쉬었다. 할 말은 준비했고, 싸늘하게 나를 노려보며 화를 낼 강제훈을 떠올리며 이미 머릿속으로 시뮬레이션을 마쳤는데도 발길이 쉽게 떨어지지 않았다.

"뭐, 이럴 줄 알고 줬다면 내가 진짜 나쁜 거지만 그게 아니잖아. 설마 그쪽도 일부러라고 생각하고 있진 않겠지."

'죽을 만큼은 아닙니다' 하고 딱 잘라 말하던 제훈의 퉁명스러운 말투가 떠올라 내 발목을 붙잡았지만, 어차피 한 번은 해야 할 일. 나는 굳건히 마음을 다잡고 걸음을 떼었다.

저녁 식사 시간이 막 끝났는지 병실 복도를 지나다니는 사람이 많았다. 그 사이를 용기 내어 가로지른 나는 제훈이 보내준 숫자와 일치하는 병실 앞에 섰다. 안에는 환자와 보호자들이 어우러져 제법 북적이고 있었다.

짧게 심호흡을 하고, 최대한 침착한 표정을 유지한 채 나는 문이 열려 있는 병실 안으로 들어섰다. 그러나 제훈의 침대는 비어 있었다.

기껏 사람이 마음먹고 왔는데 어디 갔어. 이러면 음료만 놓고 도망치고 싶어지잖아!

'죄송해요. 상한 떡인지 맹세코 몰랐습니다. 그렇게 쪽지를 써 놓고 가도 되지 않을까? 찾아왔는데 없어서요. 제가 집에 급한 일이 있어서 바로 돌아가 봐야 했기에 부득이하게 이렇게 쪽지로나마 사과를 드립……'

"왔어요?"

불쑥 뒤에서 튀어나온 저음의 목소리에 나는 펄쩍 뛰며 고개를 돌렸다. 하루 만에 수척해진 얼굴의 강제훈이 우뚝 서 있었다. 도망갈 핑계를 찾고 있던 나는 끙, 하고 이를 악물었다.

"어, 그, 생각한 것보다 괜찮으신 것 같네요."

"뇌진탕만 아니었으면 입원하지도 않았겠죠. 앉아요."

"뇌, 뇌진탕은 왜? 어쩌다가요?"

"머리를 부딪쳐서."

간결하게 대꾸한 제훈은 내 손에서 이온 음료를 받아 들고는 의자를 턱짓으로 가리켰다. 짧은 머리를 말끔히 넘기고 몸에 잘 맞는 슈트를 입은 모습만 보다가, 이렇게 부스스 흐트러진 머리에 환자복을 입고 있는 모습을 보니 꼭 다른 사람 같다.

몇 살쯤 어려 보이는 그는 딱 30프로쯤 더 착한 사람이 된 것 같았다. 그렇다고 그가 나쁜 사람이라는 뜻은 아니지만.

머리를 부딪친 것도 내 탓일까. 나 때문에 몸이 안 좋아져서 그런 거라면 내 탓이 맞겠지. 도대체 내 죄는 어디까지 확장되는 것인가.

나는 누군가에게 억지로 끌려가는 것처럼 미적미적 의자로 걸어가다가, 탁자 위에 음료를 올려두는 제훈을 향해 몸을 돌렸다. 매도 일찍 맞는 게 낫다.

"정말 죄송해요. 저 때문에 이렇게 입원까지. 어떻게 사과해야 할지도 잘 모르겠지만, 제가 일부러 그런 게 아니라는 건 아실 거라고 생각합니다. 하여튼 이렇게 돼서 정말 제가 면목이⋯⋯."

"내가 입원한 게, 차윤서 씨 때문이었나?"

음료를 하나 꺼내 가볍게 뚜껑을 돌려 연 뒤 제훈은 내게 내밀며 심드렁하게 되물었다. 확인 사살을 하는 타입인가. 나는 입술을 깨물며 음료를 받아 들었다.

"떡이 상한 건지, 정말 몰랐어요. 전날까지는 분명 괜찮아서."

침대에 몸을 걸친 채 나를 보고 있던 제훈의 눈이 가늘어졌다. 나는 눈을 굴리며 그의 시선을 피했다.

그래도 상했다면 냄새나, 뭐 기타 다른 징후가 있었을 텐데 눈치를 좀 챘더라면 얼마나 좋았을까. 이렇게 민망할 일도 없고 말이다.

"아."

덤덤한 얼굴로 이내 제훈이 고개를 짧게 끄덕였다. 그는 습관인 것처럼 선이 날카로운 턱을 매만졌다. 무언가 생각에 빠진 듯 눈을 낮게 뜨고 있던 그의 입가에 미소가 스치는 것 같았다.

"그렇죠. 체력이야 자신 있지만 상한 떡을 먹고 멀쩡할 순 없을 테니. 그래서 책임을 통감하고 사과하러 오셨다?"

"그런, 셈이죠. 사과도 하고, 도울 일이 있을까 싶기도 해서."

병원의 건조한 공기와 그보다 더 건조한 저 남자의 시선을 받고 있자니 괜히 목이 타서, 나는 그를 주려고 가져온 이온 음료를 꿀꺽꿀꺽 마셨다. 가뜩이나 눈빛이 강렬한 제훈은 아예 대놓고 흥미롭다는 듯 나를 뚫어져라 보고 있었다. 그럼, 하고 운을 뗀 그의 반듯한 입술이 기울었다.

"재밌는 이야기 좀 해보던가."

"……뭘 해요?"

"병실에 가만히 있자니 심심해서 말입니다. 차 대리님이 도울 수 있는 일은 그 정도지, 싶은데."

무뚝뚝하게 중얼거리며 제훈은 침대를 가볍게 짚고 올라앉았다. 그래 봐야 긴 다리가 바닥에 닿아 있었다. 나는 떨떠름한 기색을 감추지 못한 채 그를 응시했다.

아무리 사람이 지은 죄가 있기로서니. 누굴 광대로 아는 거야, 뭐야.

"찾아보면 다른 게 있을걸요. 사람 웃게 하는 재주 같은 건 타고나질 못해서."

"하긴. 그건 확실히 그렇군."

내가 한 말이긴 하지만 저렇게 쉽게 긍정하니 어쩐지 부아가 치민다. 사과하러 온 사람 치고는 불손한 태도를 보이며 나는 눈에 힘을 주고 제훈을 올려다보았다. 고개를 기울인 채 무언가를 생각하는 것 같던 그가 불쑥 내 눈앞에 손을 내밀었다. 나는 그 커다란 손을 힐끔거리며 눈을 끔벅였다.

뭐, 손금이라도 봐달라고?

"그럼 손 좀 주물러 줘요."

인터셉트

"······뭘 하라고요?"

"물만 마시고 종일 누워 있었더니 굳어서 남의 손 같군요. 그렇다고 차윤서 씨에게 발을 주물러달라고 할 순 없지 않습니까."

말도 안 되는 말을 말이라고 하고 있는 강제훈은 어디까지나 심드렁한 얼굴 그대로였다. 이 남자 정말 농담 센스가 최악이다. 나는 눈썹을 치켜세운 채 다시 확인하듯 눈을 찡긋거렸지만 그는 손을 거두지 않았다. 진심이었다.

아마 다른 누군가가 이런 말을 했다면 나는 코웃음을 치며 무시하거나, 정중히 거절했을 것이다. 상대에 따라서는 화를 냈을지도 몰랐다.

그러나 강제훈의 태도에는 무언가 애매한 구석이 있었다. 그는 뻣뻣한 몸이 정말로 불편한 것 같은 얼굴을 하고 있었고, 남자들이 흔히 쓰는 수법으로 스킨십을 유도하는 말이려니 하기에는 표정과 말투가 너무 딱딱했다.

그러니까 말하자면, 감정을 배제한 듯한 그의 태도가 그가 남자고 내가 여자이기에 느껴질 수 있는 모종의 불편함을 희석시키고 있었던 것이다.

······원하는 대로 사람을 움직이는, 이게 바로 영업팀 전직 에이스의 실력인가. 내가 너무 얕봤군.

나는 어깨를 들썩이며 짧게 한숨을 내쉬었다. 그리고 아마 그에게 미안한 마음이 없었더라면 절대 수락하지 않았을 그의 부탁을 받아들이기로 했다.

"해본 적이 없어서 잘하진 못할 거예요."

눈앞의 손을 만진다고 해서 무언가 달라질 것 같지는 않았다. 저것은 그저 아픈 사람의 손일 뿐이다. 나는 두 손으로 그의 손의 양 끝을 겹쳐 잡았다. 그 순간, 착각이겠지만 제훈의 손이 움찔, 굳는 것 같았다.

커다란 그의 손은 과연 조금 부은 것 같았다. 손마디가 단단하고 여자들에 비하면 억센 느낌까지 드는 손이었지만, 판판하게 뻗은 손은 부드럽고 따뜻했다. 나는 대강 힘을 주어 꾹꾹 눌렀다. 문득 아버지의 손이 떠올랐다.

아버지는 목수 일을 하셨다. 당연하게도 손은 퍽 거칠었다. 말수가 적고 감정 표현도 드물었지만, 가끔 술에 얼큰하게 취해 들어오시면 내 머리를 쓰다듬거나 등을 툭툭 치곤 하던 손길은 기억에 남아 있다.

어느 날인가, 일을 마치고 돌아온 아버지는 손이 저리다며 몇 번이나 주먹을 느리게 쥐었다 폈다를 하고 계셨다. 나는 마사지를 자처했고, 사양하시면서도 흐뭇하게 웃던 그날의 아버지는, 그리고 그 거칠고 잔뜩 갈라진 손은 시간이 흐른 뒤에도 가끔씩 불쑥 떠오르곤 했다.

이혼 후 나는 어머니와 함께 서울로 올라왔고, 아버지는 재작년에 뵌 게 마지막이었다. 오피스텔을 옮기던 날, 어떻게 아셨는지 손수 짠 책상을 트럭에 싣고 오신 것이다.

가뜩이나 살가운 말은 할 줄 모르는 성격인 데다 함께 보낸 시간이 적어서인지 우리는 제대로 된 대화를 하지 못했다. 나는 두 시간을 달려온 아버지께 그저 '잘 쓸게요'라고 했고, 아버지는 고개만 끄덕이고 돌아가셨다.

시간 내서 한 번쯤 뵈러 갈까, 싶다가도 생활에 치어 마음처럼 되지 않았다. 이렇게 손을 주물러 드리면 그때처럼 멋쩍게 웃음을 감추실 텐데. 갑자기 마음이 뭉클거려 나는 더욱 꾹꾹 힘을 주어 제훈의 손바닥을 눌렀다.

"그렇게 억울하면 하지 말아요."

애매한 표정으로 나를 바라보고 있던 제훈이 툭 내뱉는 말에 나는 눈을 들었다. 그는 농담도, 비아냥거리는 것도 아닌 눈으로 나를 보고 있었다. 제훈은 조용히 나를 보며 나직하게 중얼거렸다.

"……울 것 같길래."

"억울해서 그런 거 아닌데요."

"그럼 계속하시고. 시원하고 좋군요."

나는 코를 찡긋거리며 전투적으로 그의 손가락을 꺾었다. 아프다며 그만하라고 말하길 고대하며 제훈의 눈치를 살폈지만, 그는 오히려 누그러진 눈을 한 채 꼼지락거리는 내 손을 보고 있었다. 그 편안한 표정에는 평소처럼 날카로운 구석이 조금도 없어서, 금세 투지를 잃고 성실하게 그의 손을 주무르고 있을 때였다.

"여기네, 여기. 어이, 강 대리. 괜찮아?"

"이거 한국 들어오자마자 고생이 많…… 응?"

병실에 들어서서 곧장 이쪽으로 다가오던 두 남자가 우렁차게 말하다 말고 멈춰 섰다. 이것도 꽤 힘이 들어가는 일이라 볼을 붉힌 채 제훈의 손을 주무르고 있던 나는 불길한 예감에 고개를 들었다. 해외영업팀의 박석현 차장과 김일범 대리가 못 볼 걸 본 사람처럼 나와 제훈을 보고 있었다.

나는 제훈의 손을 거의 내팽개치다시피 하고 벌떡 일어섰다. 이 광경이 어떻게 보였는지는 두 사람의 표정으로 충분히 알 수 있었다. 경악과 당황을 거쳐 이내 능글거림으로 변모하고 있는 그 표정에 나는 절망했다.

"안녕하세요."

"아니, 이게 어떻게 된 일이야. 여기에 차 대리가 왜 있나? 내가 지금 뭘 잘못 봤나?"

"집단 환각인가 봅니다. 저도 본 것 같은데요."

입이 가볍고 성격도 가볍기로 유명한 일범이 싱글싱글 웃으며 말했다. 나는 최대한 침착한 얼굴로 변명하려 했지만, 적절한 단어가 떠오르지 않았다. 마사지라는 말은 어쩐지 저들을 더욱 흥분시킬 것 같았고, 이미 저 표정으로 보건대 무슨 말을 덧붙여도 역효과다. 그야말로 혹을 떼러 왔다가 붙여 가는 격이 되었음을, 나는 깨달았다.

"굳이 오실 필요까지 없었는데요. 내일이면 퇴원할 거고."

침대에서 내려온 제훈이 내 곁에 섰다. 흘끗 보자 그는 태연한 얼굴이었다. 그래, 여기서 당황해 봐야 불난 집에 기름 붓기다. 나는 제훈의 얼굴을 복사한 듯한 표정을 지으며 두 사람을 바라보았다. 그러나 무슨 생각을 하는지 빤히 들여다보이는 것 같은 일범의 얼굴에 자꾸만 입매가 실룩거렸다.

"그래도 어떻게 안 오나? 일하고 들어가다 쓰러진 사람을. 거봐, 그 굴전이 문제였다니까. 어쩐지 서비스로 굴전을 주더라니. 우린 또 새벽에 갔으니, 남은 거 그냥 떨이로 주나 보다 했는데. 거, 강 대리가 굴 좋아한다고 해서 우리가 몰아줬으니 망정이지. 아니었으면 우리 단체로 오늘 여기 누워 있었을 거 아닌가."

"나중에 가서 한번 따져야겠어요. 오늘 갑자기 강 대리 빠지는 바람에, 그, 아시죠? 독일 랑세스 사에서 미팅 미룬 거. 그 까다로운 양반들 상대 안 해서 좋긴 한데, 미팅이 미뤄져서 부산 쪽 창고 보관비가 더 들게 생겼다니까요. 아, 마침 여기 회계팀 우리 차 대리님이 계시니까 사정을 좀 봐주실 수도……."

"제가 독단으로 결정할 수 있는 일이면 얼마나 좋겠어요?"

굴전? 떡 말고도 뭔가 먹은 게 있었나? 그 부분을 짚고 넘어가고 싶었지만 일단 은근슬쩍 일을 떠넘기려는 일범의 말을 잘라야 했다. 그는 두터운 입술을 쭉 내밀며 내 곁에 서 있는 제훈을 눈짓했다.

"이게 다 강 대리한테도 도움이 되는 일인데, 좀 빨리 진행될 수 있게 차 대리가 도와주면 얼마나 좋습니까? 그게 다 내조 아니겠어요?"

"아니, 근데, 도대체 두 사람 언제 이렇게 된 거야? 강 대리 귀국하기 전부터 뭐, 어떻게 연락하고 지낸 거야? 차 대리가 우리 회사에 언제 들어왔더라? 입사 전부터 둘이 아는 사이였나?"

가만히 입 다물고 있으면 결혼식 날짜까지 잡을 기세다. 나는 큼, 하고 헛기침을 하며 두 사람을 바라보았다.

"무슨 오해하시는지는 알겠는데 전혀, 사실과 다릅니다. 저는 이유가 있어서 여기 왔을 뿐이지 강 대리와는 아무 사이도 아니에요. 본사로 복귀한 날 처음 봤⋯⋯."

아, 엄밀히 따지자면 그날 처음 본 건 아니다. 차분한 얼굴로 별일 아니라는 듯 항변하던 내가 말을 멈추자, 일범의 눈이 사탕을 발견한 어린아이처럼 반짝였다.

"이거 봐. 뭐 있네! 뭘 그렇게 숨기려고 하나, 차 대리. 잘만 어울리는구만."

"정말 아니거든요."

"그럼 손은 왜 잡고 있었는데?"

"잡고 있었던 게 아니라⋯⋯!"

"갑자기 손에 마비가 온 것 같아서 차 대리에게 눌러봐 달라 제가 부탁했습니다. 그보다 랑세스라면 저한테 최종 수정한 계약서가 있으니 그걸로 미팅을 갈음하면 될 겁니다. 그쪽은 아직 점심 전일 테니, 메일로 보내서 확답만 받으면 한 주 미룰 필요도 없겠죠."

발끈하는 나를 가리듯 한 발 앞으로 나선 제훈이 다소 빠른 템포로 말을 뱉었다. 두 사람의 관심은 순식간에 나를 떠나 그에게로 쏠렸다. 박 차장이 입을 딱 벌리며 고개를 연신 끄덕였다.

"그래, 그렇다면 당장 보내줘야지. 계약서 어디 있나?"

"제 가방 안에 USB가 있습니다. '랑세스' 폴더 안에 'Final contract'라고 적혀 있는 파일이 최종 수정본이고요. 지금 드릴⋯⋯."

"아니야, 거기 그냥 있어. 내가 가져갈 테니까. 아, 부장님께 한 소리 들을까 봐 은근히 걱정했는데 천만다행이네. 역시 오길 잘했어."

너털웃음을 터뜨린 박 차장이 가벼운 발걸음으로 움직여 탁자 위에 있는 제훈의 검은 서류 가방을 집어 들었다. 나는 그 와중에도 여전히 의심의 눈초리를 보내고 있는 일범을 덤덤하게 마주 보고 있었다.

"안쪽 포켓에 있습니다."

"어어, 찾았어. 이거 맞지?"

바스락거리는 소리를 내던 박 차장이 자그마한 USB를 들어 보였다. 제훈의 확인을 받고 그것을 재킷 안주머니에 넣던 박 차장은 가방 안을 더듬어 무언가를 꺼냈다. 하얀 비닐 봉투였다.

"이게 뭔가? 뭐 이런 걸 가방 안에…… 떡인가? 떡이지?"

낯이 익은 것 같은 봉투를 바라보던 내가 눈을 동그랗게 떴다. 분명 내가 어제 제훈에게 건네준 봉투였다. 다 먹진 않았나. 하긴, 뭔가 낌새가 이상했겠지.

"아직 저녁도 안 먹었는데, 이거 하나 먹어도 되나, 강 대리?"

"안 돼요!"

랩핑되어 있는 떡을 손에 쥔 박 차장의 말에 나는 대뜸 소리부터 질렀다. 여기서 환자를 더 늘릴 순 없다. 종종걸음으로 다급히 다가가자 박 차장이 당황한 듯 어색하게 웃음을 흘렸다.

"아니, 뭐야. 차 대리가 주기라도 한 거야? 다 먹겠다는 것도 아니고 하나쯤 뭐 어때? 세 개나 있구만."

"절대로 안 돼요. 상했을 거…… 몇 개가 있다고요?"

"상했어? 멀쩡해 보이는데."

박 차장은 들고 있던 떡을 이쪽저쪽으로 돌려 보았다. 나는 몸을 숙여 비닐 봉투를 헤집었다. 색깔이 고운 쑥떡과 호박떡 두 덩어리가 몹시 멀쩡한 형태로 봉투 안에 들어 있었다.

이게 어떻게 된 일인가. 나는 분명 떡이 세 개 남아 있던 봉투를 그대로 제훈에게 주었다. 그리고 그 떡이 상했기 때문에 제훈은 장염에 걸려 응급실에 왔던 게 아니…… 었나?

몸을 세운 나는 곧장 제훈을 돌아보았다. 그는 무표정한 얼굴을 하고 있었지만, 슬쩍 내 눈을 피하듯 시선을 돌리는 것을 나는 분명 보았다. 갑자기 날아온 축구공에 머리라도 얻어맞은 듯한 기분에, 나는 입만 딱 벌린 채 아무 말도 하지 못했다.

떡 때문이 아니었다. 나 때문이 아닌 것이었다!

나는 대번에 눈썹을 치켜세우고는 제훈을 뚫어져라 바라보며 딱딱하게 입을 열었다.

"그러니까, 상한 굴전을 드셔서, 장염에 걸린 거죠, 강제훈 대리님."

"아, 그렇다니까. 나도 처음에 나오자마자 하나 먹으려고 했는데 약간 비린내가 나는 것 같더라고. 내가 또 그런 거에는 예민하거든. 강 대리는 서류 마무리하고 오느라고 좀 늦게 합류해서, 먹을 게 별로 안 남아 있어서 그런지 아주 잘 먹더구만. 그거지? 그거 먹고 안 좋아진 거지?"

나는 확인하듯 되묻는 박 차장의 말에 이쪽으로 시선을 돌리는 제훈을 잡아먹을 듯이 노려보았다. 그는 태연한 얼굴로 어깨를 으쓱였다.

"아마 그럴 겁니다."

……뭐가 어째? 아마 그럴 겁니다?

"그럼 손 좀 주물러 줘요."

네 책임이잖아, 하고 속삭이는 듯한 눈으로 나를 보며 태연하게 손을 내밀지 않았던가.

"재밌는 이야기 좀 해보던가."

잘못을 했으면 대가를 치러야지, 하고 속삭이는 듯한 눈으로 나를 보며 태연하게 팔짱을 끼지 않았던가.

"내가 입원한 게, 차윤서 씨 때문이었나?"

그러니까 그때의 그 심상한 표정은 확인 사살이 아니라, 정말로 몰라서 되묻는 말이었단 말인가……!

풋, 하고 어디선가 웃음소리가 흘러나왔다. 물론 나는 아니었다. 여태 미련을 버리지 못하고 떡을 들여다보고 있는 박 차장도, 나와 강제훈을 감시하듯 바라보며 실실거리고 있는 일범도 아니었다.

환자복을 입었는데도 건장한 체격이 조금도 주눅 들지 않는 듯한, 그러니까 너무나 멀쩡한 허우대의 강제훈이 웃고 있었다.

"미안, 미안합니다."

참지 못하겠는지 입을 다물던 제훈이 사과 같지 않은 사과를 내뱉으며 결국 하하하, 하고 웃음을 터뜨렸다. 날카롭던 눈매가 반으로 접히고 가지런한 치아가 드러난다. 냉정하고 까칠하던 인상은 순식간에 사라진, 소년처럼 해맑은 미소였다.

"왜, 뭔데?"

"글쎄요, 저도 잘."

박 차장과 일범이 서로를 멀뚱히 바라보며 눈을 끔벅였다. 그들이 없었다면, 아마 나는 멀쩡한 떡 두 덩이가 들어 있는 비닐 봉투를 집어 들어 강제훈의 얼굴에 가차 없이 던졌을 것이다.

어이없이 속았다는 생각에 억울해진 나는 눈을 부라리며 제훈을 노려보았지만, 이상하게도 그다지 화는 나지 않았다. 아마도 씩 웃는 얼굴로 나를 보고 있는 강제훈에게서, 어떤 경계와도 같은 얄팍한 벽을 무너뜨린 것 같은 개운함이 느껴졌기 때문일지도 모르겠다.

결국 나는 화도 내지 못하고, 그를 따라 허탈한 웃음을 흘리고 말았다. 어쨌거나 누군가에게 독이 든 떡을 줬다는 죄책감을 내려놓을 수 있었기에 그리고 그 부담스러운 죄책감이 이제는 홀가분한 복수심으로 돌변했기에, 나는 웃으면서도 형형한 눈으로 제훈을 응시했다.

이 빚은 꼭 갚고야 말겠어, 하고 다짐하는 듯한 내 시선에, 그는 태평하게 눈을 깜빡여 보였다. 이상야릇한 눈으로 박 차장과 일범이 또다시 우리를 보기 시작한 후로도 그와의 눈싸움은 한동안 이어졌다.

5

날씨가 좋다. 나는 주말에도 일부러 6시 반에 알람이 울리도록
해놓았다. 그걸 끄고 다시 자는 기쁨을 만끽하기 위해서였다.

느지막이 일어나 밀린 빨래를 돌리고, 창문을 열어 환기를 시킨
뒤 청소기를 돌리고 나니 이미 점심시간이 지나 있었다. 뭐라도
해먹어 볼까 하고 기지개를 켜며 냉장고를 열어보았지만 식재료
라고 해봐야 언제 샀는지 기억도 안 나는 말라비틀어진 당근과 시
들시들해진 시금치가 전부였다. 목덜미를 긁적이며 나는 다시 냉
장고 문을 닫았다.

사 먹는 음식에 질려 뭔가를 만들어 먹어보려고 해도 잠시 뿐이
다. 불규칙적으로 야근을 하거나 지쳐서 씻고 바로 침대로 기어들
어 가는 경우가 많아서 무언가를 사면 먹는 것보다 버리는 게 더

많았다.

"이래서 대충 먹으려고 떡을 샀났던 건데."

2시가 넘은 시간이었다. 나는 햇빛이 쨍하게 쏟아지는 침대를 바라보다가 꾸물꾸물 몸을 눕혔다. 등이 따끈따끈했다.

퇴원했을까? 퇴원했겠지. 애초에 입원할 필요도 없게 멀쩡하지 않았던가. 뱃속 사정이야 내가 알 수 없는 일이었지만 말이다. 팔짱을 낀 채 몸을 옆으로 세운 나는 입술을 삐죽 내밀었다.

강제훈은 거짓말이라면 아예 하지 않을 것처럼 생겼다. 아니, 애초에 거짓말이 필요한 상황에 놓이지 않을 것처럼 생겼다. 결벽하고 완고한 그의 얼굴과 당혹으로 일그러지는 내 표정을 보며 호쾌하게 웃음을 터뜨리던 그의 얼굴이 겹쳐졌다.

"사기꾼."

물론 그 사기에 넘어가 내가 해준 거라고는 손을 잠시 주물러 준 것밖에 없긴 했지만, 억울한 건 억울한 거다. 나는 주먹으로 침대를 팡팡 두드리고 발길질을 하며 몸부림쳤다. 그렇게 먼지를 한바탕 일으키고 나자 불쑥 그 손의 감촉이 떠올랐다.

그때는 그 남자 특유의 덤덤한 분위기에 휘말려 큰 거부감 없이 그의 손을 덥석 잡았지만, 돌이켜 생각해 보면 아무래도 이상한 상황이다. 사실 주물러 보았기에 알 수 있는 것이었지만 그의 손은 그의 말처럼 많이 부어 있지도 않았고 따뜻하고 부드러웠다. 그와 상반되는 아버지의 오래된 손의 감촉이 불쑥 떠오를 만큼 말이다.

손과 손이 맞닿고 부딪치며 열기를 피어내는 것은 생각보다 묘한 기분을 불러일으킨다. 알게 된 지 고작 며칠밖에 되지 않은 사람이라고는 믿기 힘들 만큼의 친밀감이 생기고, 제법 가까운 사이가 아니고서야 하지 않을 행동이라는 자각에 그에게 별다른 감정이 없었음에도 괜히 가슴이 뛰기도 했다.

만약 나였다면, 정말로 손이 마비되는 것 같아 당장에라도 주물러 주지 않으면 손을 잃게 될 것이라는 불안함 정도는 들어야 그렇게 아직은 어색한 관계의 남자에게 손을 맡겼을 것이다.

"……놀리려고 그런 거지. 완전 놀리려고 그런 거야. 이거 진짜 생각보다 나쁜 놈 아냐?"

나는 또다시 허공에 발길질을 했다. 내가 준 떡 때문이 아니었다는 걸 알고 있으면서도 태연하게 이것저것 주문을 했던 제훈을 떠올리자 울화가 치밀었던 것이다. 그러면서도 나는 자꾸만 머리칼 한 가닥을 잡아당기는 듯한 느낌을 무시하지 못했다.

……설마 나한테 관심이 있는 건 아니겠지.

"아서라, 차윤서. 그 남자가 내 뭘 보고. 착각도 유분수지."

산발이 된 머리를 베개에 부비적거리며 나는 팔짱을 더더욱 단단히 꼈다. 혀를 차며 잡생각을 몰아내고 나자 그제야 화장대 맨 뒤로 밀려나 있는 투명한 향수병이 보였다. 나는 팔을 뻗어 그것을 톡톡 건드려 보았다.

일 억의 빚과 어머니의 병 수발. 그게 사실이면 어떻고 아니면 또 어떻단 말인가. 분명한 것은 민석이 나와 헤어지고 싶어 했다는 것이고, 나는 그를 적극적으로 말릴 마음이 없었다는 것이었다.

이 시간쯤에는 언제나 걸려오던 만나자는 전화가 사라졌음이 허전하긴 했지만, 못 견딜 만큼은 아니었다. 가끔은 씻지도 않고, 옷을 챙겨 입지도 않고 침대 위에서 뒹굴거리며 주말을 보내고 싶기도 했다. 그러나 민석은 야외 활동을 좋아했다. 이제 와 말이지만, 그와 어울리는 것이 귀찮던 날도 제법 있었다.

"알아서 잘 살겠지."

무심하게 중얼거리며 나는 침대에서 일어났다. 그리고 손을 뻗어 휴대폰을 집은 뒤, 단축 번호를 눌렀다. 신호음이 몇 번쯤 울린 뒤, 무뚝뚝한 목소리가 들렸다.

[그래.]

"점심 드셨어요?"

[시간이 몇 시냐. 이제 일어났니?]

"아니요. 좀 전에요."

[밥 먹고 쉬어라.]

"아빠."

급한 일이 있는 것도 아니면서 늘 1분도 넘기지 않고 전화를 끊으려 하는 아버지의 습성을 알고 있기에, 나는 곧장 그를 불렀다.

"다음 달에, 바쁜 일 끝나면 한번 내려갈게."

[번거롭게 뭐 하러. 그럴 시간 있으면 잠이나 자라. 날씨도 좋은데 뭐 데이트도 좀 하고 그래, 젊은 애가.]

"……아빠나 하세요."

입술을 삐죽이며 내뱉자 전화가 뚝 끊겼다. 어휴, 하고 한숨을 내쉬며 나는 어깨를 늘어뜨렸다. 배가 고파 와서, 나는 모자를 눌러쓰고 점퍼를 입은 뒤, 책 한 권과 지갑을 들고 집을 나섰다. 오후의 햇살이 따뜻했다.

거기까지는 딱 이상적이었다. 그러니까, 좋아하는 쫄면을 먹고 한 바퀴 산책을 한 뒤 근처 까페에 가서 커피 한 잔을 마시며 읽던 책을 마저 읽으니 해가 저물어 있었다.

내일은 영화나 보러 갈까. 중얼거리며 가까운 마트에서 간단하게 먹을 수 있는 인스턴트 음식들을 사서 봉투를 달랑거리며 골목을 걸어가다가 떡볶이와 어묵을 파는 노점 앞에 멈춰 설 때까지는, 몹시도 이상적인 주말이었던 것이다.

"……차 대리님? 차윤서 대리님!"

어묵은 여기서 먹고 떡볶이는 포장해 가자. 완벽한 토요일의 계획에 저절로 내 표정은 밝아져 있었다. 그러나 곁에 서 있던 누군가 어묵 꼬치를 집는 나를 목청도 좋게 불러 젖히는 순간, 그 완벽한 계획이 허술한 모래성처럼 산산이 부서질 것이라는 예감이 나를 덮쳤다.

잘 익은 말랑말랑한 어묵을 입안에 막 넣으려던 나는 **뻣뻣**하게 고개를 돌렸다. 깔끔한 슈트와 코트를 입은 남자가 방긋 웃으며 인사하듯 고개를 숙였다. 영업팀 신입 사원, 소봉식이었다.

"봉식 씨가 여기 어떻게, 무슨 일이에요?"

"아…… 전 거래처에 들를 일이 좀 있어서. 대리님은 댁이 이쪽이세요?"

"네."

영업팀이야 워낙 시간, 날짜 안 가리고 일하는 건 알고 있었지

인터셀트

만 토요일 저녁 무렵까지 저런 슈트 차림으로 서 있는 말간 얼굴을 보니 조금은 딱한 기분이 들었다. 나는 어묵을 한 입 깨물며 순대를 입에 밀어 넣고 있는 봉식을 흘긋 보았다.

"힘들겠네요, 주말까지."

"하하. 저희는 주말이 쉬는 날이라는 개념이 별로 없어서 괜찮습니다."

"그런데 이런 시간에 다른 회사도 문을 열었어요?"

"따지고 보면 이게 다 너 때문이야."

불쑥 등 뒤에서 들려온 목소리에 나는 흠칫 어깨를 떨었다. 어묵을 우물거리는 내 어깨를 가볍게 짚으며 곁에 선 것은 고승준이었다. 나는 어묵 꼬치를 집는 그를 멀뚱히 바라보았다. 봉식이 놀라지 않는 걸로 봐서 둘이 같이 온 모양이었다.

"주말 근무가 나 때문이라고?"

"네 채권 회수율 보고서 때문에 우리 부장님이 직원들에게 무자비한 업무 독촉을 시작했거든. 하필 봉식이가 맡은 거래처가 악성들이 많아서, 사수인 나까지 불려 나와 주말을 탕진하고 있었지. 그래서 말인데."

그게 왜 나 때문이야, 하고 눈을 흘겼지만 승준은 내가 끼어들 틈을 주지 않았다. 김이 모락모락 오르는 어묵을 한 입 베어 물은 승준이 입술을 오물거리며 나를 내려다보았다.

"떡볶이 좀 사주지 않겠나, 사랑하는 동기여."

"……거절한다."

"어묵도 안 돼?"

부드러워 보이는 머리칼을 긁적이며 승준이 눈꼬리를 내렸다. 아닌 게 아니라 강아지처럼 순한 눈망울이 피곤함으로 묵직해 보인다. 나는 길게 한숨을 내쉬었다.

"그래, 먹어. 대신 만 원은 넘기지 말고. 현금 만 원밖에 없어."

"봤냐, 봉식아. 이게 바로 동기 사랑이다."

"그놈의 동기 사랑 좀!"

헤헤헤, 웃는 봉식에게 씩 웃어 보이며 큰 소리를 치는 승준의 등을 퍽 내려쳤지만 그는 아랑곳하지 않고 아주머니, 여기 떡볶이 2인분 주세요, 하고 외쳤다.

"그런데 차 대리님, 평상시에는 그렇게 입고 다니세요? 바로 옆에 계시는데도 못 알아볼 뻔했어요."

"동네니까. 회사에도 이렇게 입고 갈 순 없잖아요."

후드 티셔츠에 헐렁한 치마 레깅스, 모자를 눌러쓰고 패딩 점퍼를 입은 민낯으로 주말 저녁에 성장을 한 회사 사람과 마주치는 것은 꽤 민망한 일이었지만 나는 애써 무표정한 얼굴로 대꾸했다. 국물을 홀짝 마시고 있던 승준이 끼어들었다.

"그게 벌써 재작년 가을인가? 체육대회 때 말이야."

"그거 언제까지 우려먹을 건데."

무슨 이야기를 할 지 명백하기에 나는 퉁명스레 그의 말을 끊었지만 승준은 씩 웃으며 말을 이었다.

"그 전날 회계팀이 엄청 바빴거든. 새벽에나 퇴근했을 거야. 그리고 입사한 지 얼마 안 된 차윤서는 장렬하게 늦잠을 잤고, 그때도 모자 눌러쓰고 후드 티셔츠에 저 레깅스 차림으로 달려왔지.

그전까지는 한 치 흐트러짐도 없는 블랙 앤 화이트 정장 패션을 고수하던 사람이라 대다수가 못 알아봤다니까."

"아, 정말요? 사실 저도 회사에서만 뵙다가 이런 모습 처음이라 좀 놀랐어요."

"오늘 세수는 한 거야?"

승준이 몸을 굽히고 고개를 기울인 채 내 얼굴을 들여다보았다. 갑자기 그의 멀끔한 얼굴이 들이밀어져 은근히 놀랐지만 그에 면역이 된 나는 천진하게 눈을 깜빡이며 씩 웃어 보였다.

"아니. 주말인데 세수를 왜 해?"

"그래. 안 씻는 게 꿀 피부 되는 비결이라더라. 부지런히 노력해야지."

고개를 끄덕인 승준이 팔을 뻗어 모자 위로 내 머리를 슥슥 쓰다듬었다. 그걸 털어내듯 신경질적으로 고개를 흔들며 나는 어묵을 물어뜯었다. 조용히 순대를 씹으며 이쪽을 보고 있던 봉식이 저, 하고 조심스레 물었다.

"저 진짜 입 무겁거든요. 비밀로 해드릴 수 있는데, 두 분 혹시 사귀시……."

"아니야. 봤지? 동기애 범위."

나는 콱 눈에 힘을 주고 승준에게 일갈했다. 그리고 봉식을 돌아보았다.

"봉식 씨가 아직 회사 들어온 지 얼마 안 돼서 모르나 본데. 여기, 이 고승준 대리는 원래가 모든 사람한테 이렇게 행동하거든요. 오지랖의 화신이라고나 할까. 어쩌다 회사에 들어온 시기가 비슷하고 업무적으로 부딪치는 일도 많으니까 나한테 좀 더 편하게 대하는 것뿐이지, 특별할 게 없다는 말이야. 알아듣죠?"

이런 해명도 연륜이 쌓이니 별다른 생각이나 준비 없이도 술술 흘러나온다. 나는 순진하게 눈을 끔벅이고 있는 봉식에게 당부하듯 물었다. 그러나 그는 선뜻 고개를 끄덕이지 않은 채 내 곁에 서 있는 승준과 나를 번갈아 가며 바라보았다.

"어…… 음…… 그렇군요."

어쩐지 미적지근한 대답이었지만 나는 개의치 않았다. 문득 들고 있는 봉투를 건드리는 승준의 손길이 느껴졌다.

"이런 것만 먹는 거야?"

"그래도 먹는 게 어디야. 근데, 언제까지 일하는 건데."

"글쎄, 아마 밤 샐지도 모르지."

"뭐? 왜?"

승준은 아주머니가 건네는 떡볶이 접시를 받아 들었다.

"아트앤코, 알지? 거기 수금할 생각이거든."

"……그 아트앤코?"

"그 아트앤코."

아트앤코라면 외상 대금이 일 년이 다 되어가는 악성 거래처 중 하나였다. 특별 관리 거래처에 포함시켜 외상 대금에 대한 내용 증명까지 보냈지만 소용이 없었다. 대금이 얼마였더라. 2억 4천쯤 되지 않았던가. 승준도, 나도, 그곳 때문에 잔소리 꽤나 들었다.

"사장이 회사 문 닫고 외국으로 도망갔다고 하지 않았어?"

"귀국해서 다시 그 회사에 드나든다는 소문이 있어서 말이야. 잠복할 작정하고 온 거야. 부장이 어떻게 해서든 미수금 거래처 정리하라는데, 그걸 봉식이가 혼자 어떻게 감당하겠어."

아. 이런 건 좀 근사한 오지랖이다.

어깨를 가볍게 으쓱이며 중얼거리듯 내뱉는 승준의 얼굴이 드물게 진지해 보여, 나는 고개를 주억이며 미소를 머금었다.

"물론 해결되면 인센티브는 내 이름으로 올리겠지만 말이야. 그 점에는 이견 없다고 했다, 소봉식."

"아, 예. 물론입니다, 대리님! 같이 와주신 것만 해도 얼마나 감사한데요! 그것도 이런 날씨 좋은 주말에요."

"……진짜 방심하면 안 되는 인간이야."

"음?"

제법 멋지다고 생각하고 있던 마음을 우그러뜨리며 중얼거린 말에 승준이 다시 내게로 몸을 낮췄다. 나는 훙, 하고 국물이 들어 있는 종이컵을 물었다.

"아, 전 잠시 전화 좀 받고 오겠습니다."

봉식이 고개를 숙이고는 휴대폰을 들고 포장마차를 벗어났다. 나는 빨간 국물이 흐르는 떡볶이를 집었다. 동그란 달걀을 요령 좋게 반으로 가르던 승준이 불쑥 물었다.

"병원 다녀왔어?"

"무슨 병원?"

"강제훈. 보러 가려고 물어본 거잖아."

나는 그 이름에 눈썹을 잔뜩 찌푸렸다. 모자 때문에 내 얼굴이 잘 보이지 않는지 고개를 내내 기울이고 있던 승준도 덩달아 눈썹을 찡그렸다.

"사기 당했어."

"……사기?"

"내가 갈 필요도 없었던 건데."

"네 말을 한 번에 못 알아듣는 게 내 문제는 아니지?"

투덜대듯 중얼거리는 승준의 말에 나는 피식 웃음을 흘렸다. 떡볶이를 우물거리며 나는 감기 기운이 있어서 그가 집에 바래다준 얘기, 그래서 떡을 줬는데 응급실에 갔다는 소식에 틀림없이 내가 준 떡 때문에 장염에 걸린 줄 알고 노심초사하며 병원에 쫓아갔던 얘기를 요약해서 털어놓았다.

물론 제훈이 그걸 핑계로 내게 시켰던 것들은 생략했고, 승준은 적당히 대꾸하며 묵묵히 내 이야기를 들었다.

"그러니까 내 떡은 먹지도 않았던 거지. 범인은 굴전이었던 거고. 미안해서 염치 불구하고 갔는데, 그럴 필요가 없었던 거야."

"흐으음."

이런 소리를 듣는 것은 두 번째였다. 깊은 생각에 잠긴 듯 길게 한숨을 소리 내어 쉰 승준을 올려다보자 그가 차분한 눈으로 나를 보았다.

"강제훈이 너를 집까지 바래다줬다고."

"아, 하필 근처에서 밥 먹고 나오다가 마주쳐서. 대리님이랑 동창이 맞긴 맞는 모양이야. 오지랖 면에서 닮은 구석이 있어. 그 학교 특성인가."

승준이 짧게 웃는다. 그가 그렇게 웃는 것은 처음 봐서, 나는 조금 얼떨떨한 기분이 되었다. 입술이 비틀린 그 웃음은 미소라기보다는 조소에 가까웠다.

"강제훈이 오지랖 넓다는 소리를 다 듣고. 당장 동창회라도 열고 싶은 기분인데."

"왜. 대학 때는 안 그랬어?"

"⋯⋯그거 아나, 차윤서?"

뭘 알아. 말을 해야 아는지 모르는지를 가늠하지.

나는 미간을 좁히며 승준을 응시했다. 늘 서글서글하다고만 생각했던 홑꺼풀의 시원스러운 눈이 어쩐지 서늘하게 느껴진다. 순간 곁에 있는 사람이 내가 아는 고승준이 아닌 낯선 남자 같다는 생각이 들었다. 승준의 입술이 느릿하게 움직였다.

"나도 오지랖 넓다는 소리는 못 들어봤어, 너한테 말고는."

그 말은 응당 내가 비웃을 만한 말이었다. 내가 생각하는 고승준이라는 사람은 사람들 챙기는 걸 좋아하고, 먼저 나서서 말을 걸고 이것저것 참견하는 타입에 상대가 누구든 자신과 편하게 지내지 않으면 입안에 가시가 돋는 사람이었으니까.

세상 사람들은 바로 그런 사람을 가리켜 '오지랖이 넓다'고 말하지 않던가. 내 표현 방법이 잘못된 것은 아니었다.

그럼 왜?

"그리고 그 동기애의 범위라는 거. 생각해 봤는데 말이야."

이질적인 냄새를 물씬 풍기며 무표정한 얼굴을 하고 있는 승준을 멍하니 바라보던 나는 뒤늦게 눈을 깜빡였다. 그는 낮게 눈을 내리뜨며 가볍게 웃었다.

"왜 지켜야 하는 거지?"

"……뭐? 어, 그거야, 사람들이 오해를 하니까. 대리님이 나한테 친절한 건 어디까지나 동기애라는 걸 보여주기 위해서……."

"동기애가 아니면 되는 거잖아."

짤막하게 내뱉은 승준은 빈 종이컵을 손으로 우그러뜨렸다. 작은 소리가 났지만 나는 굉음이라도 들은 사람처럼 눈을 부릅떴다. 순간 입안이 바싹 마르는 것 같았다. 승준은 나를 보지 않은 채 구겨진 종이컵을 가볍게 쓰레기통에 던졌다.

"말하지 않았나. 나, 그 정도는 너 좋아한다고."

차가운 바람이 목덜미를 스치는 것 같았다. 어깨가 움츠러들고 심장이 쿵쿵 뛰기 시작했다. 장난으로 받을 수도 있었지만 승준의 낯선 눈빛이 나를 그렇게 놔두지 않았다.

웃지도, 정색을 하지도 못하고 어정쩡한 표정을 지으며 나는 입술만 깨물었다. 평온한 얼굴을 하려고 노력했지만 머릿속에는 복잡한 생각이 휘몰아치고 있었다.

그러니까 지금 이게 뭐야. 나를 좋아한다는 거야? 아니면 동기애보다는 좀 더 나를 좋아하는 거지, 완전히 좋아하는 건 아니라는 거야. 그냥 내가 동기애 범위 운운하며 자꾸 자기가 하는 행동에 태클을 거는 게 거슬리니 앞으로 그런 건 신경 쓰지 않겠다는 거야? 대체 뭐야?

"그러니까, 그 정도라는 게……."

"고 대리님! 지금 영진유통 쪽에서 연락 받았는데요. 한 사장이

떴답니다!"

무슨 말을 어떻게 해야 할지 망설이며 더듬더듬 말을 하던 내 앞에 봉식이 들이닥쳤다. 잔뜩 흥분한 듯한 기색에 나는 눈을 깜빡이며 그와 승준을 바라보았다. 승준이 고개를 끄덕였다.

"가자."

"어, 자, 잘 다녀와요."

결연한 얼굴을 하는 봉식에게 손을 흔들며 나는 내 앞에 서는 승준을 보았다. 그는 씩 웃으며 손바닥으로 내 머리를 툭툭 두드렸다.

"떡볶이 잘 먹었다."

응, 하고 겸연쩍은 얼굴로 고개를 끄덕이자 이내 승준이 등을 돌리고 봉식과 함께 급히 사라졌다. 나는 어두운 거리로 파고드는 그의 검은 코트 자락을 바라보며 멍하니 서 있었다. 무슨 일이 벌어진 것인지, 무엇이 달라질 것인지, 그때의 나로서는 알 수가 없었다.

인생은 선택의 연속이다. 한순간의 선택에 의한 책임은 온전히 나의 것이며, 그것이 싫다고 해도 무를 수 있는 방법 같은 것은 없다. 그 선택의 기회는 이미 시간을 타고 흘러가 버린 후이기 때문이다.

나는 쏟아지는 햇빛 아래에서 눈을 떴다. 새벽까지 영화 두 편을 보고 자서인지 머리가 멍멍했다. 부스스, 이불을 걷으며 몸을 일으키고도, 나는 한참 동안 눈을 감은 채 그대로 앉아 있었다.

"웬 개꿈을 꿨어……."

중얼거리는 내 목소리가 까칠하다. 나는 목을 매만지며 건조하게 말라붙은 눈을 떴다. 커튼을 제대로 치고 자지 않아서 눈부신 햇살이 고스란히 나를 덮치고 있었다.

꿈에서 나는 외나무다리 위에 서 있었다. 다리는 저쪽 끝에서부터 무너지고 있었고, 나는 눈앞에 있는 두 개의 문 중 하나를 선택해야 했다. 시간이 많지 않았고, 그중 어느 것을 선택해야 살 수 있을지에 대한 힌트는 아무것도 없었다.

그리고 불과 몇 걸음 뒤까지 다리가 무너져 그 파편들이 천리 길 아래에 있는 강물 위로 떨어지는 것을 망연히 바라보며, 나는 초조한 마음을 그대로 끌어안은 채 잠에서 깨어났다. 그러나 딱히 '꿈이라서 다행이야' 라는 생각이 들지 않는다는 것이 참 묘한 일이었다.

"이게 다 고승준 때문이야! 망할 동기 사랑!"

나는 거칠거칠한 목소리 그대로 버럭 소리 질렀다.

어딘지 자꾸 미심쩍게 구는 고승준에 대한 생각에서 벗어나고자 어느 날 갑자기 퍼진 바이러스 때문에 좀비들과 지구의 운명을 걸고 사투를 벌이는 영화와 어느 날 갑자기 이웃집에 이사 온 유부녀를 사랑하게 된 남자의 애절한 사랑과 체념을 다룬 영화를 연달아 봤지만 실패였다.

보는 중간중간 끈질긴 고승준이 불쑥 내 머리를 헤집고 나타나 눈앞에서 아른거렸던 것이다.

의식하고 고른 건 아니지만 아마도 그 셋의 '어느 날 갑자기' 라

인터셉트

는 공통된 코드 때문이겠지, 생각하면서도 나는 들어줄 사람도 없는데 온갖 짜증을 부리며 그를 머릿속에서 몰아내기 위해 애를 써야 했다. 그걸 도와준 것은 맥주 세 캔이었고, 내 선택에 대한 책임은 퉁퉁 부은 얼굴로 돌아왔다.

문득 하루 전 이 시간만 해도 다른 남자를 생각하며 발길질을 하고 있었던 자신의 모습이 떠올라 나는 기가 막혀 혀를 차고 말았다.

"요즘 왜 그러지. 마가 꼈나. 이상한 쪽으로 남자 복이 터져서는."

길게 한숨을 내쉬며 천천히 침대에서 일어나 일단 욕실로 들어갔다. 따뜻한 물로 샤워를 하고 나오니 정신이 조금 드는 것 같았다. 마른 수건으로 머리를 털어 말리고 있자니 한숨이 새어 나왔다.

사람은 갑작스러운 일에 당황하게 되어 있다. 하루쯤 지나서 차분히 생각해 보면 사실 아무 일도 아닌데, 그 순간의 당혹감이 판단을 흐리게 만드는 것이다.

'그 정도는 좋아해' 라는 고승준의 말을 보라. 하루가 지난 지금 되새겨 보면 얼마나 하찮은 말인가? 나도 그 정도라면 고승준을 좋아한다고 얼마든지 말할 수 있다. '그 정도' 라는 전제를 붙인다면 나는 세상의 모든 사람들을 좋아한다!

"뭘 진지하게 생각하고 있어! 상대는 고승준이라고."

또 하나의 내가 있다면 했을 법한 말을 내뱉으며 나는 피식 웃었다. 그렇게 웃으면서도 어쩐지 마음은 편치 않았지만 무시했다.

무시하는 것 말고는 할 수 있는 일이 없었다. 진지하게 파고들어 봐야 나 혼자서 알아낼 수 있는 해답도 아니고, 무엇보다 진지하게 파고들고 싶지도 않았다.

배는 고픈데 뭘 먹어야 할지 알 수 없는 주말 오후에 끼니를 챙기는 일은 문득 '차라리 회사를 가는 게 낫지' 하고 생각할 만큼 성가시다. 침대에 앉아 목덜미를 긁적이던 나는 갑자기 울리기 시작한 휴대폰 소리에 깜짝 놀라 일어났다.

이 시간에 도대체 전화를 할 사람이 누가 있지? 모르는 번호를 멀뚱히 바라보던 나는 통화 버튼을 눌렀다.

"네."

[저, 차 대리님. 저 영업팀 소봉식 입니다.]

"어, 봉식 씨. 무슨 일이에요? 내 번호는 어떻게 알았지?"

의외의 인물에 놀란 기색을 감추지 못하고 무심코 중얼거리자 봉식이 멋쩍게 말했다.

[회사 홈페이지에 부서별 담당자 연락망에 올라와 있어서…… 죄송해요.]

"아니에요. 죄송할 건 없고. 그런데 무슨 일이에요?"

[궁금해하실까 봐요. 아트앤코, 해결될 것 같습니다.]

"뭐라고요?"

나도 모르게 언성이 높아졌다. 수화기 너머에서 봉식이 헤헤, 웃고 있었다.

"아니, 도대체 어떻게? 한 사장님이 그렇게 쉽게 돈을……."

[이건 비밀인데요. 사실 유치장에 있다가 아까 풀려났어요.]

"뭐…… 유치장?"

낯선 단어에 나는 눈을 크게 떴다. 나른한 일요일 오후에 들을 만한 단어는 아니었다.

[저는 괜찮은데 고 대리님이 좀 다치셨어요. 그런 거 아니라고 하셨지만, 그래도 왠지 차 대리님께 말씀드려야 할 것 같아서요.]

"다쳐요? 어딜요? 왜?"

[궁금하시면 동부경찰서 앞에 국밥집에서 보실래요? 서류 작성 끝내고 거기서 점심 먹으려고 하는데요. 거기가 제일 맛있대요.]

누가 고승준이 교육시키는 직원 아니랄까 봐 쓸데없이 태평한 데다 곱게 말하는 버릇이 안 들었다. 나는 짧게 혀를 차며 고개를 끄덕였다.

"10분 후면 도착할 거예요."

[네, 대리님.]

기운차게 대답하는 걸로 봐서는 큰일은 아닌 것 같았지만 그래도 유치장이니, 다쳤다느니 하는 소리를 듣자 마음이 불안했다. 하여튼 이놈의 웬수 같은 고승준. 나는 꿍얼거리며 덜 마른 머리를 대충 쓸어 넘긴 뒤 잠옷을 벗어 던졌다.

국밥집에 도착한 나는 경악했다. 말을 사용하는 데 있어 개인차가 얼마나 심한지를 새삼 깨달을 수 있었다. 봉식은 '좀 다쳤다'고 했지만, 내가 본 고승준의 얼굴은 엉망이었다. 평소에 워낙 말끔하고 '폭력'이라는 말에서 연상되는 이미지들과는 퍽 거리가 있어 보이는 사람이라 더 그래 보였는지도 모르겠다.

승준은 내가 온다는 걸 모르고 있던 사람처럼 놀란 얼굴을 했다. 부어터진 눈을 깜빡이며 나를 보던 그는 이내 봉식에게로 시선을 돌렸다. '치료는 하셔야 할 것 같아서' 하고 봉식은 멋쩍게 웃으며 고개를 숙였다.

"무슨 일이 있으면 얼굴이 그렇게 되는 건데?"

보랏빛으로 멍이 든 광대와 터져서 피딱지가 앉은 입술은 주먹깨나 주고받은 흔적으로 보인다. 일방적으로 얻어터진 게 아니라는 건 살갗이 까진 손마디로 알 수 있었다. 어제저녁만 해도 깨끗하던 코트 역시 흙먼지로 엉망이었다. 저절로 눈살이 찌푸려졌다.

물을 마시며 입술이 아픈지 끙 하고 신음을 내뱉던 승준이 경직된 내 목소리에 고개를 들었다.

"표정이 뭐 그래. 못 들었어? 회수했다니까."

"회사 돈 받은 거지, 내 돈 받은 거 아니잖아요. 얼굴 왜 그러냐니까요."

"왜 또 존대야. 그런 얼굴로 존대하면 꼭 협박하는 것 같거든. 너 은근히 험악하게 생겨서."

이 와중에도 얄밉게 투덜거리는 찢어진 입술은 순순히 대답할 것처럼 보이지 않았다. 나는 눈치를 살피고 있는 봉식을 바라보았다.

"어떻게 된 거예요?"

상황 설명도 안 할 거면서 날 여기까지 부른 건 아니겠지, 하고 형형한 눈빛으로 노려보자 봉식이 기다렸다는 듯 냉큼 몸을 당겼다.

"한 사장이 재고를 창고에 그대로 보관하고 있더라고요. 알아보니 하청 회사에 넘기기로 하고 대금을 받기로 했다는 거예요. 어제가 딱 그 재고 넘기는 날이어서, 그 하청 회사 담당자한테 물건 대금은 저희한테 입금해야 한다고 하면서 한 사장이랑 시비가 붙었죠. 고 대리님이 한 사장을 맡고, 저는 하청 회사 담당자 붙들고 서류에 서명 받고요. 누가 신고했는지 경찰이 와서……."

그래서 네 얼굴은 멀쩡하고 고승준 얼굴만 뭉개졌구나.

나는 허탈한 웃음을 흘리며 승준을 응시했다. 아주머니가 막 국밥 세 그릇을 내려놓았다. 아무래도 아픈 모양인지 승준은 부어오른 입가를 조심스레 매만지고 있었다.

"영업 한번 스펙터클하게 하십니다, 고 대리님."

"인센티브 받으면 떡볶이 쏠게. 그러니까 그 존대 좀 그만해."

꿍얼거리며 승준이 눈꼬리를 내렸다. 진지한 얼굴로 흘겨볼 생각이었지만 그 어이없는 몰골에 웃음이 픽 튀어나오고 말았다.

솔직히 아트앤코 사장을 털었다는 얘길 들으니 앓던 이가 빠진 것처럼 속이 시원하기도 했고, 이렇게 되면서까지 기어코 일을 해결해 낸 고승준이 남달라 보이기도 했다. 나는 복잡한 심경에 짧게 한숨을 내쉬고는, 탁자를 탁탁 두드렸다.

"어찌 됐든 수고했어. 봉식 씨도요."

"저야 뭐 한 게 있나요. 헤헤."

그러면서도 기분이 좋은지 봉식은 만면에 미소를 띤 채 허겁지겁 국밥을 먹기 시작했다. 승준은 후후 불며 입을 작게 벌린 채 조금씩 떠먹었고 나는 그들을 바라보면서 간헐적으로 터져 나오는 웃음을 애써 참아내며 국밥을 먹었다.

국밥을 썩 좋아하지는 않았지만, 그 순간만큼은 퍽 맛이 좋았다.

 #6

'저는 하청 업체에 좀 들러야 할 것 같아서'라는 말을 남긴 채 봉식은 개운한 얼굴로 사라졌다. 일요일 오후, 적지 않은 사람들이 지나다니는 길거리에 나는 울긋불긋한 얼굴을 하고 있는 고승준과 함께 남겨졌다.

잠을 제대로 자지 못했는지 하얀 얼굴이 까칠하고 눈가가 거뭇하다. 햇빛이 눈이 부신지 손을 들어 그늘을 만드는 그의 하얀 손등의 상처들을 보던 나는 짧게 한숨을 내쉬며 걸음을 옮겼다. 승준이 곁에 붙어 섰다.

"그래도 기분 좋지. 이대로 회수 못 했으면 대손충당금으로 덮었어야 할 거고, 그럼 조사위원회 소집돼서 또 잔소리 이래저래 들었을 텐데."

"그랬겠지. 인센티브 받아서 좋으시겠네요."

"나만 먹겠어? 떡볶이 사준다니까. 어묵도, 음, 순대도."

나는 설레설레 고개를 흔들었다. 집에 가려는 기색도 없이 묵묵히 곁에서 걷고 있는 승준이 영 신경 쓰인다. 그와 단둘이 있었던 적은 꽤 많았지만, 그것은 전부 회사라는 테두리 안에서 이루어졌던 것인지라 그냥 고승준이 아니라 영업팀 고승준을 만난다는 느낌이 강했던 것이다.

그러나 지금 내 곁에 있는 것은 실컷 흙바닥을 뒹굴어 털이 뭉친 강아지 같은 부스스한 머리칼에 흙투성이 슈트를 입은, 조금 지치고 피곤해 보이는 고승준이었다. 그것은 회사에서의 영업팀 대리 고승준과는 완전히 다른 사람 같았다.

그와 이런 오후에 사람이 많은 거리를 걷는 것이 무척 낯설어서, 나는 그가 내 눈앞에 불쑥 얼굴을 들이밀던 때보다 은근히 더 긴장하고 있었다.

몇 걸음 걷지 않아, 나는 아예 편안하거나 멋을 부린 옷차림의 사람들로 가득한 주말 오후에 이런 행색의 남자와 함께 있다는 것이 얼마나 사람들의 눈길을 끄는지를 천천히 체감해야 했다. 한숨을 삼키며 나는 횡단보도 근처에 있는, 나무를 둘러싼 둥그런 벤치로 향했다.

애초에 승준과의 관계라는 것은, 다분히 기울어져 있었다. 아는 척을 하거나 말을 거는 것은 대부분 그쪽이었고, 내가 먼저 그를 찾는 것은 업무에 관련된 경우가 아니고서는 드물었다.

그렇기에 지금처럼 승준이 입을 다물고 있으면 사람들 앞에서 친근하게 장난을 주고받던 모습은 상상하기도 힘들 만큼 우리는 어색해진다는 것을 나는 지금 깨달았다.

우리의 간격을 조절하는 것은 고승준이었던 것이다.

"잠깐 앉아 있어요."

그래서인지 자꾸만 존대를 하게 된다. 왜인지 존대를 싫어하는 승준에게 휩쓸려 이제는 그에게 반말을 쓰는 것이 제법 자연스러워지긴 했지만, 나는 원래 윗사람이나 연장자에게는 존대를 하는 게 편한 사람이었다.

지금까지는 그다지 진지하게 생각해 본 적이 없었지만, 사람들과 거리를 두고 사귀는 게 익숙한 나에게 고승준은 퍽 이례적인 인물이라고 할 수 있었다. 하지만 그것도 그가 어느 일정한 간격을 늘 두고 있었기에 가능한 일일 것이다. 예를 들어 회사에서만, 이라는 경계 같은 것 말이다.

실제로 오늘이 오기까지 다른 직원들의 생각과는 달리 나는 사적으로 그와 만난 적이 단 한 번도 없었으니까. 사실 이 만남도 업무의 연장 선상으로 시작된 것이나 다름없지 않던가.

"이런 데 사람 두고 가면 잃어버리기 쉬운데."

승준이 부은 눈두덩을 어렵게 깜빡이며 중얼거렸다. 나는 허 하고 혀를 찼다.

"무슨 그런 세 살 어린애 같은 소리를."

"어디 가는데?"

"편의점."

"같이 가면 되잖아."

"좀, 앉아 있으라면 앉아 있어요."

창백하게 질린 얼굴이라 멍이며 상처가 더 눈에 띈다. 피곤해 보이니 앉아 있으라는 사람 말을 왜 이리 못 알아듣나 싶어 나는 미간을 찌푸리며 벤치를 가리켰다.

등을 구부정하게 굽히고 있던 승준이 엄마에게 반항하는 어린 애처럼 입술을 비틀며 벤치에 털썩 앉았다. 나는 곧장 편의점으로 달려갔다.

상처며 흙먼지를 좀 닦아야 할 테니까 일단 물티슈, 소독약, 그리고 연고랑 밴드. 편의점을 휘휘 돌며 필요한 물건들을 집어 들고 계산대에 섰다. 어쩌다 내가 저 인간의 상처 치료까지 해주게 되었나. 새삼 이 어이없는 상황에 웃음이 흘러나왔다.

계산을 마치고 봉투를 든 나는 편의점을 나왔다. 둥그런 벤치에 혼자 비스듬히 앉아 있는 승준이 보였다. 키가 훌쩍 크고 조금 마른 편이지만 체격이 좋아서 가만히 앉아 있어도 꽤 태가 좋다. 비록 지금은 '재투성이 아가씨' 같은 느낌이었지만 말이다.

그러나 그런 것보다, 내 걸음을 멈추게 한 것은 그의 옆모습이었다. 무릎에 팔꿈치를 걸친 채 몸을 앞으로 당겨 앉아 있는 그의 시선이 어딘가 먼 곳을 향해 있었고, 늘 웃는 것이 당연한 것처럼 느껴지던 얼굴은 담담하게 가라앉아 있었다.

지금까지 그를 두고 어떤 진지한 감상에 빠져본 적이 없기도 했지만 그에게도 쓸쓸함, 외로움 같은 느낌이 묻어나는 그런 얼굴이 있으리라고는 생각하지 못했다. 항상 웃으며 다가오는 것이 당연한 사람이었기에 어쩐지 지금 나는 그를 향한 한 발을 떼기가 어려웠다.

어색하게 몇 발자국 떨어진 곳에서 그를 보고 있자 이내 승준이 시선을 느끼기라도 한 것처럼 고개를 돌렸다. 몰래 훔쳐보고 있던 걸 들킨 기분에 머쓱해졌다. 웃으며 나를 부를 것 같았던 그가 조용히 나를 보고 있어서 더욱 그랬다. 나는 터덜터덜 그를 향해 걸어갔다.

"목이 마른데."

승준은 그의 곁에 앉아 봉투에서 물티슈를 꺼내는 나를 보며 불쑥 말했다. 뭐, 마실 것도 사오라고? 하는 눈으로 응시하자 가볍게 눈매를 누그러뜨린 승준이 손가락질을 했다. 그의 길쭉한 손가락 끝에는 카페가 있었다.

"커피 한잔 하자."

"굳이 여기서 커피를 마셔야겠어? 치료부터 하지."

"치료 끝나면 바로 갈 거잖아, 매정한 차윤서는."

영차, 하며 승준이 천천히 몸을 일으켰다. 나는 멍한 얼굴로 그를 뻣뻣하게 올려다보았다. 멍이 든 얼굴이라 하나도 멋지지 않았지만 그는 습관처럼 싱긋 웃어 보이고는 카페를 향해 걸어갔다.

아직은 서늘한 겨울바람이 불고 있었다. 어휴, 하고 한숨을 내쉰 나는 천천히 그의 뒤를 따랐다.

"아얏. 따갑다니까."

"원래 그런 거라니까."

"아니, 분명 좀 더 부드럽게 할 수 있을 텐데."

"직접 하던가!"

"여기, 여기는 아직 소독이 덜 된 것 같다. 여기."

이 인간이 진짜. 나는 소독약을 든 채 이를 악물었다. 천연덕스럽게 찢어진 입술을 내밀고 있는 저 얼굴에 멍 하나쯤 더 만들어 줘도 어차피 티도 안 나지 않을까.

흉흉한 내 기색을 눈치챘는지 승준이 씩 웃었다. 그 입술에 퍽퍽 연고를 바르자 끙 하고 그가 낮게 신음을 삼켰다.

솔직히 말하자면 나는 그와 오래 있고 싶지 않았다. 어제의 그 얼굴이 자꾸만 떠올랐던 것이다. 무슨 생각을 하는지 알 수 없는 묘하게 진지한 그 얼굴이.

"말하지 않았나. 나, 그 정도는 너 좋아한다고."

그 말을 어떻게 받아들여야 할지 나는 아직 갈피를 잡지 못했다. 가볍게 해석하자면 가벼운 말이 될 수 있었고, 무겁게 해석하자면 무거운 말이 될 수 있다. 파고들어 그것이 가벼운 말이라면 웃어넘길 수 있겠지만, 무거운 말이라면…… 나는 어떻게 해야 하지.

"차윤서."

불분명한 발음으로 나를 부르는 목소리에 나는 움찔거리며 눈을 들었다. 입술의 절반이 연고로 두툼하게 덮인 승준이 미간을 좁히고 있었다.

"그렇게까지는 안 발라도 될 것 같은데."

"그, 그렇겠지?"

나는 물티슈를 뽑아 건넸다. 승준이 연고를 닦아내었다. 그 손마디의 붉게 까진 상처가 자꾸 눈에 거슬려 나는 연고와 밴드를 내밀었다.

"손에도 좀 발라요."

승준은 그의 손을 바라보며 턱짓하는 나를 대꾸 없이 응시했다.

"궁금한 게 있는데."

"뭐가 그렇게 맨날 궁금해요?"

"그렇게 공들여서 반말을 쓰라고 세뇌를 시켜도, 조금만 방심하면 존대로 돌아오더라. 반말 쓰는 게 불편해?"

의외의 말에 나는 눈을 깜빡였다. 그렇게 말한다면 나도 궁금한 게 있었다.

"대리님은 왜 그렇게 반말을 강요하는데요? 입사 시기와 직급이 비슷하다고 해도 엄연히 나보다 나이가 많잖아. 존대가 당연한 건데."

"반말을 쓰는 게 가까워지기 편하니까. 말의 경계를 허물어야 마음의 경계도 쉽게 열리지."

"꼭 그런 건 아니에요."

"그래도 쓰지 마."

"왜요?"

고집스레 끝까지 '요' 하고 묻자 미간을 찌푸려 주름을 만든 승준이 투덜거렸다.

"기껏 이만큼 가까워졌는데, 확 멀어져 버리는 기분이 드니까."

'멀어져 버리면 왜 안 되는데요' 하고 물으려다 나는 입을 다물었다. 내 무덤을 내가 팔 필요는 없었다. 혹시라도 복잡한 문제가 될 수 있는 걸 내 손으로 건드리고 싶지는 않았다. 적어도 아직은 말이다. 나는 들고 있던 연고를 까닥거렸다.

"손."

가만히 나를 보고 있던 승준이 입술을 기울여 웃으며 양손을 내밀었다. 짧게 한숨을 내쉬며 나는 상처에 소독약을 바르기 시작했다. 상처를 보느라 눈을 내리깔고 있었지만 가만히 나를 살펴보는 승준의 시선은 충분히 느껴졌다.

"잠 설쳤어? 토끼 눈이네."

"영화 좀 보느라고."

"으흠. 차윤서의 평범한 주말의 일상은 그런 모습이군."

"그렇지. 이런 식으로 누가 끼어들지만 않았어도 순탄하게 마무리됐겠지, 내 주말."

"왜 연애가 체질적으로 안 맞는다고 생각하는지, 물어봐도 되나?"

호, 소독약을 바른 손등에 숨을 불고 연고를 짜고 있던 손가락이 갑작스러운 승준의 말에 삐긋했다. 볼록하게 올라온 손등 뼈를 하얗게 덮어버린 연고를 원망스럽게 바라보다가 나는 눈을 바짝 치켜떴다.

왔나. 우려하던 순간이! 이렇게 기습적으로!

"연고 좀 아껴 써. 바르는 것보다 버리는 게 더 많잖아."

승준이 태연한 얼굴로 중얼거렸다. 나는 마치 압박 면접이라도 받는 면접자 같은 심정으로 숨죽여 침을 삼켰다.

"뭐, 그냥. 별다른 계기는 없어요. 귀찮아서 그런 거죠, 뭐."

"아하, 어색해지면 존대가 나오는군."

"그런 건 아니고요…… 아니고!"

말을 고쳤지만 차라리 그러지 않는 게 나을 뻔했다. 승준의 말짱한 오른쪽 눈이 웃음기를 머금은 채 반짝거리고 있었다. 나는 이를 악물며 거칠게 밴드를 떼어 그의 손등에 턱 붙이며 퉁명스레 말을 뱉었다.

"누군가와 속을 터놓을 만큼 가까워지는 데는 시간이 많이 걸리잖아요. 그리고 그러는 데는 피곤할 만큼의 에너지가 들고요. 누군가에게 기대는 것도, 누군가 내게 기대는 것도, 서로에게 바라는 게 많아지는 것도, 내내 상대방을 신경 써야 하는 것도 성가시고요. 그러다 보면 호기심이든 뭐든 다가왔던 쪽도 지치게 마련이고, 균형이 어긋난 관계가 끝이 좋을 수는 없겠죠. 연애라는 게 맞는 사람은 따로 있는 거라고요. 적어도 나는 아닌 거고."

어쩔 수 없이 민석이 떠오르는 바람에 약간은 말투가 신경질적이 되었다. 나는 눈을 낮게 내리깐 채 커피를 마셨다.

작년에 유독 우리는 관리팀과 회식을 자주 했고, 집으로 가는 방향이 비슷해서 어쩌다 보니 회식이 끝나면 늘 민석이 나를 바래다주게 되었다.

그때는 연애라는 걸 하고 싶었다. 대학교 때의 풋사랑 같던 연애 두어 번이 경험의 전부였던 나는 은근히 회식 때마다 마주치는 민석에게 호감을 갖고 있었다. 그 역시 술자리에서 유독 나를 챙

135

겼고 당연한 듯 집까지 함께 걷곤 했었다.

이직하고 회사에 어느 정도 적응을 했을 여름의 어느 날이었다. 월 마감을 마치고 녹초가 되어 우리 팀은 호프집에서 맥주를 마셨다. 드물게도 취한 나는 비틀거리며 집으로 향하다가 민석과 마주쳤다.

어쩌다 키스를 하게 되었더라. 그날따라 높은 구두를 신고 균형을 잘 잡지 못하는 나를 민석이 부축했고, 큰 의미 없는 대화를 어설프게 이어가며 오피스텔 앞에 도착했다. 계단을 오르면서 나는 내 팔을 잡고 어깨를 감싸고 있는 사람의 체온이 참 따뜻하고 든든하다는 생각을 문득 했던 것 같다.

고맙다고 말하며 문고리를 잡던 내 어깨를 잡고 키스를 해온 것은 민석이었고, 나는 거부하지 않았다.

만약 그 비 오는 날, 그와 그를 자기라고 부르던 여자를 마주치지 않았다면 나는 지금 고승준에게 이렇게까지 말하지 않았을지도 모른다. 나는 지금도, 민석과 헤어진 이유를 명확히 알지 못했다.

그가 내세운 두 가지 이유로 보면 나를 좋아하던 그의 감정이 끝나지 않았던 것처럼 보이기도 하지만, 그날 곁에 있는 여자를 바라보던 그의 눈이 무척이나 행복하고 따뜻해 보였던 것도 사실이다.

자기에게 조금 더 의지하라는 말은 민석의 말버릇이었다. 힘들면 힘들다고 투정도 하고, 속을 좀 내보이라고 어느 날인가는 진지하게 말했었다. 그렇지 않으면 자신이 왜 내 곁에 있는지를 알 수 없게 된다면서.

아마도 누구와 하든지 이런 연애의 흐름은 크게 달라지지 않을 거라고 생각했다. 그것이 내가 체질을 운운하는 이유였다. 민석과의 만남으로, 나는 연애와는 잘 맞지 않는다는 결론을 얻었으니까.

"이민석이 차윤서를 어지간히도 피곤하게 했나 보군."

심드렁하게 중얼거리는 승준의 말에 상념에 빠져 있던 나는 무심코 고개를 끄덕이다 말고 그대로 꼿꼿이 굳었다. 잘못 들은 것 같아 순간 귀를 의심했다.

"……뭐, 라고요?"

회사에서 민석과 나의 관계를 아는 사람은 아무도 없다고 생각했기 때문에 태연하게 그의 이름을 들먹인 승준의 말에 가슴 한켠이 서늘해졌다. 나는 아연해진 눈으로 승준과 마주 보았다.

"어떻게…… 뭘 알고 있는 거예요?"

"세상만사 관심을 두는 만큼 보이는 법이니까. 나 말고도 눈치챈 사람이 더 있을지도 모르지."

막을 새도 없이 한숨이 흘러나왔다. 승준은 길쭉한 손가락으로 밴드의 포장지를 벗겼다.

"서로에게 좋은 감정이 동시에 생길 수 없듯이 그 감정이 동시에 사라질 수도 없어. 마음먹은 대로 되는 게 아니니 그걸로 누굴 탓할 수는 없는 거고. 그러니까 연애라는 게 체질에 안 맞거나, 맞는 사람이 따로 있는 건 아니라는 거야. 연애의 끝은 늘 느린 쪽에게 잔인하니까."

담담한 얼굴로 말하며 승준은 밴드를 내게 내밀었다. 붙여달라는 듯 고갯짓을 하는 그의 태도에 나는 얼떨결에 그 밴드를 받아들었다. 이미 끝나버린 사내 연애를 누군가 알고 있었다는 당혹감은 고승준의 그 무덤덤한 태도에 느릿하게 희석되고 있었다.

"참고로 나는 아주 느려."

그의 말을 되새기며 밴드를 붙이고 있는 내게 승준이 말을 덧붙였다.

갑자기 느리긴 뭐가 느려. 눈썹을 삐죽 치켜세우며 그를 바라보자 터진 입가를 매만지던 승준이 나를 바라보았다. 때로는 철없고 마냥 밝게만 보이던 그의 또렷한 눈이, 이제는 낯익기 시작한 은근한 무게감을 담은 채 나를 똑바로 응시하고 있었다.

"불씨가 붙는 속도도, 발화하는 속도도. 가끔은 불이 붙고 있는 것도 모를 만큼."

가슴이 서서히 조여드는 듯한 기분이 들어 나는 숨을 멈췄다. 심장이 두근거리며 뛰고 있었다. 불과 얼마 전까지만 해도 그의 곁에서 단 한 번도 긴장이라는 것을 해보지 않았던 나였다.

그러나 자꾸만 낯선 얼굴을 드러내는 고승준을 보며, 이제 나는 심심치 않게 긴장하며 숨을 죽여야 했다.

"이제 알았으니, 더는 게으름 피우고 있을 수 없겠지."

남자의 눈이 아름답다고 생각한 것은 처음이었다. 그것도 한쪽은 부어올라 멍이 들어 있는 볼품없는 상태의 눈을. 시선을 돌릴 수가 없었다. 검은 눈이 서늘하게까지 느껴지는 묘한 표정을 하고 있는 그에게, 나는 일순 사로잡혔다.

그러나 그 얇은 유리벽에 보호 받듯 둘러싸여 있는 것 같던 순간은 금세 파사삭 부서졌다. 내 어깨 너머를 흘끗 바라본 승준의 미간이 찌푸려졌기 때문이었다.

"입사 때부터 재수가 없더라니."

"……내가?"

날이 선 듯한 그의 말에 갑자기 숨이 답답해지는 기분이 들어 나는 머뭇거리며 되물었다. 영문도 모른 채 길을 가다 찬물을 뒤집어쓴 황당한 얼굴을 한 승준이 헛웃음을 내뱉었다.

"그런 생각을 하게 만든 내 죄가 크군. 이러니 뭐가 될 리가 있나."

승준은 자조적인 말투로 중얼거리며 밴드를 들고 있는 내 손을 잡고 토닥였다. 아마 아까의 분위기에서 그가 내 손을 잡았더라면 나는 숨도 쉬지 못하고 그대로 몸이 굳었을 것이다. 그러나 나를 긴장시키던 고승준은 이미 사라지고 없었다. 짓궂은 표정을 하고 있는 평소의 고승준이 있을 뿐이었다.

"지금 뭐 하는……."

"……차윤서?"

가늘게 뜬 눈으로 승준을 흘겨보며 말하던 나는 낯익은 목소리에 고개를 돌렸다. 그리고 주말 오후에 벌어진 이 기막힌 신의 장난에 나는 입을 작게 벌리고야 말았다. 민석과 본 적 있는 여자가 내 뒤에서 다가오고 있었다.

'당신이 본 게 이거였어?' 하는 눈으로 재빨리 승준을 노려보자 그가 찡긋, 성한 눈을 깜빡여 보인다. 나는 짧게 한숨을 내쉬며 다시 민석에게로 시선을 돌렸다.

그는 고개를 숙인 채 어딘가를 보고 있었다. 민석의 시선이 머물고 있는 곳은 내 손가락을 만지작거리고 있는 승준의 손이었다.

"이민석 대리님, 왠지 오랜만인 것 같네요."

"아, 고 대리님."

어딘지 못마땅한 얼굴로 나와 승준을 번갈아 바라본 민석은 승준의 인사에 고개를 끄덕이며 이맛살을 찌푸렸다.

"그런데 얼굴이……."

"모험담은 월요일에 회사에서 들으시죠. 이런 날까지 회사 이야기를 하고 싶진 않아서."

승준은 부어터진 입술로 용케 시원스레 웃어 보였다. 민석의 미궁에서 헤매는 듯한 시선이 나에게로 향했다.

"그런데 두 분이 이런 곳에서, 뭘 하고 계신 겁니까?"

나는 차라리 승준이 민석과의 관계를 알고 있음에 안도했다. 그렇지 않았다면 어쩔 수 없이 다소 경직된 얼굴로 민석을 대했을 것이고, 눈치가 빠른 편인 고승준이 그걸 모른 척 넘어갔을 리 없으니까.

그러나 그것은 나의 기우였다. 나는 고승준이라는 인간을 너무나 몰랐다.

"관리팀은 회사 내 모든 소문에 귀를 기울이는 게 일인 줄 알았는데. 아니면 이 대리님이 유독 소식이 늦은 건가. 따돌림 당하는 건 아니죠?"

승준은 '흐음' 하고 길게 숨을 뱉으며 고개를 기울였다. 나는 그의 '흐음' 하는 숨소리에 예민해져 있었기에 문득 불길함을 느꼈다. 민석은 묘하게 적대적인 승준의 말이 거슬렸는지 눈썹을 세웠다.

"무슨 소문 말이죠?"

"내가 차윤서 씨를 좋아한다는 소문 말입니다."

"고 대리님!"

나도 모르게 버럭 소리가 튀어 나갔지만 승준은 덤덤한 얼굴로 내 손가락을 얽어 쥐었다. 금방 붙인 밴드가 매끈하게 내 손끝에 닿았다.

"그래서 주말을 알차게 보내고 있는 중인데. 이 대리님도 데이트?"

말과 말을 연결해 주는 조사는 아주 중요하다. 단 한 글자로 얼마나 많은 의미가 달라질 수 있는지를 눈앞에서 목격한 나는 눈을 부릅떴다. 민석의 표정이 미미하게 굳어졌다. 그의 곁에 있던 여자가 아! 하고 손뼉을 쳤다.

"자기, 혹시 그때 그 비 오던 날에 그분이야? 어디서 본 것 같다는 생각이 들었는데! 안녕하세요?"

민석의 팔짱을 끼고 있는 여자는 성격이 밝은 것 같았다. 생긋 웃으며 내게 말을 건넨 그녀는 승준을 곁눈질했다. 나는 어정쩡하게 인사를 받았다.

"회사분들을 이렇게 마주치다니 마침 잘 됐네. 어머님 소개로 만난 지 반년이 다 되어가는데 회사분들께 인사 한 번 드린 적이 없었거든요. 민석 씨가 이 회사에 다니는 건 맞나, 가끔 의심까지

했다니까요?"

"혜경아."

민석이 황망하게 여자를 부르며 그녀의 말을 막았다. 그의 시선이 이내 머뭇거리며 나를 향했다. 나는 눈도 깜빡이지 못하고 그 여자를 바라보고 있었다.

반년. 반년이라고 했나, 지금.

내가 그와 사귀기 시작한 게 팔 개월쯤 전이었는데.

"먼저 드릴까? 이렇게 만나뵌 것도 인연인데."

"됐어, 그럴 거 없어."

"왜? 뭐 어때서 그래."

딱딱해진 민석의 표정에도 아랑곳하지 않고 여자는 가방을 뒤져 무언가를 꺼내 짜잔, 하고 웃어 보였다. 나는 그녀가 양손에 들고 있는 네모난 봉투를 보았다.

"저희 두 달 후면 결혼해요. 오늘 막 청첩장 받았거든요. 가까운 분들께 먼저 드리려고 좀 가져왔어요. 제일 먼저 두 분께 드리는 거예요."

여자의 미소는 해맑았다. 그래서 창백하게 그늘진 민석의 표정과 더욱 대조되었다. 그녀가 나와 승준에게 청첩장을 내밀었지만, 나는 그것을 받지 못했다. 몸이 움직일 생각을 하지 않았다.

애초에 그다지 깊지 않은 감정이라고 생각했다. 비루한 이유들을 달고 갑작스레 찾아온 이별이었지만 그럭저럭 담담하게 나는 그를 잊어버렸다. 그렇지만 이건 다른 문제였다. 남녀 간의 감정 문제가 아닌, 인간의 신뢰에 관한 문제였다.

그를 가슴 아플 만큼 사랑하진 않았지만 인간으로서 믿었다. 그러나 그와의 좋은 기억으로 남아 있던 순간까지 순식간에 더럽혀진 듯한 기분에, 그 시간 동안 웃고 있었던 멍청한 나에 대한 자조감에 나는 파리하게 질렸다.

나를 바라보고 있는 민석의 표정은 무언가를 부탁하듯 절실했다. 그렇기에 더욱 기가 막혔다. 당장 일어서서 커피라도 끼얹으며 뺨이라도 날릴까. 그럼 저 여자와의 결혼은 깨지게 될까. 아무것도 모르고 저렇게 웃고 있는 여자가 꿈꾸는 행복을, 내가 깨뜨리게 되는 걸까. 아니, 저런 남자를 믿고 살 생각을 하고 있다면 빨리 깨뜨려 주는 게 나은 일이 아닌가.

나는 입술을 깨물고 뭐든 움켜쥐었다. 그것이 고승준의 손이라는 것도 잊고, 온 힘을 다해 그것을 세게 쥐었다. 거칠어지려는 숨을 정리하려 노력하며 이를 악물고 있을 때 긴 한숨 소리가 들렸다. 승준이었다.

"이 대리님, 그거 아세요?"

승준이 천천히 몸을 일으켰다. 그의 손을 매달리듯 잡고 있던 내 손이 힘없이 떨어져 내렸다. 내 입에서 무슨 말이 나올까 긴장하고 있던 민석이 승준을 응시했다.

"뭘 말입니까?"

"처음 봤을 때부터 생각했는데."

나는 테이블 밖으로 걸음을 옮겨 카페 복도에 반듯하게 선 승준을 멍한 눈으로 바라보았다. 그는 가볍게 손목을 털고 있었다. 민석이 눈을 깜빡였다. 승준이 나른하게 중얼거렸다.

"당신, 진짜 재수 없게 생겼어."

퍽, 하고 승준의 주먹이 민석의 얼굴에 꽂혔다. 무방비하게 얻어맞은 민석이 바닥을 뒹굴었다. 꺄아악 하고 비명을 내지르며 여자가 어깨를 파들파들 떨었다. 다른 테이블에 앉아 있던 사람들이 수군거리며 이쪽을 바라보았다.

"이, 이게 무슨 짓이야!"

턱을 움켜쥐며 민석이 소리쳤다. 승준이 눈을 가늘게 내리떴다.

"말하지 않았나. 처음 봤을 때부터 그 면상이 마음에 안 들었다고. 특히 그 눈썹과 눈 사이의 간격이 좁은 점이 아주 마음에 안 들어. 미적 감각이라고는 도무지 찾아볼 수가 없어서 말이지. 왜. 다른 이유가 필요해?"

이럴 때의 고승준의 눈은 무섭다. 말도 안 되는 말을 하고 있는 주제에, 그에 전혀 어울리지 않는 차갑고 날카로운 눈빛이 오히려 사람을 압도하는 것이다. 입술을 달싹이며 항변하려던 민석은 이내 승준의 눈빛에서 무언가를 눈치챈 듯 조용히 입을 다물었다. 승준이 냉정한 얼굴로 눈썹을 치켜세웠다.

"어차피 상한 얼굴, 멍 한두 개쯤 더 만들어도 괜찮겠지. 그렇게 맞고만 있을 거야? 난 두어 대 더 때렸으면 싶은데. 반격이 있어야 때릴 핑계로 삼을 거 아냐."

"……그만해요."

나는 작게 중얼거리며 일어섰다. 승준은 이쪽을 보지 않았다. 나는 손을 뻗어 그의 손목을 붙잡았다.

"면상이 마음에 안 든다고 일일이 사람 때리고 다니면 대리님

감옥 간다고요."

짧게 한숨을 내쉬며 승준은 곁에 선 나를 흘끗 보았다. 영 성에 차지 않은 얼굴을 하고 있는 게 왠지 웃겨서 나는 픽 웃음을 흘리고 말았다.

"혜경 씨라고 했나요?"

선하게 생긴 승준의 돌변으로 겁에 질렸는지 민석의 곁에 주저앉은 채 그의 어깨에 방어적으로 팔을 두르고 있던 여자가 내 밑밑한 부름에 고개를 들었다. 나는 나뒹굴고 있는 청첩장을 주워서 그녀에게 내밀었다.

"미안해요. 결혼식엔 못 가겠어요. 저도 사실은, 이민석 씨 면상이 영 마음에 안 드는 사람이라. 그렇다고 때릴 순 없으니 결혼식 불참으로 대신할게요."

여자는 뭐 이런 미친 연놈들이 다 있어, 하는 눈을 하고 있었다. 거기다 파랗게 질린 얼굴로 얻어맞은 뺨을 감싸 쥐고 있는 민석을 보자 또다시 웃음이 터져 나왔다. 더 웃었다가는 정말로 미친 여자가 될 지경이라, 나는 승준의 손목을 붙든 채 다급하게 카페를 걸어 나왔다. 밖은 여전히 화창했다.

승준은 한동안 웃음을 터뜨리다가 이내 조용해진 나를 살피며 곁을 따라 걸었다. 정처 없이 발길 닿는 데로 걷던 나는 불쑥 말했다.

"기껏 치료해 놨더니. 또 까졌잖아."

밴드를 미처 붙이지 못한 그의 손등에 난 상처 부분에 또다시 피가 맺혀 있었다. 승준은 내 시선이 제 손등을 보고 있음을 알고 멋쩍게 어깨를 으쓱였다.

"또 치료해 주면 되지. 안 되나?"

"연고랑 밴드랑 카페에 다 두고 왔어. 집에 가서 스스로 해."

"매정하긴."

"그래도……."

나는 걸음을 멈추고 그를 향해 몸을 돌렸다. 멍들고 부은 얼굴로 승준이 나를 바라보았다. 치밀어 오르던 화는 표출하지 않았는데도 어쩐지 개운하게 사라진 듯한 기분이 들었다. 아마도 내 대신 민석의 얼굴에 주먹을 날린 승준의 덕분일 것이다.

바보 같은 나 자신에 대한 씁쓸함은 여전히 남아 있었지만, 이걸로 됐다고 생각할 만큼 처참했던 기분은 조금 가라앉아 있었다.

"고마워, 내 편 들어줘서."

"……."

"그런 순간에 옆에 아무도 없었다면 좀 비참했을 것 같아."

담담하게 중얼거리며 나는 웃었다. 그리고 아마 혼자였다면 볼품없이 울었겠지. 우는 스스로가 끔찍하게 싫으면서도 울었을 것이다. 억울하고 화가 나면서도 차마 그들의 결혼에 돌을 던질 용기는 내지 못하고, 그냥 구석에 처박혀서 한동안 울적해했겠지.

그렇지만 그것은 내 착각이었다. 눈을 깜빡이자 어느새 고여 있던 눈물이 툭, 방울져 떨어졌다. 흐느껴 울 정도는 아니었지만 몇 방울은 흘릴 정도로 눈물이 맺혀 있었던 것이다.

무표정한 얼굴로 나를 보고 있던 승준의 미간에 주름이 깊게 잡혔다. 그는 짧게 한숨을 몰아내듯 내뱉고는 낮게 중얼거렸다.

"다른 남자 때문에 울고 있는 여자한테 키스하는 날이 올 줄이야."

뭘 해?

뺨을 타고 흐르는 눈물을 무심코 닦아내고 있던 나는 눈을 들었다. 그리고 승준이 몸을 낮췄다. 고개를 기울인 그의 입술이 내 입술에 부드럽게 겹쳐졌다.

……가까이서 보니까 속눈썹이 길구나. 그래서 쌍꺼풀이 없는데도 눈이 커 보이는 건가. 아니, 그런 거랑은 상관없나? 입술이 부어 있어서 그런지 통통하고 매끈한 느낌이 든다.

그의 입술이 내게 머무는 동안 나는 그런 어이없는 생각을 하고 있었다. 입술의 상처가 내 입술에 짓눌려서 아픈지 미간을 찌푸린 승준이 천천히 몸을 세웠다. 넋이 나간 인형처럼 눈만 깜빡이고 있는 내가 웃겼는지 슬쩍 미소 지은 그는 손을 올려 내 턱을 가만히 들어 올렸다.

눈이 마주쳤다. 짙은 미소를 띠고 있는 그는 나를 긴장시키는 고승준이기도, 짓궂은 평소의 고승준이기도 했다. 내 입술을 느릿하게 손으로 더듬은 승준이 나직하게 말했다.

"게으름 피우지 않겠다고 했어, 차윤서. 잊지 마라."

길 한복판에서 잘 알고 지내던 직장 동료에게 난데없이 키스를 당한 여자는 어떻게 해야 할까. 나는 일단 뺨을 때릴 것을 권장했을 것이다. 그러나 정작 나는 그러지 못했다.

내 턱 끝에 닿아 있는 승준의 손에서 흘러나오는 열기가 너무 뜨거웠고, 가슴은 손톱으로 긁고 싶을 만큼 간질거렸다. 그 매혹적인 눈빛과 다정한 목소리를 무시하고, 나는 **빰**을 날릴 수가 없었다. 이미 그 얼굴은 다른 남자의 손을 거쳐 멍까지 들어 있기도 했고.

'그럼 회사에서 봅시다' 하고 내 **빰**을 슥슥 만진 뒤 눈치 빠른 다람쥐처럼 도망치듯 고승준이 사라지고 나서도, 나는 한동안 그 자리에서 움직이지 못했다. 울렁거리는 이 마음이 무엇을 의미하는 건지를 생각해 봐야 했다.

그러나 그 생각은 집으로 들어와 침대 위에 털썩 주저앉고 나서도 끝나지 않았고, 다음 날이 되어서도 나는 결론을 얻지 못했다.

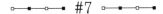 #7

사람은 인생을 살면서 누구나 사고를 경험한다. 사고는 예상치 못한 상황에, 시간에 일어나기 때문에 사고다. 그렇기에 피할 수 있는 방법 같은 것은 없다.

나는 일요일의 그것을 동정심이 넘쳐흐르는 데다 사람들의 시선 같은 것은 조금도 신경 쓰지 않는 라이프스타일의 자유로운 영혼, 고승준의 쓸데없는 위로가 빚어낸 '사고'라고 규정지었다. 물론 떠올릴 수 있는 다른 답안도 있었다. 그러나 이쪽이 내 머릿속을 덜 혼란스럽게 했기 때문에, 나는 '사고'라는 답안을 선택했다.

복잡한 인간관계는 질색이다. 그런 걸 내가 감당할 수 있을 리도 없다. 이미 나에게는 남녀 관계로 만나 서로를 믿고 의지하는

그런 모습은 영화나 드라마 속에서나 존재하는 일종의 환상 내지
는 신기루처럼 느껴질 뿐이었다. 지금의 나에게 남자를 만나야만
하는 이유 같은 건 눈 씻고 찾아봐도 없었다.

그러니 무엇 하나 확실해지지 않은 이 상황에서 지레 앞질러가
걱정하며 불안해하는 것이야말로 시간 낭비 아니겠느냔 말이다.
닥치면 해결한다. 아니, 가능하면 닥치지 않도록 노력한다. 그것
이 지금의 나의 마음가짐이었다.

"차 대리, 오늘따라 키보드 두드리는 소리가 아주 공격적인데."

"월요일이라 기운이 넘쳐서요."

"……그런 얼굴로?"

어이없다는 듯 혀를 차는 지현의 말에도 나는 꿋꿋하게 일에 매
진했다. 엑셀 프로그램에 서류상의 숫자를 입력하자 오차가 빨간
숫자로 드러난다. 나는 그 수식의 오류를 찾는 데 집중했다. 아니,
하려 했다.

"차 대리! 이야기 다 들었어. 어허허, 수고했네. 수고했어."

갑자기 사무실에 들이닥친 것은 박 팀장이었다. 여간해서는 언
성을 높이지 않는 걸 알기에 나는 그가 크게 껄껄 웃으며 다가와
내 어깨를 어설프게 두어 번 내려치는 것을 멀뚱히 바라보았다.
지현도 의자를 돌린 채 팀장을 응시했다.

"제가 무슨 수고를 했는지……."

"방금 석 부장한테 다 듣고 오는 길이야. 아트앤코, 해결했다
며? 고승준 대리랑 같이. 야, 그렇다고는 해도 고 대리가 참 요즘
직원들 같지 않게 뚝심이 있어. 그거 해결하겠다고 주말 내내 죽

치고 있다가 유치장까지 다녀오다니 말이야! 허헛."

나는 찌를 듯 날아오는 지현의 시선을 애써 외면하며 경직된 얼굴로 웃었다. 내가 한 거라고는 떡볶이를 사준 것과 연고를 발라준 것밖에는 없는데, 내가 왜 이 성과에 끼워져 있는가.

박 팀장은 흐뭇한 얼굴로 말을 이었다.

"영업팀하고 합동 회식하기로 했어. 다들 오늘 저녁에 시간 되지? 석 부장이 모처럼 맛있는 거 쏜다고 하는구만."

아니요, 저는 가능하면 그 인물과 얼굴을 마주하고 싶지 않은데요.

"저, 팀장님. 오늘은 제가 사정이 좀……."

"석 부장이 채권 회수율 보고 문제로 차 대리한테 한 소리 하고 그랬다며? 사과하고 싶다고 차 대리는 무조건 오라는군. 메뉴 선정도 차 대리한테 맡기겠다네. 이참에 마음 상했던 거 사과 받고 시원하게 풀어버려. 알았지? 나는 전무님 보고 들어갈 테니까 그렇게들 알고 있으라고."

늘 그렇듯 일방적인 통보를 던지고 웃는 얼굴로 사라지는 박 팀장의 뒷모습을 바라보며 나는 길게 한숨을 내쉬었다. 잔물결조차도 잘 일지 않던 내 인생에, 요즘 왜 이리 파도가 몰아치는지 통 모를 일이었다.

"얘기를 좀 들어볼까, 차 대리."

스산한 목소리가 내 귀를 잡아당긴다. 나는 천천히 고개를 돌려 지현을 바라보았다. 그녀는 신기하게도 눈을 부릅뜬 채로 웃고 있었다.

"주말에, 고승준 대리와 같이, 무슨 일을 하셨나? 아트앤코라면 그 사장이 외국으로 도망갔다던 업체잖아?"

"맹세코 저는 한 일이 없어요. 왜 이 얘기에 제가 껴 있는지 모르겠지만, 우연찮게 길에서 고 대리랑 마주친 게 다예요. 하필 집이 근처라서."

"정말 그게 다야?"

능글맞은 미소를 띤 채 지현이 파티션 너머로 얼굴을 들이밀었다. 나는 심드렁한 얼굴로 대꾸했다.

"뭐가 더 있겠어요?"

"나는 고 대리를 믿거든."

"뭘 믿으시는데요?"

"주말에 우연히 길에서 차 대리를 만났다. 그런데 아무것도 안 했을 리 없다고 믿는 거지. 일부러 차 대리의 집 근처인 아트앤코를 목적지로 삼았을 가능성도 아주 없진 않을 것 같은데."

나는 기가 질린 눈으로 잠시 그녀를 응시했다. 벌어진 입이 다물어지지 않았던 것이다.

"도대체 고승준의 어디가 대리님께 그런 생각을 하게 만드는 거예요? 제 눈에 고승준은 코미디지, 그런 스릴러 계통은 아닌데요."

흐흥, 하고 지현은 뜻 모를 웃음을 흘리고는 내 어깨를 토닥였다.

"고 대리가 왜 영업팀 에이스라고 불리는지 알아?"

"그거야 평판이 좋으니까 그렇겠죠. 거래처 관리도 잘하고, 그

인턴생트

래서 실적도 좋고."

"차 대리, 영업팀 일을 너무 쉽게 보고 있는 거 아니야?"

한 톤 낮아진 지현의 목소리에 나는 표정을 진지하게 가다듬었다. 가끔 그녀가 사감 선생님처럼 느껴지는 관리자의 날카로움을 드러내면 어쩐지 위축될 때가 있었다.

"그럴 리가요. 그냥, 아무래도 다른 팀 사정을 자세히 알지는 못하니까요."

"우리가 특별 관리하는 악성 거래처 담당자 이름 중에서, 고 대리 이름 본 적 있어?"

"아니요."

"거래처 재고 관리가 안 돼서 관리팀이나 우리 쪽에 한 번이라도 갑작스럽게 구매 요청 같은 거 한 적 있던가?"

"……제 기억에는 없었던 것 같은데요."

재고 구매는 최소 두 달 전에 이루어지는 게 원칙이지만, 현장에서 그 원칙대로 일하는 영업팀 직원들은 드물다. 미수금이나 여러 가지 다른 이유로 출고를 미루는 회사의 입장과 필요할 때 재고를 즉각 매입하고 싶어 하는 거래처 사이의 균형을 잡기가 쉽지 않은 것이다.

대부분의 직원들은 한 달도 채 남겨두지 않은 시점에서 관리팀이나 우리를 붙잡고 애원하고 매달리는 일이 적지 않았다. 은연중에 당연시 되는 그런 행태의 유일한 예외라는 것은 내가 실감하지 못할 뿐 몹시 대단한 일일 것이다.

"작년에 고 대리가 해결한 악성 거래처 비율이 가장 높은 것도 알아?"

"어…… 그랬나요?"

그러고 보니 그랬다. 연말에 사장이 직접 상까지 줬으니까.

나는 기억을 더듬으며 고개를 끄덕였다. 지현이 턱을 괴었다.

"난 사람을 대하는 일만큼 어려운 게 없다고 생각해. 상상 이상으로 변칙적이라 아무리 예상을 해도 들어맞지를 않거든. 그런데 예측 불허하게 다발적으로 발생하는 모든 문제들을 사전에 조정하고 해결해서 어떤 잡음도 내지 않는 사람이 있어. 그게 고승준 대리지."

나는 윙크를 찡긋해 보이는 지현을 멍한 눈으로 보았다. 그렇게까지 진지한 눈으로 고승준을 보고 있을 줄은 몰랐다. 그녀는 싱긋 웃으며 말을 이었다.

"그래서 내 눈엔 코미디보다 스릴러로 보이나 봐. 어떻게 그게 가능한지, 사무실에 틀어박혀 숫자 놀음만 할 줄 아는 나로서는 통 알 수가 없으니까 말이야."

확실히 보통은 아니다. 해맑게 웃고 있어도 녹록한 사람이 아니라는 느낌이 배어 나오긴 하지만, 그렇다고 해도 내게 있어 고승준은 스릴러와는 거리가 있다. 물론 최근 들어 순간순간 드러내는 그 낯선 얼굴을 떠올려 보면 마냥 일상이 코미디는 아닌 게 분명하지만 말이다.

백조처럼, 수면 위로 보이는 태평한 모습 너머의 무언가가 있겠지. 하지만 그것은 정도의 차이일 뿐 누구나 그렇지 않은가. 발버둥 치는 모습을 사방에 드러내며 살아가는 사람은 없으니까.

그러고 보면 내가 수면 아래의 고승준에 대해 알고 있는 것은 무엇일까. 집은 어디고, 형제 관계는 어떻게 되는지. 취미는 무엇이며 좋아하는 음식은 무엇인지. 주말의 평범한 일상은 보통 어떤 모습인지.

짧은 한숨이 흘러나왔다. 동기 사랑을 외쳤던 과거가 무색하게도, 확답할 수 있는 게 하나도 없었다. 나는 고개를 설레설레 저으며 내뱉었다.

"코미디건 스릴러건, 뭐, 저랑은 별로 상관없는 일이니까요."

물론 민석의 얼굴에 한 방 날려준 건 지금 생각해 봐도 가슴이 뻥 뚫릴 정도로 후련한 일이었다. 이미 사고로 규정지은 그의 어떤 행위에 파묻혀 고마운 마음 같은 게 멀리멀리 사라져 버렸을 뿐이지.

"차 대리가 그렇다면야. 점심이나 먹으러 가자."

"네."

지현이 일어서서 외투가 걸려 있는 옷걸이를 향해 걸어갔다. 사무실 문이 벌컥 열리고 미림이 들어섰다.

"대리님."

"······타이밍 참 잘 맞춘단 말이야."

지현이 달갑지 않게 중얼거렸지만, 미림은 묘한 얼굴로 내게 뚜벅뚜벅 걸어오고 있었다. 모니터를 끄고 돌아서던 나는 눈을 깜빡이며 그녀를 응시했다. 미림의 볼이 발갛게 상기되어 있었다.

"축하드려요! 해외영업팀 강제훈 대리님이랑 사귀신다면서요?"

딸꾹. 나는 마른침을 삼켰다. 천진하게 웃으며 미림은 내 손을 붙잡은 채 위아래로 마구 흔들었다.

"그럴 줄 알았어요. 대리님이랑 잘 어울린다고 생각했다니까요? 완전 축하드려요!"

할 말이 너무 많은 사람은 간혹 입이 떨어지지 않기도 한다. 지금 내가 그랬다. 그리고 나는 미림의 어깨 너머로 나보다 더 어처구니없다는 얼굴을 하고 있는 지현을 보고 말았다. 그녀는 목각 인형처럼 딱딱하게 입을 열었다.

"누구랑…… 뭘 한다고?"

"그러게요. 회사에 참 말도 안 되는 헛소문이 잘 도네요. 하하."

나 역시 어색하게 남의 것 같은 입술을 움직여 제법 태연하게 대답했지만, 그런 노력이 무색하게도 깔깔 웃는 미림에게 힘없이 어깨를 떠밀리고 말았다.

"에이, 다 알고 왔는데요, 뭐. 금요일에 병원에서 완전 다정하게 있는 거 다 보셨다고 하던데요? 영업팀부터 관리팀까지 소문 다 퍼졌어요. 어떻게 정작 같은 팀인 저희만 모르게 그러실 수 있어요? 완전 섭섭해요!"

"차 대리?"

"아닙니다, 이건 정말 헛소문……."

"점심이라도 먹으면서 어디 천천히 들어볼까. 헛소문이 돈다면 당연히 고승준일 줄 알았던 사람으로서 그냥 넘어갈 수가 없네."

지현이 입술을 길게 끌어 올리며 웃었고, 미림도 장단을 맞추듯 고개를 주억였다. 나는 아득한 기분으로 한숨을 내쉬었다. 소문의 근원지가 분명한 일범의 입에 휴지 뭉텅이를 마구잡이로 쑤셔 넣는 상상을 하며, 나는 죄수가 끌려가듯 지현과 미림에게 양팔을 붙잡힌 채 무력하게 사무실에서 끌려 나와야 했다.

신이 있다면, 나를 바라보며 무언가 심심함을 느꼈던 것이 틀림 없다. 상황을 수습할 기회조차 주지 않고 연타를 날리는 것을 보면 말이다.

나는 우레와 같이 쏟아지는 박수 속에 서 있었다. 우리가 자주 가는 대략 여덟 개 정도 되는 밥집 중에 하필 오늘 선택한 곳에 해외영업팀 직원들이 모여 있을 확률이 대체 얼마나 된단 말인가! 이런 제기랄!

'축하해요' 라는 말과 함께 박수와 휘파람 소리가 간간이 들렸다. 그 한가운데에는 일범이 있었고, 좌측에는 반듯한 미간을 짚은 채 짧게 한숨을 내쉬고 있는 제훈이 있었다.

그에게 말이 이렇게 번질 때까지 왜 가만히 있었냐며 이 소동의 책임을 물으려 했던 나는, 그 날 선 눈매에 나 못지않은 피로감이 묻어 있음을 깨달았다. 그로서도 불가항력이었던 것이다.

새해가 되고 이런저런 일로 바쁜 이 시기의 스트레스를 풀기 위한 희생양으로 반 재미 삼아 날뛰는 동료들을 말리다 포기했겠지. 탁자를 숟가락으로 신명 나게 두드리고 있는 일범과 다른 직원들에게 우리가 진짜 사귀든 말든 그것은 중요한 문제가 아니었다. 그저 한마음 한뜻으로 우리를 놀리는 게 재미있는 것뿐이다.

"이렇게 투샷을 같이 보니까 새삼 잘 어울리네요. 차 대리님, 합석하실래요?"

"됐어요."

나는 씩 웃고 있는 일범을 매섭게 노려보며 말을 잘랐지만 이 정도로는 어림도 없었다. 그에게 말을 붙이려는 미림의 팔을 끌고 구석진 테이블에 가서 앉자 지현이 느긋하게 따라왔다.

"저쪽은 벌써 기정사실이 된 모양인데. 왜? 난 합석해도 괜찮은데."

"전 밥을 먹고 싶어서 여기 온 거거든요. 동물원 원숭이가 되러 온 게 아니라."

차갑게 뱉어낸 말에 지현은 눈썹을 비죽 올리고는 입을 다물었다. 일범과 그 일동들이 이쪽을 바라보며 무어라 소곤거리는 것이 눈에 거슬렸지만 아무럼 어떤가. 이쪽에서 아무런 반응이 없으면 적당히 떠들다가 질리는 날이 올 것이다.

그렇게 생각하면서도 신경이 곤두서는 것은 막을 수가 없었다.

"정말 아니에요, 대리님? 빼지 말고 저희한테만 솔직하게 말해보세요. 도대체 어느 틈에 그러신 거예요?"

미림이 컵에 물을 따르며 호기심 가득한 목소리로 물었다. 나는 이 순간만큼은 그녀를 썩 좋아하지 않는 지현의 마음에 완벽하게 동감했다. 눈치라고는 손톱만큼도 없는 것도 사회생활에서는 죄가 될 때가 있는 것이다.

"아니야, 아닌데. 그게 도대체 무슨 상관이야?"

"네?"

"내가 강제훈 대리님이랑 무슨 관계건, 그게 미림 씨랑 무슨 상관이냐고. 설사 무슨 관계라고 한들 내가 왜 미림 씨한테 그런 얘길 하지 않으면 안 되지? 대답하는 게 당연한 것처럼 묻지 말아줄래요? 아니라고 말해도 믿지 않을 거면."

누적된 신경질이 고스란히 말이 되어 나갔다. 나는 놀란 듯 굳어진 미림의 얼굴을 지나 그 너머에 있는 일범을 바라보았다. 다들은 게 틀림없는 얼굴로 그는 슬그머니 고개를 돌렸다. 순식간에 식당의 공기가 가라앉는 것 같았다.

"죄, 죄송해요, 대리님. 저는 그냥…… 그냥 잘된 일이면 축하해 드리려고……."

커다란 눈을 깜빡이고 있는 미림의 얼굴에 발갛게 열이 몰려 있었다. 나는 금방이라도 눈물을 쏟을 것처럼 촉촉해지는 그녀의 눈가에 기겁했다.

"방금은 나도 말이 심했어요. 미림 씨 때문이 아니라, 저쪽 들으라고 한 소리라서."

"차 대리님 정색하시는 거, 처음 봐서, 저 진짜 깜짝 놀라서……."

아. 나는 결국 눈물을 떨어뜨리는 미림을 아연하게 바라보았다. 일진이 사나워도 이렇게 사나울 수가. 훌쩍이는 소리에 미림의 어깨 너머에서 힐난의 시선이 무더기로 날아오는 것이 느껴졌다. 나는 지금 그저 호기심을 참지 못한 착한 후배를 울린 괴팍하고 입버릇 나쁜 여자가 된 것이다.

고작 이 정도 일에 눈물 보이지 말아달라고 부탁이라도 하고 싶은 심정이었지만 이미 늦은 일이었다. 나는 한숨을 삼키며 미림에게 냅킨을 몇 장 뽑아 주었다. 그나마 다행이라면 시선이 스친 지현이 나와 비슷한 얼굴로 한숨을 내쉬고 있었다는 것이었다.

가뜩이나 경직된 식당 내 분위기는 미림의 눈물로 걷잡을 수 없이 어색하게 번졌다. 식사를 거의 마친 해외영업팀 직원들이 이쪽을 흘끔거리며 하나둘씩 몸을 일으켰다. 나는 이대로 사라져 버리고 싶은 심정으로 눈을 내리깐 채 물컵에 맺힌 물방울만 뚫어져라 바라보았다.

가라. 제발 그냥 가.

"차 대리님, 화 좀 푸세요. 장난 좀 친 걸 가지고. 후배 너무 무섭게 잡으시네."

일범이 다가와 손을 까닥이며 웃었다. 그 얼굴에 당장에라도 이물을 끼얹어주고 싶은 충동을 가까스로 억누르며 나는 그를 응시했다. '어휴, 농담도 못 하겠어' 하고 혼잣말처럼 웃음을 섞어 내뱉은 일범이 서둘러 식당을 빠져나갔다.

그 한 마디로 나는 단박에 아량 없고 꽉 막힌 여자가 되었고, 나를 흘끔거리거나 아예 외면하는 직원들이 나가는 것을 지친 눈으로 바라봐야 했다.

속이 쓰려 고개를 돌리던 나는 이쪽을 보고 있는 제훈과 눈이 마주쳤다. 그는 무표정한 얼굴로 목례를 하고는 조용히 문으로 걸어 나갔다. 보기에 따라서는 마치 나를 질책하는 듯한 냉담한 시선이었기에, 나는 마지막 한 방을 맞고 녹다운 된 복서처럼 온몸의 힘이 쭉 빠져나가는 것을 느꼈다.

회사가 오로지 일만 하는 곳이라면 얼마나 좋을까. 나야말로 울고 싶은 심정이었다.

"정말 안 될까요?"

"안 된다니까 그러네. 석 부장이 일부러 이런 자리 마련한 거 몰라서 그러나? 사실 말이 그렇지, 아트앤코 해결한 공이야 그쪽 고승준 대리 몫이지. 그래도 차 대리를 같이 세워서 축하해 주겠다는 거잖아. 그 불같은 양반이 좋은 마음으로 손 내밀었는데 여기서 차 대리가 빠지는 게 정말 현명한 판단이라고 보나? 정 그러면 가서 얼굴 비치고, 술이나 한두 잔 마시고 가라고. 응?"

팀장님의 말이 백번 옳았기에 나는 할 말이 없었다. 내가 내세운 핑계라고 해봐야 머리가 좀 아프다는 하찮은 것이었기에 결국 나는 고개를 끄덕이고 말았다.

일하는 내내 풀 죽은 얼굴로 나를 바라보며 신경 쓰이게 하던 미림도, 해외영업팀 직원들에게 이미 한껏 부풀린 오늘의 일화를 전해 들었을 영업팀 직원들도, 그리고 고승준도, 아무도 보고 싶지 않았지만 나는 별수 없이 터덜터덜 걸음을 옮겼다. 지현이 말없이 내 어깨를 두드려 주었다.

뒷골목에 있는 단골 고깃집은 이미 사람들로 가득 차 있었다. 구두를 벗고 방으로 들어가자 제일 먼저 석 부장이 반갑게 웃으며 얼굴을 내밀었다.

"어이고, 우리 차 대리 왔네. 수고 많았어. 우리 거래처 신경 많이 써줘서 고맙고."

불과 며칠 전 어디서 부장을 가르치려 드냐며 눈을 부라렸던 그는 두터운 손으로 내 등을 마구 두드렸다. 사실은 화풀이를 하는 게 아닐까 싶을 정도로 거친 손길에 나는 콜록, 기침을 내뱉으며 가까스로 고개를 숙였다.

"저야 하던 대로 했을 뿐이고 고 대리가 많이 수고했죠."

"하하. 그 잘생긴 얼굴에 아주 흠집 제대로 내가면서 말이지."

귀청이 떠내려갈 정도로 크게 웃어대는 석 부장을 슬쩍 피해 나는 게걸음으로 물러섰다. 이런 상황에서 굳이 고승준을 보고 싶지 않아 나는 최대한 바닥만 바라보며 대충 자리를 잡고 앉았다. 박 팀장의 목소리가 들렸다.

"아니, 그런데 오늘의 주역이 안 보이는데. 고 대리는 어디 갔습니까?"

"얼굴이 영 말이 아니길래 오후에는 들어가서 좀 쉬고, 회식 시간에 맞춰 오라고 했으니까 곧 올 거네. 차 대리! 오늘 메뉴는 자네가 대신 고르라고. 응?"

……오후에는 들어가 쉬라고 했다면.

까칠하고 신경질적으로 무고한 후배에게 스트레스를 발산해서 결국 울리고야 말았다는 내 소문은 아직 못 들었을 수도 있겠군.

고승준이 없다는 말에 기묘한 안도감이 들었다. 근육이 뭉친 것처럼 무겁던 어깨가 비로소 축 늘어진다. 나는 내게 건네지는 메뉴판을 받아 들며 한숨을 길게 내쉬었다. 기왕 이렇게 된 거, 제대로 먹고 마시지 않으면 어쩐지 억울할 것 같았다.

□—■—□—■

후우.

인터셉트

승준은 길게 한숨을 내쉬며 고개를 젖혔다. 물기가 덜 마른 머리칼이 바람을 맞아 냉기를 머금고 있었다. 석 부장도 석 부장이다. 회사에서 집이 썩 멀지는 않았지만 퇴근이면 퇴근이지, 회식 때 다시 오라는 것은 대체 무슨 심보란 말인가.

석 부장은 기분파였다. 그렇기에 이런 말도 안 되는 지시를 내릴 수 있는 것이다. 차분하고 이성적으로 일을 지시하기보다 그때그때 기분에 휩쓸리는 경향이 짙다. 같은 일을 보고하더라도 한소리 들을 때가 있고 그렇지 않을 때가 있다. 달리 말하면 일관성이 없는 편이기 때문에 자연스레 직원들은 그의 눈치를 살피는 것이 몸에 배었다.

업무적으로 봤을 때는 확실히 융통성이나 순발력이 필요하긴 하지만, 글쎄. 그 사람은 너무한 구석이 있지. 승준은 미간을 좁히며 짧게 혀를 찼다.

승준은 회사 근처 사우나에서 뒹굴며 오후를 보내다 깜빡 잠들고 말았다. 눈을 떴을 때는 이미 여섯 통의 부재중 통화를 받은 휴대폰이 8시가 넘었음을 알려주고 있었다.

저를 축하한다는 명목으로 하는 회식이기에 얼굴을 안 비출 수는 없어서, 승준은 샤워를 하고 회식 장소로 가는 길이었다. 따뜻한 물에 느긋하게 몸을 푼 데다 팔자에도 없는 평일 낮잠을 잤더니 몸이 가뿐하다.

젖은 머리칼을 가볍게 털어내며 낯익은 고깃집으로 들어섰다. 이미 취기가 오른 얼굴로 껄껄 웃고 있는 석 부장이 보여 그쪽으로 다가가려던 승준의 시야에 자신을 보며 웃고 있는 사람이 들어왔다. 지현이었다.

"이제야 오다니. 너무한 거 아닌가? 주인공이."

화장실에서 나오던 길이었는지 물기가 남아 있는 손을 파닥거리는 지현의 손짓에 승준은 씩 미소 지었다.

"면목 없습니다. 새삼 이 정도로 회식까지 소집할 줄 몰랐어요."

"뭐, 난 괜찮아. 이럴 때 위장에 기름칠하는 거지. 작년에도 고대리 덕분에 적지 않게 먹었으니, 올해도 잘 부탁해요. 그래도 그 얼굴은 좀 다치지 않는 쪽으로. 오케이?"

멍은 다 빠지지 않았지만 그래도 붓기는 제법 가라앉아 썩 보기 흉한 얼굴은 아니었다. 그럼에도 긁힌 상처와 잉크가 번진 듯한 멍이 남아 있어 지현은 혀를 차고 말았다. 승준은 웃으며 느슨하게 거수경례를 해 보였다.

"분발하겠습니다."

"그러게. 좀 더 분발해야겠어요, 고 대리."

팔짱을 끼며 중얼거리는 지현의 말이 의미심장하게 들려 승준은 눈썹을 치켜올렸다. 지현이 안쪽 방에 앉아 있는 무리들을 흘끗 보며 입을 열었다.

"그렇게 느긋하게 있다가는 소문이 사실이 될지도 모르니까."

"……소문이오?"

"차윤서가 사내 연애를 한다는 소문."

승준은 느릿하게 눈을 깜빡였다. 차윤서와 사내 연애를 동일 선상에 놓고 보자면 떠오르는 이름은 두 개가 있다. 이민석 그리고 자신. 그러나 지현의 입에서 흘러나온 이름은 그의 예상을 벗어난 것이었다.

"해외영업팀 강제훈 대리와."

지현은 가늘어지는 승준의 눈매를 바라보며 놀리듯 싱긋 웃었다.

"참고로 난 꼭 그 소문의 주인공이 고 대리가 되기를 바라거든. 굴러온 돌보다는 박힌 돌에 가산점을 주는 타입이라서."

"오, 천군만마 부럽지 않은데요?"

승준이 가볍게 받아넘겼다. 평소와 다를 바 없이 느긋한 미소를 띠고 있는 반듯한 얼굴이지만 눈빛만은 날카롭다. 그 표정이 전보다는 어쩐지 진지한 느낌이 들어 지현은 만족스러운 얼굴로 안쪽을 가리켰다.

"오늘 이래저래 스트레스 받은 데다 석 부장님한테 밀려서 차 대리 오버페이스 했어. 살짝 취한 상태라는 거 감안하고 들어가요."

"고맙습니다."

파이팅, 하고 주먹을 쥐어 보이는 지현 역시 조금은 취기 어린 얼굴이었다. 승준은 그녀에게 고개를 숙이고는 방으로 들어섰다. 직원의 어깨를 붙잡고 무어라 고래고래 소리를 지르고 있던 석 부장이 귀신같이 그의 기척을 알아채고는 고개를 돌렸다.

"아니, 이게 누구야! 고승준이! 주인공이 제일 늦게 오는 법이 어디 있나!"

"죄송합니다, 부장님. 피곤했는지 깜빡 잠이 들어서요."

"죄송이고 뭐고 일단 술이나 한 잔 받으라고. 어? 수고했어, 고 대리. 내가 모처럼 회의에 어깨 딱 펴고 들어갔다는 거 아냐! 자 자, 한 잔 받아. 올해 시작이 아주 좋아."

오자마자 비좁은 틈에 무릎을 엉거주춤 꿇은 승준은 석 부장이 내미는 잔을 받아 들었다. 슬쩍 테이블을 한 바퀴 둘러보던 그는 눈을 크게 뜨고 자신을 향해 활짝 웃고 있는 미림과 눈이 마주쳤다. 그녀에게 눈인사를 하며 시선을 돌린 곳에 턱을 괸 채 소주잔을 멍하니 바라보고 있는 차윤서가 있었다.

마음이란 참 신기하다. 늘 빨간색으로 생각해 오던 것이 하루아침에 파란색으로 보이기도 하고, 어느 날은 보라색이 되어 있기도 한다. 그래서 예측할 수가 없었고, 한다 해도 맞출 수가 없었다.

차윤서는 그에게 어쩐지 챙겨주고 싶은 사람이었다. 그것은 아마도 이 회사로 이직한 지 한 달이 채 되지 않았던 어느 날, 비상구 계단에 앉은 채 힘이 쭉 빠진 얼굴로 벽에 기대고 있는 그녀를 발견한 순간부터 그랬을 것이다.

몇 번의 회식과 업무로 부딪치던 그녀와는 안면이 있었다. 항상 딱 떨어지는 단정한 정장 차림에 말투가 차분하고 간결해서, 무슨 일이건 어려움 없이 스스로 해결하는 타입이라고 생각했었기에 그렇게 지친 얼굴을 무방비하게 맞닥뜨린 승준은 깜짝 놀랐다.

조금 더 겪어본 그녀는 사람 대하는 요령이라는 게 없는 성격이었다. 적당히 웃으며 구슬리면 쉽게 갈 수 있는 길도 끝까지 무뚝뚝하게 밀고 나가는 타입이랄까. 그러니 인간관계가 크나큰 축을 담당하는 사회생활이 힘들 수밖에.

자신에게는 너무 쉬운 것을 조금도 하지 못하는 그녀를 보고 있으면 답답할 때가 많았다. 그래서였을 것이다. 자꾸만 들여다보고, 경직되어 있으면 말을 걸며 이것저것 참견하고 싶어졌던 것은.

내부 방침상 여간해서는 중도 입사자를 받지 않는 회사였기에 자신이나 윤서처럼 이직해서 이 회사에 들어온 직원들은 많지 않았다. 요령껏 사람들을 대하는 승준은 금세 기존 직원들 사이로 섞여 들었지만, 그 사이에서 웃고 있으면서도 구석에 동떨어져 있는 차윤서가 내내 신경 쓰였던 것이다.

승준은 분명 웃는 얼굴을 기본으로 하고 있지만, 그렇다고 예스맨이라는 뜻은 아니었다. 오히려 어정쩡하게 상대방의 기세에 휘말려 싫다는 말을 하지 못하는 다른 사람들보다 거절에 훨씬 능숙했다. 대학교 때 승준의 유한 얼굴에 방심하고 다가와서 이런저런 부탁을 하려던 사람들 중 원하던 결과를 얻어낸 사람은 아무도 없을 정도였다.

'차라리 웃지 말아요. 그게 더 잔인하니까' 라고 말하며 울던 여자도 몇 명쯤 있었고, 그로서는 이해할 수 없는 비난도 많이 받았지만 딱히 고칠 생각도, 고쳐지지도 않았다. 그런 부분에 있어서 고승준은 분명 오만한 구석이 있었던 것이다.

윤서가 이민석과 사귀고 있다는 걸 우연히 알게 되었을 때의 기분은 참으로 묘했다. 그녀에게 마음이 쓰였던 것은 사실이지만 승준은 그것이 애정이라고 생각하지는 않고 있었다.

그러나 그 순간의 실망감은 생각보다 강렬했고, 승준은 어느새 민석과 자신을 나란히 세워 두고 비교하고 있는 스스로를 깨달았다. 어느 모로 봐도 자신이 나았기에 윤서의 이해할 수 없는 선택은 더 충격적으로 느껴졌다. 그리고 그때부터 차윤서를 바라보는 그의 시선은 조금 달라지기 시작했다.

"뭐해? 안 마시고."

"아, 예."

석 부장이 게슴츠레 눈을 뜬 채 그를 재촉했다. 승준은 한입에 술을 털어 넣었다. 알싸한 소주가 달콤하게 입안을 맴돌았다. 터져 갈라진 입술이 따가워 그는 미간을 찌푸렸다.

끝까지 이쪽을 안 보네. 온 걸 모르는 건가.

승준은 금세 다른 곳에 신경을 쓰며 큰 소리로 껄껄 웃고 있는 석 부장을 흘끗 보고는 조용히 몸을 일으켰다. 무슨 생각에라도 깊게 잠겨 있는 것처럼 눈을 내리깐 채 소주잔만 보고 있는 윤서가 자꾸만 그를 잡아당기고 있었다. 이미 절반 정도는 얼큰하게 취한 사람들을 가로지르던 승준은 누군가에게 불쑥 팔을 붙잡혔다.

"대리님! 완전 축하드려요!"

입술이 빨갛게 반짝거리는 미림이었다. 미소에는 미소로, 몸에 배인 습관이 그의 입술을 부드럽게 늘렸다.

"고마워요. 이렇게까지 축하 받을 일은 아닌 것 같지만."

그제야 숙이고 있던 윤서의 고개가 들렸다. 그녀는 미림과의 사이에 사람 한 명을 두고 앉아 있었다. 승준은 미림의 어깨 너머로 자신을 보고 있는 윤서에게 시선을 주었다. 어쩐지 입술이 간지러운 느낌이 들었다.

그녀에게 무어라 말을 건네려 입을 열던 승준은 팩하고 고개를 돌리며 소주를 들이켜는 윤서의 행동에 순간 표정이 굳고 말았다.

"여기 앉으세요. 제 술 한 잔 받으시고요. 대리님은 정말 대단하신 것 같아요."

곱게 화장을 한 눈으로 미림이 한껏 웃으며 그의 팔을 끌어당겼다. 고지를 코앞에 두고 잠시 퇴각해야 하는 이 기분이라니. 승준은 씁쓸하게 혀를 차며 미림의 곁에 앉았다.

"근데 얼굴 너무 아플 것 같은데. 여기 괜찮으세요? 멍이……."

"아, 괜찮아요."

미림의 손이 그의 뺨을 언뜻 스쳐 승준은 그녀의 손을 잡아 내렸다. 그는 누군가 제 얼굴에 손대는 걸 좋아하지 않았다. 미림은 멋쩍은 기색도 없이 생글거리며 웃었다.

"대리님 손 완전 따뜻하다. 머리는 왜 이렇게 젖으신 거예요?"

"오후 휴가를 받긴 했는데 집에 다녀오긴 번거로워서. 회사 근처 사우나에 있었어요."

"아하, 그래서 이렇게 좋은 냄새가 나는구나."

안색은 멀쩡해 보이는데 취한 건가. 승준은 자신에게 스스럼없이 코를 들이대고 킁킁 냄새를 맡는 시늉을 하는 미림을 내려다보았다. 여전히 제 손을 움켜쥐고 있는 미림의 손가락이 꼬물거리고 있었다.

미미한 불쾌감에 승준은 눈을 가늘게 뜨고는, 조금의 여지도 없이 그녀에게 잡힌 손을 잡아 뺐다. 단호한 손길에 미림이 고개를 번쩍 든 채 얼떨떨한 눈으로 그를 응시했다. 승준은 그녀에게 눈길도 주지 않고 술을 들이켰다.

"거기, 차윤서 씨. 아는 척 좀 해주지."

쉽게 포기할 것 같지 않은 얼굴로 저를 보고 있는 미림을 외면하며 승준은 몸을 앞으로 당겨 윤서에게 목소리를 높여 말을 걸었다. 그러나 그녀는 흘끗 곁눈질만 하고는 다시 술잔을 들 뿐이었다. 말간 얼굴에 뺨만 붉게 물들어 있는 데다 은근히 눈꼬리가 풀린 것이 귀여워 승준은 피식 웃고 말았다.

"차 대리님 오늘 기분 별로 안 좋으세요."

미림이 손으로 입을 가리며 작게 중얼거렸다. 그런 상황을 틈타 입까지 맞췄으니 웃는 얼굴로 자신을 봐주리라고는 생각하지 않았지만, 그렇다고 해도 인사 한마디 하지 않는 것은 좀 과한 것 같기도 하다. 승준은 팔짱을 끼며 미림에게 물었다.

"무슨 일 있었어요? 해외영업팀 강제훈 대리랑 소문 터진 거 말고?"

"어, 알고 계셨어요? 어디서 들으셨어요?"

미림이 눈을 동그랗게 떴다. 대답 없이 어깨를 으쓱이자 그녀는 길게 한숨을 내쉬었다.

"괜히 그 소문 때문에. 제가 대리님 신경에 좀 거슬리는 행동을 했나 봐요."

"거슬리는 행동?"

고개를 기울여 윤서를 봤지만 그녀는 혼자 고개를 숙인 채 소주만 마시고 있었다. 저런 속도는 너무 빠르다. 오버페이스라는 지현의 말을 떠올린 승준의 미간이 좁아졌다.

"저는 그냥 좋은 일인 것 같아서 축하해 드리려고 했을 뿐인데, 제 태도가 뭔가, 대리님을 화나게 만든 것 같아요. 제가 거기서 울면 안 되는 거였는데, 순간 화내시는 대리님이 너무 무섭다는 생각이 들어서……."

"차 대리가 화를 냈어요? 미림 씨한테?"

눈을 내리깐 채 우물거리며 말을 하던 미림이 슬쩍 눈을 들었다. 승준이 미간을 세운 채 그녀를 보고 있었다. 그녀는 더욱 어깨를 힘없이 늘어뜨리며 고개를 끄덕였다.

"왜 그랬어요? 화 잘 안 내는 성격인데."

"……네?"

제 예상과는 완전히 방향이 다른 승준의 말에 미림이 눈을 멍하니 깜빡였다. 강아지 털처럼 고불거리는 머리칼에 선이 분명한 홑꺼풀의 시원스런 눈매의 승준은 전체적으로 부드럽고 유쾌한 이미지였지만, 지금 그녀의 앞에 있는 그는 달랐다. 승준은 마치 그녀를 비난하듯 날카로운 눈에 무표정한 얼굴로 그녀를 보고 있었다.

"진지하게 생각해 봐요. 미림 씨가 뭘 잘못했는지. 원인을 모르면 같은 실수 두 번 할지도 모르니까. 정 답을 모르겠으면 차 대리 붙잡고 물어보든지."

"저, 저는……."

"나 참, 고집 참 세다니까."

미림은 고개를 내저으며 몸을 훌쩍 일으키는 승준을 아연한 눈으로 바라보았다. 그녀의 항변 같은 건 들을 필요도 없다는 듯한 태도는 냉정하게 느껴지기까지 해서 민망할 정도였다. 동기라며 차윤서를 싸고도는 건 알았지만 이 정도일 줄은 몰랐던 것이다.

그녀는 화사하게 웃는 얼굴로 제 옆에 앉아 있던 직원에게 인사를 건네며 은근슬쩍 윤서의 곁에 앉는 승준을 흘겨보았다.

"아무 사이 아니라면서. 강제훈에 고승준까지. 도대체 뭐야?"

날 선 목소리로 중얼거리는 미림의 혼잣말은 와자지껄한 사람들의 목소리 사이로 흩어졌다. 잠시 승준과 윤서를 노려보던 그녀는 소주병을 쥐고 제 잔을 채우기 시작했다.

8

"어허, 나 들어온 지 몇 분 안 됐는데 벌써 세 잔째네. 왜 이렇게 속도를 내시나."

승준은 자리에 앉자마자 막 술을 들이키려는 윤서의 손을 막았다. 금세 눈꼬리를 칼같이 세운 윤서가 그를 바라보았다. 승준은 씩 웃으며 빈 컵에 물을 따라 그녀에게 내밀었다.

"안 마셔. 저리 가."

물을 마다하며 손을 까닥이는 속도가 더디다. 어쩌면 제가 본 중 가장 취한 상태일지도 모르겠다는 생각이 들어 승준은 헛웃음을 흘렸다.

"마시는 게 좋을걸. 내일 출근할 때 후회하지 말고."

"고 대리님."

흘러내리는 머리칼을 귀 뒤로 넘기던 윤서가 눈을 치켜뜨며 그를 불렀다. 승준은 말해보라는 듯 눈썹을 들어 올렸다. 눈에 힘을 풀지 않은 채 조용히 그를 노려보던 윤서가 느릿하게 말했다.

"저한테 그만 신경 쓰세요. 동기 사랑 핑계도 그만 대시고. 그런 오지랖은, 저기, 저기 있는 다른 사람들 챙길 때나 쓰시라니까요."

차윤서의 존대는 자신과 거리를 벌릴 때 쓰이는 일이 많기에 듣기에 썩 좋지 않았다. 짧게 한숨을 내쉬며 승준은 그녀의 잔에 찰랑거리는 소주를 제 입에 털어 넣었다.

"동기 사랑 핑계, 이젠 안 대. 오지랖으로 키스하고 다닐 만큼 내 입술 싸구려 아니고."

"그게 무슨……!"

태연하게 대꾸하자 눈이 커진 윤서가 그의 소매를 붙잡은 채 재빨리 주변을 살폈다. 각자의 대화에 빠져 있는 사람들을 확인하고 나서야 그녀는 눈꼬리를 사납게 치켜세웠다.

"그게 무슨 키스예요? 사고지!"

"사고는 예측 불가능한 게 사고지. 내 의도대로 한 행동도 사고라고 하던가?"

"하여튼 그건! 사고야, 사고라고."

완고하게 눈을 부라리며 저를 윽박지르는 그녀가 마치 억지를 부리는 어린애처럼 보여 승준은 슬쩍 미소 지었다. 그는 순순히 고개를 끄덕여 주었다.

"그래, 사고라고 해. 애초에 그런 건 제대로 된 키스라고 할 수도 없으니."

윤서는 할 말이 많은 것처럼 입술을 달싹였지만 여의치 않은지 입을 꾹 다물었다. 짧게 한숨을 내쉰 그녀가 고개를 들었다.

"나는 싫어."

발음은 다소 뭉개졌지만 분명한 목소리였다. 어지간한 말은 여유롭게 대응하는 승준이었지만 이번만큼은 뺨이 살짝 굳었다. 그의 서늘한 표정에 윤서는 눈을 내리깔았다.

"어차피 잘될 리 없고, 지금은 누굴 만나고 싶지도 않아. 알잖아요. 남자 친구랑 헤어진 지 한 달 만에 청첩장을 받았어. 그것도 나 만날 때 같이 만나던 다른 여자랑 결혼한다는 청첩장. 사람을 믿는 게 바보 같아졌다고."

역시 두어 대쯤 더 때려줬어야 했다. 승준은 이민석의 얼굴을 떠올리며 주먹을 세게 움켜쥐었다. 왜 그 시든 배추 잎 같은 놈 때문에 내가 피해를!

잠시 입술을 깨물고 있던 윤서가 불쑥 말했다.

"나도 당신, 어느 정도는 좋아해."

승준은 말없이 눈을 깜빡였다. 성급하게 들뜨기에는 단서가 붙어 있는 말이었다. 아니나 다를까 윤서가 말을 이었다.

"그래서 더, 결국 잘되지 않을 관계 같은 거 맺고 싶지 않아. 지금 이대로 좋다고. 서로에게 좋은 사람으로 있을 수 있는, 지금 이대로가."

눈매가 나른하게 풀려 있었지만 단순히 취기로 내뱉는 말이 아니라는 건 알 수 있었다. 승준은 팔을 뻗어 물컵을 쥐는 윤서를 가만히 바라보았다. 그녀는 물을 한 모금 마시고는 새삼 눈썹을 삐죽었다.

"어차피 고 대리님도, 나한테 그렇게까지 진지한 거 아니잖아. 오지랖의 연장선으로, 어쩌다 보니까 그랬던 거 아니야?"

아. 아무리 그래도 이건 좀 화가 나는데. 승준은 눈매를 바싹 좁혔다.

도대체 이 여자의 머릿속 어디를 뜯어고쳐야 '고승준은 곧 오지랖'이라는 명제를 사라지게 만들 수 있단 말인가. 팔자에도 없는 그놈의 오지랖, 차윤서 앞에서 떨면 얼마나 떨었다고.

남의 속은 조금도 모르는 얼굴로 윤서는 태연하게 어깨를 들썩이며 숨을 내쉬었다. 어딘지 후련한 얼굴을 한 그녀가 드물게도 말없이 인상만 굳히고 있는 승준을 돌아보며 말했다.

"그러니까 발 뺄 수 있는 기회를 주지. 동기애를 발휘해서. 어때?"

"그것 참 놀라운 배려심이군. 아주 감동적이야."

서글서글한 눈매가 웃고 있었지만 조금도 따뜻하게 느껴지지 않는다. 냉소적인 승준의 표정에 윤서는 머쓱한 기분에 입술을 깨물었다.

강렬하게 쏟아지는 듯한 그의 시선을 피하던 그녀는 움찔하며 어깨를 움츠렸다. 승준이 커다란 손을 뻗어 바닥을 짚고 있던 그녀의 손을 움켜쥔 것이다. 저도 모르게 주변을 살피며 손을 빼려했지만 손가락을 단단히 얽은 그를 뿌리치기가 쉽지 않았다.

승준은 그녀를 향해 몸을 낮췄다. 숨결이 느껴질 만큼 가까운 거리에서 냉랭하게 빛나는 그의 눈이 그녀를 뚫어지게 보고 있었

인터셉트

다. 단정한 입매가 비스듬히 움직였다.

"나는 이민석이 아니야. 그런 남자와 비교 당한다는 것 자체가 자존심이 상하는 사람이지. 조금 늦었다고 기회마저 이렇게 매정하게 박탈하면, 억울해서 폭주할지도 모른다."

"……그걸 지금 협박이라고…… 이, 일단 좀 떨어져서 얘기하……."

"왜? 나한테는 아주 좋은 기횐데."

윤서의 눈이 튀어나올 듯 커졌다. 누군가 뒤에서 얼굴을 조금만 밀면 입술이 닿을 것 같은 거리다. 젖은 비누 향과 승준의 온기가 생생하게 느껴질 만큼 가까워서 그녀는 이를 악물었다. 왜인지 모르지만 승준은 화가 난 것 같았다. 화가 난 게 아니고서야 저런 눈을 할 리가 없었다.

"그럼 나더러 어떡하란 얘기에요?"

"기회를 달란 얘기지. 그래도 '어느 정도'는 날 좋아하니까 그렇게 어려울 건 없잖아."

"자기가 먼저 '그 정도'는 좋아하네 어쩌네 해놓고는."

승준은 억울하다는 듯 입술을 삐죽이는 윤서의 말에 눈을 깜빡였다. 저 말에 비난의 어조가 들어 있는 것처럼 느껴지는 건 내 착각인가. 굳게 닫혀 있던 그의 입매가 부드럽게 풀어졌다.

"술 취하니까 귀엽네, 차윤서."

"……뭐가 어째요?"

"아, 그렇다고 평소에 귀엽지 않다는 말은 아니야."

"이 인간이 미쳤나! 누, 누가 뭐래?"

제 말에 그녀가 까칠하게 대응하는 건 늘 있는 일이었지만 그럴 때의 윤서는 여유가 있었다. 그러나 눈을 부릅뜬 채 잡힌 손을 빼내려고 팔락이며 기를 쓰는 차윤서는 조금, 아니, 지나치게 귀엽다. 이대로 안아버리고 싶을 만큼.

"5분만 잡고 있을게, 손."

인간의 욕심이란.

사실 윤서의 손이라면 체육대회나 야유회 때 잡아본 적이 있었지만, 그때와는 마음가짐이 달라져서인지 느낌이 전혀 다르다. 한번 남자로서 그녀의 손을 잡고, 그 감촉과 온도를 알게 되자 누가 뭐라 해도 놓고 싶지 않아진다.

조금 더 솔직하자면, 이 정도로는 턱없이 부족했다.

"안 된다고 하면 놓을 거야?"

기가 막힌 눈으로 윤서가 그를 흘겨보며 목소리를 낮추고 으르렁거린다. 승준은 눈웃음을 치며 속삭였다.

"그래도 손이 제일 나을걸, 다른 선택지보다."

도리어 능글맞게 대답하는 승준의 태도에 윤서는 허, 하고 한숨을 내뱉었다. 그녀는 마치 외계인이 눈앞에라도 있는 것처럼 뜨악한 눈으로 그를 올려다보았다.

"살다 살다 이런 걸로 협박당하는 날이 올 줄이야."

"나도 몰랐는데."

승준은 어깨를 가볍게 추켜올리며 중얼거렸다.

"나 의외로 수단, 방법 안 가리고 매달리는 순정남 스타일인 모양이야."

"이게 어디가 순정남이 할 짓이에요?"

윤서는 비아냥거리듯 쏘아붙이며 자유로운 오른손으로 물컵을 쥐었다. 그녀를 가만히 바라보며 웃음을 참고 있던 승준이 윤서에게 몸을 낮췄다.

"……손만 잡아도 이렇게 설레는 걸 보면 순정남 맞는 것 같은데."

윤서는 오만상을 찌푸리며 으아악 하고 온몸을 부르르 떨었다. 내내 참고 있던 승준은 결국 웃음을 터뜨리고 말았다. 눈꼬리를 잔뜩 치켜올린 채 자신을 노려보는 윤서를 웃는 눈으로 마주 보는 그의 얼굴이 말갛게 빛나고 있었다.

나라는 인간은 사실 아주 단순한 인간이다.

숫자들의 축제가 벌어지고 있는 각종 조정명세서를 들여다보던 나는 뻑뻑한 눈을 애써 깜빡이며 고개를 들었다. 나른한 오후였지만 졸릴 틈도 없을 만큼 일이 쌓여 있었던 탓에 구부정한 자세로 오랫동안 경직되어 있던 목이 기괴한 소리를 냈다.

이상하게도 며칠째 숙면을 취하지 못했다. 자려고 어두운 방에 누워 눈을 감고 있다가도, 깜짝 상자에서 튀어나오는 인형처럼 갑자기 머릿속에 떠오르는 얼굴 때문이었다. 멍과 상처가 남은 얼굴로 아이처럼 씩 웃는 고승준의 얼굴. 그것이 나를 괴롭히고 있었다.

그가 내게 호의를 갖고 있다는 사실을 외면할 생각은 없었다. 그와 내가 생각하는 '정도'에 차이는 있을지 모르겠지만. 전과 같은 듯 보이지만 고승준이 나를 바라보는 시선이 분명 달라졌음을, 나는 회식 날 이후로 아주 뚜렷하게 느끼고 있었다.

뭐랄까. 갈증이 나는 얼굴이랄까.

내 시선에, 내 관심에, 내 말에 갈증이 난 사람처럼 나를 보는 그의 시선은 부드럽지만 집요했다. 그런 그의 시선이 자꾸만 의식돼서 어느새 나도 모르게 승준이 주변에 있으면 몸을 긴장시키곤 했다. 무조건 반사를 하게끔 세뇌가 된 기분이었다.

그런 눈을 하고 있으면서도 요청한 자료를 건네거나 사무실 복도를 걸어가다가 마주친 그는 평소와 다를 것 없이 웃는 얼굴로 특별할 것 없는 안부를 묻고는 심심히 사라졌다. 멍이 사라져 다시 말끔한 얼굴로 돌아온 그의 아무런 미련도, 흑심도 없다는 듯한 상쾌한 표정에 오히려 초조해진 것은 억울하게도 이쪽이었다.

왜 내가 초조해야 하지. 좋아한다고, 손만 잡아도 설렌다는 헛소리를 운운했던 것은 그쪽이 아니었던가!

말은 그렇게 했지만 체념한 거겠지. 고집이 있으니 그 자리에서 인정할 순 없었지만, 차분히 집에 돌아가 생각해 보니 내 말이 맞다는 걸 깨달았을지 모른다. 서로에게 좋은 사람인 지금이 좋다, 나는 그에게 어울리는 연애 상대가 아니라는 사실을.

그런 깔끔한 결론을 내렸음에도 왜 고승준은 여전히 내 머릿속을 떠돌고 있는가. 그가 나를 체념하든 말든 그게 나한테 뭐 중요한 일이라고.

나는 길게 한숨을 내쉬며 몸을 뒤로 젖혔다. 의자가 끼익 소리를 내며 울었다.

"어, 차 대리. 차 대리 있나?"

문이 벌컥 열리며 박 팀장이 들어섰다. 나는 고개를 돌리며 일어섰다.

"네, 팀장님."

"잠깐 회의실에서 봅시다."

"네."

일이나 하자. 남는 건 직장에서 꼬박꼬박 주는 월급밖에 없으니. 착실하게만 산다면 돈 말고 믿을 다른 게 필요할 리 없지 않은가.

박 팀장의 뒤를 쫓아 사무실을 나서던 나는 막 서류철을 품에 안은 채 이쪽으로 걸어오는 미림과 마주쳤다. 일순 눈매를 굳힌 그녀는 내게 고개를 숙이고는 곁을 스쳐 지나갔다.

필요 이상으로 날을 세우고 있는 듯한 미림의 태도가 불편했지만, 그렇다고 이쪽에서 먼저 비위를 맞출 생각은 없다. 솔직히 말하자면, 그녀와 사이좋게 지내는 대가로 치러야 했던 무관심한 주제에 대한 끝없는 수다를 견디지 않아도 돼서 편한 구석도 분명 있었으니까.

"무슨 일 있으세요?"

박 팀장의 곁에 다가서서 묻자 그가 고개를 끄덕였다.

"차 대리가 당분간 해외영업팀 일 좀 봐줘야겠어."

"네?"

"이번에 동유럽 쪽 거래처들 상대로 새로 시작하는 프로젝트가 있거든. 기획은 끝났고 이제 추가 예산 배정 문제가 남아서. 내가 서머리(summary) 회의까지는 들어갔는데 그걸 끝까지 챙길 정신이 도저히 없네. 당장 법인세나 부가세, 분기 마감 말고 급한 일은 없지?"

그게 급한 일인데요.

나는 바쁘게 걷고 있는 박 팀장의 뒤통수를 원망스럽게 노려보았다. 그러거나 말거나 박 팀장은 차분하게 말을 이었다.

"프로젝트 개요 PT 해줄 거니까 잘 듣고 그 팀에 딱 달라붙어서 다음 주까지 적절한 예산 배정 끝마치라고. 과도한 비용을 잡은 건 아닌지, 매출 달성 가능성이 얼마나 되는지 그런 것들 말이야. 말 안 해도 잘 알겠지만."

잘 모른다. 모르고 싶다.

나는 오만상을 찌푸렸다.

혼자서 서류 뒤적이며 숫자 더하고 빼며 자료를 만드는 일이라면 쉽다. 그러나 어떻게든 많은 예산을 받기 위해 최대한 머리를 짜낼 그쪽 업무 전문가들 틈바구니에 낀, 어떻게든 예산을 깎기 위해 발버둥을 쳐야 하는 내 입장이라는 것은 생각만 해도 끔찍했다.

협상 결렬이 예정되어 있는 테이블에 울며 겨자 먹기로 끌려가야 하는 스파이라고나 할까.

"뭐, 차 대리가 그럴 리야 없다고 생각하지만."

박 팀장은 걸음을 멈추고 회의실의 문손잡이를 잡은 채 나를 돌아보았다. 보란 듯이 한껏 울상을 지은 내 얼굴을 보고도 꿈쩍도 하지 않은 박 팀장은 도리어 씩 웃어 보였다.

"애인 있다고 관대하게 봐주면 안 돼. 어디까지나 공정하고 꼼꼼하게. 그럴 거지?"

"저도 모르는 제 애인이 도대체 어디에⋯⋯."

"자, 들어가지."

문을 기운차게 잡아당긴 박 팀장이 눈을 찡긋거렸다. 회의실에 앉아 있던 세 명과 서 있던 한 명의 시선이 동시에 쏟아졌다. 나는 목에 턱 하고 걸린 한숨을 가까스로 삼켰다.

"다들 안면은 있지? 이쪽은 우리 팀 차윤서 대리. 곱게 쓰고 돌려보내줘야 하네. 알았나?"

예, 하고 어정쩡한 대답이 미적지근하게 울려 퍼졌다. 박 팀장은 석상처럼 가만히 서 있는 내 등을 슬쩍 떠밀었다.

"일단 프로젝트 개요부터 설명해 주고 전에 나한테 보여준 예산안도 차 대리한테 주라고. 부품 언제 들어온다고 했지?"

"이달 말입니다."

스크린 앞에 서 있던 제훈이 대답했다. 의미심장한 눈초리로 그와 나를 훑어본 박 팀장이 웃으며 고개를 끄덕였다.

"다음 주까지 예산 배정 마치면 딱 좋겠군. 그럼 수고해, 차 대리. 강 대리 보면서 힘 좀 내고."

무어라 말을 덧붙일 틈도 주지 않고 박 팀장은 손을 흔들며 사라졌다.

나는 그제야 깨달았다. 올해 내 운은 최악이다. 점 같은 건 볼

것도 없다. 무조건 최악이라고 나올 테니까.

"저는 짐작했거든요. 회계팀에서 한 명을 보낸다면 아마 차 대리님일 거라고."

일범이 허허 웃으며 어깨를 으쓱였다. 지루하던 차에 재밌는 구경이라도 발견했다는 듯한 그 눈빛에 나는 눈에 힘을 준 채 그를 노려보았다.

저 넥타이 매듭을 턱 끝까지 조여도 시원찮을 인간 같으니!

"일단 앉으세요. 간단하게 브리핑 하겠습니다."

곁에 우뚝 서 있던 제훈이 의자를 가리켰다. 불행히도 여기 있는 전원이 그날 음식점에 있었던 멤버다. 하필 떨어져도 이런 지옥에 떨어지다니.

나는 짧게 한숨을 내쉬며 비어 있는 의자에 털썩 앉았다. 일범이 노트와 펜을 내밀며 눈을 찡긋거렸다.

"갑자기 끌려오셨구만. 딱 보면 알지. 이거 쓰세요."

'병 주고 약 주냐'라는 눈으로 그를 흘겨보며 나는 노트를 받아 들었다. 하기 싫은 일을 안 할 수 있다면 회사가 아니다. 물론 그걸 안다고 해서 하기 싫은 일이 달가워지는 것은 아니지만.

답답한 마음에 입술을 깨물며 고개를 들던 나는 제훈과 눈이 마주쳤다. 변함없이 건조하게 느껴지는 눈빛이었다.

왜일까. 마치 삭막한 사막에 포로로 잡혀온 듯한 기분에, 나는 불쑥 고승준이 그리워졌다. 정확히는, 나를 바라보는 그의 말랑한 눈빛이, 그만이 가지고 있는 포근한 여유가.

'시작할까요'하고 묵직한 목소리로 묻는 제훈을 향해 고개를 끄덕이며 나는 펜을 움켜쥐었다. 속이 쓰려오기 시작했다.

"자, 그럼 예산에 대한 상세한 부분은 강 대리님께 들으시고. 저흰 그만 퇴장하겠습니다."

각기 맡아서 진행했던 일에 대한 설명을 마친 직원들이 일어섰다. 하필 제일 깐깐해 보이는 강제훈이 예산 담당인가. 나는 맞은편에 곧은 자세로 앉아 있는 그를 흘끔 바라보았다. 일범이 테이블을 가볍게 두드렸다.

"회사 차원에서도 두 분을 응원하나 본데요, 이렇게 엮인 걸 보면. 뭐 어떻습니까? 일하는 김에 연애도 하면 꿩 먹고 알 먹고죠. 저흰 그런 거 전혀 신경 안 씁니다."

"아니라고 말하는 것도 지치는데 이제 그만하시죠. 일하는데 불편하게 하지 말고."

"에이, 차 대리님은 너무 까다로운 구석이 있어요. 다른 사람도 아니고 제 앞에서까지 그럴 거 없잖아요. 누가 뭐래도 이 두 눈으로 똑똑히 본 장본인인데."

"그러니까 그건……!"

"불필요한 논쟁 그만합시다. 김 대리도 그만 나가고."

제훈의 목소리는 덤덤했지만 끝이 날카로웠다. 그의 눈치를 살핀 일범은 고개를 끄덕이고는 재빨리 회의실을 나갔다. 텁텁한 공기로 가득 찬 회의실에 순식간에 정적이 떠돌았다. 어색한 공기가 어깨를 짓눌러 나는 헛기침을 하며 서류를 만지작거렸다.

"일일이 대응하지 말아요. 그러니까 더 재밌어 하는 거 아닙니까."

제훈이 짧게 한숨을 내쉬며 미간을 좁히며 하는 말에 내 얼굴도 단번에 일그러졌다.

"그럼 가만히 있으란 얘기에요? 얼굴 볼 때마다 저렇게 찔러대는데?"

"반은 재미 삼아 하는 거라는 거 알지 않습니까. 저러다 어차피 제 풀에 지쳐 조용해질 겁니다."

"강 대리님은 그렇게 하세요. 저는 인내심이 없는 편이라 아닌 건 그 자리에서 아니라고 말하는 게 편해서요."

처음부터 이상하게 얽힌 사람이지만 나쁘지는 않다고 생각했다. 그러나 상황이 이렇게 흘러가니 은근히 그의 탓을 하지 않을 수 없었다. 애초에 그가 죄책감에 문병을 갔던 내게 장난만 치지 않았더라도 일이 이렇게 될 리는 없었을 테니까.

"비용안은 제가 참고 자료 뒤져서 검토해 보겠습니다. 문의할 게 있으면 메일로 정리해서 보내 드릴게요. 회계팀 일이 남아서 그럼 이만."

"차 대리님."

"네, 강 대리님."

서류를 챙겨 일어서던 나는 그의 부름에 딱딱하게 대답하며 고개를 돌렸다. 제훈이 조용히 몸을 일으키자 기다란 그림자가 나를 덮쳤다. 무슨 생각을 하는지 알 수 없는 표정으로 가만히 나를 보던 그가 느릿하게 입술을 움직였다.

"오늘, 같이 저녁 먹을래요?"

……뭐라고?

나는 순간 들고 있던 서류 모서리를 구겨 쥐었다. 저절로 눈썹이 모이고 입이 벌어졌다. 그만큼 이 상황이 어이가 없었던 것이다.

도대체 이 모든 일의 시발점이 어디였다고 생각하는 거야!

"아니요. 절대로요. 저는 불을 끄고 싶지, 기름을 끼얹고 싶은 사람이 아니라서요."

"아쉽군요. 그래도 예산안 정리될 때까지 자주 부딪칠 테니까 이쪽 팀 분위기도 익힐 겸 다 같이 밥 한 끼 먹는 것도 괜찮겠다 싶었는데."

덤덤한 얼굴로 제훈이 내뱉는 말에 나는 발끝에서부터 화끈거리는 열기가 치밀어 오르는 것 같아 입술을 꾹 깨물었다.

다 같이 먹는 자리면 그렇다고 미리 말을 해달란 말이에요. 사람 헷갈리잖아요!

"그…… 오늘은 정말로 일이 있어서. 다, 다음 기회에 하죠. 꼭."

나는 어설프게 고개를 주억이며 후다닥 회의실을 빠져나왔다. 해외영업팀과 얽힐 때마다 창피한 꼴을 당하는 것 같은 느낌은 기분 탓인가. 최대한 빨리 이 공동 업무를 마치고야 말리라, 나는 굳게 다짐하며 바쁘게 걸음을 놀렸다. 귀까지 화끈거리는 것 같았다.

"……너무 성급했나."

회의실에 홀로 남은 제훈은 나직하게 중얼거리며 테이블을 가볍게 두드렸다. 서늘한 듯 보이는 눈매에 얼핏 미소가 스치고 있었다.

서늘한 공기에 길게 한숨이 흘러나온다. 이 회사는 야근하는 직원에 대한 배려가 없다. 7시가 넘으면 난방을 꺼버리는 매정한 회사라는 걸 알면서도 별수 없이 남아 서류 더미에 파묻혀 있던 나는 뻑뻑한 눈을 비비며 몸을 일으켰다. 바깥바람이라도 잠깐 마셔야겠다 싶어 조용히 사무실을 빠져나와 휴게실로 내려갔다.

휴게실에 연결되어 있는 통로에는 주로 흡연자들이 많이 드나들었지만 요즘은 사내에서 신년 금연 캠페인을 벌이고 있어서인지 담배를 피우는 사람들을 잘 볼 수 없었다. 물론 이러다가 한두 달 지나면 또 원상 복귀 하겠지만 말이다.

"으, 춥다."

자판기 커피를 뽑아 통로로 나간 나는 문득 불어오는 바람에 부르르 어깨를 떨었다. 커피의 온기에 기대어 버티기에는 아직 날이 싸늘하다. 빨리 마시고 어떻게든 10시 전에는 퇴근하자, 스스로를 다독이며 나는 아래를 내려다보았다.

"이 인간은 도대체 뭐야."

손가락보다 작아 보이는 사람들을 보고 있다가 무심코 작게 중얼거렸다. 말을 내뱉고 나서야 그 말이 지칭하는 사람이 누구인지가 떠올랐다. 누구도 보는 사람은 없었지만 마치 내내 무의식적으로 생각하고 있었던 것 같아 민망해진 나는 괜히 헛기침을 뱉었다.

"여자가 많았겠지. 그 얼굴에 그런 성격이니 오죽하겠어. 거기다 사람 다루는 게 직업인데."

나처럼 인간관계에 어설픈 여자는 아마 한 손가락으로도 조종할 수 있을 만큼 능숙하겠지. 실제로도 계속 그의 페이스에 휘말리고 있는 기분이니까. 아무리 생각해도 역시 그 인간은 나와 맞는 상대가 아니다. 그냥 웃으며 농담이나 건네는 동료로는 좋을지 몰라도.

고개를 설레설레 젓고 있을 때, 주머니에 있는 휴대폰이 부르르 몸을 떨었다. 연속되는 진동이니 전화다. 이 시간에 누구지?

휴대폰을 꺼내어 환한 액정을 무심코 바라보던 나는 헉, 하고 숨을 들이켰다. 얼마 전에 저장해둔 '고승준'이라는 이름이 깜빡이고 있었다.

……어디서 보고 있기라도 한 건가! 진짜 귀신같다니까!

규칙적으로 휴대폰이 진동하고 있었지만 나는 쉽게 통화 버튼을 누르지 못했다. 이 시간에 일 때문에 전화를 하진 않았을 것이다. 휴대폰 너머로 흘러나올 그의 말을, 목소리를 듣는 게 두려웠다.

의식하지 못하는 사이에 또 저만큼 끌려가 버릴까 봐.

망설이는 사이 한참을 울리던 휴대폰이 잠잠해졌다. 나도 모르는 사이 숨을 멈추고 있던 나는 그제야 길게 한숨을 내쉬었다. 어쩐지 아쉬운 마음도 슬쩍 고개를 내미는 것 같았지만 고개를 붕붕 휘저으며 그것을 외면했다.

복잡한 일을 해결할 자신이 없을 땐 피하는 게 상책이다. 나약

하고 비겁하다 소리를 듣더라도 별수 없다.

"윤서야."

커피를 후르륵 마시던 나는 바람결에 들리는 목소리에 몸을 굳혔다. 한때는 가까이에서 듣는 것이 익숙했던 목소리. 그 목소리가 저벅거리는 발걸음 소리와 함께 다가오고 있었다. 나는 천천히 고개를 돌렸다.

"······이 대리님."

그가 좁히려는 거리를 다시 벌리며 나는 무뚝뚝하게 대꾸했다. 퇴근하는 길에 담배라도 피울 생각이었는지 민석은 코트를 입고 가방까지 들고 있는 상태였다. 승준이 멋들어지게 만들어놓은 입가의 상처는 거의 다 아물어 있었다.

"야근해?"

"네, 바쁜 시기라."

생각해 보면 나는 그에게 말을 놓았던 적이 없었다. '다른 사람들이 보면 우리 남인 줄 알겠다'라며 서운한 얼굴로 말하던 민석을 보면서도, 그럼 남이지, 아닌가 하는 무심한 생각을 하고 있었던 것이다.

그러니 헤어짐에 대한 원인을 내게 돌린다고 해도, 단지 마음을 여는 데 시간이 오래 걸릴 뿐이라고 해명하고 싶은 마음을 꾹 참고 나는 수긍했을 것이다. ······평범하게 헤어진 거였다면.

이제 와 나랑 할 이야기가 뭐가 있지. 입막음이라도 하고 싶은 건가.

눈빛이 냉랭해지는 것을 막을 수가 없었다. 민석은 몇 걸음쯤 떨어진 곳에 우뚝 선 채 나를 보고 있었다. 나는 먼저 입을 열었다.

"아무 말 안 해요. 어울리지도 않는 오지랖으로 아무것도 모르는 예비 신부한테 충고할 생각도 없고. 양다리였던 거냐고 따지며 뺨 올려붙일 생각도 없고. 그건 그날, 다른 사람 손을 빌려서 했으니까."

"미안…… 하다. 이제 와서 내가 할 말은 아니지만."

"됐어요. 사과든 뭐든, 이 대리님한테 듣고 싶은 이야기 없어요. 그냥 가던 길 가세요."

지금까지 그랬던 것처럼.

나는 남은 커피를 들이켰다. 그리고 멀지 않은 과거에, 내게 팔베개를 해주며 콧노래를 흥얼거렸던 남자를 바라보았다. 그 온기가 분명 아쉬울 때도, 그리울 때도 있었지만 이제는 아니다. 그저 이렇게 단둘이 얼굴을 맞대고 있는 상황이 짜증스러울 뿐이었다.

"혜경이는 부모님 등쌀에 어쩔 수 없이 몇 번 만났었어. 좋게 설득해서 헤어질 생각이었고. 그런데 어머니 건강 때문에 나는 결혼을 서둘러야……."

"이 대리님."

실소가 새어 나온다. 민석은 어딘지 지쳐 보이는 얼굴로 나를 조용히 응시하고 있었다.

"가깝지 않은 사이에 나누기에는 지나치게 개인적인 이야기인 것 같은데요."

"윤서야."

"그럼 퇴근하세요."

이런 상황에 저렇게나 태연하게 내 이름을 부르다니. 기가 막히다 못해 화가 치밀어 오른다. 차갑게 얼굴을 굳히고 그를 지나치려 했지만, 민석은 팔을 뻗어 내 손목을 낚아챘다.

"내가 잘못한 거 알아. 돌이킬 수 없다는 것도 알아. 그런데 넌, 도대체 뭘 하고 다니는 거야?"

"……뭐라고요?"

"나랑 헤어진 게 속상했으면 나한테 풀면 되잖아. 자존심 세우면서 날 붙잡지도 않더니 금세 이 남자, 저 남자랑 소문이나 흘리면서. 그런 식으로 일부러 사람 마음 쓰이게 하는 거 너답지 않다."

나는 괴롭다는 듯 마른 얼굴을 쓸어내리며 무겁게 내뱉는 민석을 멍한 얼굴로 바라보았다. 입술이 달싹였지만 말이 튀어나오지 않는다. 너무 기가 막힌 나머지 어지간히 평화주의자인데도 들고 있는 휴대폰을 민석의 면상에 내던지고 싶어 주먹이 부들부들 떨렸다.

"어떻게 그걸 일부러라고 생각…… 후. 이 대리님, 회사에 이런저런 얘기 떠도는 거 말 좋아하는 사람들이 심심풀이로 만든 소문이에요. 나는 당신한테 미련 같은 거 없고, 당신이랑 만났던 그 시간이 수치스러워서 누구한테 말도 못 한다고요. 그런데 뭐라고요? 일부러? 나답지가 않아?"

"주말에 카페에서 고승준 대리. 그건 소문이 아니라 내 눈으로 똑똑히 본 거야. 입 안쪽이 찢어질 정도로 맞았고. 너 그런 식으로 가볍게 사람 만나는 여자 아닌 거 알아. 그러니까 애쓰지 말고 속이 상하면 차라리 나한테 풀란 말이야. 하필이면 어울려도 꼭 고승준 같은 놈이랑……."

"고승준이 어때서요."

머리끝까지 열이 올랐다. 이렇게까지 자기중심적으로 생각하는 이민석도 짜증스럽고, 그에게 잠깐이나마 해명 같은 걸 하려 했던 나 자신도 싫었다. 그냥 개가 짖는다 생각하고 외면하는 게 상책이라고 생각하던 나는 민석의 입에서 튀어나온 이름에 눈을 치켜떴다. 민석이 내 손목을 더 단단히 옭아매었다.

"넌 몰라서 그래. 고승준이 어떤 식으로 영업하는 인간인지. 그 남자가 지금처럼 인정받는 건, 다 여자들 입김으로 그렇게 된 거라고. 여자들한테 알랑거리고 입속의 혀처럼 굴면서. 고승준 뒷소문이 얼마나 더러운지 알기나 해? 여자 하나 홀리는 거, 그놈한테는 일도 아니라고."

남자들 시기, 질투가 더 하다더니. 눈매를 일그러뜨린 채 언성을 높이는 민석을 바라보며 나는 실소를 머금었다.

"이 회사에 나도는 뒷소문이라는 것들이 얼마나 부풀려진 건지는 내가 더 잘 알아. 지금 겪고 있으니까. 그러니까 부탁인데요, 대리님. 앞으로는 내 일에 신경 쓰지 말아줄래요? 곧 결혼 앞둔 사람이랑 더 어이없는 소문 날까 봐 무서우니까."

"난 널 걱정해서 이러는 거야."

"대리님이 내 걱정을 왜 하는데요? 됐으니까 이것 좀 놔요."

"윤서야!"

손을 뿌리치려 했지만 도리어 민석이 나를 잡아당겼다. 그를 밀치며 손목을 비틀어도 소용이 없었다. 소리라도 질러야 하나, 하고 발버둥 치던 나는 문득 느슨해지는 민석의 손을 느꼈다. 그는 내 어깨 너머를 보고 있었다.

"것 봐, 차윤서. 그러게 내 전화 왜 안 받아."

등 뒤에서 들려온 목소리는 승준의 것이었다. 깜짝 놀라 고개를 돌리자 가방을 어깨에 걸친 채 이쪽으로 걸어오고 있는 승준이 보였다. 어둠을 뚫고 걸어오는 그의 얼굴이 희미한 불빛에 비쳤다. 말투로 봐서 웃고 있을 줄 알았는데, 아니었다.

"이럴 때마다 나는 내 책임을 통감하지. 왜 저런 남자와 엮이는 걸 보고만 있었는지, 스스로가 정말 한심하다니까."

곁에 멈춰 선 그는 건조한 바람 냄새를 풍기고 있었다. 정말 귀신같다. 아까의 전화는 아무래도 회사 근처에서 했던 모양이었다. 승준은 얼빠진 얼굴을 하고 있는 나를 흘끗 내려다보고는 씩 웃었다.

"물론 생긴 것 같지 않게 허술한 차윤서 탓이 가장 크겠지만."

"뭐가 어째?"

"손 놓으시죠, 이 대리님. 볼썽사납습니다. 곧 결혼하실 분이."

곧장 눈썹을 세우는 내게서 시선을 뗀 승준은 민석을 바라보았다. 또렷한 선을 그리는 그의 눈매가 공격적인 기색을 품은 채 팽팽하게 당겨져 있었다. 민석이 반사적으로 주춤거리며 뒤로 물러섰다.

"고, 고 대리님이야말로 남의 일에 빠지시죠. 윤서한테 가볍게 접근해서 뭘 어쩌려는 겁니까?"

"차윤서가 가볍게 접근한다고 넘어올 여자도 아니거니와."

덤덤하게 말을 뱉으며 승준은 민석의 손목을 움켜쥐었다. 미간을 찌푸린 민석이 낮게 신음하며 내 손을 놓았다. 얼마나 세게 잡혀 있었는지 손목뼈가 다 얼얼했다.

"그거야말로 당신에게 남의 일이지."

어느새 승준은 내 앞을 가로막고 있었다. 널찍한 등을 감싼 검은 코트를 묵묵히 바라보며 나는 고개를 끄덕였다. 백번 맞는 말이다.

"사실 다행이다 싶습니다."

눈앞을 가리고 있던 승준이 멀어졌다. 그는 민석에게 바짝 다가서고 있었다.

"아무래도 두 대쯤은 더 때려야 분이 풀릴 것 같았거든."

으악 하고 민석이 비틀거렸다. 승준이 그의 멱살을 붙잡고 난간으로 밀어붙이고 있었다. 나는 비명을 내지르며 승준에게 달려갔다.

"고 대리님! 미쳤어요?"

"아니, 아쉽게도 제정신이네."

그 와중에도 싱긋 웃는 얼굴로 나를 돌아보며 대답한 승준이 민석의 멱살을 쥔 손에 힘을 주었다. 난간에 등을 부딪친 민석이 기겁한 얼굴로 아래를 내려다보고 있었다.

"이 대리님 말이 맞아요. 여자들한테 알랑거리는 것도, 입안의 혀처럼 구는 것도. 아, 여자 하나 홀리는 거 어렵지 않은 것도."

수려한 입매를 기울여 웃고 있지만 한없이 냉담하게 보이는 얼굴로 승준이 중얼거렸다. 그의 팔을 붙잡고 있던 나는 숨을 죽이며 심상치 않은 기색의 승준을 훑어보았다. 민석은 제 멱살을 움켜쥔 그의 양 손목을 부여잡고 있었다.

"하지만 남자들한테도 똑같지. 상대가 뭘 원하는지 알기 위해 알랑거리고, 알아내면 입안의 혀처럼 굴어서 나를 신뢰하게 만들고. 그게 거래를 만들어내기 위한 첫 걸음이거든. 가만히 앉아서 서류와 일하는 당신은 모르겠지만."

"이, 이것 놔!"

"와이프 한마디에 거래를 결정하는 얼빠진 사장들만 있으면 일이 얼마나 쉬울까. 이건 진담인데, 그런 사람들만 상대하라고 한다면 내년에 팀장 달 자신도 있다고. 아니, 차라리 회사 하나를 차리는 게 낫겠군. 실적은 자신 있으니까."

얼굴을 들이밀며 몸에 힘을 주는 승준 때문에 뒤로 어깨가 젖혀진 민석이 으아아, 하고 소리를 질렀다. 끈질기게 그의 팔을 끌어당기자 미간을 좁히며 짧게 혀를 찬 승준이 그제야 못 이긴 척 뒤로 물러섰다. 민석이 재빨리 그를 비켜 서서 목덜미를 매만졌다. 나는 승준의 팔을 향해 퍽퍽, 주먹을 내려쳤다.

"왜 그래요? 갑자기 어디서 튀어나와서는!"

"혼자 여기 있는 게 아래에서 보이길래. 차윤서 같은데 맞나, 전화했더니 안 받고. 올라왔더니 이 모양이군."

"그렇게 안 봤는데 은근히 폭력적이십니다. 틈만 나면 멱살부터 잡고 때리네 마네. 여자들 입김이 아니라 혹시 주먹으로 영업

하나?"

"사람에 따라서 맞춤형으로 대하는 것뿐이야. 가만 보면 일반화가 꽤 심하더라, 차윤서."

승준이 손가락을 세워 내 뺨을 쿡 찔렀다. 단박에 인상을 썼지만 곁에 있는 그의 존재에 마음이 놓이는 것은 사실이었다. 짓궂은 미소를 짓고 있던 승준이 내 손을 잡았다. 손가락 사이사이로 얽어 들어오는 그의 단단한 손가락에 놀랄 겨를도 없이 맞잡은 손은 민석의 앞에 내세워졌다. 승준의 목소리가 밤공기를 선명하게 가르며 울려 퍼졌다.

"나는 차윤서한테 진지해요. 그러니 다시는 이런 일 없었으면 좋겠습니다, 이 대리님. 주먹질은 익숙하지 않지만, 피가 끓어오를 때가 있네요."

나 이런 사람 아닌데, 하고 장난스레 덧붙이며 승준이 나를 내려다보았다. 무어라 면박을 주고 싶었지만 그럴 수가 없었다. 그가 민석에게 한 말, '나는 차윤서한테 진지해요'라는 말이 내 입술 새에 꿀처럼 들러붙어 아무런 말도 할 수 없게 만들고 있었다. 어쩐지 얼굴이 간질거려 나는 그의 시선을 피한 채 입술만 질근질근 씹었다.

"그럼 먼저 갑니다. 이 대리님도 퇴근하시죠. 결혼 준비로 이래저래 바쁘실 텐데."

민석을 향해 고개를 까닥 숙여 보인 승준의 손에 이끌려 나는 통로를 벗어났다. 유리문을 어깨로 밀어젖힌 뒤 어둑한 복도를 말없이 걸어가던 승준이 빙글 돌아섰다. 그와 마주 보게 된 나는 멍하니 눈을 깜빡였다.

하얀 얼굴에 반듯하게 자리 잡은 이목구비. 웃으면 자연스럽게 휘어지는 눈매지만 지금은 웃음기가 조금도 없었다. 익숙한 얼굴인데도 이상하게 가슴이 떨리는 게 당황스러워 나는 반항하듯 일부러 눈을 치켜떴다. 가만히 나를 응시하던 승준이 미간을 바짝 세우며 말했다.

"이민석이랑 단둘이 있지 마."

"……내가 설마 일부러 그랬겠어요?"

"설마하니 그렇게까지 허술하진 않겠지만. 뭐야, 왜 또 존대야."

"회사로는 왜 들어와요? 볼일 있나?"

"근처에서 일이 끝났는데, 이번 주 회계팀 야근한다길래."

승준이 가방과 함께 들고 있던 봉투를 들어 보였다. 옆 동네의 유명한 베이커리의 쇼핑백이었다. 케이크와 슈가 특히 맛있지만 오후 5시까지만 판매해서, 승준이 가끔 사다 줄 때나 맛을 볼 수 있었다.

가만. 그럼 이걸 진즉 사서 내내 들고 다닌 건가? 나 주려고?

"퇴근하려면 멀었어?"

"아…… 그, 한 30분 정도."

"그럼 끝내고 나와. 약국 옆에 카페 'Enigma'에 있을게."

무심코 응, 하고 고개를 끄덕이던 나는 씩 웃는 승준의 미소에 곧장 미간을 찌푸렸다.

"잠깐, 그런데 내가 왜 굳이 고 대리님이랑……."

"빨리 끝내고 와라. 너무 늦으면 심심해서 잠들어 버릴지도 몰라. 좀 피곤하거든, 요즘."

부스스, 내 머리를 쓰다듬은 승준은 손을 흔들며 계단을 향해 걸어갔다. 나는 정전기가 일어난 머리칼을 쓸어내리며 그의 뒷모습을 흘겨보았다.

뭐가 이렇게 제멋대로야. 30분 내로 못 끝낼 수도 있다고.

"아니, 그보다 저 케이크를 먹겠다고 퇴근하고 굳이……. 어휴, 완전 귀찮은데."

혼잣말이 중얼중얼 나왔지만 발은 서둘러 사무실로 나를 끌고 가고 있었다. 심장이 내내 간지럽고, 그 근처에서 피어오른 열기가 따뜻하게 온몸을 데워 주는 것 같았다. 머릿속으로 오늘 내로 반드시 마쳐야 하는 일을 정리하며 나는 입술을 깨물었다. 뜻 모를 웃음이 새어 나올 것 같아서였다.

9

이건 다 맛있는 케이크를 위해서다, 되뇌며 필사적으로 일을 마치고 일어섰을 때에는 이미 한 시간 가까운 시간이 흐른 후였다. 말했던 시간보다 훨씬 늦었다. 결국은 10시에 가까워지고 있는 시계를 흘끗 보고는 나는 발걸음을 빨리 했다.

가진 않았겠지. 혹시 갈 거였다면 전화를 했거나, 문자라도 남겼을 테니까.

카페로 향하는 길을 걸으며 나는 반사적으로 상점의 유리에 비친 내 얼굴을 향해 고개를 돌렸다. 어둑한 낯빛에 부스스한 머리칼, 연이은 야근으로 인한 피로로 썩 보기 좋은 상태는 아니었다. 까칠한 얼굴을 쓸던 손가락에 버석하게 마른 입술이 닿았다. 혀를 내밀어 할짝거리며 가방을 뒤져 립글로스를 꺼내려던 나는 순간 멈칫했다.

뭐 하는 짓이야, 차윤서. 립글로스를 발라서 뭘 어쩌려고? 잘 보이고 싶기라도 한 거야?

"미쳤지. 항상 이렇다니까. 완전 고승준 페이스에 말려서는."

나는 뺨을 찰싹 때리고는 걸음을 옮겼다. 밤공기를 가르며 걸을 때마다 승준의 낮은 목소리가 머릿속에 메아리쳤다.

"나는 차윤서한테 진지해요. 그러니 다시는 이런 일 없었으면 좋겠습니다, 이 대리님. 주먹질은 익숙하지 않지만, 피가 끓어오를 때가 있네요."

나는, 차윤서에게 진지하다.

진지하다, 라.

……그렇게 장난스러운 얼굴로 '그 정도'는 좋아하네 어쩌네 해놓고는. 진지하단 말이 쉽게도 나오는군.

코웃음 치며 농담처럼 넘겨 버리려고 했지만 잘 되지 않는다. 머리에 툭 얹던 그의 손의 무게와 말없이 나를 응시할 때의 눈빛을 떠올릴 때마다 자꾸만 심장이 철렁 내려앉는 것만 같았다.

알고 있다. 그가 '동기'를 운운하며 나를 챙길 때와 지금은 많이 다르다는 걸. 이름이나 직급 대신 보란 듯이 '우리 동기'라고 불러대던 고승준은 이제는 그러지 않았다. 동기애가 아니면 된다고 말했던 그 순간부터, 마치 일부러 그 단어를 피하기라도 하는 것처럼.

알고 있지만, 두렵다. 뭐가? 그와 깊은 관계가 되는 것이? 아니면.

……또 한 번 뻔한 결말을 맞을까 봐. 그래서 회복하기 어려울 만큼 상처받을까 봐. 다친 데를 또 다치면 낫는데 오래 걸리니까.

"심지어 그렇게 헤어진 남자들을 매일 회사에서 마주쳐야 한다면…… 그건 정말 생각만 해도 끔찍하군."

비록 갑자기 들려오는 당신의 목소리가 반갑게 느껴지기 시작했지만. 그 아이처럼 웃는 얼굴이 불쑥 떠올라 실없이 입술을 깨물며 웃음을 참아야 하는 순간도 있었지만.

길게 한숨을 내쉬며 카페의 문을 잡아당겼다. 인간관계에서 오는 스트레스에 특히나 유약한 자신을 알고 있기에, 안 봐도 결말이 뻔한 그 늪에 발을 담그기 싫다. 고승준이 진지하다면, 나는 진지하게 거절을 하면 될 일이다.

그런 결심을 하자 마음 한구석에 차가운 바람이 불어드는 듯 서늘해지는 것 같았지만, 나는 무시하며 카페 안쪽으로 걸어 들어갔다.

"……설마 했는데."

사람이 있는 테이블은 두 군데였다. 여자들의 무리로 채워진 곳과, 체면 불구하고 테이블에 엎드려 있는 남자가 있는 곳. 낯익은 승준의 코트와 가방을 확인한 나는 그의 곁에 섰다. 한숨이 흘러나왔다.

"정말로 자고 있었어?"

팔을 모아 그 위에 머리를 옆으로 뉘인 승준은 고른 숨소리를 뱉고 있었다. 승준의 맞은편에 놓여 있는 컵은 벽면에 우유 거품만 남긴 채 깨끗하게 비워져 있었고, 반쯤 남은 아메리카노가 담긴 컵은 그의 팔꿈치 옆에 놓여 있었다. 혼자 두 잔이나 마셨나. 날 기다리느라.

이 인간을 어떻게 해야 하나.

또다. 가슴이 간질거린다. 말간 뺨과 굳게 닫힌 눈매. 부드러울 것 같은 머리가 이마에 흩어져 있는 모습을 눈으로 훑자, 나름대로 결연하게 마음먹었던 것이 연기처럼 사라지는 것 같았다.

의식하지 않아도 늘 얼굴을 볼 수 있었던 그였지만, 내가 알고 있는 고승준의 얼굴은 극히 일부일 것이다. 이렇게 자꾸 볼 때마다 낯선 느낌이 드는 걸 보면.

조용히 승준의 곁에 앉았다. 팔에 코를 묻은 채 잠들어 있는 그를 가만히 내려다보고 있자니 묘하게 마음이 일렁인다. '좀 피곤하거든, 요즘' 하고 말하던 그의 지친 듯한 눈매가 떠올랐던 것이다.

그냥 집에 가서 쉴 것이지. 굳이 나를 기다릴 필요가 있었나.

그가 안쓰럽고, 그 안쓰러움에 가슴이 조여들고, 그래서 무언가 해주고 싶은 마음이 든다. 나는 조심스레 손을 뻗어 그의 이마를 덮고 있는 머리칼을 건드렸다. 승준의 따스한 숨결이 손바닥을 간질였다.

"바보같이. 이렇게 피곤하면 집에 가서 쉬란 말이야. 사람 미안하게 하지 말고."

"······그게 목적이거든."

느릿하게 중얼거리며 승준이 눈을 뜨는 바람에 기겁해서 손을 거두려 했지만 이미 내 손은 승준이 쥐고 있었다. 그는 반쯤 뜬 눈으로 곁에 앉은 나를 바라보며 느슨하게 웃었다.

"미안하면 마음이 쓰이고, 그러다 보면 한 번 더 돌아보게 되는 법이지."

"무슨 어울리지도 않는 약한 소리예요?"

"내세울 게 없으니 어리광이라도 부려야지 않겠어?"

아니, 보통은 당신 같은 남자를 두고 내세울 게 없다고 표현하지는 않을 것 같은데.

나는 고개를 내저으며 미간을 찌푸렸다.

"깨어 있으면서 왜 자는 척인데?"

"방심하라고."

으익, 하고 손을 털어내려 했지만 승준은 낮게 웃으며 더 단단하게 내 손목을 움켜쥐었다.

"농담. 원래 얼굴이 예민해. 누가 건드리면 자다가도 금방 깰 정도로. 싫어하거든, 얼굴 만지는 거."

"아, 네. 미안하게 됐네요."

"그랬는데 이상하네. 네 손은 기분이 좋단 말이야."

손을 틀어 빼려던 내 목덜미가 뻣뻣하게 굳었다. 승준이 잡은 내 손을 자신의 뺨 위에 얹은 것이다. 따뜻하게 열이 오른 매끈한 피부와 부드러운 머릿결이 내 손바닥에 닿았다.

……뭐 이렇게 스킨십이 자연스러운 인간이 다 있어!

볕을 쬐는 고양이 같은 얼굴로 눈을 감은 채 승준은 손가락으로

인터셉트

내 손등을 어루만지고 있었다. 그동안 그가 동기 운운하며 내 머리를 서슴없이 쓰다듬거나 어깨를 툭툭 치는 일은 많았지만 그런 손길과 지금의 것은 명백히 다르다. 승준의 손이 그것을 뼈저리게 느끼게 하고 있었다.

원래대로라면 그의 뺨을 꼬집어서라도 나는 손을 뺐을 테지만, 내 손 아래에서 기분 좋은 얼굴을 하고 있는 승준을 보자 왜인지 단숨에 그럴 수가 없었다. 꼼지락거리던 나는 퉁명스레 말했다.

"잘 거면 집에 가서 자요. 나도 지금 엄청 피곤하거든요."

"으흠. 너무 빠른 것 같지만 기다린 보람은 있군. 가서 팔베개 해줄까?"

멍하니 눈을 깜빡이며 그를 내려다보던 나는 그 은근한 미소의 의미를 깨닫고 입술을 깨물며 승준의 뺨을 집어 비틀었다.

"이 변태가!"

"으앗, 꼬집을 것까진 없잖아. 팔베개가 싫으면 싫다고 하면 되지."

"고 대리님은 고 대리님 댁에 가서 발 뻗고 주무세요. 성희롱범으로 유치장 가기 싫으면."

당황한 것을 숨기려 으르렁거리며 말하자 승준이 눈꼬리를 접어 웃으며 나직하게 말했다.

"이번엔 농담. 차 대리님이 내가 남자라는 걸 혹시 인식하지 못하나 해서 말이죠."

화끈한 열기가 얼굴에 끼얹어진 것 같았다. 그의 눈이 아름답다는 생각을 해본 적은 있었지만, 그런 나른한 눈매로 저런 말을 내뱉다니. 이건 명백히……

유혹, 이 아닌가.

입술이 바싹 마르는 것 같았다. 부스스 몸을 일으켜 고개를 기울인 채 나를 보고 있는 승준의 시선이 새삼 따갑게 느껴진다. 완전한 '남자'의 눈으로 나를 보는 그 시선은 지나치게 강렬해서 마주 보기가 힘들었다. 숨을 멈추며 시선을 돌리려 하자 승준의 목소리가 나를 붙잡았다.

"깨닫는 게 느려서 눈앞에서 뺏기는 멍청한 짓은 한 번으로 족해. 네가 좋다, 차윤서."

승준의 목소리는 귀가 아닌 가슴으로 곧장 파고드는 것 같았다. 심장이 이렇게 뛰는 것은 당황했기 때문이다. 나는 마른침을 삼키며 눈을 굴렸다. 어디론가 도망가고 싶었다.

이렇게 사람을 정신없이 만들어놓고 저런 말로 고백을 하다니. 할 말이 하나도 생각 안 나잖아!

순간 나는 몸을 움츠렸다. 승준이 손을 뻗어 내 뺨을 감싸고 있었다. 잔뜩 흔들리는 눈으로 그를 바라보자, 그의 시선이 내 입술에 닿아 있음을 알 수 있었다.

"그리고 좋아한다는 뜻은, 물론 그런 의미를 포함해서지. 나는 아주 건강한 남자거든. 좋아하는 사람을 보면 닿고 싶고, 안고 싶은."

눈을 맞추며 승준이 내게 다가왔다. 뺨을 감싸고 있던 그의 손가락이 부드럽게 내 귓가를 어루만진다. 나른함이 느껴지는 그 손길에 목덜미에 소름이 돋았다. 내 몸이 은연중에 그의 손에서 남자의 정욕을 감지한 것이다. 그대로 나를 밀어 넘어뜨리고 가슴을 움켜쥐며 목덜미를 핥아 올릴 것 같은 종류의 긴장감 말이다.

이대로 밀쳐야 하나. 머리로 들이받아야 하나. 나답지 않게 단번에 판단을 내리지 못하고 우왕좌왕하고 있는 사이에 승준은 금방이라도 입술이 닿을 것처럼 가까워져 있었다. 따스한 숨결이 그와 나 사이에서 뒤엉켰다.

"그러니까 너무 오래 고민하지 말고 나한테 와줬으면 좋겠는데. 이민석 따위를 네 마지막 남자로 놔두는 건 너무 억울하잖아."

"이…… 교활한 인간, 여기서 이민석 얘기가 왜 나……."

입술이 닿았다 떨어졌다. 이민석을 이용해 나를 도발하는 그의 교활함에 발끈하던 내 말은 공기 속으로 흩어진 후였다. 설마하니 진짜 입을 맞출 거라 생각하지 못했던 내가 얼떨떨한 눈을 크게 뜨는 순간, 짙게 웃은 승준의 입술이 다시 내 것에 겹쳐졌다.

미끈한 혀가 입안을 가르고 들어와 뜨거운 숨결을 불어넣는다. 저번처럼 가볍게 입술만 부비는 수준의 키스가 아니었다. 입술이 짓눌리고 정신없이 내 치열과 혀를 휘어 감는 그에게 밀려 몸이 기울었지만 어느 틈에 팔을 뻗어 내 등을 감싸고 있는 승준 덕분에 뒤로 넘어가진 않았다.

작게 헐떡이며 그의 것과 뒤섞인 타액을 삼키던 나는 승준의 가슴팍을 힘주어 밀었다. 말캉한 혀로 내 입술을 할짝이던 그는 제 가슴팍에 얹은 내 손등을 어루만지며 아쉽다는 듯 뒤로 물러섰다.

갑작스러운 폭풍에 휘말린 것 같은 기분에 정신을 차릴 수가 없었다.

숨을 몰아쉬며 눈을 들자, 검게 가라앉은 눈으로 나를 보고 있던 승준이 몸을 낮추며 태연하게 왼쪽 뺨을 내밀었다.

"때리는 건 좋은데, 자국은 남지 않게 해줘. 내일 중요한 미팅이 있어서."

"미쳤어! 남들 다 보는 카페에서 이게 무슨 짓이야!"

목소리가 가늘게 떨렸다. 심장이 제어할 수 없을 정도로 빠르게 뛰는 통에 온 얼굴로 피가 쏠리는 기분이었다. 천연덕스럽게 내민 그의 뺨을 차마 때리지는 못하고 가슴팍에 주먹을 꽂자 컥, 하고 승준이 기침을 토해냈다.

"아무도 안 보는, 콜록, 자리거든, 여기."

후우, 숨을 내쉬며 승준이 투덜대듯 중얼거리는 틈에 나는 어색하게 얼굴에 부채질을 했다. 손을 대면 델 것처럼 피부가 뜨겁게 달아올라 있었다. 내게 맞은 명치 부근을 손으로 어루만지던 승준의 입술이 비스듬히 기울었다. 눈매가 부드럽게 웃고 있었다.

"그런데 차윤서. 그렇게 말하면 내가 오해를 하게 되는데."

"무, 무슨 오해?"

"화내는 포인트가 남들이 다 본다, 라는 점에서. 그러니까 아무도 안 보는 곳이면 괜찮다는 건가?"

"절대 아니거든! 다, 다시는 이런 짓 하지 말아요! 절대로!"

"응. 그러지."

……뭐라고?

순순히 고개를 끄덕이며 웃는 승준의 말에 나는 그를 윽박지르던 기세를 유지하지 못하고 스르르 무너져 내렸다. 그런 내 **뺨**을 손등으로 슥 쓸어내린 승준이 미소 지었다.

"내 쪽에서 먼저 하진 않을 거야."

"그게 무슨 말이에요?"

"네가 네 말을 번복하거나, 네가 먼저 하지 않는 이상 슬프게도 우리는 앞으로 키스할 수 없다는 거지."

"누가 하고 싶대?"

눈을 부라리며 퉁명스레 내뱉자 승준이 낮게 웃음을 터뜨렸다. 그제야 나는 왜 자꾸 그의 페이스에 휘말리는지 미미하게나마 알아챘다. 고승준은 기습 공격과 분위기 전환의 달인이다. 거부하거나 화를 낼 틈도 주지 않고 예기치 못한 순간에 파고들어온 뒤 그걸 탓하지도 못하게 금세 다른 곳에 시선을 돌리는 것이다.

이런 음흉한 인간 같으니.

"미안, 조급해져서."

무어라 말을 하려던 나는 웃음기를 잠재운 얼굴로 조용히 내뱉는 승준의 말에 입을 다물었다. 짧게 한숨을 내쉰 그가 힘 **빠진** 말투로 중얼거렸다.

"내일부터 지방 출장이거든, 2주간."

아, 그래서 오늘이었구나.

그 말에 새삼 피곤한 기색을 감추지 못하면서도 굳이 기다리겠다고 한 그가 이해가 갔다. 강아지 털처럼 부드럽게 말린 머리칼을 부스스 쓸어 넘기며 승준이 피식 웃었다.

"기분 전환 하기도 좋고, 돌아다니는 걸 싫어하지도 않아서 예전엔 일부러 떠맡기도 했는데. 이상하지, 누군가를 볼 수 없다는 이유만으로 이렇게나 가기 싫어질 줄이야."

"……낯간지럽거든. 엄청. 몹시."

"그래서 '누군가'라고 했잖아."

'뭐, 그래서 대단한 배려라도 했다는 건가요' 하는 눈으로 바라보자 승준이 어깨를 으쓱였다. 부드럽게 나를 바라보는 시선에 진한 아쉬움이 묻어 있는 것 같아서, 나는 괜히 목덜미를 긁적이며 눈을 돌렸다. 아직도 내 입술을 거칠게 짓누르던 그의 입술의 감각이 선명하게 남아 있었다.

"그런 이유로 2주간 나를 볼 수 없으니, 충분히 만끽하고 잘 생각해 봐."

승준은 천천히 몸을 일으켰다. 나는 반듯하게 일어선 그를 올려다보았다.

"뭘 만끽하고 뭘 생각해?"

"고승준의 부재로 인한 허전함. 그리고 고승준이라는 남자에 대해서."

그가 눈꼬리를 접으며 웃었다. 나는 짧게 혀를 차며 일어섰다. 보나마나 집까지 바래다주겠다고 할 텐데, 그랬다간 자정에나 집에 들어가게 될 테니 어떻게 거절한담. 어지간해서는 순순히 그냥 집에 돌아가겠다고 물러서지 않을 텐…….

"자, 이건 가져가고. 버스 타고 가지?"

"뭐?"

나는 승준이 내미는 제과점 쇼핑백을 얼결에 받아 들며 되물었다. 바래다줄 생각 같은 건 없나! 혼자 김칫국을 들이마시고 있던 게 민망해서 나는 헛기침을 내뱉으며 카페 입구로 걸어갔다. 승준이 뒤에서 팔을 뻗어 문을 열며 말했다.

"바래다주고 싶지만 오늘은 그러지 않는 게 좋겠어."

"왜?"

카페 밖으로 나오자 차가운 바람이 쏟아졌다. 나는 재빨리 말을 덧붙였다.

"아니. 그러고 싶다는 게 아니라, 그냥 궁금해서."

짧게 웃으며 곁에 선 승준이 으흠, 하고 말을 늘였다. 자동적으로 나는 어깨를 경직시키며 긴장했다.

"두 가지 관문이 있지. 네가 내 차에서 내릴 때. 그리고 집으로 들어가는 뒷모습을 볼 때. 얼마만큼의 자제력이 필요할지 상상도 안 가는군. 요 며칠 출장 준비 때문에 피곤해서 내 정신력도 많이 약해져 있······."

"그럼 안녕히 가세요, 고 대리님. 2주 뒤에 뵙겠습니다."

얼굴이 화끈거리기 전에 나는 고개를 넙죽 숙이고는 잽싸게 정류장을 향해 걸음을 옮겼다. 한 번 이빨을 드러냈다고 너무 거침없는 거 아니야? 이 음흉하고 교활한 수완가 같으니!

"차윤서!"

울림이 좋은 승준의 목소리가 또렷하게 울려 퍼졌다. 시간이 늦었지만 여기는 회사 근처다. 그를 알고 나를 아는 사람이 산재해 있다는 뜻이었다. 화들짝 놀라 고개를 돌리자 화사하게 웃으며 손을 흔들고 있는 승준이 보였다.

"보고 싶으면 전화해. 언제고 반갑게 받을 테니까."

"그럴 일 없거든요."

보란 듯이 고개를 획획 내젓고는 나는 작게 중얼거리며 돌아섰다. 방금까지 곁에 있었던 승준의 향기가 어딘가에 배었는지 코끝에 아른거렸다. 정류장에 서서 버스를 기다리며, 나는 손을 들어 무심코 입술을 더듬었다. 또다시 열기가 피어오르는 것 같았다.

□──■──□──■

이즈음의 회사는 눈코 뜰 새 없이 바빴다. 10시 퇴근을 목표로 버티는 날들이 지나갔고, 나는 하루 일찍 해외영업팀의 업무를 마무리할 수 있었다.

비용의 필요성과 금액의 적절성을 따지는 동안 제훈과 몇 번쯤 언성을 높이기도 했지만 다행히 싸움으로 번진 적은 없었다. 감정을 배제하고 일을 대하는 스타일인 제훈과의 협업이었기에 가능한 일이었다.

"주말만은 사수하려고 그렇게 기를 쓰고 일했는데. 정말 정신 줄을 놓았구나, 차윤서."

추위가 완전히 가시지는 않았지만 그럼에도 봄기운이 느껴지는 날씨였다. 나는 코트 깃을 여미며 회사로 들어섰다. 월요일 오전에 임원 회의에 제출할 매출 보고 자료를 정리해 둔다는 것을 깜빡한 것이다.

두어 시간 잡아먹을 일이었기에 금요일에 야근하는 동안 처리할 생각이었지만, 세무 조정에 정신이 팔린 데다 회식까지 겹쳐 까맣게 잊어버렸던 것이다.

토요일 오전에 회사에 출근하는 기분이 좋을 리는 없었지만, 적어도 오늘 점심은 회사 근처에서 해결할 수 있었다. 제육 쌈밥을 먹을까, 돈까스 세트를 먹을까를 고민하는 힘으로 일을 마무리한 나는 길게 기지개를 켰다. 블라인드 너머로 불빛이 보여 나는 가까이 다가섰다. 팀별로 출근한 사람들이 몇몇 있었다.

"그래도 제대로 입고 오길 잘했네."

컴퓨터를 끄고, 옷걸이에 걸어두었던 코트를 집어 들었다. 주말의 유니폼이나 다름없는 후드 티셔츠에 레깅스에 코트만 걸칠까 심각하게 고민했지만 직원들의 그런 복장을 심각하게 싫어하는 몇몇 상사들의 얼굴이 떠올라 블라우스에 슬랙스를 입고 온 것이다. 그 상사 중의 한 명이 출근해 있었다.

점심 먹고, 그리고 뭐 할까. 바람은 불지만 날씨가 좋으니까 산책이나 좀 해볼까.

뻣뻣한 목덜미를 두드리며 엘리베이터를 향해 걸어가던 나는 움찔 멈춰 섰다. 익숙한 실루엣의 딱 떨어지는 슈트가 엘리베이터 앞에 서 있었던 것이다. 제훈이었다.

바로 어제, 일을 끝낸 기념으로 해외영업팀의 회식 자리에 끌려간 나는 입이 닳도록 그와의 스캔들을 부정해야 했다. 그러나 시

종일관 덤덤하게 대응하는 제훈 때문에 일범과 그 일당들의 입은 멈출 줄을 몰랐다. 아무리 부정해도 소용이 없었다.

'그대로 놔두라니까요' 하고 스치듯 속삭이는 제훈의 말에 화를 낼 기력도 없어, 나는 하마터면 똑같은 말을 대략 오십 번째 추궁하는 일범을 향해 고개를 끄덕일 뻔했다. 정말이지, 지옥 같은 밤이었다.

"출근했어요?"

어느 틈에 뒤에 서 있던 나를 알아챘는지 제훈이 몸을 돌려 인사했다. 나는 눈인사를 건넸다.

"어제 회식만 안 했어도 올 필요 없었겠지만요."

"저도 그렇습니다. 차 대리님이 삼 년 뒤 프로젝트 계획까지 물고 늘어지지 않았다면 지금쯤 침대에 누워 있겠죠."

제훈이 냉담하게 중얼거렸다. 나는 어깨를 으쓱이며 씩 웃었다.

"안 그랬다면 나중에 일주일은 더 야근해야 했을지도 몰라요."

흠, 하고 제훈이 미미하게 웃었다. 기본적으로 차가워 보이는 얼굴이지만 일로 엮여 얼굴을 맞댈 일이 많았던 탓에 그런 세세한 표정을 알아챌 수 있게 되었다.

문이 열린 엘리베이터에 올라타자 제훈이 곁에 섰다. 키가 큰데다 체격이 있어서 둘만 탔는데도 텅 빈 엘리베이터가 꽤 찬 느낌이 들었다. 여러모로 주변 사람에게 위압감을 느끼게 하는 타입이다, 생각할 무렵 그가 불쑥 물었다.

"퇴근하고 뭐 합니까?"

인터셉트

"점심 먹고, 들어가서 쉬어야죠."

"······뷔페 어때요?"

'무슨 뷔페?' 하는 눈으로 올려다보았지만 제훈은 나를 보고 있지 않았다.

메뉴를 골라준 건가. 대화 방식 한번 희한하네.

"좋아하지만, 혼자 먹으러 갈 순 없잖아요."

"같이 가죠."

"네?"

"뷔페 먹으러 갈 일이 있어서."

띵, 하고 문이 열렸다. 나는 얼떨떨한 얼굴로 제훈의 뒤를 따라 내렸다.

지금 뭐야. 그러니까 같이 뷔페를 먹으러 가자는 거야? 그건 좀 불편한데······ 여러모로.

"저는 아무래도 그냥 가는 게······."

"K 호텔이에요. 멀지도 않고, 음식 평도 괜찮죠. 그리고."

호텔 뷔페라는 말에 순한 양처럼 눈을 끔벅이고 있는 나를 돌아보며 제훈이 눈썹을 치켜올렸다.

"언젠가 그러지 않았습니까. 도움 필요하면 말하라고. 공수표 남발하는 타입은 아닌 것 같았는데."

언제 적 일을 들먹이시나. 나는 미간을 좁히며 버텼다.

"그거야, 강 대리님이 병원에서 절 놀려 먹기 전의 일이죠. 그전까진 분명 고마운 마음이 있었거든요."

"가서 같이 밥만 먹고 와주면 됩니다. 어렵겠어요?"

제훈은 정중하지만 어딘가 가라앉은 듯한 말투로 느리게 물었다. 한 번 뱉은 말은 지키라며 강압적으로 나왔다면 오히려 단박에 거절했겠지만, 저렇게 부탁하는 것처럼 물으면 거절하기가 어렵다. 게다가 어려운 일도 아니지 않은가.

나는 짧게 한숨을 내쉬었다. 호텔 뷔페라니. 잦은 야근으로 허해진 몸을 생각하면 아주 좋은 선택이다. 대답을 기다리고 있는 제훈을 향해 나는 고개를 끄덕였다.

"배고픈 데 장사 없죠. 가요, 그럼."

굳어져 있던 입매가 부드럽게 풀어진다. 찰나의 미소를 흘린 제훈이 앞서 걷기 시작했다. 나는 어깨를 두드리며 그의 뒤를 따랐다. 호텔 뷔페 후의 낮잠이라니. 토요일 오후 계획으로는 안성맞춤이었다.

"……결혼식이라는 말은 없었잖아요."

나는 멋지게 갖춰 입은 사람들로 북적이는 홀을 흘끗 바라보았다. 제훈이 덤덤하게 걸어가며 말했다.

"안 오기는 애매한, 딱 그 정도의 결혼식이라. 부조만 하고 올 테니까 여기서 기다려요."

사람들 사이로 성큼성큼 사라지는 제훈의 뒤통수를 바라보며 나는 한숨을 길게 내쉬었다. 만의 하나, 혹시라도 여기서 회사 사람을 만나는 일이 없기만을 바라면서.

백번 부정해도 이런 자리에 같이 있는 걸 보면 앞으로는 정말 무슨 말을 해도 믿지 않을 테니까.

"결혼이라."

행복이 넘치는 얼굴로 손님들에게 인사를 하고 있던 신랑이 제훈을 보며 웃음을 터뜨렸다. 제법 친근하게 손도 잡고 어깨도 두드리는 폼으로 봐서는 그래도 꽤 가까운 사이인 모양인데, 하여튼 매정한 구석이 있는 사람이다. 물론, 인간관계란 겉보기와는 많이 다른 법이라는 걸 모르는 나이는 아니지만.

사람들을 피해 한 켠으로 움직여 벽에 등을 기댄 나는 뜻 없이 사람들을 훑어보았다. 넘치는 화환들, 잘 차려입고 하나같이 미소를 띠고 있는 사람들. 결혼이라는 제도를 다소 냉소적으로 보는 경향이 있는 나에게는 그다지 와 닿지 않는 풍경이었다.

언젠가 엄마에게 왜 아빠와 이혼했냐고 물었던 적이 있었다. 아빠는 조용한 성격이었고, 두 분이 소리 높여 싸우는 모습은 그다지 본 적이 없었다. 다른 집은 어떤지 모르지만 서로에게 지나치게 무덤덤한 부부가 아닌가 생각했을 뿐.

고등학교 2학년이 되어 막 새로운 반 친구들에게 적응했을 무렵, 두 분은 이혼을 결정했다. 몇 달이 넘게 두 분이 대화를 나누는 모습을 본 적이 없어서 이번엔 단단히 싸웠구나, 생각하면서도 은근히 불안해하고 있던 내게는 충격적인 일이었다.

"네 아빠는, 끝까지 짜장면만 먹는 사람이야."

말리기도 하고, 화를 내보기도 했지만 소용없었다. 이미 어른들의 세계에서 결정 난 일이었다. 외가가 있는 서울로 엄마와 함께 올라와서 고등학교를 마치고 대학교 졸업반이 되었을 때, 엄마는 보험 영업을 하다 만난 남자와 재혼을 했다.

엄마의 결혼식에 참석하는 딸이 몇이나 될까. 나는 하얀 웨딩드레스를 입고 조금은 피곤해 보이지만 그래도 행복한 얼굴로 웃으며 손님들을 맞고 있는 엄마를 보며 생각했다.

아빠와 결혼할 때도 저렇게 웃었겠지. 그때의 그 행복들은 어디로 가버린 걸까. 왜 그 행복들은 계속될 수 없었던 걸까.

끝까지 짜장면만 먹는 걸 도저히 두고 볼 수 없었던 걸까. 도저히 참아낼 수 없었던 걸까.

"······짜장면이 뭐 어때서."

나는 입술을 비죽이며 중얼거렸다. 어느 한쪽의 잘못은 아닐 거라 생각하지만, 그래도 덜 행복해 보이는 쪽에 마음이 기우는 것은 어쩔 수 없는 일이었다.

아빠한테나 다녀올까. 고등학교 입학식 때 갔던 중국집에서 짜장면이나 먹고 오는 것도 좋겠다.

"윤서 씨, 미안해요."

낯익은 목소리가 부르는 낯선 호칭에 나는 잡념에서 벗어나 눈을 들었다. 어느새 눈앞에 나타난 제훈이 어딘지 머쓱한 표정을 짓고 있었다.

"갑자기 뭐가······."

"이야, 미인이시네! 안녕하세요!"

"안녕하세요, 반갑습니다."

제훈의 등 뒤에는 남자 셋이 딸려 있었다. 더불어 그 뒤에는 여자 셋도 있었다. 나는 싱글벙글 웃으며 나를 보고 있는 남자들을 훑어보고는, 눈썹을 치켜세우며 제훈을 바라보았다. 그는 헛기침을 하는 척 슬쩍 시선을 피했다.

"이놈이 사실 겉모습만 멀쩡하지, 여자들한테 친절한 말 한마디 하는 꼴을 못 봤는데 말입니다. 나이 먹고 철 좀 들었나?"

"퇴근길에 마주쳐서 부조하고 밥만 먹고 갈 생각으로 같이 온 거야. 그런 사이가 아니라 회사 동료라고."

"아이고, 그럼요. 때로는 회사 동료고, 때로는 오빠 동생이고, 때로는 여보가 되는 거죠."

제훈의 말에 남자 무리가 와자지껄 웃음을 터뜨렸다. 어젯밤 해외영업팀과의 회식 자리의 연장전이 펼쳐지는 듯한 기분에 머리가 아찔했다. 맞아도 좋고, 아니어도 상관없다는 가벼운 태도가 몹시 닮아 있었다.

다른 점이 있다면, 여기 있는 사람들은 다시 볼 일이 없다는 것이다.

"이렇게 만나게 된 것도 인연인데 같이 앉으시죠. 저희가 대학생 시절의 강제훈에 대한 정보를 좀 알거든요."

"저는 군인 강제훈도 좀 압니다."

'별로 안 궁금한데요' 하고 말하고 싶었지만 뭐가 그렇게 재미있는지 자기들끼리 웃으며 말하기에 바쁜 남자들의 안중에 나는 없었다. 이를 악물며 제훈을 흘겨보자, 무심한 얼굴을 하고 있던 그가 몸을 숙여 내게 중얼거렸다.

"피한다고 피했는데 알다시피 내가 좀 눈에 띄는 편이라. 이 빛은 언젠가 갚겠습니다."

"그걸 지금 말이라고…… 다른 팀 사람들까지 강 대리님이랑 사귀냐고 얼마나 물어보는지 알아요? 아니라고 말하는 것도 지쳐 죽겠거든요."

"그럼 적당히 넘겨요. 소문은 언젠가 사그라지게 마련이니까."

"그랬다가 진짜로 믿으면 어떡하냐고요!"

"그땐 별수 없지 않겠습니까."

뭐가 어째?

나는 무표정한 얼굴로 어깨를 가볍게 으쓱이는 제훈을 아연하게 바라보았다. 별수 없다니. 마치 본인은 그래도 전혀 상관없다는 것처럼……?

마른침을 꿀꺽 삼키고는, 나는 조심스레 그의 팔을 붙잡았다. 김칫국이라면 여러 번 마셨다. 더 부끄러울 것도 없었다.

"강 대리님, 듣고 비웃으셔도 되는데요. 혹시, 그, 저한테 관심 있는……."

"자자, 빨리들 가서 자리 잡죠. 이렇게 얼굴 보기도 어려운데."

껄껄 웃으며 누군가가 내 등을 떠밀었다. 얼떨결에 사람들에 휩쓸려 이동하면서 나는 강제훈의 태도에 대해 되새겨 보았다. 남의 일인 것처럼 무덤덤한 건 워낙 가타부타 말 길게 덧붙이는 걸 싫어하는 성격이니 그렇겠지 했는데, 다른 가능성도 있지 않은가.

그러니까 말하자면, 나와의 소문이 그다지 거슬리지 않는다는 가능성. 즉 다시 말하면, 나에게 관심이…… 있다는 거?

인터셉트

사람들 틈으로 고개를 돌려 곁에 있는 제훈을 올려다보았다. 이 상황이 썩 달갑진 않은지 날을 세우고 있던 눈매가 내 시선을 느꼈는지 슬쩍 누그러진다. 나는 황급히 시선을 떨궜다.

아, 제발.

……누가 아니라고 좀 말해주세요.

"아니에요, 정말로. 최근 같이 협업하면서 고생한 게 있어서, 맛있는 거 먹자 하면서 온 거예요."

남자 셋은 제훈과 같은 동아리 출신이라고 했다. 호기심 어린 눈으로 틈만 나면 이것저것 물어보는 그들에게 나는 로봇처럼 똑같이 대답했다. 이러다가는 자다가도 누가 쿡 찌르면 저 말이 잠꼬대로 튀어나올 지경이었다.

"그러니까요, 제수씨. 아니, 아니라고 하시니까, 윤서 씨. 저희들 기준에서는 강제훈 저놈이 이런 자리에 그냥 동료, 그것도 여성분을 같이 고생했으니까 맛있는 거 먹자, 해서 데려올 놈이 아니라는 걸 말씀드리는 거거든요. 이건 진짜 믿으셔도 좋습니다."

제훈이 자리를 비운 틈을 타서 호영이라는 남자가 재빨리 말을 받았다. 그 곁에 앉은 석태라는 남자 역시 안경을 추켜올리며 고개를 끄덕였다.

"말로 구구절절 설명할 순 없지만, 적어도 제가 봐온 강제훈과 그런 행동은 거리가 좀 있다고 할 수 있죠."

"뭐랄까요. 중학교 친구, 고등학교 친구, 대학교 친구 이렇게 딱 정확한 구획을 나누고 있거든요. 절대로 그 경계가 섞이는 일이 없어요. 그러니까 단순한 회사 동료분을 대학교 선배 결혼식에 데리고 올 리가 없다는 뜻입니다. 신세를 졌다면 그냥 호텔 뷔페를 대접할 성격이라는 거죠. 안 그렇습니까?"

외국 지사로 파견 나갔다가 돌아온 제훈의 안부에 관한 이야기는 잠깐이었고, 그가 자리를 비울 때마다 남자들은 나를 붙잡고 흥미진진한 눈빛으로 수다스럽게 떠들었다. 두 번 볼 일 없는 사람들이니 웬만하면 대충 넘기려던 나도 결국 미간을 찌푸리며 정색을 하고 말았다.

"그렇든 아니든, 저랑은 전혀 상관없는 문제예요. 물론 강 대리님도 그럴 거고요."

"글쎄요. 저희가 보기에는 제훈이 쪽이⋯⋯."

"그리고 저는, 달리 신경 쓰이는 사람이 있어서요."

나는 포크를 내려놓으며 서늘하게 내뱉었다. 이렇게까지 단호하게 말할 생각은 아니었지만 누적된 신경질이 나를 부추겼다. 끈질긴 남자들의 호기심을 끊어내기 위해 내세운 핑계라고 생각했지만, 이상하게도 그렇게 말로 내뱉는 순간 나는 직감했다. 그것은 이제 분명한 사실이 되었다는 것을.

찬물을 끼얹은 것처럼 사람들이 동시에 입을 다물었다.

이 망할 고승준. 기어코 나를 이 지경까지 만들었어!

최대한 태연하게 사람들을 향해 싱긋 웃으며 물컵을 쥐던 나는 사람들의 묘한 표정이 무엇 때문이었는지 이내 알게 되었다. 언제 돌아왔는지 모를 제훈이 내 옆에 앉는 기척이 느껴졌던 것이다.

들었나? 들었겠지. 들었다고 뭐. 누구냐고 추궁할 성격도 아니고. 그럴 이유도 없고.

참스테이크 곁에 가니쉬로 곁들여진 아스파라거스를 콕 집어 입에 우겨 넣었다. 제훈이 과일 접시를 내밀었다.

"음식이 입에 맞나 본데. 이제 좀 온 보람이 있습니까?"

"아, 네. 맛있네요. 먹고 집에 가서 낮잠 좀 자면 완벽하겠어요."

남자들의 시선이 조심스레 제훈을 훑어보는 게 느껴졌지만 장본인은 어디까지나 무심한 얼굴 그대로였다. 당연하지 않은가. 그와 나는 그런 사이가 아니었고, 설사, 만의 하나 그가 내게 관심이 있었다 하더라도 받아들일 수는 없는 노릇이다.

나는 고승준 하나로도 감당하기 버거워 머릿속이 터질 지경이었으니까.

"그러고 보니, 여기 있는 사람들의 공통점이 하나는 있네."

물을 한 모금 삼킨 제훈이 덤덤하게 말했다. 그의 눈치를 살피던 남자들이 귀를 쫑긋 세웠다.

"공통점?"

"고승준."

하마터면 포크를 떨어뜨릴 뻔했다. 몰래 생각하고 있던 것을 들킨 기분이었다. '어떻게…… 아, 두 사람 대학교 동창이었지' 하고 자문자답하며 나는 헛기침을 뱉었다. 귓가에 홧홧하게 열이 오르는 것 같았다.

"아, 승준이도 그 회사였지, 참?"

"윤서 씨도 그럼 고승준 알아요?"

"어, 아, 알죠. 영업팀하고는 특히나 부딪칠 일이 많아서."

거짓말이라도 하는 것처럼 괜히 심장이 두근거렸다. 설마하니 이런 데 와서 고승준에 대한 이야기를 하게 될 줄은 몰랐다. 어제 술김에 전화를 해볼까 망설이며 휴대폰에 그의 전화번호를 띄웠다가 콧방귀를 뀌며 침대로 기어들어 갔던 기억이 새삼스레 떠올랐다.

"요즘은 어떻게, 좀 괜찮나 모르겠네."

"졸업할 때까지도 썩 상황이 좋진 않았지."

"소식만 듣고 얼굴 볼 일이 많지 않아서 나도 잘 모르겠다."

호영과 석태가 중얼거리는 말에 나는 스테이크를 우물거리다 말고 고개를 들었다.

"고 대리님이 왜, 무슨 일 있었어요?"

"아, 그게……."

입을 뺑긋거리던 호영이 제훈을 흘끗 바라보았다.

"이런 데서 얘기하기는 좀, 그렇지?"

"지금은 괜찮아진 것 같던데. 나도 자세한 얘길 해본 건 아니지만."

무덤덤한 제훈의 말에 석태가 고개를 끄덕였다.

"뭐, 예전 일이고, 지나간 일이니까."

"도대체 무슨 일인데요?"

나는 궁금증을 참지 못하고 몸을 앞으로 당겨 물었다. 내내 방어적인 자세를 취하던 내가 공격적으로 묻자 움찔한 호영이 목덜미를 긁적이며 말했다.

"그 녀석 제대하고 나서 갑자기 아버지 회사가 어려워져서 도산했거든요. 하필이면 그 무렵에 어머니도 지병이 도져서 크게 아프시고. 그래서 복학했다가 바로 한 학기 휴학했어요. 어머니는 아직 병원에 계신 것 같던데."

"세정산업이라고, 꽤 큰 중견 기업이었는데 내부 횡령 문제가 있었다는 뒷얘기만 들었어요. 그때 아버지는 정신없고 어머니는 쓰러지고, 그래서 한참 승준이가 돈 구하러 다니고 그랬죠. 부모님 모두 형제자매가 없어서 도움 받을 친척도 없고. 그 녀석도 외동이고."

포크를 쥐고 있던 손에 힘이 바짝 들어갔다. 이런 기시감이라니. 아버지 회사가 어려워져 빚이 생기고, 어머니는 지병으로 병원에. 이것은 이민석이 내게 내밀었던 이별의 핑계와 몹시도 흡사했다. 소름이 끼칠 정도로.

"그래서 동기들끼리 얼마라도 모아서 건네주고 그러……."

"잠시만요."

나는 무의식적으로 손을 들어 호영의 말을 막았다. 그가 눈을 끔벅이며 나를 응시했다.

"죄송해요. 제가 흥미 위주로 들을 이야기는 아닌 것 같네요. 고대리님이 아시면 불쾌할지도 모르니까."

깊이 생각할 겨를도 없이 튀어 나간 말은 다소 날카로웠다. 서로의 얼굴을 마주 본 호영과 석태가 멋쩍게 고개를 끄덕였다.

"아, 그렇죠. 함부로 할 이야기는 아니죠."

"승준이한테는 모르는 척해주세요."

이런 걸 어떻게 아는 척을 하겠어!

내가 캐물어서 대답한 것이니 딱히 그들의 잘못이라고 말할 수는 없겠지만 고승준에 대해 이러쿵저러쿵 말을 옮기고 다니는 모습에 신경질이 솟았다. 알지 말아야 할 것을, 혹은 드러내고 싶지 않았을 뒷면을 본의 아니게 알게 되었다는 묵직한 죄책감 같은 것이 가슴을 답답하게 만들었다.

나는 입가를 닦아내고는 자리에서 일어섰다. 제훈과 다른 이들의 시선이 나를 좇았다.

"그만 가볼게요. 제가 오래 있을 자리는 아닌 것 같아서."

"어……."

"왜, 왜요? 그냥 계셔도 됩니다. 오랜만에 만났으니 다 같이 한잔할까 했는데요."

"그러니까요. 오랜만에 친구들끼리 뭉친 자리에 관계없는 제가 있어봐야 불편하실 테니까, 이만 가보겠습니다. 덕분에 잘 먹었어요, 강 대리님."

엉거주춤한 자세로 몸을 일으키는 사람들에게 인사를 건네고는 나는 제훈을 내려다보았다.

굳이 따지자면 내 탓이다. 호텔 뷔페와 그의 정중한 부탁에 홀려 여기에 오지 않았다면, 누구도 원하지 않는 이런 얘기를 들을 필요도 없었을 것이다. 그런데도 나를 여기까지 데려오고, 굳이 이 자리에 없는 고승준을 화두로 이끌어낸 그에 대한 미묘한 반감이 생겨 제훈을 보는 내 눈빛은 곱지 않았다.

"기다려요. 바래다줄 테니까."

"괜찮아요. 버스 타는 게 편합니다. 날씨도 좋고."

나는 가방과 코트를 집어 들고 식당을 빠져나왔다. 거절했는데도 뒤를 쫓아오는 제훈의 묵직한 발걸음 소리가 들렸다. 나는 모른 척 사람들로 시끌벅적한 엘리베이터 앞에 섰다. 곁에 선 제훈의 그림자가 늘어졌다.

"신경 쓰인다는 사람이, 고승준입니까?"

여러 사람의 목소리가 뒤엉킨 와중에도 그의 단조로운 목소리는 손쉽게 내 귀에 꽂혔다. 어딘지 낯설게 뒤틀린 듯한 말투를 감지했기 때문인지도 모르겠다. 고집스레 정면을 보며 나는 냉담하게 대꾸했다.

"강 대리님이 신경 쓰실 일은 아닌 것 같습니다."

"신경이 쓰이네요."

뭐라고?

고개가 휙 돌아갔다. 제훈의 날카로운 눈매가 나를 향해 있었다. 표정이 적은 얼굴이라 확실히 알 수 있는 건 없었지만, 적어도 농담을 하는 눈빛은 아니었다. 소란스러운 사람들의 수다가 우리를 둘러싸고 있었지만, 그와 나는 적막했다.

"안 그러시는 게…… 저는 더 편할 것 같은데요."

가뜩이나 정신없는데 더 복잡하게 만들지 마세요.

말라붙은 목구멍에서 어렵게 말을 꺼내어 내뱉자 제훈은 심드렁한 얼굴로 어깨를 으쓱였다.

"그런 건 뜻대로 되는 일이 아니라."

엘리베이터가 도착하는 소리와 함께 사람들이 내리고 올라탔다. 나는 도망치듯 그에게 고개를 숙이고는 재빨리 사람들 사이에 섞였다. 문이 닫힐 때까지, 제훈은 속을 알 수 없는 얼굴을 한 채 그곳에 조용히 서 있었다.

#10

　토요일 오후를 강도 당했다. 눈을 떠보니 이미 어둑하게 해가 저물어 밤이 된 후였다. 나는 부스스 몸을 일으켰다. 옷도 갈아입지 않은 채로 이불 속으로 기어 들어가 잠들어 버린 탓에 블라우스와 슬랙스가 잔뜩 주름져 있었다.

　벗어 둔 그 자리에 있는 티셔츠와 레깅스로 갈아입고 물을 한참 마시고 나서야 무겁게 가라앉았던 정신이 느릿하게 부상했다. 나는 침대에 털썩 앉았다.

　'신경이 쓰이네요' 하고 무표정하게 내뱉던 강제훈. 그리고 결코 가볍지 않은 고승준의 이야기가 머릿속을 어지럽게 떠돌고 있었다.

　이게 대체 무슨 난리인가. 이민석의 저주일까. 아니, 헤어짐을

당한 건 내 쪽인데 저주는 내가 해야 하는 거 아닌가. 하면 통하기
는 하나?

"어휴. 정신 좀 차려라, 차윤서."

부르르 머리를 털어내고는 나는 무릎에 팔을 기대어 턱을 괴었
다. 불도 켜지 않아 컴컴해진 방 안에 가만히 앉아서 숨을 고르자
기분이 차분해지는 것 같았다. 불쑥 '고승준' 하고 불러 보았다.
가슴이 작게 진동했다.

아픈 어머니가 내내 병원에 입원해 계시는 것 같은 기색은 느끼
지 못했다. 나뿐만이 아니라 그를 아는 누구나 그러지 않을까. 어
쩌면 그런 피로가 겉으로 드러나지 않을 만큼 이미 생활이 되어버
린 걸까. 대학생 때부터였다면, 벌써 십 년이 다 되어가는 일이니
까.

십 년 전이라면, 나도 부모님의 갑작스러운 이혼에 어떻게든 적
응을 하려고 안간힘을 쓰던 때였을 것이다. 썩 유쾌하지 않은 과
거였지만, 고승준에 비하면 별거 아닌 것처럼 느껴졌다. 이미 지
나버린 과거이기에 가볍게 보이는 걸까. 분명 그때는 다른 이의
아픔 같은 것은 우습게 느껴질 만큼 괴로웠는데.

중견 기업의 사장 아들로 부유하게 살아오다가 갑자기 회사가
도산하고, 빚이 생기고, 어머니가 쓰러지는 일을 겪은 이십대 초
반의 고승준은 어땠을까. 기댈 수 있는 어른이라고는 아무도 없는
낭떠러지에 홀로 떨어져서.

어떻게든 거기서 기어 올라오기 위해, 얼마나 악을 썼을까.

"……영업팀 에이스가 괜히 된 게 아닌 거지."

"난 사람을 대하는 일만큼 어려운 게 없다고 생각해. 결국에 그 모든 문제들을 사전에 조정하고 해결해서 어떤 잡음도 내지 않는 사람, 그게 고승준 대리지."

지현의 말을 되새기며 나는 묵묵히 앉아 있었다. 웃는 게 몸에 밴 사람. 스스럼없이 다가와서 사람 혼을 빼놓는 게 특기인 사람. 일에 진지한 사람. 그리고⋯⋯

아직도 모르는 얼굴이 많은 사람.

"고승준."

소리 내어 다시 한 번 이름을 불러 보았다. 가슴의 진동이 커지고 있었다. 카페에서 엎드린 채 고른 숨소리를 내고 있던 그의 지친 눈매가 떠올랐다. 쓰다듬어 주고 싶던. 안아주고 싶던.

"⋯⋯보고 싶다."

무심코 튀어나온 말에 나는 입술을 매만졌다. 따뜻한 열기가 번지고 있었다.

어려웠던 과거사를 들었다고 동정심이라도 생긴 건가. 아니, 내가 알기로 나는 그렇게 여린 사람은 아니다.

동정심보다 더 진득하고 깊은 어떤 감정이, 가슴속에서 고요하게 휘몰아치고 있었다. 어느새 자리 잡았는지도 모르게, 느리고 조용히 뿌리를 내린 감정이 막 싹을 틔워낸 것만 같았다.

나는 길게 한숨을 내쉬며 무릎에 얼굴을 묻었다. 고승준한테 홀렸다. 홀리고 말았다.

그가 출장에서 돌아오려면 아직도 일주일이 더 남았다. 만나면 무슨 말을 할까. 당신에게 홀렸지만, 불쑥 당신의 이름을 부르거나 가끔 당신의 목소리를 떠올리기도 하지만 그렇기에 더 두렵다고. 끝이 있는 관계를 시작할 용기를 내는 게 두렵다고, 말해도 될까. 말하면, 뭐라고 할까.

"아니야. 역시 가만히 있는 게 낫지. 잘 생각해, 차윤서. 감당할 수 있는 짐만 지는 거야. 복잡하게 살지 말자."

나는 벌떡 일어섰다.

배가 고프니 뭐라도 먹자. 먹고, 자고, 일을 하고, 지금까지 그랬던 것처럼 살자. 조용하고 평온하게. 무엇에도 휩쓸리지 말고.

천천히 걸음을 옮겨 불을 켜기 위해 스위치를 누르던 나는 멍하니 눈을 깜빡였다. 전등을 확인했지만 불이 들어오지 않는다. 설마, 하고 다시 스위치를 눌러 보았지만 희미하게 깜빡 반짝인 전등은 그 후로 반응이 없었다.

"이거 봐. 전등까지 하지 말라잖아. 앞길이 어두컴컴하다고 말리네. 아주 온몸으로 말려."

꺼지지 말고 말로 할 것이지, 중얼거리며 나는 혀를 찼다. 전등은 어떻게 가는 거더라. 답답해도 오늘은 향초로 버티고 내일 낮에 어떻게 해봐야겠다. 향초는 분명 식탁에…….

"으악!"

터벅터벅 걸어가던 나는 날카로운 통증에 그대로 주저앉았다. 무언가를 힘차게 밟은 발바닥이 아릿했다.

불. 불은 안 켜지니까 휴대폰, 휴대폰.

침대맡을 더듬거려 휴대폰을 움켜쥐고는 발바닥을 비춰 보자 어디서 떨어진 건지 모를 자그마한 플라스틱 조각이 발바닥에 박혀 있었다. 뽑아내자 따끔한 통증과 함께 상처에서 동그란 액체가 맺힌다. 아, 젠장. 피다. 결국 유혈 사태가 일어났다.

어두운 방 안에 홀로 주저앉은 채 발바닥을 들여다보고 있던 나는 참지 못하고 버럭 소리를 질렀다.

"아니, 그렇다고 어떻게 문자 한 통을 안 보내? 키스 한 번 했다 이거야? 2주나 출장 가서 토요일까지 일할 것도 아니면서. 내가 진짜 어이가 없어서."

신경질이 머리끝까지 치솟아 씩씩거리며 나는 허공에 팔을 휘둘렀다. 불이 안 켜진 것도, 그래서 이런 정체 모를 것을 밟아 발바닥에 상처가 난 것도 모조리 다 고승준이 연락을 안 한 탓이다. 그 인간 잘못이었다!

배는 출출하고 방은 컴컴하고 고승준이 보고 싶고 발바닥이 아프다. 그야말로 짜증의 구렁텅이에 내동댕이쳐진 나는 길게 생각할 것 없이 휴대폰을 쥐고 고승준의 전화번호를 찾았다. 뇌리 저편에 일말의 망설임이 있었지만 나는 충동적으로 그 번호를 누르고 말았다.

신호음이 두어 번 들리고 나서야 갑작스레 찾아든 초조함에 입술을 잘근잘근 씹었다. 가만. 전화해서 무슨 말을 하려고 이래. 차윤서, 미쳤구나. 전기라도 맞은 것처럼 몸을 부르르 떨고는 막 휴대폰을 내려놓으려는 순간, 귓가에 '여보세요' 하는 목소리가 들렸다.

나직하지만 울림이 분명한, 듣기 좋은 목소리.

[차윤서? 여보세요?]

"……전화는 왜 받아?"

전화를 건 사람이 할 말은 아니었지만 불쑥 튀어 나간 말은 그랬다. 어이없다는 듯 눈을 깜빡이는 승준이 그려지는 듯했다. 얼굴이 화끈거려 나는 눈을 감으며 무릎에 뺨을 기대었다.

[어떻게 안 받아. 다시는 안 올 기회일지도 모르는데.]

미미한 웃음기가 묻어나는 승준의 목소리는 약간 거칠어져 있었다. 역시 그의 목소리에는 사람을 다독이는 부드러움이 있다. 나는 입술을 깨물다 말고 툭 내뱉었다.

"발을 다쳤어."

[……뭐? 다쳐?]

"방에는 불이 안 들어와서 캄캄하고."

[차윤서, 너 지금 어디야?]

가벼운 초조함이 느껴지는 승준의 말투에 문득 심장 부근이 간지러워졌다. 이렇게나 쉽게 누군가의 걱정을 사다니. 이러면 어울리지도 않는 어리광을 부리고 싶어지잖아.

"출장 중인 주말에 고승준 씨는 뭐 하나?"

잠시의 침묵 후에 승준이 작게 터뜨린 웃음소리가 들렸다. 아, 또 간질간질. 나는 목덜미를 긁적이며 입술을 잘근 깨물었다.

[나 없는 주말에 차윤서는 뭐 하나, 생각하고 있었지. 그랬더니 이렇게 전화가 왔네.]

"있으나 없으나 내 주말은 똑같아요."

아, 아주 똑같은 건 아니었나. 그가 모르는 사이에 그의 과거를 알게 되었으니. 무슨 말인가 하고 싶어 입술이 달싹였지만 쉽게 말이 되어 나오지는 않았다. 아는 척을 하는 것도, 모르는 척을 하는 것도 애매한 이야기였다.

[그보다 발이 다쳤다는 건 무슨⋯⋯.]

[승준 씨, 다 씻었어?]

고승준의 목소리 너머로 들린 것은 분명 달콤한 여자의 목소리였다. 무릎 사이에 얼굴을 묻고 있던 나는 번쩍 고개를 들었다. 승준 씨? 눈썹이 바짝 치켜올라 갔다.

[아, 괜찮아. 언제 왔어?]

휴대폰과 거리를 두고 이야기하는지 승준의 목소리가 멀다. 당황한 기색이 느껴지는 그의 목소리에 내 목덜미도 뻣뻣하게 굳었다. 생각을 정리할 틈도 없이 멋대로 구성된 일련의 장면들이 머릿속에서 재생되고 있었다.

출장을 가서 묵는 모텔. 남자가 씻고 나오기를 기다리며 그를 친근하게 부르는 여자. 아무리 초면에도 어색하지 않게 다가서는 게 특기인 고승준이라도 상대방이 저렇게나 편하게 말을 거는 관계라면 하루 이틀 알고 지낸 것이 아닐 테다.

[잠깐 누가 불러서. 미안. 내가 10분쯤 후에 다시 전화할게.]

"아니. 하지 마세요. 용건 없으니까."

[뭐? 잠깐만. 혹시⋯⋯.]

"그럼 주말 잘 보내세요, 고 대리님. 실례했습니다."

나는 통화 종료 버튼을 터치한 뒤 휴대폰을 으스러져라 꼭 쥐었다. 이내 벨소리가 울리기 시작했지만 전화를 받을 생각은 없었다. 불빛이 반짝이는 휴대폰을 흘끗 보고는 나는 몸을 일으켰다. 그리고는 이불 안에 휴대폰을 묻어 두고는, 그 위에 베개까지 얹어 두었다.

그런데도 휴대폰은 둔하게나마 소리를 낸다. 어둠 속에서 한쪽 다리에 체중을 지탱한 채 가만히 서 있던 나는 천천히 식탁 쪽으로 발을 내디뎠다. 발바닥이 따끔거렸지만 그 통증에 신경이 분산되는 게 오히려 고마울 지경이었다. 그렇지 않았다면 저 전화를 받아서 어떤 추태를 부렸을지 모르니까.

의자에 걸쳐 둔 점퍼에 팔을 끼워 넣는 동안에도 연약한 벨소리는 이어졌다. 그러거나 말거나. 나는 신경질적인 미소를 짓고는, 휴대폰을 내버려 둔 채 도망치듯 집을 나섰다. 고승준에 대해서 생각하고 싶지 않았다.

매콤한 떡볶이나 먹자, 하고 포장마차로 들어가다가 불쑥 뒤에서 얼굴을 들이밀던 누가 떠올라 나는 인상을 구기며 발길을 돌렸다. 술에 얼큰하게 취해 토요일의 늦은 밤거리를 떠돌고 있는 사람들을 헤쳐 구석진 분식집에서 쫄면과 만두를 시켰다.

무심코 어묵 국물을 떠먹고 있자니 인센티브 받으면 떡볶이와 어묵을 사주겠다던 누가 떠올라, 나는 짜증을 부리며 숟가락을 내려놓았다.

다른 생각을 하자. 이를테면, 이를테면, 그래, 그러니까 오늘 결혼식이라든지 강제훈이라든지.

그러나 그것은 좋지 않은 선택이었다. 신경이 쓰인다는 강제훈을 생각하고 있자니 생각의 물줄기는 힘든 대학 시절을 보냈다던 누구의 얼굴로 흘렀기 때문이다. 몰랐는데 나 그런 안쓰러운 과거에 끌리는 사람이었나! 아오, 하고 머리를 쥐어뜯던 나는 다행히 때맞춰 나온 쫄면과 만두 덕에 잠시 끓어오르던 속을 가라앉힐 수 있었다.

배를 채우고 카페에 들러 평소에는 잘 먹지 않던 달디단 초콜릿 음료까지 비우고 나오자 시간은 자정을 향해 달려가고 있었다. 이제는 춥다, 보다 쌀쌀하다라는 표현이 더 어울리는 밤공기를 마시며 걷고 있자니 발바닥이 영 아프다.

편의점에서 연고와 밴드를 사서 노상에 비치된 의자에 앉자 또다시 누군가의 부어터진 얼굴이 떠올랐다.

"으악, 제발! 좀!"

작작 좀 하자, 차윤서, 제발. 아닌 척하면서 계속 생각하고 있잖아! 그 인간이 나한테 뭐 대단한 사람이라고 이렇게 머릿속에 들러붙어 있는 거야?

승준 씨, 다 씻었어? 그게 뭐. 그냥 아는 사람이랑 우연찮게 그런 말을 할 상황에 있었을 수도 있지! 비록 아는 사람이 드문 낯선 지방에 있고, 토요일 밤이긴 하지만.

'언제 왔어?' 라고 친밀하지만 다소 겸연쩍은 듯한 말투로 대응하던 고승준도 그래. 그게 뭐 대단한 일인가. 주인도 모르게 방에 들어올 수 있는 여자가 있을 수도 있지. 주인이 키를 주지 않았더라도.

"……바보냐, 차윤서. 한심하긴."

양말을 벗고 연고를 바른 뒤 밴드를 붙이던 나는 이죽거렸다. 왜 내가 나 스스로에게 고승준에 대한 변명을 대지 않으면 안 되는가. 그는 내게 약간의 호의를 보였을 뿐이고, 우리는 진지하게 사귀고 있는 것도 아닌데. 다른 여자가 있다고 해서 내가 이렇게까지 화를 낼…….

"그랬으면 나한테 그딴 식으로 끈적끈적하게 굴면 안 되는 거지! 이 망할 카사노바가!"

운동화에 발을 구겨 넣으며 버럭 소리 지르자 지나가던 취객 몇이 나를 돌아본다. 나는 입술을 비죽이며 터덜터덜 걸음을 옮겼다. 컴컴한 방에는 돌아가고 싶지 않았고, 혹시라도 와 있을 그의 전화나 메시지를 보고 싶지 않았다.

마음을 가라앉힐 필요가 있었다. 그래야 고승준의 변명이든 사정이든 차분하게 받아들일 수 있을 것 같았다. 나는 길게 심호흡을 했다.

"좋다. 오랜만에 심야 유흥 투어나 해볼까."

심야 유흥 투어는 울적할 때 심야 영화를 보고 24시간 노래방에 들러 밤을 새우는 코스였다. 최근에는 몸이 지치고 힘들어 주말에도 집에 틀어박혀 있을 때가 많았다. 그렇지만 오늘은 별수 없다. 잡념을 비우려면 몰입할 수 있는 다른 것을 찾는 수밖에.

팔을 뻗어 기지개를 켜고는, 나는 어둑한 거리를 천천히 가로질렀다. 기왕이면 눈이 호화로울 정도로 잘생긴 남자가 나오는 영화를 볼 테다, 중얼거리며.

고심 끝에 고른 영화는 좋았다. 특히나 장신의 미남이 둘이나 나와 경쟁이라도 하듯 옷을 벗어젖히고 잘 다져진 근육을 자랑하는 장면 같은 것이. 왠지 흐뭇한 마음으로 영화관을 나와 모처럼 노래방에서 목청껏 노래를 불렀지만 고작 한 시간도 안 돼서 녹다운되고 말았다.

목이 걸걸하게 쉰 채로 나는 치욕스럽게도 서비스 12분을 남겨 두고 노래방을 나서야 했다. 체력이 예전 같지 않음을 뼈저리게 느껴서 다시 우울해졌고, 노래방을 나왔을 때 축축한 비가 가늘게 내리고 있어서 더더욱 우울해졌다.

이렇게 비로 젖은 새벽의 냄새를 맡아 보는 게 얼마 만일까. 비가 내리는 날은 좋아하지 않았지만 어쩐지 오늘은, 비를 맞고 싶은 기분이 들었다. 차게 식은 몸으로 들어가 따뜻한 물로 샤워를 한 뒤 침대 속에 파묻히고 싶었다. 먼저 들어가 있는 휴대폰 따위 어딘가로 내던져 버리고 말이다.

베개 밑에 파묻혀 있을 휴대폰을 생각하자 자연스레 고승준의 들뜬 목소리와 여자의 목소리가 떠올라 나는 오만상을 찌푸리며 후드를 깊게 뒤집어썼다. 까맣게 잊고 있다고 스스로를 세뇌시키고 있었지만 사실 나는 알고 있었다. 영화를 보는 동안에도, 마이크를 잡고 노래하는 동안에도 고승준은 잠시도 내 머릿속을 떠나지 않았다. 짜증스러울 정도로 말이다.

나는 짧게 혀를 찼다. 생각이란 것은 정말이지 뜻대로 되지 않는다. 이미 한참 지나 버린 그 시절 승준의 힘들었을 마음 같은 것에 신경이 쓰이다가도, 아마도 별일 아닐 거라고 생각하면서도 어쩔 수 없이 그와 늦은 시각 한 공간에 있는 여자의 목소리가 거슬린다. 아니, 정확히는 그녀를 곁에 둔 고승준이 거슬렸다.

그가 뭐라고. 우리가 뭐라고. 애써 차분하게 마음을 가라앉히려 했지만 울분이 삐죽 솟고 말았다.

아니지, 고승준. 적어도 좋아한다고 고백을 한 데다가 입까지 맞춘 여자한테 이런 식으로 신경 쓰이게 하면 안 되는 거지! 출장을 간 지 한 달이 됐어, 두 달이 됐어? 어딜 여자들이랑 어울리고 있냐고, 이 시각에!

"……에라이, 차윤서. 하나만 해라. 뭘 어쩌자는 거야, 대체."

나는 생각을 털어내듯 고개를 마구 내저었다. 하여튼 고승준만 머릿속에 쳐들어오면 대혼란이다. 생각을 차분하게 유지할 수가 없었다. 끙끙거리며 머리를 움켜쥐자 차가운 빗줄기에 젖은 후드가 느껴졌다.

4시가 조금 넘은 시각. 여전히 세상은 어둡다. 찰박찰박 빗물이 고인 웅덩이를 되도록 피하며 익숙한 길을 걸어 오피스텔로 가는 골목을 돌던 나는 잠시 걸음을 멈췄다.

오피스텔 입구 앞에 검은 차 한 대가 서 있었다. 보통은 이런 곳에 차를 세우지는 않는다. 입주자를 위한 주차장은 안쪽에 있으니까.

설마, 혹시라는 생각이 왜 들었는지는 모르겠다. 어쩌면 그걸 바라고 있었던 것일까. 스스로 생각해 봐도 기가 막혀서 피식 헛웃음을 흘리고는 한숨을 내쉬며 조용히 입구로 향했다. 그러다 불쑥 차 옆으로 튀어나온 인형에 흠칫 놀라 뒷걸음질을 치고 말았다.

"……밤 산책이 너무 긴 거 아닌가, 차윤서 대리."

서늘하게 식은 등줄기를 따라 빗방울이 흘러내리는 탓에 소름이 돋았다. 어둠에 녹아들 것처럼 가라앉은 목소리는 그의 것이라고 생각하기 어려울 만큼 탁하고 거칠었다. 나는 멍한 얼굴로 비에 흠뻑 젖어 얼굴이 창백해져 있는 그를 바라보았다.

"여, 여기서 도대체 뭐…… 어떻게?"

티셔츠 위에 걸치고 있는 두께가 있는 루즈한 니트 카디건이 물을 듬뿍 머금은 것처럼 축 늘어져 있었다. 나는 말간 이마에 들러붙어 그의 미간을 가리고 있는 머리칼부터 그 행색을 훑어보고는 기겁했다. 적어도 일이 분 비를 맞은 게 아니라는 것은 분명해 보였다.

젖은 머리칼을 손으로 쓸어 넘기며 승준이 짧게 한숨을 내쉬었다. 옷이 잔뜩 달라붙어 고스란히 강조되는 반듯한 어깨가 느슨하게 처졌다.

"보고 싶어서 전화를 해놓고 그런 식으로 끊는 건 반칙이지, 안 그래? 전화기가 꺼진 것도 아닌데 수십 번 전화해도 안 받고, 발을 다쳤다고 하질 않나, 방에는 불이 안 들어온다고 하질 않나. 목소리를 들었더니 마음도 몸도 가만히 있어지지 않고. 흠, 일단 발은 멀쩡해 보이는군."

아. 화가 난 건가. 미간을 좁히고 선 그의 시선이 나를 빗겨 있었다. 후우, 하고 승준이 내쉰 숨이 하얗게 피어올랐다. 나는 엄마

241

한테 혼나는 아이처럼 묵묵히 서 있었다. 그를 확인한 순간부터 심장이 뛰는 속도를 사정없이 올려 버린 통에 머리가 어지러울 지경이었다.

"세 시간 반을 달려서 왔더니 불은 꺼져 있지. 잠들었나 싶다가도 혹시 무슨 일이라도 있나 해서 벨을 누르고 문을 두드려 봐도 아무 반응도, 기척도 없고. 덕분에 내 상상력이 얼마나 풍부한지 절실히 깨달았어. 아침까지 안 나타났으면 경찰서에 갔을지도 모른다고."

말을 뱉는 속도가 평소보다 빠르다. 숨은 쉬고 말하는 건가. 늘 여유 있고 느긋해 보이던 승준이 낯설게 느껴질 정도로 그의 신경을 팽팽하게 곤두세운 긴장감이 느껴졌지만, 왜인지 실실 웃음이 새어 나왔다. 필사적으로 웃음을 삼키며 나는 무뚝뚝하게 중얼거렸다.

"비는 왜 이렇게 맞고 있어요? 이 차, 대리님 차 아니에요?"

"……머리 좀 식혀야 할 것 같아서. 혹시나 네가 나타났을 때 최대한 초라한 꼴로 죄책감을 부추기겠다는 계산도 조금은 있었지."

'뭐 이런 음흉한 인간이' 하고 꽁알거리던 나는 한 발 내게 다가오는 승준의 기척에 죄인처럼 고개를 숙인 채 눈만 치켜떴다. 전에 없이 냉랭한 표정을 하고 있는 그는 나를 가만히 내려다보다 말했다.

"말해봐, 차윤서."

"뭐, 뭘요."

"나."

승준이 한 발 더 다가섰다. 비에 흠뻑 젖은 몸이었지만 가까워지자 은은한 열기가 느껴진다. 나는 본능적으로 어깨를 움츠렸다. 승준의 목소리가 조용한 새벽을 갈랐다.

"보고 싶었던 거지."

"어…… 글쎄요."

"글쎄요, 라는 대답은 없어. 아니, 오히려 그 말은 예스에 가깝지. 네 성격에 비추어 봤을 때 말이야."

'알면서 뭘 물어!' 하고 외치고 싶은 걸 꿀꺽 삼킨 채 입을 다물고 있자, 눈을 가늘게 뜬 승준이 짧게 한숨을 내쉬었다.

"머리로는 알아. 그런데 듣고 싶어. 네 입에서 말이 되어 나오지 않는 한, 내 생각은 망상에 불과할 뿐이니까. 출구가 없는 미로를 계속 헤맬 뿐이지. 그러니까 대답해 줘."

평소의 자신감은 다 어디 가고. 사람 마음 약해지게. 나는 입술을 질근 씹었다.

인정해야 한다. 나는 그가 보고 싶었고, 그의 목소리가 듣고 싶었다. 내가 할 한마디로 인해서 지금까지의 그와의 관계가 완전히 달라진다고 해도, 그게 두렵다고 해도 말하고 싶었다. 대답을 기다리는 그에게 들려주고 싶었다. 그를 웃게 해주고 싶었다.

"……대리님은 여기 왜 왔는데요?"

그러나 나 역시 조금 더 용기가 필요했다. 몇 번이고 말을 만들다가 포기하고 그에게 바통을 넘기자, 차갑게 경직된 얼굴로 나를 응시하고 있던 승준이 입을 열었다.

"나는……."

아름다운 눈동자가 검게 반짝인다. 나는 그 눈에 사로잡힌 것처럼 숨을 죽인 채 그를 바라보았다. 빗물로 젖은 입술을 움직이며 승준이 속삭였다.

"너를 잡고, 안고, 키스하고 싶어서 왔어."

숨김없이 솔직한 그의 눈과 입술에, 나는 결국 항복했다. 버텨낼 재간이 없었다. 눈앞에서 나를 향해 쏟아지는 투명하고 강렬한 감정에 이렇게나 심장이 뛰어대는데. 발끝에서부터 짜릿할 만큼의 진한 행복이 열렬하게 번져 오는데. 역시 나로서는 고승준을 상대하기에 역부족이었다.

"그럼 해요."

체념의 한숨을 내쉬고는, 나는 그의 젖은 소매를 잡았다. 승준은 잘 만들어진 인형처럼 눈만 깜빡이며 나를 보고 있었다. 그의 선명한 시선 아래 놓인 채, 나는 머뭇거리며 그의 허리춤을 끌어안았다. 차갑게 젖은 티셔츠에 뺨을 대자, 놀랄 만큼 뜨겁게 데워진 그의 피부가 느껴졌다.

그가 움직일 거라 생각했지만 승준은 미동도 하지 않았다. 이 인간 일부러 이러는 거겠지? 입술을 삐죽이며 그에게서 몸을 뗀 나는 축축한 빗속에서도 말라붙은 듯한 입술을 축이고는, 승준을 올려다보았다.

"잡고, 안고, 또 뭘 하고 싶다고요?"

최대한 태연하게 내뱉은 내 말에 넋이 나간 듯 다소 멍한 얼굴로 나를 보고 있던 승준의 입술이 천천히 보기 좋은 곡선을 그렸다. 그의 손이 내 뺨과 목덜미를 스쳤다. 델 것처럼 뜨거웠다. 숨결이 느껴질 만큼 가까운 곳에서 가만히 나를 바라보던 승준의 눈매가 이내 부드럽게 휘어졌다.

"키스."

목덜미를 파고드는 단단한 손가락처럼 그의 매끈한 혀가 단숨에 내 입안을 침범해 들어왔다. 겹쳐진 입술이 세게 짓눌려져 나는 신음했다. 입천장을 거칠게 훑은 그의 혀가 격렬하게 날뛰며 내 혀를 휘어 감았다. 그 안에 존재하는 내 모든 것을 빨아들일 것처럼 거칠게 구는 바람에 점점 정신이 아득해져 갔다. 헐떡이는 내 숨소리 외에는 아무것도 들리지 않았다.

살결이 탄탄한 승준의 목덜미에 팔을 두르자 그의 손이 내 등을 타고 내려가 허리를 옥죄었다. 가슴이 부딪치고 비벼졌다. 비로차게 식은 옷가지 때문에 피부에서 느껴지는 뜨겁게 타오르는 듯한 열기가 더욱 맹렬하게 느껴졌다. 예민해진 온몸에 소름이 돋고 따끔거렸다. 정신을 차렸을 때는 승준의 셔츠를 한껏 구겨 쥔 채 그에게 볼품없이 매달려 있었다.

빗물을 핥아 먹듯 입술로 내 뺨을 더듬고 눈가를 훑은 승준이 낮게 웃었다. 반항의 뜻으로 눈을 찡그리자 그가 속삭였다.

"역시 비를 맞고 있었던 게 주효했지?"

"……네, 아주 없던 동정심도 샘솟네요."

비에 젖은 그의 머리칼을 삐죽 잡아당기며 심술궂게 중얼거리자 승준의 입가에 진한 미소가 드리워졌다. 평소의 그처럼 다소 개구쟁이 같은 그 미소에 나는 불길함을 느꼈다.

"동정심 쓴 김에 좀 더 쓰지, 차윤서 씨."

"다 퍼다 써서 이미 바닥인데. 사유는?"

방어적으로 말을 뱉자 승준이 뺨에 들러붙은 내 머리칼을 떼어 내며 말했다.

"이대로 있다가는 가벼운 폐렴 정도는 걸리지 싶어서. 명색이 몸이 재산인 사람인데, 집에 초대해 주는 아량을 베풀어 주면 내 보답은 꼭 하지."

"뭐로요? 몸으로요?"

아차. 피식 웃으며 반사적으로 내뱉은 나는 눈앞이 하얘지는 것 같았다. 뻣뻣하게 눈을 들자 입을 작게 벌린 채 눈썹을 들어 올린 승준이 나를 보고 있었다. 주워 담고 싶지만 이미 늦었다. 느릿하게 웃음이 번져 가는 얼굴로 그는 슬쩍 손을 뻗어 내 턱 선을 쓸어 내렸다.

"얼마든지. 설마하니 네 입에서 먼저 그 말이 나올 줄은……."

"한마디만 더 하면 오늘 일은 다 없었던 일이 될 줄 알아."

눈을 부라리며 날카롭게 말하자 승준은 웃음을 참는 듯한 얼굴로 보란 듯이 입을 꾹 다물었다. 왜일까. 그런 모습이 참을 수 없을 만큼 얄미우면서도 자꾸만 웃음이 나올 것 같았다. 나는 애써 퉁명스레 말했다.

"몸만 데우고 가요."

"……정말이지 네 입에서 먼저 그 말이 나오다니 기쁘……."

"그런 뜻 아니거든!"

"응? 무슨 뜻?"

순진한 소년처럼 승준이 크게 뜬 눈을 느리게 깜빡여 보였다.

인터셉트

아오, 저 얄미운 인간을 정말.

나는 최대한 무뚝뚝한 표정으로 그에게 고갯짓을 하고는, 빗줄기를 가르며 집을 향해 걸었다. 내 집에 내가 들어가는 것뿐인데도, 어쩐지 스스로 호랑이굴에 들어가는 듯한 기분이 들었다.

집에 들어서자마자 승준이 무어라 말을 걸 틈도 주지 않고 나는 그를 욕실로 몰아붙였다. 거실 겸 방인 원룸에 불이 나간 것은 차라리 다행이었다. 욕실의 물소리를 들으면서 나는 재빨리 손전등을 들고 방에 늘어진 잡동사니들을 한 켠으로 치웠다.

향초와 양초에 적당히 불을 붙여 곳곳에 놓아 두자 일렁이는 촛불을 따라 방 안의 흐릿한 풍경이 흔들린다. 그 광경이 묘한 분위기를 자아내 괜히 머쓱해진 나는 촛불을 후, 불어 끄려다 멈칫했다.

이마저도 없으면 암흑 속에서 저 인간과 단둘이다. 생각만 해도 그 어색한 공기에 온몸이 오그라드는 것 같아 나는 길을 잃고 방황하는 꿀벌처럼 방을 서성이다가 식탁 의자에 앉았다. 어쩐지 마음이 초조해서 진정이 되질 않았다.

아, 그러고 보니…….

"옷, 다 젖었잖아."

하여튼 계산도 빠른 성격이면서 미련하게 그 비를 맞고 있을 건 뭐람. 비에 젖어 있던 그의 창백한 얼굴을 떠올리자 가슴이 저릿하면서도 짧은 미소가 스쳤다. 고개를 내저으며 옷장을 손전등으로 비추며 뒤지던 내 손끝에 바스락거리는 포장지가 잡혔다. 푸른색 파자마 세트였다.

민석과 헤어지기 전에 샀던 물건이다. 잘 때 그냥 티셔츠에 트레이닝팬츠를 입는다는 말에, 무언가를 사러 백화점에 간 김에 무심코 샀지만 결국 전해주지는 못했다. 연말이 되면서 정신없이 바빠졌고 민석 역시 마찬가지여서 만날 수 있는 날이 많지 않았고, 그와 헤어지고 나서야 나는 방 한 켠에 놓아둔 파자마 세트를 떠올렸다.

새 물건이라 버릴 수도 없지만 누군가에게 주기도 마땅치 않아 옷장 안에 처박아뒀던 것이다. 나는 포장지조차 벗기지 않은 그것을 들고 쪼그려 앉은 채 곰곰이 생각에 빠졌다. 이것을 고승준에게 주느냐, 주지 않느냐의 적합성에 대해.

실리를 따지면 당연히 주는 게 맞다. 기껏 따뜻한 물로 씻고 다시 젖은 옷을 입는 것보다는 새 옷을 입는 게 좋으니까. 그러나 민석을 주려고 샀던 옷이라는 것이 선뜻 그에게 이 파자마를 내밀 수 없게 했다. 기분이 나쁠 테니까. 나라면 그럴 것이다.

"아빠 옷이라고 하면…… 안 믿겠지?"

습하게 물기를 머금은 머리칼을 습관적으로 매만지며 나는 짧게 한숨을 내쉬었다. 욕실에서 들리던 물소리가 멈췄다. 나는 눈을 질끈 감고는, 몸을 일으켰다.

"고 대리님."

"응?"

"포장도 뜯지 않은 남자용 옷이 있긴 한데, 입을래요?"

고승준이라면 젖은 옷은 입고 싶지 않다며 수건만 걸친 맨몸으로 나오는 것도 가능하다. 이 분위기에서 그런 흐름은 무척 곤란하다. 키스는 좋았지만, 아직은 그 이상의 것을 받아들일 여유가 없었다.

욕실 문이 끼익 하고 열렸다. 반사적으로 고개를 돌리자 승준의 목소리가 뒤통수에 부딪쳤다.

"나 주려고 산 게 아니라면 거절하지."

덤덤한 목소리였지만 옷의 주인이 누군지 알고 있다는 듯한 뉘앙스에 나는 그저 고개를 짧게 끄덕이며 물었다.

"그렇다고 젖은 옷을 입기도 그렇잖아요?"

"그래서 안 입고 말릴 생각인데."

역시 그쪽인가!

미간을 찡그리고 있자니 욕실에서 새어 나오는 빛줄기를 따라 천천히 걸어오는 승준의 걸음 소리가 들렸다. 온몸이 저절로 움츠러들었다.

"차윤서."

어깨에 가볍게 얹어진 승준의 손에 나는 작게 숨을 들이켰다.

어떻게, 뭐라고 해야 하지. 아니, 그전에 확인해야 할 게 있잖아. 방에 같이 있던 그 여자는 누구…….

"졸립다."

내 샴푸 냄새를 풍기며 승준이 뒤에서 가볍게 나를 끌어안고는 머리칼에 뺨을 부볐다. 뺨과 목덜미에 고스란히 스치는 그의 맨살의 감촉에 나는 비명을 내지르고 싶은 심정이 되었다. 이렇게 심장이 뛰는 건 나뿐인가?

"침대 좀 써도 될까? 얌전히 있을 테니까."

승준은 응석 부리는 어린애처럼 작게 중얼거렸다. 아닌 게 아니라 그의 목소리에는 피곤이 묻어 있었다. 그도 그렇겠지. 지금은 한참 자고 있을 시간인데, 대구에서 여기까지 빗속을 헤치며 달려온 데다 찬 날씨에 비까지 맞았으니.

그보다 이 인간, 허리춤에 수건은 둘렀겠지? 돌아봐도 되겠지?

나는 비스듬히 얼굴을 돌리며 고개를 끄덕였다.

"좀 누워요. 피곤할 텐데."

"혼자?"

은근히 목소리를 낮춘 승준의 입술이 내 목덜미 언저리를 배회했다. 나는 씩 웃으며 그를 바라보았다.

"차보다는 낫지 않겠어요?"

'네, 아무렴요' 하는 표정으로 엄숙하게 고개를 끄덕인 승준이 느릿한 걸음으로 침대로 향했다. 다행히 허리춤에는 수건을 두르고 있었지만 일렁이는 촛불에 비친 그의 매끈하게 뻗은 상체에 또다시 가슴이 두근거렸다. 내 침대에 걸터앉아 이불을 젖히는 고승준을 보는 기분은 참으로 야릇했다.

"그 존대, 입에 붙을까 무서우니까 그만 써."

"나도 모르게 나오는데 어떡하냐고요."

"내가 그렇게 노숙한 얼굴도 아닌데 이상하단 말이야."

"제가 예의가 바른 거겠죠."

피식, 하는 폼이 분명 비웃었다. 이불 속으로 길쭉한 몸을 구겨넣던 승준이 크게 숨을 들이쉬었다.

"차윤서 냄새. 좋은데."

"무슨 냄새가 나요?"

"이 이불 혹시 버릴 때 안 됐나?"

이불을 코끝까지 끌어당긴 승준이 묻는 말에 나는 눈을 끔벅였다. 산 지 몇 년 안 됐는데 낡은 것처럼 보이나?

"새 이불 사줄 테니까 이건 나 주는 게 어⋯⋯."

"변태 같으니까 그만하고 졸리면 잠이나 자!"

닭살이 목까지 타고 올라와 버럭 소리 지르자 쿡쿡 웃은 승준이 내 쪽 이불을 젖혔다.

"옆에 안 들어올래?"

"잠이나 자라니까."

"그럼 손만이라도."

하얗게 뻗은 팔을 내밀며 그가 손을 까딱거렸다. 벗은 몸으로 내 침대에 누워 손짓하는 고승준이라니. 그가 이렇게나 유혹적으로 보이리라고는 상상조차 해보지 못했는데.

짧게 한숨을 내뱉고는 나는 침대에 걸터앉으며 그의 손을 잡았다. 그 순간 짙게 웃은 승준의 손은 따스했다. 그의 체온은 이상했다. 닿으면 닿을수록 갈급해진다.

"궁금한 게 있는데."

불쑥 말을 꺼내자 내 손등을 어루만지고 있던 승준이 가볍게 손을 움켜쥐었다. 침대맡에 둔 향초의 짧은 촛불에 따뜻한 빛으로 물든 그의 얼굴을 바라보다가, 나는 망설이며 입을 열었다.

"아까 방에 같이 있었던 여자 누구예요?"

"여자?"

승준이 느릿하게 눈을 깜빡였다. 생각을 더듬는 듯했던 그의 눈매가 또렷해졌다.

"아, 그렇지. 역시 들렸나. 그래서 전화도 끊어버리고 휴대폰을 내버려 둔 거였지, 차윤서가."

"꼭 그래서는 아니었거든? 이건 수많은 내 당연한 주말 일상 중하나였다고. 새벽 나들이."

내 항의에도 아랑곳하지 않고 입꼬리를 보기 좋게 올린 승준은 눈을 접으며 웃고 있었다.

"그거 아나? 세 시간 넘게 캄캄한 길을 달릴 생각을 했던 건, 네가 전화를 받지 않기 때문이라는 거."

"그랬겠죠. 무슨 일 있나 싶어서 온 거잖아요."

"그것도 있지만."

승준이 베개를 고쳐 베며 말했다.

"네가 여자 목소리를 듣고 질투한 거라면, 지금이 분명히 할 기회라는 희망이 있었거든."

"……과연 영업팀 에이스. 감이 빠르네."

입술을 비죽이며 중얼거리자 승준이 씩 웃었다. 그는 내 손을 조금 당기며 말했다.

"김연지 씨. 태건유통 재고 관리자. 월요일에는 부산으로 이동해야 하니까 간단하게 밥이나 먹자고 말이 나와서. 일이 밀려서 오늘 오후에 재고 확인 때문에 회사에 들렀었거든. 태건 사람들이랑 회사에서 치킨에 맥주를 마셨는데, 연지 씨가 내 옷에 뭘 좀 쏟

앉어. 화장실에서 씻고 있는데 어느 틈에 쫓아왔더라고."

일단 장소가 모텔 방이 아니었다는 것을 안 순간 머릿속 한 켠에 품고 있던 의심들이 몹시 부끄러워져 나는 헛기침을 내뱉었다. 민망해지자 괜히 심술이 솟아 나는 눈썹을 치켜올렸다.

"그런데 왜 직급으로 안 부르고 승준 씨라고 불러?"

"글쎄. 일 년에 두세 번 출장 갔을 때만 보니까, 직급이 헷갈려서 그러나. 친근하고 좋은데, 난."

'뭐가 어째? 그 여자가 가까운 사람인 척 승준 씨, 하고 부르는 게 그렇게 듣기 좋았다고?' 라고 내뱉는 것은 내 자존심이 허락하지 않았다. 입을 꾹 다물고 있자 승준이 고개를 기울이며 덧붙였다.

"그러니까 내 이름 좀 불러 봐. 승준 씨, 하고. 이제 그 정도는 해도 되잖아."

"싫네요, 고 대리님. 저는 고 대리님이 편해서요, 고 대리님."

"심술 한 번 귀엽다, 차윤서."

"남자들이야 다 그렇죠. 여자들이 살갑게 다가와서 그렇게 불러주면 기분이야 좋겠지."

퉁명스럽게 흘러나간 내 말에 누워 있던 승준이 반쯤 몸을 일으켰다. 이불이 흘러내려 골격이 반듯하게 뻗은 그의 맨 어깨가 드러나고 내가 즐겨 쓰는 바디 샤워의 꽃향기가 은은하게 풍겼다. '뭘 하려고' 하는 눈으로 내려다보자 승준이 빙긋 웃으며 말했다.

"윤서야."

더없이 달콤한 부름에 목덜미가 뻣뻣하게 굳었다. 나는 마른침을 꿀꺽 삼키며 부릅뜬 눈으로 그를 응시했다. 소년처럼 이를 드러내며 웃던 승준이 눈을 찡긋거렸다.

"난 앞으로 윤서야, 하고 부를 건데. 살갑게 다가가서 그렇게 부르면, 차윤서도 좋아하려나?"

"……난 여자거든."

당황했음을 감추며 무뚝뚝하게 대꾸했지만 숨쉬기가 힘들 만큼 심장이 조여들었다. 목덜미에 더운 열기가 느껴진다. 간지럽게 손가락 사이사이를 느릿하게 더듬고 있는 승준은 잘 생각이라고는 조금도 없어 보였다. 안쪽으로 꺾은 손등에 비스듬히 머리를 기댄 채 그는 내 손을 가지고 놀고 있었다.

"우연히 들었어요."

마음에 품고 있던 말이 덮개가 열린 것처럼 불쑥 튀어나왔다. 미미한 미소를 머금은 채 내 손등을 보고 있던 승준이 눈을 들었다.

"고 대리님 대학교 때 제대하고, 그, 집안 일로…… 힘들었다는 얘기. 알고 있는데 모르는 척하는 거, 왠지 숨기는 것 같아서요."

머뭇거리며 그를 바라보니 승준은 놀랍다는 듯 눈썹을 치켜올리고 있었다. 생각보다는 평이하고 덤덤한 반응이라 조금 안심했다. 그는 선이 예쁜 입술을 작게 벌리며 후우, 하고 숨을 내쉬었다.

"너한테 그런 얘길 할 만한 사람이 짐작이 가지 않는데."

"나도 잘 모르는 사람이라."

내 대답에 더더욱 의아해졌는지 승준은 눈을 가늘게 뜨며 나를

인터셉트

바라보았다. 왜인지 제훈에 대한 이야기는 하고 싶지 않았지만, 그를 빼고는 아무래도 앞뒤 전개가 맞지 않는다. 말을 고르던 나는 무심한 얼굴을 하려고 노력하며 제훈과 결혼식에 간 이야기를 최대한 간단하게 늘어놓았다.

말을 하며 슬쩍 눈치를 보니 미간에 주름이 깊게 파여 있고 서글서글한 눈매가 팽팽하게 치켜올라가 있다.

역시 불쾌한 건가. 자기가 없는 자리에서, 아직은 드러내고 싶지 않았을지도 모르는 과거를 내가 알아버려서.

하지만 솔직한 심정을 말하면, 그런 건 아무래도 좋았다. 민석이 비슷한 핑계를 대며 내게 이별을 말했을 때와는 사뭇 다른 기분이었다. 100만큼 아파도 1만큼 아프다며 웃을 것 같은 느낌이 고승준에게 있어서일까.

조금의 그늘도 눈치챌 수 없었던 걸로 보아 이 인간은 충분히 그러고도 남는다. 가벼운 상처는 오히려 부풀려서 얘기하는 성격이면서.

"나도 그런 얘기가 나올 줄은 몰랐어. 중간에 말을 끊고 나오긴 했지만."

그의 심상치 않은 표정에 점점 목소리가 작아졌다. 말을 마치자 승준은 침대를 짚고 부스스 상체를 일으켰다. 조용히 한숨을 내쉬며 나를 뚫어져라 보고 있는 그의 시선에 고개를 들어 나는 그를 마주 보았다. 시선을 피하자니 알몸이나 다름없는 그의 상체가 훤히 드러나 있어 눈을 둘 곳이 없었던 것이다.

"그러니까, 강제훈을 왜 따라갔다고?"

"……점심 먹으러?"

"프로젝트 같이 하면서 그렇게나 가까워졌어?"

승준의 눈은 마치 말도 안 되는 기현상을 본 것처럼 날카롭게 부풀어 있었다. 나는 미간을 찌푸렸다.

"점심 한 번 같이 먹은 게 '그렇게나' 가까워졌다 소리를 들을 정도는 아닌 것 같은데. 나도 기본적인 사교성은 있거든."

'흐음' 하고 승준의 잇새로 긍정도 부정도 아닌 애매한 소리가 흘러나왔다. 고승준의 이런 종류의 한숨은 내 직감을 예민하게 자극한다. 출처 불명의 불길함에 휩싸인 나는 오히려 턱을 빳빳하게 든 채 그를 당당하게 응시했다. 그런 나를 찬찬히 바라보며, 승준은 느릿하게 입을 열었다.

"나랑 단둘이 밥 먹은 적이 있던가, 차윤서 씨."

"밥이야 여러 번……."

"단. 둘이."

간결하게 요점을 잘라 말하는 승준의 기색에 나는 입을 다물고 눈을 굴렸다. 확실히…… 없는 것 같다. 없구나, 둘이서만 밥을 먹은 적은.

고승준이라는 존재는 너무나 친숙하게 곁에 있어서, 남들과 할 만한 행동은 무심코 그와도 했으리라 생각하지만 의외로 그렇지 않다는 것을 나는 새삼 깨달았다.

타인의 눈에는 누구보다 가까워 보일지 모르지만, 사실 그는 내 일상의 테두리에 들어온 적이 없었던 것이다.

"엄밀히 따지면 강 대리와도 둘이서만 먹은 건 아니……."

"내 착각인가. 강제훈에게는 유독 네 경계가 쉽게 무너지는 것처럼 보이는 건."

승준은 짧게 한숨을 내쉬며 고개를 돌렸다. 마른 얼굴을 쓸어내리는 손짓에서 서늘한 피로감이 느껴져 나는 은근히 당황했다. 최근 알게 된 사실이었지만 고승준은 그 유한 성격과 어울리지 않게 차갑게 화를 내는 유형의 사람이었다. 이런 타입은 평소에 웃으며 얼굴을 맞대 왔던 만큼 그 화를 풀기가 어려운 법이었다.

게다가 나는 사람의 화를 풀어주는 것이 서툴렀다. 차라리 오해를 하게 내버려 두는 것이 편했기 때문이다. 그 덕에 지금 무슨 말을 어떻게 해야 할지 알 수가 없었다. 바로 그 강제훈이 나에게 묘한 뉘앙스로 신경이 쓰인다는 말을 했다고 하면, 기름통을 짊어지고 불길 속으로 뛰어드는 셈이겠지.

"착각이야."

나는 조용히 대꾸했다. 눈을 낮게 내리깔고 있던 승준이 느리게 고개를 들었다. 타닥타닥 초의 심지가 타들어 가는 소리를 들으며, 나는 차분하게 말했다.

"그 사람에게 가끔 휘말릴 때가 있는 건 사실이지만, 그것뿐이야. 단둘이 점심을 먹은 남자라면 숱하게 있어. 그렇다고 그 사람들을 잡고, 안고, 키스하고 싶다고 생각하진 않아."

숱하게 있다는 건 거짓말이지만. 도도하게 턱을 치켜들자 승준이 얼빠진 표정을 짓고 있는 것이 보였다. 나는 고개를 기울이며 쐐기를 박았다.

"당신은 뭐든 내가 처음이야?"

"······대체적으로."

냉담해졌던 기색은 간곳없이 금세 풀 죽은 눈꼬리로 승준이 대답했다. 거 봐, 하는 표정으로 어깨를 으쓱이자 짧게 혀를 찬 승준이 내 콧등을 톡 하고 쳤다.

"반한 쪽이 지는 법이지."

아, 이제 이런 불시에 던져지는 말에도 적응을 하고 말 것 같다. 나는 꼬물거리는 입술에 힘을 주었다. 가만히 나를 보던 승준이 불쑥 다가와 내 뺨에 입술을 부볐다.

"잊지 마. 난 네 손만 잡아도 설레는 순정남이라는 거. 순정남의 질투는 무섭다."

"손만 잡아도 설렐 단계는 지나신 것 같은데요."

슬쩍 흘겨보자 싱긋 웃은 승준이 아아, 하고 길게 숨을 내쉬며 침대 위로 무너졌다. 엎드린 채 강아지처럼 베개에 머리를 파묻는 그의 너른 등짝이 눈에 한가득 들어차 나는 헛기침을 뱉었다.

"내일은 같이 점심 먹자."

눈을 빼꼼히 내밀며 승준이 말했다. 어렵지 않지. 고개를 끄덕였다.

"아, 혹시 전구 갈 줄 알아?"

"몰라도 알아야지. 차윤서한테 필요한 일이면."

승준이 눈을 찡긋거리고는 제 옆자리를 가볍게 두드렸다. 부드럽고 달콤하게 웃고 있는 그 얼굴을 또 거절하기는 어렵다. 게다가 어차피 침대는 하나고, 그럴 생각이 없다는 나에게 승준이 억지로 무언가를 할 리 없다는 얄팍한 믿음이 있었다.

에라, 모르겠다.

나는 꼬물꼬물 이불 속으로 기어들었다. 그런 나를 비웃지도 않고, 승준은 이불을 크게 젖혀 내 몸을 감싸주었다. 늘 서늘하던 이불 속이 그의 체온으로 따뜻하게 데워져 있었다.

가슴을 간질거리게 하는 시선으로 나를 보고 있는 승준의 눈을 손바닥으로 쓸어내리자 그가 낮게 웃으며 눈을 감았다.

"그만 자요. 쓸데없는 생각 하지 말고."

"음, 내 속은 치열한 삼파전인데 매정하군."

"무슨 삼파전?"

"본능. 자제력. 피로."

내 손을 붙잡아 제 입술을 맞대며 승준이 중얼거렸다. 나는 손가락을 구부려 그의 콧등을 튕기며 웃었다.

"언젠가는 본능이 이기는 날도 오겠지. 오늘은 아니지만."

끙, 하고 승준이 신음했다. 소리 없이 웃자 느르하게 승준이 눈을 떴다. 본능과 자제력이 싸우는 사이에 피로가 주도권을 잡은 모양이다. 눈을 깜빡이는 속도가 더뎠지만, 그는 입술을 묻고 있는 내 손만은 굳게 잡고 있었다.

"내일 봐."

"……응."

손바닥에 닿은 입술 새로 뜨끈한 숨결이 새어 나온다. 오래지 않아 색색거리는 그의 규칙적인 숨결이 향초가 타오르는 소리와 함께 적막한 방 안을 떠돌았다. 강아지 털처럼 곱슬거리는 머리나 매끈해 보이는 뺨을 쓰다듬어 보고 싶었지만 손을 빼내려고 하면 작게 뒤척이며 더욱 꽉 쥐어 오는 바람에 결국 포기했다.

한동안 승준의 자는 모습을 지켜보던 나는 조심스레 몸을 움직여 그의 콧등에 입을 맞추고는, 느릿하게 눈을 감았다. 따뜻한 체온, 초침처럼 일정한 숨소리와 가슴을 가득 채우는 그의 존재감에 정신을 맡긴 채, 나는 금세 잠에 빠져들었다. 더할 나위 없이 포근한 잠이었다.

#11

눈부신 봄볕이 승준의 잠을 깨웠다. 나른한 반수면 상태에 잠시 머물던 그는 낯설지만 달콤한 향기에 천천히 눈꺼풀을 밀어 올렸다. 햇빛을 매끄럽게 반사하는 여자의 머리칼이 그의 코끝까지 펼쳐져 있었다.

그는 눈을 두어 번 깜빡였다. 그러는 동안 컴퓨터에 전원이 들어오듯 정신이 맑아졌다. 여기가 어딘지, 자신이 왜 이곳에 있는지를 떠올린 승준은 낮게 신음했다.

온몸이 물먹은 솜처럼 무거웠고 어깨는 돌덩이를 매달아 놓은 것처럼 묵직했다. 가벼운 몸살 기운이 있는 모양이다. 어제를 생각하면 그럴 만도 했다.

눈을 떴을 때 뒤통수가 아니라 얼굴을 보여주면 좀 좋나, 차윤서.

승준은 고개를 들어 손바닥으로 귓가를 받치며 비스듬히 윤서의 뒷모습을 보았다. 냉정하고 영리한 얼굴을 하고 있지만, 그녀는 마음이 여린 구석이 있었다. 마음이 여리다는 것은 더 의지가 강한 사람에게 끌려갈 수 있는 일말의 여지가 있다는 뜻이다. 자신을 방 안에 들이고, 그 곁에 누워 저렇게 곤히 잠들어 버린 것처럼.

뭐, 그걸 이용한 주제에 할 말은 아니지만. 그는 씩 웃으며 턱을 긁적였다.

세상에는 원하는 것을 이루기 위해서라면 무엇이든 하는 사람들이 있다. 일에 있어서는 이건 무리다 싶을 정도로 밀어붙인 적이 있지만, 서른한 살이나 먹고 제가 여자의 마음을 얻기 위해서 이렇게까지 할 수 있는 타입인 줄은 몰랐다.

그는 손을 뻗어 조심스레 윤서의 머리칼을 만지작거렸다. 그렇게나 관심을 갖고 있으면서도 일정한 거리 이상으로 넘어가지 않으려 했던 것은 오래도록 몸에 밴 습관 같은 것 때문이 아니었을까, 생각했다.

사랑. 그런 것은 그의 인생에서 그다지 절실한 것이 아니었다. 지금까지의 생을 반으로 나눈다면 그 기준점은 분명 윤서가 언급한 제대 후 학교로 복귀한 시점이 될 것이다.

그전까지 그에게는 모든 것이 쉬웠고 부족함을 몰랐다. 눈에 띄는 외모와 부유한 집안 배경만으로도 그의 성격이 어떻든 그가 어떤 사람이든 상관없이 주변에는 사람이 많았다. 여자도 마찬가지였다.

그러나 그 시점 이후, 많은 것이 달라졌다. 군대 가기 전 그가 즐겨 타던 스포츠카는 제일 먼저 압류당했고 집에는 매일같이 얼굴도 모르는 사람들이 드나들었다. 한 번도 당해 본 적 없는 취급을 받았고 한 번도 해본 적 없는 생각들을 해야 했다.

믿었던 사람에게 사기를 당한 아버지는 회사를 잃었고 남의 빚까지 짊어졌다. 집에 들이닥친 사람에게 멱살을 잡힌 아버지를 붙잡다가 어머니는 쓰러졌고, 그는 지금까지 제 발밑을 지탱해 주던 모든 것이 무너져 내리는 소리를 들어야 했다.

무겁고 어두운 시절이었다. 벗어날 수 있는 날이 올 것이라 상상도 하지 못할 만큼. 그 와중에도 학교를 마친 것은 승준의 욕심이었고 누구도 꺾을 수 없는 의지가 있었기에 가능했다. 유학을 가서 경영 공부를 하고 아버지 회사에 들어가는 미래는 빼앗겼지만 그렇다고 자신의 인생을 아예 포기할 수는 없었다. 그래서 대학 졸업장은 반드시 필요했다.

'당신의 어려운 사정 따위는 상관없으니 내게 와요' 하고 손을 내밀던 여자도 있었다. 고등학교 때부터 부모님끼리 알고 지낸 번듯한 집안의 딸이었다.

그녀가 제게 호감을 갖고 있다는 것을 알았기에 이용해 볼까 고민도 했었다. 원한다면 쉽게, 태풍이 휩쓸고 지나간 자리처럼 어지러운 제 집을 보수할 수 있을 것 같았다.

그녀에게 마음을 조금이라도 줄 수 있었다면, 지금의 고승준은 완전히 다른 인생을 살고 있을 것이다.

사랑하지 않는 여자를 안는 것은 생리적으로는 어려운 일이 아니었다. 그러나 승준은 술에 취한 그녀가 내민 호텔의 룸 키를 받아 들지 못했다. 그 길은 몹시 평탄한 지름길이었지만, 그의 안에 내재된 무언가를 포기해야 하는 길이었다. 사치스러운 고집이라고 할 수 있겠지만, 그것만은 버리고 싶지 않았던 것 같다.

"그랬다면 이렇게 당당하게 널 붙잡을 수 없었겠지."

윤서의 머리칼을 휘어 감아 코끝에 대며 승준은 나직하게 중얼거렸다.

차윤서는 어떤 사람일까. 어떤 사람이기에 사랑 같은 건 인생의 한 켠으로 치워 둔 내 마음을 움직인 걸까.

그저 문득 깨닫고 보면 그녀를 보고 있고, 생각하고 있고, 마주치면 말을 걸고 싶었을 뿐인데. 그런 순간순간이 페이스트리처럼 겹겹이 쌓여 지금의 이런 감정을 만들어낸 걸까.

조금 더 원하고, 독점하고, 같은 마음으로 나를 보게 하고 싶은 욕심은 그에게 퍽 낯선 것이었다. 그렇지 않은 척을 하기 위해 안간힘을 쓸 뿐.

……아무리 그래도 그렇지. 벗은 남자 옆에서 이렇게나 방심하고 잠들다니. 나를 너무 믿는 것도 곤란한데.

승준은 짧게 혀를 찼다. 그녀의 마음이 제게 향하고 있다는 건 알고 있다. 그러나 차윤서는 보기와는 달리 상대방에게 곧잘 휘말리는 경향이 있다. 그 말은 즉, 다른 누군가가 자신보다 더한 의지로 그녀를 얻으려고 달려든다면, 언젠가 판세가 달라질 수도 있다는 뜻이었다.

얼핏 떠오르는 남자가 둘이나 있어, 그는 낮게 한숨을 내쉬며 원망스러운 눈으로 깊이 잠들어 있는 윤서를 흘깃 바라보았다. 이렇게 불안한데 어떻게 다들 태연하게 사랑이라는 걸 하는지 모를 일이다.

이제 잠에서 깬 데다 닿고 싶은 여자가 곁에 있어 일어나는, 남자로서 당연한 생리적 현상과 그녀의 신뢰 사이에서 고민하던 승준은 바짝 이를 악물며 부스스 몸을 일으켰다. 허리춤에 묶여 있던 수건은 어느새 풀어져 발밑에서 나뒹굴고 있었다.

"……반한 쪽이 약자이니 별수 있나. 납작 엎드리는 수밖에."

목소리가 아직 잠겨 있어 울림이 거칠다. 승준은 머리를 가볍게 털어내며 침대에서 일어섰다. 몸을 나른하게 만드는 햇빛에 눈을 찡그리며 그는 길게 기지개를 켰다. 벌써 오전이라고 하기에는 꽤 늦은 시각이다. 돌아갈 생각을 하면 마냥 게으르게 늘어져 있을 수가 없다. 게다가 지금 가면 다음에 보는 건 일주일 후가 될 테니까.

"그럼 준비를 해볼까."

몸을 모로 뉘인 채 잠들어 있는 윤서를 부드러운 눈빛으로 훑어보고는, 승준은 천천히 움직였다. 시간이 많지 않았다.

▫━■━▫━■

남자의 손이 부드럽게 옷 속을 파고들어와 가슴을 움켜쥔다. 통증과도 비슷한 짜릿함이 온몸에 찌르르 번지고, 몸을 뒤척이면 단단한 손바닥이 자극에 예민한 가슴을 더욱 짓누른다.

나와 닮았지만 조금은 다른 향기를 진하게 풍기는 남자의 곱슬 거리는 머리칼이 내 목덜미와 어깨를 간질이고, 고개를 돌리는 순 간 입술을 빼앗겼다.

'잠깐, 설마하니 이런 식으로' 하고 고개를 내저으면서도 정신 없이 입술을 깨물고 숨이 막힐 정도로 깊게 파고드는 남자의 혀를 거부할 수가 없었다. 가슴 언저리를 느른하게 배회하던 남자의 손 가락이 장난치듯 유두를 꼬집어 나는 허리를 뒤틀었다.

윤서야, 하고 부르며 눈꼬리를 휘어 웃는 승준의 얼굴은 매혹적 이다. 회사에서 동료, 동기라는 직책을 내세워 나를 볼 때와는 현 저한 격차가 느껴지는 짙은 눈빛에 심장이 두근거린다.

내 입술을 훑던 그가 점점 아래로 내려갔다. 말캉한 가슴을 세 게 움켜쥐는 손길에 작게 신음하자 그는 낮게 웃으며 내 유두를 혀로 농염하게 휘어 감았다.

그의 귓가를 매만지던 손으로 아무것도 걸치지 않은 탄탄한 어 깨를 붙잡았지만 밀어내고 싶지 않다. 그가 주는 자극은 머리가 아찔할 만큼 짜릿해서 조금 더, 하고 바라는 내가 있다. 잠시 망설 이던 나는 승준의 등을 끌어안았다. 그의 웃음소리가 들리는 것 같았다.

뜨거울 정도로 달아오른 손이 점점 더 아래로 내려간다. 다리를 꼬아 보았지만 팬티 라인을 매만지는 그의 손길을 피할 수는 없었 다. 오히려 엉덩이를 들썩이는 바람에 그는 더욱 수월하게 잠옷 바지 안으로 손을 밀어 넣을 수 있었다.

아, 앗. 잠, 잠깐.

달뜬 신음을 흘리면서 고개를 흔들었지만 이미 내 몸에 열중한 남자를 말리기에는 역부족이다. 이로 유두를 갉아 먹듯 자극하는 느낌에 나는 입술을 깨물며 새어 나오는 신음을 막으려 했다. 그 사이 다리 사이에 자리 잡은 손바닥이 부드럽게 여성을 짓눌렀다.

따뜻하고도 은밀한 기분이 느릿하게 퍼져 나간다. 나도 모르게 허벅지가 조여들었지만 그 사이에도 승준은 어렵지 않게 손을 놀렸다. 예민한 곳이 비벼지자 이미 달아오른 몸이 움찔 조여들며 촉촉하게 젖어들기 시작했다.

여성을 자극하는 손길이 빨라지면서 내 입에서 흘러나오는 신음도 높아져 갔다. 턱 끝을 스치며 올라온 승준의 입술이 내 입안을 파고들었고, 나는 목까지 밀어 올려진 티셔츠 아래로 훤히 가슴을 드러낸 채 그를 힘껏 끌어안았다.

윤서야, 차윤서.

그러나 귓가에 속삭이는 그의 목소리는 이 격렬한 분위기와는 어울리지 않게 차분하고 건조했다. 나만 이렇게 들뜬 건가. 여자가 많았을 것 같은 그의 손길에 너무 쉽게 흥분했나, 하는 수치심에 얼굴이 화끈 달아오름과 동시에 화가 울컥 치솟았다.

"차윤서. 이제 그만 일어나지? 자는 얼굴도 좋지만 기왕이면 눈을 보고 대화하고 싶은데."

……응?

미묘한 간극이 느껴지는 목소리에 나는 미간을 찌푸렸다. 무슨 말이지. 왜 이렇게 목소리가 또렷하지?

"그렇게 끙끙대면 가위라도 눌리는지 걱정도 되고."

이마에 와 닿는 손길은 조금 전과는 비교도 되지 않을 만큼 감촉이 선명하다. 나는 있는 힘껏 눈을 떴다. 검은 바지를 입은 허벅지가 보이고, 눈을 들어 올리자 오트밀처럼 부드러운 색감의 니트를 입고 몸을 굽힌 채 나를 내려다보고 있는 승준과 눈이 마주쳤다.

순간 발끝으로 온몸의 피가 전부 빠져나가 버리는 듯한 오싹한 기분에 나는 눈을 크게 뜬 채 굳어졌다.

"어제 비 맞아서 감기라도 걸린 건가. 몸은 어떠…… 차윤서?"

미쳤어. 미쳤다, 차윤서. 꿈이었나. 그런 꿈을 꿨단 말인가!

이불을 끌어 올려 머리를 파묻은 채 나는 소리 없는 비명을 내질렀다. 창피해서 이대로 사라져 버리고 싶은 심정이었다. 본능 운운하는 그에게 당당하게 때가 아니라고 잘라낸 게 불과 몇 시간 전이라고 그런 꿈을! 그것도 아무 생각 없는 본인 앞에서!

"차윤서. 차윤서 씨. 윤서야. 차 대리?"

"……잠깐만 시간을 줘요. 금방 나갈 거니까."

이불을 뒤집어쓴 채 웅웅거리며 말하고는 나는 길게 심호흡을 했다. 그렇게나 실감 나는데 정말 꿈이었나 싶어 옷매무새를 훑어보았지만 몹시 멀쩡하다…… 팬티가 조금 젖은 것 빼고는.

내가 이렇게나 쉽게 흥분하는 여자였다니. 민석과의 섹스를 돌이켜 보면 상상도 못 할 일이었다. 비교할 사람도 달리 없었지만, 방금의 꿈처럼 머릿속이 어질어질할 만큼 흥분해 본 적이 없었다.

충분히 안이 젖지 않아 쾌감보다는 통증을 느꼈던 적도 여러 번이었다.

그런데 꿈만으로 이렇게 젖다니. 내가 먼저 하고 싶었던 적도 없었고, 헤어진 후에 남자의 몸을 그리워한 적도 없었기에 나는 성욕이 강하지 않은 사람이라고 생각했는데.

꿈이다. 오히려 꿈이기에 환상이 극대화된 것이다. 나는 고개를 설레설레 내저었다. 그것 이외에는 설명할 길이 없었다.

"얼마나 더 기다릴까?"

어쩐지 웃음기가 묻어나는 승준의 목소리에 나는 입술을 깨물고는 주섬주섬 이불을 들어 올려 얼굴을 빼꼼히 내밀었다. 침대맡에 서 있던 승준이 대뜸 주저앉는 바람에 눈높이가 비슷해져 나는 흡, 하고 숨을 들이켰다. 또렷한 눈매를 삐딱하게 치켜뜬 승준이 중얼거렸다.

"내가 이 인간을 집에 들이다니 미쳤지, 뭐 그런 생각을 하는 얼굴인데."

완전 틀렸거든요.

"후회하기엔 이미 늦었어. 오늘 새벽을 기점으로 우린 사귀는 사이가 됐거든."

으악 하고 소리를 지르지 못한 것은 쪽, 하고 승준이 내게 입을 맞췄기 때문이다. 환하게 쏟아지는 햇빛과 아주 잘 어울리는 미소를 지은 그는 천천히 몸을 일으켰다. 눈이 쪼르륵 그를 따라갔다.

"씻고 점심 먹어."

그러고 보니 아까부터 매콤한 냄새가 코끝을 자극하고 있었다. 나는 멍하니 눈을 깜빡였다.

"뭐 만들었어?"

"참치김치찌개, 계란말이, 김. 반찬이 별로 없긴 하지만 썩 나쁘진 않지?"

"그걸…… 만들었다고? 언제?"

"전구도 갈아 끼웠고, 덜 마른 옷 걸쳐 입고 나갔다가 아무래도 안 되겠어서 옷은 샀고. 참고로 그 파자마는 재활용함에 버렸고."

어느 틈에! 나는 보글보글 끓는 소리가 들리는 가스레인지 쪽으로 걸어가는 승준의 뒷모습을 얼떨떨한 얼굴로 바라보았다. 기척 없는 내가 이상했는지 그는 이쪽을 돌아보았다.

"점심 먹자고 했잖아."

"나가서, 먹는 줄 알았죠."

일단 나는 요리를 못하니까. 왠지 모르게 기가 죽어 또다시 존대가 나오고 말았다. 승준은 거만하게 턱을 치켜들고는 눈을 가늘게 뜬 채 나를 응시했다.

"그래서. 안 먹겠다는 건가, 차 대리?"

"그럴 리가. 10분, 아니, 5분만."

나는 주섬주섬 침대에서 일어섰다. 구색만 겨우 맞춘 주방 도구로 잘도 저런 걸 만들었다. 심지어 식탁 위에 있는 계란말이는 모양도, 색도 고왔다. 정신없는 와중에도 입안에 군침이 돌았다.

"어떻게 이런 걸 다 할 줄 알아?"

심지어 맛도 있잖아. 나는 계란말이를 한 입 깨물며 말했다. 태연한 얼굴을 하기 위해 노력했지만 잘하고 있는지는 미지수였다.

일단 이 식탁에 누군가와 함께 앉은 적이 없었고, 제대로 된 이런 식사를 하는 용도로 써본 적도 없었다. 심지어 상대는 고승준이다. 그의 말에 따르면, 이제 막 사귀기로 한 남자. 얼굴 근육이 내 통제를 벗어나고 있는 것만 같았다.

"해줄 사람이 없는데 먹고 싶으면 다 하게 되지."

아. 나는 무신경한 스스로를 자책하며 입을 우물거렸다. 정작 당사자는 담담했지만, 병원에 계실 그의 어머니를 괜히 떠올리게 만든 것 같아 마음 한 켠이 무거웠다.

"그래도 설마, 직접 음식을 만들어놓을 줄은 몰랐어요. 깨워도 됐는데."

"늦게 잤으니까. 피곤할까 봐."

당연한 듯 대꾸하는 말에 나는 흘러나올 것 같은 웃음을 참으며 눈을 내리깔았다. 사소한 것에서 느껴지는 그의 배려에 괜히 목덜미가 간질거린다.

"그리고 이 편이, 임팩트가 더 강렬하지 않겠어?"

"……그 말은 덧붙이지 않는 편이 나았어."

흠, 하고 승준이 입가를 끌어 올리며 웃었다. 그의 미소에 나도 모르게 피식 웃고 말았다.

"4시쯤엔 내려가야 할 것 같아."

계란말이를 정갈한 젓가락질로 조각내며 승준이 내뱉은 말에 나는 순간 멈칫했다. 아 참, 출장 중이었지. 일순 허전한 마음이 들었지만 나는 고개를 끄덕이며 대답했다.

"아, 그렇죠. 일요일인데 쉬지도 못하고. 피곤하겠어요."

"그러게. 두고 가려니 영 마음이 편치 않군."

"원래 이 자리가 내 자리거든요."

"마음이 그렇다는 얘기지. 애정을 조금 담아서 대답해 주면 두 배는 더 예뻐 보일 텐데."

이 인간이. 공격적으로 찌개를 한 입 삼키며 눈썹을 치켜올리자 승준이 느슨하게 웃는다. 저렇게 웃을 때의 눈매가 보기 좋다. 나는 괜히 밥을 크게 떠 입에 넣었다. 귓가가 뜨끈했다.

"날씨도 좋은데, 점심 먹고 산책이나 할까?"

나는 고개를 끄덕였다.

"저쪽으로 돌아가면 공원도 있어."

"이 주변 지리는 나도 꽤 잘 알아."

씩 웃으며 대답하는 그의 말에 나는 눈을 끔벅였다.

"아, 거래처 때문에?"

"……너무 자만할 것 같으니 일단 그렇다고 해두지."

"무슨 뜻인데?"

되물었지만 그는 말없이 싱글거리는 미소만 머금은 채 밥을 먹었다. 새삼 그 우뚝한 콧날과 먹는 모습이 예쁜 입술을 보고 있자니 가슴에 봄바람이 부는 것처럼 살랑거렸다.

내 집의 식탁에서 누군가와 함께하는 식사. 쉽게 잊지 못할 것 같은데 어떡하지, 하는 불안함이 불쑥 고개를 쳐들었지만, 봄볕의 아지랑이처럼 따스하고 간질거리는 지금의 분위기가 좋아서 나는 그냥 웃어버리고 말았다.

일요일의 나른한 햇살이 좋았다. 함께 설거지를 하고, 양치를 하고 집을 빠져나오면서 승준이 자연스레 손을 잡았다. 누군가 지나치게 친근하게 구는 것에 본능적인 거부감이 들곤 하던 나였지만, 이상하게 그의 그런 행동은 싫지 않았다.

사람은 언젠가 어떤 식으로든 누군가와 헤어지고 혼자가 된다. 지금은 함께 있는 것이 좋은 그였지만 언젠가는 그 입술로 헤어짐을 말할 수도 있다. 끝이 없는 관계는 없으니까.

나는 그것을 인정하기로 했다. 그가 곁에 있는 순간이 좋고, 전과 같은 것들에 둘러싸여 있는데도 기분이 다르다. 나를 보며 장난기가 흐르는 미소를 짓고 있는 고승준이 곁에 있다는 이유만으로.

이런 상태에서 그를 밀어내는 것 또한 내게는 상처가 될 것이다. 그럴 바에는 내 몫으로 그가 품고 있는 사랑을 다 받고, 그리고 때가 되어 헤어지는 쪽을 선택하겠다. 묵묵한 내 시선을 무슨 뜻으로 받아들였는지 승준이 잡은 손을 이끌어 제 허리를 휘어 감았다. 다른 손으로 내 어깨를 감싸 안는 그의 온기에 나는 피식 웃었다.

"순순히 받아들여 주는 것도 어쩐지 신경이 쓰이는데. 배부른 투정인가."

흘끗 나를 내려다보는 승준의 시선에 나는 어깨를 으쓱였다. 공원에는 가족 단위로 산책을 나온 사람들이 몇몇 있었지만 대체로 한적했다. 그와 발을 맞춰 걸으며 대답했다.

"한 번 결정하면 뒤는 안 돌아보는 성격이라. 그리고 나도 이제 알았는데, 고승준 씨랑 손 잡는 거 기분 좋네."

"……너."

승준은 끙, 하고 신음을 삼키며 내 어깨를 쥔 손에 힘을 주었다. 덤덤하게 그를 올려다보자 내 시선을 피하는 눈가가 발긋해져 있었다.

쑥스러워하는 건가. 고작 이런 말에? 자기는 더 닭살 돋는 말도 아무렇지 않게 하면서!

전염이라도 되는 것처럼 괜히 나까지 민망해져 나는 입술을 깨물며 주변을 둘러보았다.

"저기 잠깐 앉을까요? 목도, 큼큼, 좀 마른 것 같고."

"앉아 있어. 마실 거 사올게."

"아니, 그런 뜻은 아니었……."

승준은 부스스 내 머리를 쓰다듬고는 척척 걸음을 옮겨 내게서 멀어졌다. 벤치 앞에 덩그러니 남겨진 나는 괜히 주변을 둘러보며 헛기침을 내뱉었다. 잠시 잊었는데 고승준은 행동파다. 그런 어정쩡한 전화에 여기까지 달려올 정도이니 말 다 했지.

짧게 한숨을 내쉬며 벤치에 앉던 나는 단조로운 벨소리에 휴대폰을 꺼내었다. 엄마였다. 내키지 않았지만 받지 않으면 삼십 분

간격으로 전화를 할 것임을 알기에, 나는 멀리 보이는 승준의 뒷모습을 보며 통화 버튼을 눌렀다.

"응. 엄마."

[밖이야?]

"응. 잠깐 산책."

[별일 없니?]

"없어요."

단답형으로 대답하며 나는 손톱을 튕겼다. 나이가 들수록 혼자 계신 아빠의 편에 서는 일이 잦아져서, 엄마와는 은근히 거리를 두고 있었기에 길게 이어 나갈 대화가 마땅치 않았다. 잠시 침묵하던 엄마가 한숨을 내쉬며 말했다.

[만나는 사람은?]

"엄마."

최근 들어 엄마와의 통화는 당연히 이런 방향으로 흘렀다. 나도 모르게 눈썹을 세우며 날 선 목소리로 엄마를 불렀지만 엄마는 물러서지 않았다.

[없으면 잘 됐네. 엄마가 아는 사람이 있는데, 올해 서른둘이야. 여러 가지로 괜찮어.]

"엄마. 나 그럴 생각 없다고 말했잖아."

[서른 넘기기 전에 결혼해. 너 짝 맞춰 놔야 엄마 마음이 편할 것 같아서 그래.]

"……엄마 마음 편하게 해주자고 결혼할 생각 없어."

목소리가 더욱 날카로워진다. 결국에는 서로를 찌르게 될 걸 알면서도 왜 같은 주제를 반복해야 하는 걸까. 괜히 묵직해진 눈가를 매만지며 침묵을 견디고 있자 엄마의 짧은 한숨 소리가 들렸다.

[엄마 때문이니?]

그러니까 이런 흐름이 싫다는 거다. 미간을 찌푸렸지만 엄마의 목소리는 이어졌다.

[결혼뿐만이 아니라 무슨 일이든 실패도, 성공도 있는 거야. 엄마는 한 번 실패했고, 네가 어떻게 생각할지 몰라도 지금은 행복해. 엄마 영향으로 네가 무조건 결혼을 기피하는 거라면, 엄마는 더더욱 가만히 있을 수가 없다.]

"그런 게 아니야. 누군가와 함께하는 게 더 피곤한 사람도 있는 거잖아! 내가 그래. 나쁘거나, 나랑 잘 안 맞는 사람을 만나서가 아니라, 그냥 나란 사람이 그렇다고. 제발 그런 식으로 강요 좀 그만……."

[명준 씨가 얼마 전에 갑자기 쓰러졌어.]

지금 엄마의 남편이자, 내 대학 학비의 절반을 지원해 주었던 남자의 이름에 나는 입을 다물었다. 까칠한 엄마의 목소리에는 지친 기색이 느껴졌다.

[병원에서도 이유는 모르겠다더라. 과로가 원인인 것 같대. 그런데 그렇게 한 번 쓰러지는 걸 눈앞에서 보니까, 사람 언제 어떻게 될지 모르겠다는 생각이 들어서. 명준 씨도 은근히 널 신경 쓰고 있고.]

쏟아지는 햇빛이 지나치게 눈이 부시다. 나는 질끈 눈을 감으며 탁한 숨을 삼켰다.

[네 사진 보여줬더니 그쪽에서도 아주 좋아하더라. 사람, 조건, 나무랄 데 없어. 한번 만나나 봐. 엄마 힘들게 하지 말고.]

멀리서 걸어오는 승준이 보였다. 정말이지 쉽게 눈에 띈다. 이쪽을 보며 성큼성큼 걸어오던 그가 휴대폰을 들고 통화하고 있는 내가 보였는지 걸음을 늦췄다.

만나는 사람이 있다고 말하면. 그다음은 안 봐도 훤하다. 어떤 사람인지 꼬치꼬치 캐물어서 당신 기준에 합격이면 당장 날부터 잡자고 할 테고, 아니라면 더욱 적극적으로 선 자리에 나를 내보내겠지. 어느 쪽이든 부담스럽기는 마찬가지였다.

"만날 수는 있어. 그치만 엄마. 난 결혼 생각이 없고, 아무리 괜찮은 사람을 소개해 줘도 마찬가지야. 시간 낭비일 뿐이라고."

[……날짜 잡아서 연락하마. 고집 좀 부리지 마.]

전화가 끊기자마자 온몸이 바람 빠진 풍선처럼 쪼그라드는 것 같았다. 길게 한숨을 내쉬며 무릎에 기댄 채 몸 곳곳에 번진 스트레스를 억누르고 있던 나는 풀썩, 곁에 주저앉는 기척에 아차 싶어 고개를 돌렸다. 승준이 음료수를 가볍게 흔들고 있었다.

"무슨 일인지 물어볼까?"

"……진심인데 안 그래줬으면 좋겠어요."

가라앉은 내 목소리에 예상했다는 듯 그는 흔쾌히 고개를 끄덕였다. 음료수 뚜껑을 열어 내게 내밀며 승준이 눈매를 부드럽게 누그러뜨렸다.

"달리 내가 해줄 건 없고?"

별거 아닌 말이지만 묵직하던 머리 한 켠이 가벼워지는 것 같아 나는 음료수를 한 모금 먹고는 몸을 돌렸다. 무릎을 세운 채 그의 다리를 베개 삼아 천연덕스럽게 드러눕자 가뜩이나 단단한 허벅지 근육에 힘이 바짝 들어가는 것이 느껴졌다.

나는 그의 손을 더듬어 잡아 내 이마에 턱, 하니 올려놓았다. 누구에게도 해본 적 없던 행동이었지만, 어쩐지 그러고 싶었다. 빼꼼히 승준을 올려다보자 숨도 쉬지 않는 것 같은 얼굴로 나를 보고 있었다. 나는 짧게 웃어 보였다. 해를 등진 승준의 반듯한 얼굴에 그림자가 져 있었다.

"이렇게 잠깐만. 다리에 힘 좀 풀어주면 더 고맙고."

"……그게 생각보다 쉬운 일이 아닌데. 다리에 힘이 들어간 게 아니거든."

뜻을 알 수 없어 미간을 찌푸리자 어쩐지 허탈한 웃음을 뱉은 승준이 내 머리칼을 쓰다듬었다. 한편으로는 설레지만, 다른 한편으로는 기대고 싶은 따스한 손길에 저절로 눈이 감겼다. 나는 그의 손목을 붙잡은 채 길게 숨을 내쉬었다.

"불편하면 말해요. 일어날게."

"아니."

이마를 따라 느릿하게 내 얼굴선을 더듬던 승준의 손가락이 입술에 닿았다. 엄지로 꾹 하고 누르는 손길에 입술을 우물거리자 승준이 조용히 웃었다.

"대신 다음에 나도 한번 부탁하지."

응, 하고 나직하게 대답하자 승준의 손이 내 뺨을 감싸고, 감은 눈 위로 어둑한 그림자가 내려왔다. 따스한 숨결을 품은 입술이 부드럽게 맞닿아, 나는 입을 열어 그의 입술을 머금었다. 성가신 생각은 한 켠으로 미뤄둔 채, 모처럼 찾아온 이 따뜻한 설렘을 계속 느끼고 싶었다.

□—■—○—■

"안녕, 차 대리."

회사 엘리베이터 앞에 서서 마지막 남은 떡 조각을 우물거리던 나는 고개를 돌렸다. 퀭한 얼굴의 지현이 손을 흔들고 있었다. 나는 고개를 꾸벅 숙여 보였다.

"밤새셨어요?"

"내 몰골이 그 정도야?"

"아, 그렇다기보다……."

"아니, 맞아. 동생 놈이 어제 집에 핵폭탄을 터뜨렸거든."

"핵폭탄이오?"

그녀는 길게 한숨을 내쉬며 어깨를 늘어뜨렸다. 그러고 보니 화장도 거의 하지 않은 얼굴이었다.

"오 개월 동안 동거해 온 여자 친구가 있었대. 결혼을 하겠다고 데려왔지 뭐야. 일요일 저녁 7시, 온 가족이 막 식탁에 앉아서 밥을 먹으려는 순간에."

"……몇 살이었죠?"

"스물다섯. 늦둥이."

아, 하고 나는 옅게 혀를 찼다.

"부모님, 많이 놀라셨겠는데요."

"우리 엄마 아빠는 말보다 행동이 빠른 분들이시거든. 좋게 말하자면 열정적이고, 나쁘게 말하자면……."

순간 지현이 눈앞으로 주먹을 불쑥 내미는 바람에 나는 뒤로 물러섰다. 지현이 눈을 찡긋해 보였다.

"폭력적이지. 다행히 이제는 연세가 있으셔서 팔다리 부러뜨리는 것까지는 막았지만, 눈두덩이 밤탱이 되는 건 못 막아. 새벽까지 푸닥거리하느라 두어 시간밖에 못 잤네."

"어떻게 됐어요, 동생 커플은?"

"새벽에 내쫓겼다가, 저렇게 보내 봐야 또 둘이 들러붙어 있지 않겠냐며 엄마가 방에 감금시켰지. 둘이서는 어찌나 애절한지, 멍투성이 된 동생 얼굴 보면서 여자애가 눈물을 뚝뚝. 나 참. 한 번도 집에 분란이라고는 일으킨 적 없던 막내가 아주 대형 사고를 쳤네."

어깨가 결리는지 팔을 앞뒤로 돌린 지현이 고개를 젖혀 엘리베이터 표시등을 바라보았다. 5층에서 내려오고 있었다.

"그 와중에 엄마가 변명이라고 네 누나도 아직 결혼 안 하고 있는데, 라는 말을 꺼내서 나는 또 아닌 밤에 홍두깨. 글쎄, 나는 한 남자랑 평생 살 자신이 없어서 결혼을 안 하는 거라고 아무리 말해도 부모님 눈에는 시집 안 가고 있는 노처녀에 불과한 거지. 생각 같아서는 한 일주일 회사에서 야근하다 새벽에나 들어가고 싶다. 괜히 나한테 불똥 튀어서 잔소리 들을까 봐. 이래서 성인이 되면 부모님과 따로 살아야 한다니까. 차 대리는 혼자 살지?"

"……어제가 무슨 날이었나 보네요. 저도 엄마한테 한 소리 들었어요. 선 보라고."

"그래? 차 대리는 아직 급한 나이도 아닌데."

"결혼 생각 없다고 아무리 말씀드려도 소용없어요. 당신 탓을 하시니 거절도 어렵고."

"뭐 어때? 가벼운 마음으로 한번 보는 것도 나쁘진 않지. 아예 결혼을 안 할 생각인 건 아니잖아?"

"……글쎄요."

기분 탓일까. 싱긋 웃는 누군가의 얼굴이 빠르게 스쳐 지나가 나는 고개를 붕붕 내저었다. 마음 깊은 곳에서 결혼은 곧 불행이라는 공식이 희미하게 박혀 있는 내게는 있을 수 없는 일이었다.

"잘 살 자신이 없다는 쪽이 맞겠네요."

"그런 확신을 주는 남자를 만나면 되지 않습니까."

불쑥 저음의 단정한 목소리가 끼어들어 나와 지현은 동시에 뒤를 돌아보았다. 평소와 다름없이 깔끔한 슈트 차림에 무표정한 얼굴을 하고 있는 제훈이 서 있었다.

그런 말을 들은 이후라 조금 껄끄럽다. 되도록 말을 안 걸어줬으면 좋겠는데 상대는 그럴 생각이 없어 보인다. 나는 찌푸린 눈으로 인사를 가장한 경고를 보냈지만 제훈은 속눈썹 하나 까딱하지 않은 채 나를 내려다보았다.

"그게 말처럼 어디 쉬워야 말이죠."

가볍게 목례를 주고받으며 지현이 말했다. 제훈은 시선을 내게 고정시킨 채 대꾸했다.

"의지가 부족한 게 아닐까요?"

"물론 그렇겠죠. 관심이 없으니까."

땅, 하는 소리와 함께 엘리베이터 문이 열렸다. 반항적인 눈빛을 던지고는 나는 엘리베이터에 올라탔다. 지현이 흥미로운 눈초리로 나와 제훈을 바라보고 있었다.

"남자와 마지막으로 데이트 해본 게 언젭니까?"

나는 뻣뻣하게 그를 올려다보았다. 우리와 엘리베이터에 같이 탄 사람들만 넷이다. 이런 데서 도대체 무슨 질문을 하는 것인가. 그중에는 제훈과 나의 소문을 아는 관리팀 사람도 있었다. 나는 이를 앙다물며 억지웃음을 지은 채 말했다.

"강제훈 대리님이 신경 쓰실 일은 아니죠. 그게 어제였든, 한 달 전이었든."

"나랑 합시다, 데이트."

헉, 하고 다수의 사람들이 숨을 들이켰다. 나도 예외는 아니었다. 누구보다 냉철한 얼굴을 하고 있는 주제에 지금 무슨 말도 안 되는 헛소리를 내뱉는 거지. 잠이 덜 깼나. 술이 덜 깼나?

"저…… 강 대리님?"

"역시 순서는 이게 맞는 것 같아서. 토요일에 그렇게 가고 나서 생각해 봤는데, 아무래도 차 대리에 대한 호기심이 사라지질 않는군요."

핏기가 가시는 소리가 들리는 것 같다. 누군가 작게 휘파람을 불었고, 나는 순식간에 적나라한 호기심으로 반짝거리는 눈동자들에 둘러싸였다. 그 와중에도 차분한 얼굴을 하고 있는 강제훈이 기가 막혀 말이 제대로 나오질 않았다.

"호, 호기심이 생긴 여자들한테는 무조건 데이트 신청을 하나요?"

"생긴 적이 별로 없어서. 좀 더 알아보고 싶다는 생각이 들었을 뿐입니다."

"강 대리님."

조용히 부르자 제훈이 고개를 비스듬히 기울였다. 나는 어딜 봐도 데이트 신청을 하는 남자의 얼굴이 아닌 그 얼굴을 바라보며 씩 웃어 보였다.

"저랑 휴게실에서 잠깐 얘기 좀 하시죠."

"좋아요."

지현이 쿡 옆구리를 찌르며 두어 번 눈을 깜빡였지만 무슨 뜻인지는 알 수가 없었다. 오늘에서야 분명히 알았다. 그와의 소문이 쉽게 가라앉지 않는 것은 상당 부분 강제훈에게 책임이 있다는 것을.

회사에 승준과의 관계를 알릴 생각은 결코 없었지만 구설에 올라 그를 신경 쓰이게 하고 싶지 않았다. 생각보다 더 행동파인 고승준을 직접 겪어본 바, 문제가 될 만한 일을 미리 차단하지 않으면 더 크게 번질 위험이 있었다.

월요일 아침에 출근하는 직장인 치고 표정이 밝은 이는 없었지만, 엘리베이터에 올라타기 전과는 사뭇 달라진 얼굴을 하고 있는 사람들을 흘끗 바라보며 나는 길게 한숨을 내쉬었다. 물론 이민석

같은 남자와 엮어준 하늘이 원망스럽긴 했지만, 그렇다고 비슷한 시기에 둘이나 점지해 주는 방법으로 사과를 해올 줄은 몰랐다. 마음이 무거워 어깨가 축 늘어졌다.

12

시계를 흘끗 보며 나는 눈앞에 곧은 자세로 버티고 선 제훈을 바라보았다. 휴게실에서 이어지는 통로에는 사람이 없었다. 목을 가다듬고, 나는 차분하게 입을 열었다.

"먼저, 좋게 봐줘서 고맙습니다. 하지만 저한테 그런 식의 관심을 갖고 있을 거라고는 생각 못 했어요. 게다가 제가 달리 신경 쓰이는 사람이 있다고 말까지 한 상태에서 데이트 운운하실 줄은 더더욱 몰랐고요. 그것도 사람들 앞에서."

"확실히 그건."

"너무했죠?"

"계획적이었죠."

동시에 뱉어진 말의 의미는 하늘과 땅 차이였다.

지금 뭐라고?

나는 잔뜩 일그러진 눈으로 그를 바라보았다. 제훈의 입가에 그 드물다는 미소가 희미하게 비치고 있었다. 잊고 있었는데 이 남자는 희한한 방식으로 사람의 입을 막곤 했다.

아니, 이럴 때가 아니지. 나는 눈썹을 치켜올렸다.

"죄송하지만 데이트 신청은 거절합니다. 저는 강 대리님과 뭘 어떻게 해볼 생각 같은 건 없으니까요. 오늘 일로 소문에 더 불이 붙을까 무서우니, 강 대리님도 강 건너 불구경하듯 관망하지 말고 그건 그냥 농담이었다고 말씀해 주세요. 회사에서 더 이상 구설에 오르고 싶지 않아요."

'그럼' 하고 나는 고개를 숙인 뒤 돌아섰다. 따스한 봄바람을 뒤흔드는 제훈의 묵직한 목소리가 내 목덜미에 갈고리를 걸었다.

"이민석 때문인가?"

헉, 하고 뒤를 돌아보자 제훈은 예의 덤덤한 얼굴로 나를 보고 있었다. 고승준에 이어서 강제훈까지. 도대체 얼마나 더 많은 사람들이 알고 있는 거야. 영업팀 에이스들의 유별난 촉 때문이라면 좋겠는데.

"……뭘 어떻게 알고 있는지 모르겠지만 그 사람은 관계없어요. 다시는 어떤 식으로건 엮이고 싶지 않고요. 그러니까 내 앞에서."

나는 내가 지을 수 있는 가장 냉랭한 표정을 지었다.

"다시는 그 이름 꺼내지 않았으면 좋겠어요."

"숙지하죠."

제훈은 가볍지 않게 고개를 끄덕였다. 그 태도에 안심하려는 찰나 그가 다시 고삐를 당겼다.

"그가 문제가 되지 않는다면, 더더욱 날 거절하는 이유를 모르겠는데. 나 역시 당신과 당장 뭘 어떻게 하고 싶은 게 아닙니다. 그러기에 우린 서로를 너무 모르니까."

"신경 쓰이는 사람이 있다고 했잖아요."

"고승준과 사귀고 있기라도 한 겁니까?"

2연타를 얻어맞은 기분에 눈앞이 아찔하다. 길쭉하게 뻗은 제훈의 눈꼬리가 관찰하듯 나를 보고 있었다. 먼지 한 톨도 눈덩이처럼 불어나기 일쑤인 사내 소문에 휩쓸렸다가는 나도, 그에게도 좋을 게 없기에 승준에게는 단단히 입막음을 시켰지만, 이런 상황에는 어쩔 수 없다. 나는 똑바로 제훈을 바라보며 고개를 끄덕였다.

"네."

이 대답은 의외였는지 제훈의 눈매가 가늘어졌다. 눈썹을 세운 그가 놀랍다는 표정을 짓고 있어, 나는 침착하게 덧붙였다.

"다른 직원들에게 대놓고 얘기할 생각은 없어요. 하지만 저에게 이런 관심을 보이는 강 대리님께는 말씀드리는 게 예의인 것 같네요. 이제 충분한 대답이 됐을 거라 생각합니다."

"……차 대리는 생각보다……."

짧게 숨을 내쉬던 나는 제훈의 나직한 목소리에 눈을 들었다. 아직도 할 얘기가 남아 있나 싶어 그를 바라보자 제훈이 입술을 비딱하게 기울이며 말했다.

"마음이 쉽게 움직이는 사람이었군요."

"……네?"

"이민석과 헤어진 지 얼마 되지도 않았을 텐데, 벌써 고승준과 만나고 있다니까. 애석하지만 오히려 느긋해지는군요. 조금 기다리면 내 차례가 올지도 모르지 않습니까."

"강 대리님, 지금 그거 무슨 뜻으로 하는 말씀……."

"생각보다 가벼운 것 같지만 나쁘진 않군요. 그럼 기다려 보죠. 당신을 알고 싶은 마음이 사라질 때까지."

덤덤하게 제멋대로 결론을 내리는 제훈의 태도에 화가 치밀었다. 그의 말이 일부분은 맞기 때문에 더더욱 화가 난 것일지도 모른다. 나는 그를 노려보며 냉랭하게 내뱉었다.

"그 마음 부디 빨리 사라지길 바랍니다. 전 남의 사정도 모르면서 자기 편할 대로 재단하는 사람은 딱 질색이거든요. 그런 독선적인 사람을 마주하면 비위가 상해서."

가늘게 떨리는 주먹을 세게 쥐고는 돌아섰다. 만사에 냉담하고 속을 모르겠는 사람이지만 그다지 나쁜 성격은 아니라고 생각했는데 내가 틀렸다. 자기만 아는 오만하고 이기적인 인간이었다.

제훈은 또각또각 걸어 이내 그의 눈앞에서 사라지는 윤서의 뒷모습을 바라보다가, 이내 억눌려 있던 탁한 숨을 뱉었다. 팽팽하게 경직되어 있던 뺨이 느슨해졌다. 그는 마른 얼굴을 쓸어내리며 이를 악물었다.

이런 말을 하려던 게 아니었는데. 생각지도 못하게 당황하면 오

히려 상대를 공격하게 되는 자신의 치졸함이 고스란히 드러나고
말았다.

호기심이 생겼고, 그녀를 알고 싶었고, 문득 생각해 보면 그녀
를 떠올리고 있는 순간이 잦아졌다. 곧 결혼을 한다는 이민석과는
적어도 몇 달 전에는 헤어졌을 테고, 승준과의 소문도 짓궂은 사
람들의 심심풀이에 불과하다는 것쯤은 잘 알고 있었기에 문제될
것은 없다고 생각했다.

그래서 오히려 그녀와의 관계를 호기심 어린 눈으로 묻는 동료
들에게 처음에는 부정했지만 갈수록 다소 애매한 태도를 취해 왔
다. 프로젝트를 함께 진행하며 가까이에서 얼굴을 보고, 목소리를
들을수록 그녀를 사적으로 만나보고 싶다는 생각이 강해졌기 때
문이었다.

그런데 설마하니 그 틈에 고승준과 그런 사이가 됐을 줄이야.

제훈은 낮게 한숨을 내쉬며 밖을 내다보았다. 잘 보이기는커녕
미운털이 박혔으니 앞으로 그녀의 얼굴을 보는 건 쉽지 않을 듯싶
었다. 맥이 빠져 그는 짧은 머리칼을 쓸어 넘기며 혀를 찼다. 주말
동안 그녀와의 데이트를 생각하며 차윤서의 취향에 대해 곰곰이
고민했던 스스로가 바보 같아졌던 것이다.

"……고승준, 이 망할 자식."

생각이 있었다면 더 빨리 움직이던지. 몇 년 동안 가만히 동기
라는 탈을 쓰고 지켜보다가 하필 왜 제가 마음먹은 시점에 끼어들
었냐 이 말이다.

대학 때 아주 가까운 사이는 아니었지만 제가 해외에 있는 동안

이 회사로 이직한 승준과는 몇 번 이메일을 주고받은 적이 있었다. 한국으로 돌아와서는 술자리도 두어 번 가졌고, 그녀에게 석 부장에 대한 충고를 해달라며 술자리를 마련했던 것도 그가 아니었던가.

제훈은 소년 같은 미소가 얼굴에 배어 있는 동창이자 연적의 얼굴을 떠올리며 짧게 혀를 찼다. 고의는 아니었겠지만 모처럼 불쑥 머릿속을 차지하는 사람이 생겼다 싶은 이 시점에 그녀를 가로챈 사람에게 좋은 감정이 들 리 없었다.

애초에 제게 마음도 없는 여자를 기다린다는 것은 말도 안 되는 일이다. 한 번 싹튼 감정이 종이처럼 뜻대로 접어질 리 없지만, 그녀 본인이 제 앞에서 고승준과 사귀고 있다고 말한 이상 그는 조용히 물러나면 될 일이다.

그런데도 희미한 미련이 남아, 제훈은 손가락을 까닥이며 먼 곳으로 시선을 던졌다. 아마 누군가를 향해 호기심이 생기고, 상대를 알아가고 싶다는 생각을 한 것이 너무 오랜만이기 때문일지도 모른다. 그는 씁쓸한 미소를 흘리며 한동안 그렇게 서 있었다. 오늘도 날씨가 좋을 모양이었다.

＊

회사란 끊임없이 일을 만들어내는 조직이다. 때로는 그 일의 효율성, 시기적인 적합성을 따지기 이전에 일단 시작부터 하고 생각하는 일도 적지 않다. 그중 하나가 바로 4월의 야유회였다.

숨도 못 쉬고 화장실도 못 가며 미친 듯이 일을 해야 하는 기간을 겨우 넘기고 이제 한숨 돌릴까 싶을 때 회사는 어김없이 야유회 준비에 들어간다. 직원 단합을 강박적으로 챙기려 하는 회장이 '무조건 분기별로 회사 행사를 진행하라' 는 지시를 내린 이후로 자리 잡은 악습 중의 악습이었다.

"말이 야유회지, 팀별로 장기자랑 준비하느라 피곤해, 가서 윗분들 비위 맞추느라 피곤해, 끝나면 그 여파로 또 피곤해. 팀장, 부장급도 다들 피곤해하면서 왜 하지 말자고 말을 못 하는 거냐고!"

참다못한 지현이 버럭 소리를 질렀다. 물론 팀장은 자리에 없었다. 나는 고개를 끄덕였다. 퇴근 시각이 가까워지고 있는 지금, 우리는 걸 그룹 동영상을 보고 있었다.

"이것도 완전 독재야. 회계팀에 여자가 많다고 우리 팀은 무조건 걸 그룹 안무를 춰야 한다니. 내가 이 나이에 이렇게 엉덩이 살랑거리며 여기가 내 엉덩이다, 강조하며 춤을 춰야겠어?"

"전 결산 조정보다, 실사, 감사보다 야유회가 더 스트레스예요."

"파업할까?"

어지간히 쌓였는지 지현이 눈을 번뜩였다. 나는 고개를 내저으며 한숨을 쉬었다.

"사직서 품에 안고 할 자신은 없는데요."

"아니, 요즘 애들 춤은 또 왜 이리 어렵냐고!"

으아악, 머리를 쥐어뜯으며 지현이 발버둥을 쳤다. 백번 공감하며 나는 현란하게 몸을 움직이며 방긋 웃고 있는 화면 속 아이돌을 바라보았다.

"웅. 그래. 알았어. 오늘 10시 JJ?"

통화를 마무리하며 미림이 사무실로 들어오고 있었다. 지현이 그녀를 흘끗 돌아보았다. 화장을 고치고 온 건지 얼굴이 화사하다. 늘 그렇듯 날씬한 몸매를 예쁘게 드러내는 화려한 패턴의 원피스를 입은 그녀를 멀뚱히 보고 있자, 미림이 나를 바라보았다.

우리는 약간의 껄끄러움은 남아 있었지만 업무에는 지장이 없을 정도의 거리를 지키고 있었다. 그녀는 까닥 고개를 숙이고는 제자리로 돌아왔다. 지현이 의자를 빙글 돌리다가 그녀에게 말을 걸었다.

"미림 씨는 생각해 둔 걸 그룹 있어? 아무래도 이런 쪽으로는 미림 씨가 잘 알 것 같은데."

"글쎄요. 아무래도 요즘 유행하는 곡을 해야 할 테니까……."

망설임 없이 두어 개의 아이돌 그룹의 이름을 대며 미림이 이쪽으로 의자를 당겼다. 우리는 잠시 동영상을 검색했다. 한숨을 푹 내쉬고 있자 휴대폰이 드륵, 울렸다. 승준에게서 온 문자였다.

—토요일 오전에 바로 쳐들어갈 거야.

……전쟁터도 아니고. 쳐들어가긴 어딜. 미간을 찌푸리면서도 피식 웃음이 새어 나와 나는 자판을 두드렸다.

—사흘이나 남았는데 뭘 벌써부터 예고야.

—객지 생활 2주를 무슨 힘으로 버티고 있는데. 응원 문자 부탁해요, 차 대리님. 내가 없어서 너무 쓸쓸하다거나, 그래서 너무 보고 싶다거나 하는 문자는 특히 환영입니다.

이 인간이. 아주 엎드려 절 받기를 하려고. 그의 천연덕스러움에 나는 입술을 깨물며 웃음을 참았다. 순순히 들려줄 순 없지. 입술을 삐딱하게 오물거리며 나는 문자를 보냈다.

—김치찌개가 몹시 그립긴 합니다. 고 대리님이 보고 싶은데, 이유는 애매하네요.

휴대폰이 잠시 침묵한다. 나는 그의 대답을 재촉하듯 손가락으로 톡톡 휴대폰 액정을 두드렸다.

솔직하게 말할 걸 그랬나. 당신이 없어서 허전하다고. 하루뿐이었는데도 내 집에 있었던 잠깐의 당신이, 문득문득 떠올라 더 보고 싶다고.

그런 말을 내가 할 수 있을 리가. 고개를 설레설레 내저을 때 다시 휴대폰이 울었다.

—가자마자 해줄게. 보고 싶다, 윤서야.

……아, 내가 졌다. 졌다고, 고승준.

괜한 고집을 내세운 게 창피할 정도였다. 이 남자는 장난스레 다가왔다가 갑자기 정색을 하며 사람 혼을 빼놓는 데 탁월했다. 그 흐름은 마치 파도에 휩쓸린 것 같아서 도무지 내 페이스대로 정신을 차릴 수 없는 것이다.

가슴 한 켠이 콱 쥐어짜진 듯한 기분에, 깊게 생각할 틈도 없이 손가락이 제멋대로 움직였다.

─나도 보고 싶다. 고승준이.

문자를 보내놓고 나니 어쩐지 가슴이 곧 터질 것처럼 간지럽게 부풀어 올랐다. 한적한 공원 벤치에 누워 그의 무릎을 베고 있을 때 승준이 보여줬던, 약간은 들뜨고 놀란 표정이 떠오른다. 괜히 웃음이 새어 나올 것 같아 나는 입술을 삐죽였다.

휴대폰을 괜히 내려놓았지만 그것은 오래가지 않아 다시 몸을 떨었다. 망설이다 휴대폰을 들여다본 나는 결국 소리 내어 웃고 말았다.

─만든 김치찌개가, 라고 혹시 쓰고 있다면 절대 보내지 마. 지금 아주 행복하니까. 보내면 회사에 대자보 걸어 버릴 거야. 게시판에도 글 올릴 거고. 만천하에 너랑 사귀고 있다고 다 밝혀 버릴 거니까 그 렇게 알고 포기해.

"……차 대리, 연애하는구나?"

웃음기가 남은 표정 그대로 눈을 들던 나는 나를 보고 있는 지현과 미림의 의뭉스런 시선을 마주해야 했다. 금세 표정을 가다듬었지만 이미 늦었다. 눈을 하회탈처럼 휜 지현이 내 팔짱을 끼며 옆구리를 쿡쿡 찌르고 있었다.

　　"궁금하다. 엄청 궁금한데. 이런 표정은 연애를 해야 나올 수 있는 표정이거든. 누굴까? 응?"

　　"그런 거 아닙니다. 동영상이나 마저 보세요."

　　"이거 봐. 차 대리는 얼굴로는 몰라도, 말투에서 그대로 드러나거든. 당황하면 금세 존칭에 말투가 딱딱해지지. 누굴 속이려고?"

　　"원래 태어나길 목석으로 태어났는데요. 아, 저 안무는 가능할 것도 같네요, 저거."

　　최선을 다해 지현의 신경을 돌리기 위해 노력하며 나는 모니터를 가리켰다. 말할 생각이 없다는 걸 알았는지 의뭉스런 눈으로 나를 훑어보던 지현이 선선히 고개를 돌렸다.

　　"보안은 꼭 지켜줄 테니 내키면 말해. 내키지 않을 때 말해줘도 좋고."

　　네네, 하고 한숨을 짧게 내쉬던 내 눈에 여전히 나를 응시하고 있는 미림이 걸렸다. 그녀가 짓고 있는 표정이 참으로 미묘해서, 나는 그대로 시선을 돌리던 것을 멈추고 그녀를 똑바로 바라보았다.

　　"미림 씨, 뭐 할 말이라도 있어요?"

　　"……아니요. 대리님이 누구와 연애를 하든, 제가 참견할 일은 아니니까요."

다소 신경질적인 표정인 데다 미미하게 사람을 비웃는 듯한 느낌이 들어 어딘지 찝찝했지만, 그렇게 잘라 말하고 지현과 함께 모니터를 바라보는 미림에게 말을 걸고 싶진 않았다.

오늘 저녁 계획에 대해 승준에게 말하지 않은 것이 불쑥 마음에 걸렸지만, 어차피 의미 없는 일이니 괜히 신경 쓰이게 하고 싶지 않았다. 나는 휴대폰을 잠시 응시하다가, 지현의 독촉에 그것을 주머니에 집어넣고 팔과 다리를 자유롭게 움직이고 있는 예쁜 소녀들에게 시선을 집중했다.

어머님께 말씀 들었다며 연락을 해 온 남자에게 최근 회사가 바쁘다는 핑계로 거절하려 하자, 그는 자기 회사에서 멀지 않다며 회사 앞으로 찾아오겠다는 얘길 했다.

정식으로 주말에 시간을 내서 어설프게 식사를 같이하며 긴 시간을 보내는 것보다 간단하게 차를 마시는 자리에서 거절하는 게 낫겠다 싶어 나는 오늘 저녁으로 약속을 잡았다. 어차피 내일부터는 야유회 장기자랑 연습으로 회사에 남아야 할 가능성이 농후했다.

카페에 나보다 먼저 도착해 있던 남자는 말끔한 얼굴에 깨끗한 정장 차림이었다. 이 정도라면 첫눈에 호감을 이끌어내기 어렵지 않을 것이다. 그러니까, 이미 마음에 난입한 남자가 없는 여자라면 말이다.

"늦어서 죄송해요."

"저도 방금 왔습니다. 피곤하실 텐데, 시간 내주셔서 감사해요."

안경을 밀어 올리며 정중하게 인사를 건넨 그는 꽤 큰 건축 사무소에서 일하는 건축 설계사였다. 건설 회사에서 의뢰를 받고 최근 여기서 멀지 않은 곳에 건물을 지어 올리고 있다고 했다. 그래서인지 셔츠 소매에는 연필과 색연필의 흔적으로 추정되는 얼룩이 남아 있었고, 어깨 자락에는 흙먼지가 내려앉아 있었다.

남자는 내가 커피를 사는 것을 극구 말리려 했지만 나는 여기까지 와주시지 않았느냐는 핑계를 댔다. 거절하려고 마음먹고 있는 주제에 얻어 마실 수 있을 리가. 그러나 오히려 그런 행동에 호감을 느꼈는지 남자의 표정은 좀 더 부드러워졌다. 낭패였다.

일상적인 얘기를 나누며 남자가 내 취미를 물어올 때쯤, 더 견디다 못 한 나는 그에게 고개를 꾸벅 숙였다.

"여기까지 오시게 해놓고, 정말 죄송해요. 저는 사실 결혼할 마음이 아직 없는데, 엄마 고집에 어쩔 수 없이 나왔어요. 미리 전화로 거절하지 못해서 죄송합니다."

남자는 적지 않게 당황한 눈치였다. 이런 거절에 익숙하지 않은 듯 보였다. 하긴, 이런 식의 거절이 익숙한 사람이 어디 있겠느냐마는. 그는 말없이 안경을 추켜올리더니, 머뭇거리며 물었다.

"단순히 결혼 생각이 없는 것뿐이라면, 이해합니다. 아직 그럴 나이가 아닌 것 같고요. 요즘은 다들 늦으니까. 그런데 딱히 제가 마음에 안 드는 게 아니라면, 조금 더 만나봐도 괜찮지 않을까요?"

"그게, 제가, 그, 사실은 만나는 사람이 있긴 한데요."

남자의 시선은 점잖았지만 '이 여자는 도대체 뭐지' 하고 생각하고 있을 것이다. 나는 어깨를 움츠린 채 조심스레 말을 꺼냈다.

"이제 막 시작했는데, 엄마 성격에 곧장 결혼을 시키려고 닦달할 것 같아서 비밀로 하고 있거든요. 그래서 이렇게 이상한 방법으로 거절하게 됐습니다. 정말 죄송해요."

"음. 그럼 그 남자분과는 결혼을 생각하고 계신……?"

가볍게 스치는 호감 정도였기에 남자는 금세 덤덤해졌다. 그의 질문에 나는 잠시 망설이다 고개를 천천히 저었다.

"좋아하지만, 결혼해서 누군가와 잘 살 수 있을지 확신이 없어서요. 서로의 밝은 면과 어두운 면을 다 보고 보이면서 사는 그런 삶이 과연 평탄할지, 그런 것들이 저한테는 좀 어렵게 느껴진다고 할까요."

"결혼이야 반드시 해야 하는 건 아니니까요. 최근에는 독신자 하우스도 꽤 열풍이고. 작년에도 세 채 정도 지었거든요."

남자는 의자에 길게 등을 기대었다. 그는 뇌리에서 이미 나를 연애 혹은 결혼 상대자 리스트에서 삭제했는지, 마치 업무를 보는 듯한 얼굴을 하고 있었다. 그쪽이 더 편하게 느껴져 나 역시 어깨에서 힘을 뺐다.

"아직은 헤어지는 순간이 별로 아쉽지 않은 모양이네요."

"……네?"

커피를 한 모금 마시며 남자가 뱉은 말에 나는 눈을 깜빡이며 되물었다. 그는 창밖을 바라보며 가볍게 한숨을 내쉬었다.

"연인들에게 오는 과정이죠. 만나면 좋고, 함께 있고 싶고, 그러다 보면 헤어지는 순간, 내가 등을 보이거나 상대방의 등을 보는 순간이 견디기 힘든 때가 오거든요. 어릴 때는 몰라도, 어느 정도 나이가 있는 상태에서 그런 순간이 오면 남자는 그때 결혼을 생각하게 되죠. 내 미래에 이 여자가 있는 그림이 가장 자연스럽구나, 하는 느낌이 오니까."

경험담인가. 묘하게 사실적으로 다가오는 말에 나는 주의 깊게 귀를 기울였다. 남자는 이미 내게 관심을 두고 있지 않았다.

"결혼도 결국 타이밍이 중요하죠. 나만 그런 기분이 들어도 안 되는 거고, 둘 다 그런 기분이 들었다고 하더라도 현실적인 뒷받침이 가능한 상태가 아니라면 쉽지 않죠. 결혼은 생각보다 돈이 드니까. 결혼을 하는 커플들은 여러모로 그런 타이밍이 잘 맞아떨어진 겁니다. 개인적으로는 꽤 어려운 확률이라고 생각해요."

과연 선을 보는 자리에서 하는 말치고는 이상했지만, 나는 집중한 채 그의 말을 들었다. 창밖 어딘가를 보던 남자가 내게 눈을 돌렸다. 아득하던 그의 눈빛이 이내 순한 웃음을 머금었다.

"선수를 빼앗겼지만, 저도 사실 적극적으로 결혼을 하고 싶은 상태는 아니거든요. 차이는 기분에 둘러대는 거 아니고, 진짜로요."

웃음이 터졌다. 나는 남자를 보며 미소 지었다.

"그런 생각 안 해요. 그냥 민폐 끼친 것 같아서 죄송할 뿐입니다."

"선택의 문제겠지만, 인생을 살면서 과연 후회 한 번 하지 않는 일이 몇이나 될까 싶어요. 결혼의 장점도 분명히 있고."

"장점이 뭔데요?"

어느새 나는 선생님께 질문하는 학생 같은 자세를 취하고 있었다. 남자가 가볍게 웃었다.

"글쎄. 여자의 경우 음식물 쓰레기를 내 손으로 버리지 않아도 된다는 거?"

생각보다 재밌는 사람이다. 나는 허탈하게 웃으며 미간을 찌푸렸다.

"요리를 잘 안 하는데요."

"음. 그럼 침대 위치를 바꾸고 싶을 때 사람을 부를 필요가 없다는 거."

갈수록. 팔짱을 끼며 미심쩍은 눈으로 바라보자 남자가 턱을 매만지며 곤란하다는 듯 눈을 굴렸다.

"뭐…… 교과서적인 답변을 하자면, 사랑하는 사람의 일상을 함께할 수 있다는 점이겠죠. 힘들 때 누구보다 빨리 도와줄 수 있고, 무슨 일이 생겼을 때 누구보다 먼저 연락을 받을 수 있고. 내가 의지할 수 있는, 가장 가까운 내 편. 날 혼자 버려두지 않을 내 가족. 뭐, 그런 거 아니겠습니까."

또다시 남자의 눈이 허공을 떠돈다. '어떤 이유로 헤어진 분이 계신가요' 하고 튀어 나가려는 말을 집어삼키려 나는 헛기침을 했다. 거기까지 파고드는 것은 예의가 아니다. 짧게 고개를 끄덕이며 나는 중얼거리듯 말했다.

"그렇게 가깝기에 사소한 걸로도 배신감을 느끼는 거겠죠. 그런 결혼 생활을 유지하기 위해 얼마만큼의 에너지가 들지 상상도 되지 않아요."

남자 역시 내 대답에서 느끼는 바가 있었을 것이다. 그는 섬세한 미소를 지으며 말했다.

"사람마다 다른 법이니까요. 상대를 내 것이라 공언할 수 있는 유일한 제도이니, 그런 생각이 들면 해도 괜찮겠죠."

"……은근히 낭만적이시네요."

"그런가요? 하하."

생각지도 못한 수다를 떨었다. 의외로 사람을 편하게 만드는 사람이다. 나는 커피잔을 만지며 말했다.

"좋은 분 만나셨으면 좋겠어요, 진심으로."

"인연이 다시 올지 모르겠습니다만."

담담하게 대꾸하는 남자의 '다시' 라는 말에 역시, 하고 나는 고개를 끄덕였다. 그는 남은 커피를 훌쩍 들이켠 뒤 빙긋 웃으며 일어섰다.

"커피 잘 마셨습니다. 그만 일어설까요?"

"아, 네. 여러 가지로 번거롭게 해서 정말 죄송……."

"미안하면 라떼 라지 사이즈 한 잔 더 얻어 마셔도 될까요? 기왕 이렇게 된 거 야근이나 할까 하는데요."

당당한 그의 요구에 나는 피식 웃음을 흘렸다. 이런 자리에서 이런 사람을 만난 건 퍽 다행이다 싶어 마음 한 켠이 가벼워졌다.

"사드리면 제가 차인 걸로 해주시는 건가요?"

"……음. 핑계는 뭘 대죠? 윤서 씨를 딱히 흠 잡을 데가……."

남자는 보란 듯이 나를 위아래로 훑어보았다. 다른 이가 그랬다면 기분이 나빴을 수도 있는 행동이었지만 그의 성격을 조금은 알 것 같아 나는 어깨를 으쓱였다.

"보자마자 연봉은 얼마나 되는지, 결혼하면 강남 쪽에 집은 해올 수 있는지부터 물어봤다고 해주세요."

순간 망연해진 얼굴로 남자가 짧게 한숨을 내쉬었다.

"그게 혹시 진짜 결혼 조건인 건⋯⋯."

"당연히 아니죠. 하지만 그렇게 말해두는 게 나중에 엄마한테 핑계 대기도 좋을 것 같아서요."

나는 남자에게 눈을 찡긋하고는 계산대로 걸어가 라떼를 주문했다. '성격이 안 맞는다, 관심이 없다' 라는 말로는 엄마를 말릴수가 없다. 아예 말도 안 되는 조건을 내걸고 그 이하는 관심도 없다는 식으로 나가는 게 더 쉽지 않은가. 덧붙여 앞으로 엄마가 내미는 사람들을 만나기도 전에 거절할 핑계가 되어줄 것이다.

점원에게서 라떼를 받아 들어 그에게 건네주자 남자가 빙긋 웃었다. 말을 할까, 말까 망설이던 나는 그의 편안한 분위기에 결국 손을 들어 그의 어깨춤을 가리켰다.

"그런데 그 어깨에 묻은 건 좀 터는 게 좋을 것 같은데요."

아, 하고 남자가 고개를 기울였다. 라떼를 들지 않은 손으로 어깨를 두드리려 했지만 여의치 않다. 나는 그에게 눈짓하고는 가볍게 어깨를 툭툭 털어주었다. 겸연쩍은 표정을 짓고 있는 남자와 인사를 나누고 우리는 카페 밖으로 나왔다.

"그럼, 오늘 감사했습니다."

"좋은 남자라면 잘 생각해 보세요. 결혼이 두렵더라도 다른 사람에게 뺏기고 후회하는 것보다는 나을 수도 있으니까."

차분하게 말을 건넨 남자가 고개를 숙이고는 내게서 멀어졌다. 그가 남긴 말을 되뇌며 나는 헛웃음을 지었다. 남자가 썩 믿을 만한 존재는 아니라고 생각하면서도 고승준에게 홀려 그를 받아들였지만 고작 이제 한 발 뗀 수준이다. 그런 내게 결혼은 산 넘고 물을 건너는 기나긴 여정의 끝처럼 느껴질 뿐이었다.

물론 불쑥 보고 싶을 때가 있지만. 지금 곁에 있으면 좋겠다고 생각하는 순간도 있긴 하지만.

숙제를 하나 마친 듯한 기분에 후우, 하고 한숨을 내쉬며 고개를 돌리던 나는 그대로 멈춰 섰다. 막 지나가다 나를 발견한 것이 아닌, 전부터 나를 지켜보고 있었던 것 같은 태도로 미림이 가만히 서 있었다.

"아, 미림 씨. 지금 퇴근해요?"

눈이 마주쳤는데도 치켜뜬 눈으로 나를 바라보는 그녀의 시선에 나는 어색하게 말을 건넸다. 왜 저런 복잡 미묘한 눈으로 나를 보고 있는지 알 수가 없었다. 원망하는 것 같기도, 뭔가 못마땅해하는 것 같기도 한 얼굴을 하고 있던 그녀가 내게 한 발 다가왔다.

"대리님, 저랑 차 한잔 해요."

달랑거리는 토트백을 손목에 끼우고 있던 그녀가 내 대답은 기다리지도 않고 카페 안으로 들어가 버렸다. 얼떨떨한 기분에 딸랑거리는 카페 문의 종소리를 들으며 잠시 나는 그대로 서 있었다.

뭐 이것도, 며칠째 때때로 묘한 시선으로 나를 보는 그녀에게 그 이유를 물을 수 있는 기회라면 기회다. 짧게 한숨을 내쉬고는, 나는 천천히 카페 안으로 들어갔다. 가벼운 피로감이 어깨를 짓누르고 있었다.

"솔직히 마음이 좀 복잡하네요."

미림은 달콤한 향기를 풍기는 핫 초콜릿을 한 모금 마시며 말했다. 나는 그 말의 의미를 유추하며 소파에 등을 기대었다. 잘 손질된 손톱을 까딱거리며 미림이 눈을 치켜뜨고 나를 응시했다. 다소 도전적인 그 시선에 거부감이 들었지만, 나는 잠자코 그녀를 마주 보았다.

"방금 나간 그 남자분이랑 사귀시는 거예요?"

허. 나는 가볍게 한숨을 내쉬었다. 왜 사람들은 남의 일에 이렇게나 관심이 많은 걸까. 이러면 어떻고, 저러면 어떻다고.

"나는 미림 씨의 사생활이 궁금하지 않은데, 미림 씨도 그래 주면 안 될까?"

내 대꾸에 미림은 피식 웃었다. 무슨 뜻인지 좌우로 고개를 흔든 미림이 길게 속눈썹을 붙인 눈을 깜빡였다.

"저 사실 대리님 별로 안 좋아해요."

……이건 또 무슨 전개야. 나는 느릿하게 미간을 좁혔다.

"내 할 일 딱 선 긋고 주변은 돌아보지 않고 난 너한테 관심 없어, 하는 태도. 가끔 엄청 불편하게 느껴질 때 있거든요. 고 대리님만 해도 그렇잖아요. 주변에 부러워하는 여자들이 얼마나 많은데 고고한 얼굴로 사귀는 거 아닌데? 그렇게 말하면 끝이고."

갈수록 가관이군. 팔짱을 낀 채 소파에 몸을 묻고 있던 나는 지끈거리는 머리를 문질렀다. 술도 안 먹은 맨 정신으로 매일 얼굴을 마주칠 윗사람에게 이런 얘길 하는 걸 보면 그녀도 보통 멘탈은 아니라는 생각이 들었다.

내가 무슨 생각을 하고 있건 전혀 개의치 않는다는 얼굴로 미림은 입술에 묻은 초콜릿을 핥았다.

"그런데 결국은 대리님도 나랑 별로 다르지 않구나, 하는 생각이 들어서요. 회사에서 이 남자, 저 남자, 간 보다가 더 괜찮은 조건 가진 남자를 선으로 만나서 사귀고."

"미림 씨, 지금 뭔가 단단히 오해를 하고 있는 것 같은데."

"그럴 거면 그렇게 남자에 관심 없는 척은 하지 마시든지요. 고 대리님이 챙겨주는 건 다 받으면서 말로만 아무 관계 아니다, 그러는 거 솔직히 위선적이잖아요."

……위선까지 나왔네. 나는 뜨악한 눈으로 미림을 바라보았다. 그녀는 분명 일에 열중하지 못하고 가끔은 되바라진 면도 보였지만 아직 사회 초년생이니 그럴 수 있다고 생각했다. 그러나 지금은 그렇게 양해해 줄 수 있는 선을 명백히 넘었다. 이쯤 되면 아예 싸우자고 시비를 거는 것과 다를 바 없지 않은가.

"뭐, 이해가 안 가는 건 아니지만요. 대리님도 들으신 거죠? 고 대리님 상태."

"……상태?"

차곡차곡 머릿속에 쌓아 두던 할 말의 더미가 우르르 무너져 내렸다. 불쾌한 기색을 감추지 않은 채 미림을 쏘아보자 그녀는 입술을 오물거리며 항변하듯 말했다.

"정규직이 아니라 이 년 계약직으로 들어왔다는 거요. 그거 알게 돼서 아예 다른 남자 만나시는 거 아니에요? 꽤 다정해 보이시던데."

뭐가 어떻다고? 나는 다소 멍한 눈을 깜빡이며 미림을 바라보았다. 그녀는 짧게 혀를 차며 초콜릿이 담겨 있는 찻잔을 들었다.

"모르는 척하실 필요 없어요. 저도 올해 말이면 계약 만료인데, 이번 달까지만 일하고 그만두기로 했거든요. 고 대리님도 입사한 지 이 년 좀 넘으셨으니 곧 그만두시겠죠."

"어디서 들었어, 그 얘기?"

갑작스레 미림이 그만두게 됐다는 얘기는 고승준의 이야기에 비하면 충격적이지도 않았다. 느릿하게 흘러나간 내 목소리에 미림은 비웃듯 피식 웃음을 튕겼다.

"관리팀 사람들한테서요. 고 대리님은 좀 특이한 케이스인 것 같던데, 그래 봐야 계약직은 계약직이니까요. 대리님도 그래서 갈아타신 거잖아요. 또 모르는 척하시긴."

무어라 대꾸를 하고 싶었지만 머릿속에는 고승준이라는 세 글자만 웅웅거리며 떠다녔다. 미림은 흥, 하고 코웃음 치며 말했다.

"뭐, 이해는 해요. 앞으로 수십 년 가만히 앉아서 일하면 되는, 게다가 우리 팀은 사내에서도 유독 안정적이기로 유명하잖아요. 그런 자리에 있는 대리님이 일이 년에 한 번씩 회사 옮겨 다녀야 하는 계약직 사원이랑 진지하게 뭘 해볼 생각은 없으셨겠죠. 고 대리님만 안타까울 뿐. 사실 제가 꼬셔보고 싶었는데, 그것도 여의치 않더라고요."

천진하게 중얼거리며 초콜릿을 호록, 마시는 미림을 경직된 눈으로 바라보았다. 신랄하고 건방지게 할 말을 쏟아부은 미림은 내려놓았던 가방을 손목에 걸고는 선뜻 몸을 일으켰다. 나는 멍한 눈을 들어 그녀를 좇았다.

"하여튼 회사 그만두기 전에 대리님께는 한마디 하고 싶었어요. 임 대리님도 저 싫어하시는 거 아는데요, 전 이상하게 차 대리님이 더 싫더라고요. 아닌 척하면서 항상 냉정한 얼굴로 가만히 있는 거. 사실 좀 재수 없어요."

작게 속삭이고는 미림은 또각또각, 구두 소리를 내며 눈앞에서 사라졌다. 크게 숨 한 번 내쉬지 못하고 목각 인형처럼 딱딱하게 굳어진 채, 나는 그 자세 그대로 한참 동안 앉아 있었다. 전화인지 문자인지 휴대폰이 여러 번 울렸지만, 그것을 들여다볼 정신적 여유가 없었다.

—미안. 주말에 일이 생겨서, 어딜 좀 다녀와야 할 것 같아요.

그 문자를 보내고 얼마 지나지 않아 승준이 전화를 걸어왔지만 받지 않았다. 피곤해서 일찍 잠들었다는 핑계를 다음 날 아침에 문자로 보내고, 나는 되도록 그의 전화를 받지 않도록 노력했다. 마음이 난로 위에 올려둔 주전자 속의 물처럼 부글부글 들끓어, 그를 만나기 전에 머리를 차갑게 식혀두고 싶었다.

토요일은 날씨가 흐렸다. '요즘은 왜 주말마다 비야' 라고 버스

뒷좌석에 앉은 아주머니들의 투덜거림이 들렸다. 나는 멍하니 고속버스의 창밖으로 스쳐 지나가는 풍경에 시선을 두었지만 그걸 보고 있는 것은 아니었다.

—아빠, 오늘 점심 먹으러 갈게.

이른 아침에 보낸 내 문자에 아빠는 '그래' 하고 답변을 보냈다. 무슨 일이냐고 묻지는 않으시지만, 정작 얼굴을 보게 되면 가만히 나를 훑어보며 당신 없이 내가 보낸 세월이 얼마나 힘들었는지를 가늠하실 걸 알기에 나는 억지로 입꼬리를 올리는 연습을 했다. 웃을 기분은 전혀 아니었기에 안면 근육이 다소 무겁게 느껴졌다.

생각을 정리하자. 고승준에 대해 내가 지금 느끼고 있는 이 강렬한 배신감이 어디서 기인했는지. 그가 사실은 정규직이 아니라 계약직이었고, 이제 곧 회사를 떠날 것이라고 한다. 그리고 나는 그걸 까마득하게 모르고 있었다.

솔직히 그와의 막연한 미래를 꿈꾸기도 했지만, 그것은 이제 막 관계를 시작하는 사람들 사이에서 나타나는 증후군 같은 것이지, 진지하게 그와 결혼할 생각을 하고 있는 것은 아니었다. 그에 대해 아직 그렇게 잘 알지도 못하고, 어려운 집안 상황에 대해서도 남의 입을 통해 어렴풋이 알고 있을 뿐이었다.

계약직이라는 말에 충격을 받지 않은 것은 아니었지만, 승준이 보여준 능력은 사람의 신뢰를 이끌어내는 구석이 있었다. 이 년간

일에 있어서는 결코 오점을 남기지 않는, 다른 직원들과 확연하게 차별되는 성과를 내지 않았던가.

회사가 수익을 생각한다면 그런 직원을 눈 뜨고 놓칠 리가 없다. 실제로 작년에도 계약직으로 들어왔던 비서가 일을 너무 잘해서, 그 스타일에 길들여진 전무님이 결국 그녀를 정규직으로 고용한 일도 있었으니까.

그의 업무 능력은 의심하지 않는다. 그와 업무적으로 부딪치는 일이 적지 않았기에 더더욱 그랬다. 그렇다면 내가 느끼는 이 배신감은 결국.

"……곧 회사를 떠날 거면서 나한테 말 한마디 안 했다는 거지."

나는 길게 한숨을 내쉬며 창문에 이마를 콩 하고 찧었다. 계속 옆에 있을 것도 아니면서 가만히 있는 나를 부추겨 이런 마음을 품게 한 것도 괘씸하지만.

아무리 고승준이라도 이제 노련하게 손에 익은 일을 그만두고 다른 회사를 알아봐야 할 테니 분명 스트레스를 받았을 텐데, 그런 기색이라고는 눈곱만큼도 내보이지 않았다. 나는 아직 그 정도까지 내게 의지하지 않는 그에게, 아니, 그 정도의 신뢰를 받지 못한 스스로에게 실망했던 것이다.

"이 인간이 진짜 사람을 뭘로 보고 있는 거야."

작게 중얼거리며 나는 또다시 창문에 머리를 박았다. 아니, 온전히 그의 탓일까. 내가 그런 기색을 드러낼 여유를 주지 않았던 건 아닐까. 이제 막 마음을 표현하고 싶은 여자에게 제 약점부터 내보이는 미련한 남자가 어디 있단 말인가.

어휴. 나는 길게 한숨을 내쉬며 팔짱을 꼈다. 고승준을 둘러싼 상황은 하나같이 쉽지 않았다. 그러나 내게 가장 강하게 와 닿는 것은, 더 이상은 회사에서 그를 볼 수 없게 된다는 사실이었다. 어찌 보면 그런 생각을 하고 있는 스스로가 철없게 느껴져, 나는 피식 웃었다.

사랑만 있으면 매일이 행복할 거라 생각하는 나이는 한참 지났는데.

드르륵 하고 휴대폰이 울렸다. 일어났냐 묻는 승준의 문자였다. 가만히 그 문자를 들여다보다가, 나는 짧게 답장을 보냈다.

―아빠 뵈러 가는 중이야. 다녀오면 얘기해요.

휴대폰을 내내 들여다보고 있었는지 바로 전화가 울려 나는 헛웃음을 흘리며 통화 버튼을 눌렀다.

"네."

[아버님께 무슨 일 있어?]

"아니. 그냥, 같이 식사한 지 오래된 것 같아서. 몇 주 전부터 간다 간다 하면서 미뤄 왔던 거라."

[으흠. 그래서 '굳이' 내가 온다는 오늘을 고르셨다? 차윤서, 솔직하게 말해. 무슨 일이야, 대체.]

"어이, 고승준."

[……뭐?]

터프한 부름에 그의 목소리가 위로 치솟았다.

"이런 말을 내가 하게 될 줄은 몰랐는데."

승준이 귀를 기울이는 기척이 느껴지는 것 같았다. 나는 입술을 깨물고는 짧게 내뱉었다.

"힘들 땐 힘들다고 말해줬으면 좋겠어."

다소 뜬금없이 튀어 나간 말에 승준은 잠시 침묵했다. 끙, 하고 낮은 신음 소리와 함께 이내 그가 목소리를 냈다.

[……좋은 말이긴 한데 왜 달콤하게 느껴지지 않는지 모르겠군. 얼굴을 못 보고 들어서 그런가.]

"서울에 왔어?"

[스토커처럼 들릴까 봐 말 안 하려고 했는데, 사실 차윤서 집 앞이지.]

"뭐라고?"

버럭, 소리를 지르자 승준이 도리어 버럭 맞받아쳤다.

[얼굴을 못 보니 집이라도 보려고 왔다! 멀쩡히 아주 잘 있네! 너무 멀쩡해서 일주일 전이 아주 꿈같이 느껴진다!]

"그걸 지금 말이라고. 빨리 집에 가서 쉬기나 해."

[내일 올라올 거야?]

"점심 먹고 오후에 다시 올라갈 생각이야."

[그럼 데리러 가고 싶은데.]

"……새벽에 운전해서 서울까지 올라온 거잖아. 그런데 여길 내려오겠다고? 내일 보면 되잖아요."

[아니, 오늘 보지 않으면 입안에 가시가 돋을걸. 입 밖에도 돋아

서 아주 흉측해질지도 모른다고. 그래도 좋아? 이 잘생긴 얼굴을 못 봐도 좋은 거야?]

"네. 뭐, 그렇게 썩 아쉽진 않네요."

일부러가 분명하다. 갑자기 수화기에 대고 후욱, 하고 거칠게 한숨을 내쉬는 바람에 귀가 따가워 나는 휴대폰을 멀리하며 미간을 잔뜩 찌푸렸다. 이 인간이 진짜!

[윤서야.]

어린애 같은 장난에 신경질을 내려던 나는 그의 나직한 부름에 입을 다물었다. 왜, 하고 퉁명스레 대답하자 승준이 속삭였다.

[너무 불안하게 하지 마.]

자잘한 감정의 파문들이 일렁이는 듯한 목소리. 순간 심장이 덜컹이는 듯한 느낌에 나는 눈을 들어 창밖의 흐린 풍경을 바라보았다.

"나."

[응.]

조급하게 대답하는 그의 반응에 나는 가볍게 미소를 머금었다.

"고승준이라는 사람에 대해서 더 많이 알고 싶어."

[……궁금한 건 뭐든 물어봐. 솔직하게 말할게. 나도…….]

말끝을 흐리던 승준이 짧게 한숨을 내쉬고는 말을 이었다.

[하고 싶은 말들이 있었어.]

아, 그 얘기들을 하려는 걸까. 나는 묵묵히 고개를 끄덕였다.

"그럼 버스 터미널로 와요. 그렇지만 아무리 생각해도 그냥 내일 보는 게……."

[난 보고 싶어서 이렇게 몸이 달아 있는데 자꾸 그렇게 말하면 서운하다, 차윤서.]

하여튼 간지러운 얘기를 잘도 한다니까. 입술을 깨물던 나는 끊어! 하고 내뱉으며 전화를 끊었다.

어쩌면 너무 무거운 얘기일지도 모른다. 그런 얘기를 잘 감당할 수 있을까. 그가 상처받지 않게 하려면 어떤 식으로 대답해야 할까. 나는 길게 한숨을 내쉬며 의자에 등을 기대었다. 나도 아직 하지 않은 이야기가 많았다.

─■─□─■── #13 ──■─□─■─

　정류장에 털털거리는 오래된 트럭을 끌고 나온 아빠는 나를 곧
장 갈비탕집으로 데려갔다. 비가 가늘게 내리고 있었다. 나는 조
금 더 마르고 수염이 까칠하게 난 아빠의 얼굴을 조용히 바라보았
다.

　"회사는 어떠냐?"

　아빠는 가볍게 들떠 보였다. 무뚝뚝하고 말수가 적은 아빠의 뺨
이 미미하게 상기되어 있다. 나는 숟가락을 놓으며 미소 지었다.

　"매일 똑같지, 뭐. 아주 바쁜 시기는 이제 지나갔어요."

　"얼굴이 아주 홀쭉하고만. 밥은 잘 먹고?"

　"아빠 얼굴이 더 홀쭉하다."

　"요즘 작업이 많아서 그래."

'갈비탕 두 개요' 하고 아주머니가 펄펄 끓는 뚝배기를 내려놓았다. 숟가락을 쥔 아빠의 손에는 긁혀서 딱지가 앉은 상처가 여럿 있었다. 마음이 물렁해져 나는 눈을 내린 채 갈비탕을 휘휘 저었다.

"무슨 작업을 그렇게 많이 해? 쉬엄쉬엄 하시지."

"가구가 좋다고들 한다. 서울 공장에서 뽑아낸 것보다 튼튼하고 질이 좋은 것 같다고. 알음알음 소개받아서 오기도 하고 그래."

덤덤하게 대답하며 탕을 후후 부는 아빠의 눈가에는 생기가 은은하게 돌고 있었다. 일이 없어 가만히 앉아 계시는 것보다는 훨씬 좋은 일인가, 생각할 정도로 무뚝뚝한 얼굴이 은근히 밝다. 무어라 잔소리를 하려던 나는 피식 웃으며 숟가락에 잘 익은 깍두기를 얹었다.

"뭐, 별일 없냐?"

뜬금없이 툭 묻는 아빠의 말에 고개를 저었지만 갈비탕을 우물거리는 아빠의 시선은 내게서 떨어지지 않았다.

"딱 좋은 나이에 연애도 안 하고. 이런 데는 왜 쓸데없이 내려와."

"……아빠를 보러 내려오는 걸 쓸데없다고 생각하는 사람이 되고 싶진 않은데."

물론 그런 것치고는 자주 오진 않았지만. 입술을 오물거리자 아빠의 메마른 입술이 희미하게 곡선을 그렸다.

"말 돌리기는."

"아빠는 없어? 만나는 분."

"내년이 환갑인데 쓸데없는 소릴."

"나도 내년이면 서른인데. 아빠 딱 절반이네."

"괜찮은 사람 있으면 잘 만나봐. 사람 성실하고 너한테만 잘하면 그걸로 된 거다."

나는 부드럽게 뜯어지는 갈빗살을 씹어 삼켰다. 입안을 감도는 훈훈한 풍미에 마음이 노곤해진 탓일까. 의도치도 않은 말이 튀어나왔다.

"만나는 사람이 있기는 해."

"그래?"

순간 언성을 높이는 아빠의 숟가락에서 맑은 국물이 후루룩 흘러내렸다. 아마도 정식으로 아빠 앞에서 누군가를 만난다고 말한 것은 처음이기 때문일 것이다. 괜히 귓가에 홧홧하게 열이 오르는 것 같아 나는 일부러 아빠의 시선을 피한 채 밥을 먹었다.

"어, 그, 몇 살인데? 무슨 일 하고. 부모님은 뭐 하시나?"

혼잣말처럼 줄줄이 묻는 아빠의 말에 나는 미간을 찌푸리며 풋, 웃고 말았다. 이렇게 조급하게 묻는 아빠는 처음 봤다. 주름진 눈을 큼지막하게 뜬 채 나를 보고 있는 아빠를 마지못해 응시하며, 나는 입술을 삐죽였다.

"회사 사람이야. 만나기 시작한 건 얼마 안 됐어. 부모님은, 음, 아직 잘 모르겠어."

"그래…… 잘됐네. 잘됐어. 잘 만나봐라. 좀 살갑게 굴고."

고개를 크게 끄덕이며 내뱉는 아빠의 말에 나는 대번에 눈썹을 치켜올렸다.

"내가 왜? 어디가 어때서."

"남자들은 잘 웃고, 살갑게 말도 붙여주고 자기 얘기 잘 들어주는 여자를 최고로 좋아한다. 윤서 너는 아무래도 좀 무뚝뚝한 데가 있으니까."

"아빠!"

그렇게 진지한 표정으로 충고하듯 말씀하시면 상처받거든요.

나도 모르게 버럭 소리 질렀지만 엄숙하기까지 한 아빠의 표정에는 흔들림이 없었다.

"어릴 때부터 새침하고, 친구도 몇 안 사귀고 그랬었지. 성격이 그래서 외지 생활 어떻게 하나 했었는데."

지난날을 돌아보는 것처럼 시선이 멀어지는 아빠를 바라보며, 나는 잠자코 입으로 밥을 밀어 넣었다. 고등학교 때 엄마와 함께 올라온 서울은 내게 낯설었고 불친절했다. 어중간한 시기의 전학인 데다 아빠 말처럼 수더분한 성격이 못 돼서 이렇다 할 친구도 사귀지 못했다.

갑작스레 겪게 된 모든 불편한 상황의 책임을 부모님께 돌리며, 곁에 있는 엄마를 비난하고 눈앞에 없는 아빠를 원망하며 울던 날도 부지기수였다. 그때의 막막함을 떠올리며 우리는 한동안 조용히 갈비탕을 먹었다. 어느샌가, 하늘에서 빗방울이 떨어지고 있었다.

"이런 날에도 일하시는 거예요? 날씨가 쌀쌀하잖아."

"장작이나 좀 땔까 하고. 안에 들어가 있어라."

아버지의 집, 한때는 엄마와 내가 함께 살던 집은 그다지 달라진 게 없었다. 전에 쓰던 창고 방의 벽을 터서 간이 작업실을 만든 것을 제외하면 말이다. 낡은 집의 축축한 먼지 냄새에 나는 길게 한숨을 내쉬며 집 안을 뒤져 걸레를 들었다. 아빠는 깔끔한 성격이었지만 아무리 그래도 집에는 묵은 때가 한가득이었다.

처마를 타고 빗방울이 떨어지는 소리가 청량하다. 걸레질을 하던 나는 무심코 밖을 내다보며 한동안 그 소리에 귀를 기울였다. 희미하게 안개가 피어오르듯 그리운 느낌이 피부에 젖어드는 것 같았다.

"자고 가라."

우산을 쓴 채 걸어오던 아빠가 툭 내뱉었다. 빗줄기가 굵어지는 걸 보고 하신 말씀이겠지, 내일은 일요일이고. 무심코 고개를 끄덕이던 나는 아, 하고 입을 벌리고 말았다.

"왜."

"아, 그, 잠깐. 어디 전화 좀."

설마. 비가 이렇게나 오는데 포기했겠지. 아니, 포기했어라, 제발. 시간을 흘끗 보자 세 시가 다 되어가고 있었다. 나는 서둘러 휴대폰을 찾아 승준에게 전화를 걸었지만 받지를 않는다. 전원이 꺼져 있다는 말에 두세 번 연속해서 걸어봤지만 마찬가지였다.

"왜 또 전화는 꺼져 있어! 어휴."

이걸 어떻게 해야 하나. 비가 그치기만을 기다려야 하나. 왜 전화는 안 받지. 설마 무슨 일이 있는 건 아니겠지.

아까까지 느긋하게 감상에 젖어 있던 심장이 갑자기 카페인이라도 들이부은 것처럼 쿵쿵대며 뛰기 시작했다. 초조해져 휴대폰을 품에 안은 채 서성이던 내 눈에 마당에서 조용히 나를 보고 있는 아빠가 비쳤다.

"뭐 그렇게 똥 마려운 강아지처럼 그래?"

"어, 아니, 그게. 비, 비가 언제까지 올까?"

"하늘 보니까 꽤 내릴 것 같다. 들어가 있으래도."

미심쩍은 눈으로 나를 훑어보는 아빠에게 떠밀려 나는 방으로 들어갔다. 고등학교 때까지 쓰던 내 방은 수 년간의 먼지가 내려앉은 것 말고는 달라진 게 없어 보였다. 침대와 책상, 작은 책장이 전부인 방. 나는 싱글 침대에 털썩 앉고는, 다시 한 번 승준에게 전화를 걸었다. 받지 않았다.

아빠께 인사는 시켜야겠지. 벌써, 그것도 이렇게 갑자기? 엄청 부담스럽지 않을까. 그럴 의도는 정말 없었는데. 점심만 먹고 대강 집 좀 정리하고 올라간다는 내 생각이 짧았구나. 아빠는 당연히 내가 자고 갈 거라고 생각하신 건가. 그냥 간다고 하면 내색은 안 하셔도 엄청 서운해하시겠지.

이불이 깨끗하게 정리되어 있고 책상을 물걸레로 훔친 지 얼마 되지 않은 듯한 흔적이 남아 있었다. 나는 길게 한숨을 내쉬었다. 아빠를 향한 죄송한 마음과 승준에 대한 걱정으로 복잡한 머리를 가볍게 문지르고 있는데 똑똑 하고 어색한 노크 소리가 들렸다.

"아, 아빠?"

"어, 그래. 아빠 저기 사거리에 세방 슈퍼 좀 다녀오마."

"뭐 사려고요?"

"그 집에서 반찬을 가끔 얻어먹는다. 물이랑 달걀도 좀 사와야 할 것 같아서."

"그럼 나도 같이……."

"서울서 매일 출근하는 놈이 피곤하게 괜히. 낮잠이나 한숨 자고 있어."

협상의 여지라고는 조금도 주지 않고 단칼에 내 말을 자른 아빠가 문을 닫고 사라졌다. 그래, 그러고 보면 아빠는 저런 성격이었지. 엄마가 사람 말은 들을 생각도 안 하는 고집불통이라고 말하던 게 떠올라 나는 씁쓸하게 미소 지었다.

때로는 독선적이지만, 그 독단의 뒤에는 배려가 숨어 있는 경우도 있었다. 십대의 어리고 눈앞에 보이는 것만 믿는 내가 알아채기에는 지나치게 꽁꽁 숨겨져 있을 때가 많았지만 말이다.

부부의 사정이란 아무리 자식이라도 알지 못하는 경우가 많다. 그래도 엄마가 조금 더 아빠를 이해했다면 좋았을걸, 하는 생각이 드는 것은 어쩔 수 없었다. 나는 아빠의 발걸음 소리가 멀어지는 것을 들으며 잠시 후에 조용히 방에서 나왔다.

터미널이라면 걸어서 15분쯤 걸릴 것이다. 연락이 안 되니 거기서 승준을 기다리는 수밖에. 비가 오고, 주말 오후이니 차가 좀 밀릴 것이다. 그렇다고 해도 점심 먹고 출발한다고 했으니 시간이 거의 엇비슷하게 맞을 것 같았다.

나는 방 앞에 있는 신발장을 뒤져 장우산을 꺼내 들고는, 찰박

찰박 비를 밟으며 터미널을 향해 걷기 시작했다. 마음이 급했다.

○—■—○—■

하필 이럴 때.

승준은 전원이 꺼진 휴대폰을 바라보며 짧게 혀를 찼다. 버스 터미널에 가까워지면서 윤서에게 전화를 하려고 휴대폰을 보고서야 방전되었음을 깨달았다.

평소의 그라면 이런 실수를 했을 리가 없지만 출장지에서 일을 마감하며 새벽 2시까지 술자리에서 붙들려 있었고, 겨우 두 시간 눈을 붙인 뒤 총알 같이 서울로 달려온 것에 이어, 집에 들러 대충 짐을 풀고 씻은 뒤에 간단히 배를 채우고 또 두 시간이 넘게 달려온 것이다. 아주 멀쩡한 상태라고 보기는 힘들었다.

쓰러져 잠들더라도 차윤서 무릎 위에서 잠들리라. 주문처럼 그 말만 되뇌며 승준은 형형한 눈으로 운전대를 붙잡았다. 쏟아지는 빗줄기 사이에서도 그는 오직 그 생각만 하며 달렸다. 덕분에 장시간 운전으로 인한 허리의 통증쯤은 쉽게 이겨낼 수 있었다.

별수 없이 터미널에 차를 세운 그는 혹시나 싶어 윤서를 찾아보았지만 보이지 않았다. 터미널을 세 바퀴 정도 느릿하게 돈 후, 승준은 편의점을 찾아 들어갔다.

휴대폰 충전을 맡기고 물을 한 병 산 그는 밖을 내다보며 목을 축이기 시작했다. 비가 와서일까. 마음이 파문이 이는 수면처럼 쉴 새 없이 찰랑거린다. 그 원인은 물론 차윤서였다.

토요일의 약속을 정할 때까지만 해도 그녀는 늘 그렇듯 약간은 퉁명스러웠지만 조금 들떠 있는 것이 은근히 느껴질 정도였다. 그러다 갑자기 주말에 일이 생겼다며 그의 전화를 하루쯤 피했고, 오늘은 뜬금없이 힘들 땐 힘들다고 해줬으면 좋겠다고 속삭였다.

다행이라면 그 말이 대략 이틀간 앞이 보이지 않는 구렁텅이에 빠진 것 같던 그의 기분을 덜 불안하게 만들어줬다는 것이고, 불행이라면 여전히 차윤서가 무슨 생각을 하는지 모르겠다는 것이다. 승준은 습기를 머금은 머리칼을 슥슥 쓸어 넘겼다.

사람과 사람이 알아가고, 서로를 곁에 오래도록 둔다는 것은 기본적으로 신뢰가 밑바탕이 되어야 한다. 심지어 제 약점까지 생각 없이 드러내게 되는 '연애' 관계에서는 두말할 나위가 없을 것이다.

상대를 속이지 않고 솔직하게. 비록 그것이 제 살을 깎아먹는 셈이라고 하더라도.

승준은 그런 생각을 하고 있었다. 애초에 무언가를 숨긴다는 것은 유쾌하지 않은 일이었고, 애정을 품은 사람을 상대로는 더더욱 그렇다. 당당해질 수가 없으니까. 그런 비밀에서 시작된 균열이 얼마나 쉽게 관계를 깨뜨리는지, 그는 잘 알고 있었다.

도망치게 절대 두지 않을 거야, 차윤서. 늦게 타기 시작한 불씨가 가장 오래 타는 법이거든.

곧 만나게 될 그녀에게 대뜸 입부터 맞추면 뺨을 맞을까, 안 맞을까를 두고 곰곰이 생각하던 승준의 눈이 가늘어졌다. 제 차 근처에 낡은 트럭 한 대가 멈춰 서고, 중년의 남녀가 차에서 내려섰다. 표정이 어둡고 다급해 보여 저절로 시선이 따라갔다.

터미널 근처에 서 있는 사람들을 무작위로 붙잡고 무언가 물어보던 그들은 이내 편의점 안으로도 들어왔다. 우산을 쓸 여유도 없었는지 비에 젖은 두 사람이 편의점 안을 두리번거렸다. 여자가 계산대에 서 있는 직원에게 물었다.

"혹시 우리 어머님 못 보셨어요?"

"여기 안 오셨는데요. 또 집 나가셨어요?"

"네에…… 분명 터미널로 오셨을 텐데."

"터미널 안쪽을 먼저 찾아봅시다."

남자가 묵직하게 말했다. 말투에서 느껴지는 거리감으로 볼 때 부부 사이는 아닌 것 같았다. 창백하게 질린 얼굴로 비틀거리던 여자가 어렵게 고개를 끄덕였다. 남자가 투박한 손을 그녀의 어깨 위에 올리고는 가볍게 두드렸다.

"내가 찾아볼 테니 여기서 잠깐 쉬고 있어요."

"아니에요, 저도……."

"편의점으로 오시는 일도 종종 있었으니까 여기서 기다리는 게 낫겠소."

무뚝뚝하게 중얼거린 남자가 여자를 두지 않고 곧장 편의점을 나섰다. 사라진 남자를 망연히 바라보며 서 있는 여자는 승준의 어머니보다는 훨씬 젊어 보였지만 왜소한 체격과 파리한 낯빛이 그의 어머니를 연상시켰다.

순간 그녀가 다리에 힘이 풀린 듯 휘청거려 승준은 얼른 다가가 등을 감싸 주었다.

"괜찮으세요?"

"아, 네. 죄송합니다."

목소리가 금방이라도 꺼질 것처럼 흔들리는 촛불 같았다. 승준은 제가 들고 있던 물병을 내밀었다.

"입은 대지 않았어요. 목 좀 축이세요."

"아니에요, 괜찮아요."

고개를 내젓는 여자의 주름진 눈가가 흠뻑 젖어 있었다. 계산대에 서 있던 편의점 직원이 말을 거들었다.

"그러세요. 아주 얼굴이 바싹 마르셨어요. 어머님 곧 찾으실 거예요. 비만 오면 나오시니까 이제 동네 사람들도 잘 알고 있고, 또 멀리는 안 가시잖아요."

"터미널 주변에는 워낙 차가 많이 드나드니까, 혹시라도 무슨 사고라도 날까 봐. 비가 이렇게 와서…… 혹시라도……."

작게 흐느끼며 여자가 얼굴을 감쌌다. 승준은 그녀와 직원의 눈치를 살피며 차분하게 물었다.

"어머님이 혹시 어떻게 생기셨습니까? 저도 나가서 찾아볼게요."

"그래도 어떻게……."

"괜찮습니다. 얼마간 시간이 있어서요."

여자는 절실하지만 한편으로는 외부인에 대한 거리낌이 담긴 눈으로 승준을 바라보았다. 그러나 이내 흘러내린 눈물을 닦아내며 인상착의를 설명해 주었다. 승준은 고개를 끄덕였다.

"혹시 찾으면 여기로 오겠습니다. 중간에 찾으시면 저는 신경 쓰지 말고 가시고요."

"고맙습니다."

고개를 숙이는 여자를 뒤로하고 승준은 편의점을 나섰다. 어딜 어떻게 찾아봐야 할지, 초행길이라 잘은 알 수 없었지만 한 명보다는 두 명이 나으리라. 그는 주변을 둘러보며 키가 제 허리보다 조금 높고 허리가 굽은, 백발에 자주색 털조끼를 입은 칠십대의 할머니를 찾았다.

널찍하고 사람들의 눈에 띄기 좋은 곳에 계셨다면 눈에 익은 동네 사람들이 이미 발견했을 것이다. 승준은 터미널 휴게실 뒤쪽이나 화장실, 무엇을 넣어두는지 모를 수납함 근처를 뒤졌다. 비가 그의 머리칼과 목덜미를 축축하게 적시고 있었다.

'아, 이번만큼은 감기를 피할 수 없을 것 같군, 그동안 제법 잘 버텼는데' 하고 생각할 무렵, 그는 구석진 차고 뒤편에서 쓰레기통으로 사용하는 듯한 커다란 고무통 근처에서 희끗한 무언가를 보고 돌아섰다. 백발의 노인이 몸을 웅크린 채 앉아 있었다.

"……할머니?"

홀쭉한 입을 오물거리며 노인이 고개를 들었다. 인상착의가 맞다. 짧게 한숨을 내쉰 승준이 조심스레 그녀의 곁에 다가갔다. 노인이 동그란 눈을 깜빡였다.

"오빠?"

목소리가 가늘고 새치름하다. 승준은 헛기침을 하며 젖은 머리를 쓸어 넘겼다. 목덜미에 은은한 열기가 느껴지고 있었다.

"저, 지금 따님이, 아니, 며느님일 것 같지만. 찾고 계십니다.

저랑 같이 가세요, 할머니."

"오빠. 오빠, 왔구나? 서울서 나 보려고 왔구나?"

주름진 입술로 함빡 웃으며 노인이 힘겹게 몸을 일으켰다. 어디서 넘어지기라도 하셨는지 앞섶이 진흙투성이였다. 그러나 승준은 아이처럼 천진하게 웃으며 제게 달려와 품에 답싹 안기는 노인을 어쩌지 못했다.

"네. 같이 저쪽으로 가세요. 기다리는 분이 계시니까."

"업어줘. 나 업어줘, 오빠. 다리가 아파. 아파서 걷기가 힘들어."

투정 부리듯 노인이 그의 팔을 잡고 늘어졌다. 승준은 부드럽게 웃고는, 무릎을 굽혀 몸을 낮췄다.

"자, 업히세요. 저희 어머니 말고는 업어본 여자가 없으니까, 2등석은 되는 겁니다."

얄팍한 목소리로 웃은 노인이 얼른 그의 등에 올라탔다. 그 가벼운 무게가 어쩐지 가슴을 콕콕 찔러 승준은 그녀를 업은 채 몸을 일으켰다.

"비가 오니까 조금 빨리 달릴 거예요. 놀라지 마세요."

"달려, 오빠. 버스처럼 빠르게."

노인이 꼬챙이처럼 가느다란 팔을 휘휘 흔들었다. 승준은 주변을 살피며 걸음을 옮기기 시작했다. 점점 굵어진 빗줄기에 흠뻑 젖은 몸을 움직이며 순간 '내가 지금 여기서 뭘 하고 있지' 하는 생각이 멍하니 스쳐 그는 피식 웃었다.

이 꼴을 하고 있는 걸 본 윤서가 어떤 표정을 지을지 눈에 선하다. 또 불쌍한 척하려는 거냐며, 두 번은 안 속는다고 퉁명스레 말할 것이다.

이런 수는 여러 번 쓰면 영 안 먹히는 법인데.

짧게 혀를 차며 승준은 편의점 안으로 들어섰다. 퀭한 눈으로 뚫어져라 밖을 보고 있던 여자가 달려 나왔다.

"어머니!"

"오빠. 오빠가 날 보러 서울서 왔어, 오빠가."

노인의 팔이 목을 꽉 죄어 승준은 마른기침을 내뱉었다. 여자가 긴장이 탁 풀린 표정으로 승준에게 고개를 숙였다.

"고맙습니다. 정말 감사해요."

"별로 어렵지도 않았는데요."

"옷이…… 이렇게 엉망이 돼서 어떡해요."

"신경 쓰지 마세요."

승준은 그녀에게 웃어 보이며 흙이 묻은 옷자락을 가볍게 털었다. 여자는 휴대폰을 들어 누군가에게 '찾았어요' 하고 빠르게 내뱉고는 노인에게 손을 내밀었다.

"어머니, 이제 내려오세요. 집에 가셔야죠."

"오빠, 집에 가. 같이 가."

"아, 할머니. 저는 볼일이 있어서……."

"같이 가! 집에 같이 가! 서울로 밤차 타고 도망가려고 그러지!"

등에 올라탄 노인이 버둥거리며 소리 질렀다. 그대로 미끄러질 것 같아 그녀를 단단히 추켜올리며 승준이 곤란한 눈으로 여자를 바라보았다. 여자도 답이 없는 눈이었다.

"저희 어머님이 비 오는 날이면 종종 터미널에 나와 계시거든요. 오빠가 서울에서 올 거라고 하시면서요. 평소에는 이 정도는 아니신데, 비가 오면 심해지셔서. 이걸 어떡하죠."

어느새 노인은 승준의 목을 끌어안은 채 소녀처럼 펑펑 울고 있었다. 목덜미를 타고 뜨끈한 눈물이 흘러내린다. 떼를 부리는 열 살짜리 꼬마를 업고 있는 것 같았다.

이러지도 저러지도 못하고 있을 때, 편의점 문이 열리고 아까의 남자가 들어섰다. 어깨가 비에 흠뻑 젖어 점퍼가 어두운 색깔로 변해 있었다.

"윤서 아버지, 죄송해요. 괜히 또 폐를 끼쳐서."

"그런 말 맙시다. 평소에 폐를 끼치는 건 나니까. 도와줘서 고맙소."

남자가 승준에게 말했다. 날카롭고 완고하게 뻗은 눈매는 여전히 정정한 힘이 흘렀다. 윤서 아버지라는 말에 눈을 깜빡이며 설마 하던 승준은 남자를 뒤따라 편의점에 들어오는 누군가를 보고아, 하고 입을 작게 벌렸다.

"아빠, 세방 할머니 찾으신 거예요?"

반갑다. 뭐라 말로 표현하기 어려울 만큼 반갑다. 일주일 만에 보는 차윤서. 특히나 이런 상황에서 보는 차윤서가.

승준은 저를 발견한 윤서의 눈이 서서히 커지는 것을 즐거운 마음으로 지켜보았다. 그녀가 버럭 소리를 내질렀다.

"고 대리님!"

"……승준 씨라고 부르면 얼마나 좋아."

그의 예상을 한 치도 빗겨나가지 않은 호칭에 승준은 피식 웃고 말았다. 윤서는 할머니를 업어 허리를 구부정하게 숙이고 있는 그의 곁에 다가오며 남자의 눈치를 살폈다. 묵묵히 날아오는 남자의 시선에 승준은 목을 가다듬었다.

성격이 아주 예민하고 까다롭기로 유명한 성원의 박 사장을 상대할 때도 긴장한 적이 없던 그였지만, 지금만큼은 목덜미에 바짝 근육이 솟아 있었다.

"너 아는 사람이냐?"

"어, 그게……."

승준은 그녀를 안다. 냉정하게 생겼으면서 마음 약한 구석이 있어서 반쯤은 제 억지에 넘어간 것이다. 그녀의 아버지가 이민석에 대해 알고 있을지는 의문이었지만, 여러 가지로 봤을 때 윤서는 아직 자신을 부모님께 소개하고 싶지 않을 것이다. 짧은 순간 그런 판단을 내리며, 승준은 가볍게 웃는 얼굴로 남자를 향해 고개를 숙였다.

"안녕하세요, 아버님. 차윤서 대리와 같은 회사에서 근무하고 있는 고승준이라고 합니다."

"아, 회사분이셨구만. 여기까지는 무슨 일이오?"

"그게, 마침 근처에 일이 있어서……."

당황한 얼굴을 하고 있는 윤서를 흘끗 바라보며 무어라 덧붙이려던 승준은 순간 제 목을 꽉 조이는 할머니의 손에 숨을 멈췄다.

"집에 가! 빨리! 빨리 가자니까!"

"어머님! 일단 내려오세요."

"차라리 제가 업겠습니다."

남자가 앞으로 나섰지만 할머니는 그럴수록 더욱 세게 승준의 목을 끌어안은 채 매달렸다. 숨이 막혀 잔기침을 쿨럭이며 승준은 그녀의 뼈가 앙상한 팔목을 부드럽게 쥐었다.

"일단 댁으로 모시죠. 그게 좋겠습니다."

"그래도, 괜찮겠어요?"

여자가 미안한 눈으로 그의 눈치를 살폈다. 승준은 흔쾌히 고개를 끄덕였다. 어차피 그의 목적이었던 윤서를 만났으니, 이제 급할 건 없었다.

"제 차로 모시고 가겠습니다. 길은 차윤서 씨가 알고 있겠지? 안내 좀 해줘."

"……네."

무언가 탐탁지 않은 얼굴을 하고 있던 윤서가 이내 고개를 끄덕였다. 잘 부탁한다며 여자가 고개를 숙이며 할머니의 손을 몇 번 쓰다듬고는, 남자와 함께 트럭으로 향했다.

"그럼 우리도 가볼까? 할머니. 제 차로 모실 거예요. 앉아 계실 수 있죠?"

"싫어. 같이 가. 오빠도 같이 가."

연약한 팔이 완강하다. 잠시 생각에 잠기던 승준은 주머니를 뒤적여 윤서에게 열쇠를 내밀었다.

"아무래도 네가 운전하는 게 낫겠지?"

"……운전을 할 수 있는지를 묻는 게 먼저 아냐?"

미간을 찌푸린 채 불퉁스레 윤서가 대꾸했다. 이 아가씨가 뭐에 또 이렇게 뿔이 났나. 그래 봤자 예쁘기밖에 더해? 승준은 씨 웃으며 고개를 낮추고는, 또렷하게 저를 보고 있는 윤서의 눈을 응시하며 말했다.

"작년 워크숍 뒤풀이 때, 박 팀장님 차 운전해서 모시고 가는 거 봤거든."

"별걸 다 기억하셔."

"당연하지. 그 후에 비슷한 수법으로 차윤서한테 접근하려다 실패했던 뼈아픈 과거가 있으니까."

뭐, 하고 윤서가 눈살을 찌푸린다. 작게 벌린 입술이 도톰한 꽃잎처럼 예쁘다. 승준은 고개를 기울여 재빨리 그녀의 입술에 키스했다. 따뜻한 온기를 잠시 만끽한 그가 고개를 들자 눈을 휘둥그레 뜬 채 놀란 윤서의 얼굴이 눈에 들어왔다. 그는 싱긋 웃어 보였다.

"이 정도 포상은 너그러이 수여하시지. 그동안 애탄 걸 생각하면 턱없이 부족하지만."

"당신…… 열 있어?"

눈을 깜빡이던 윤서가 눈썹을 치켜올렸다. '응?' 하고 되묻던 승준은 갑작스레 제 머리를 쥐어뜯는 할머니의 손길에 헉, 하고 숨을 들이켰다. 할머니가 그의 등 위에서 버둥거리며 그의 머리칼을 마구잡이로 움켜쥐고 있었다.

"이 바람둥이! 이 천하의 바람둥이가! 어딜 함부로 주둥이를 놀리고 다녀, 이 썩을 놈!"

"아아아, 윤서야, 잠깐만, 할머니 손 좀……."

옹골지게 움켜쥔 주먹이 딱, 하고 승준의 머리를 난타했다. 손을 놓으면 몸부림치는 할머니를 놓칠 것 같아 그는 별수 없이 요령껏 고개를 요리조리 돌려 피하려 했지만 쉽지 않았다. 웃음을 참는 듯한 얼굴로 윤서가 다가와 할머니를 토닥였지만 성난 그녀의 주먹은 차에 올라타 승준이 그녀의 손을 붙잡을 때까지 멈추지 않았다.

비는 멈추지 않았다. 낯선 차를 운전하는 게 어색한지 윤서는 속도를 내지 않았다. 흔들림 없이 느리게 운전하는 차가 안락하다. 몇 번 말을 걸었지만 운전에 집중한 윤서가 룸미러로 그에게 말 시키지 말라는 눈치를 줘서, 승준은 어느새 제 무릎을 베고 잠들어 버린 할머니의 젖은 백발을 내려다보며 꾸벅거리다 깜빡 잠들고 말았다.

"정말 감사해요."

"아닙니다. 별일 아니었는데요."

승준은 '세방 슈퍼'라고 새겨진 낡은 간판 앞에서 고개를 숙이는 여자에게 마주 고개를 숙였다. 짧게 눈을 붙여서 그런지 머리가 다소 멍멍하다. 여자는 진흙이 말라붙은 승준의 셔츠를 멋쩍은 눈으로 계속 흘긋거렸다.

"우리 집에 갑시다. 괜찮다면 내 옷이라도 내줄 테니."

"예, 그럼 폐 좀 끼치겠습니다."

조금은 망설일 줄 알았는지 윤서의 아버지, 기철이 오히려 눈을 끔벅였다. 승준은 서글서글한 표정으로 그를 향해 웃고 있었다.

키가 훌쩍 크고 체격도 제법 남자답다. 지나치게 멀끔하게 생긴 얼굴이 마음에 걸리긴 하지만 성격도 수더분하고 살가워 보였다. 무엇보다 그의 딸, 윤서가 내내 그를 훔쳐보고 있음을 기철은 눈치채고 있었다.

"아빠, 집에 해열제 같은 거 있어요?"

"전에 사 둔 게 남아 있을 것 같다만. 너 어디 아프냐?"

"아니요. 제가 아니라 이 사람이 열이 좀 있는 것 같아서요."

"약 먹을 정도는 아니야."

승준이 고집스레 고개를 저었지만 윤서는 그를 가늘게 뜬 눈으로 흘겨보았다. 이야기를 듣고 있던 여자가 제가 가진 게 있다며 슈퍼로 들어갔다 나와, 진통제 몇 알을 내밀었다. 그녀는 과자와 음료수가 든 봉투도 같이 들고 있었다.

"이거라도 가서 좀 드세요."

"감사히 잘 먹겠습니다. 저 과자 좋아합니다."

고개를 가볍게 숙인 승준이 봉투를 받아 들었다. 여자가 조금은 가벼워진 얼굴로 웃었다. 기철은 그녀에게 인사를 건네고, 윤서에게 손짓했다. 젖은 머리칼을 쓸어 넘기고 있던 윤서가 그에게 다가왔다.

"집까지 가깝고 이 앞 공터가 넓으니 차는 여기에 두고, 트럭으로 가자꾸나."

"네. 아, 아빠."

딸을 돌아보았지만 그녀는 전에 없이 무언가 망설이는 것처럼 우물쭈물하다 고개를 저었다.

"아니에요."

"자고 가는 게 좋겠다."

"네?"

기철은 눈을 커다랗게 뜨는 윤서를 가만히 내려다보았다.

"날도 어두워졌고 비도 쉽게 멈출 것 같지 않아. 서울까지 가는 중에 꽤 길이 험한 도로도 있는데, 몸이 안 좋다면 더더구나 하루 쉬고 가는 게 좋지 않을까 싶다."

뺨을 발긋하게 물들인 채 뒤쪽에서 여자와 인사를 나누고 있는 승준을 돌아보는 시선만으로도 그녀의 마음 한 조각이 보이는 듯했다. 통 남자라고는 주변에 두지를 않는 것 같더니, 저 번지르르한 녀석은 꽤 마음에 든 모양이다. 기철은 이쪽으로 걸어오는 승준을 보며 물었다.

"내일, 바쁜 일이 있는가?"

"없습니다, 아버님."

아버님이라는 소리가 잘도 나오는군.

선하게 웃는 얼굴은 흠잡을 데 없었지만 그래서 더더욱 뭐라도 흠을 잡고 싶은 마음이 심술처럼 솟는다. 기철의 표정이 자동적으로 무뚝뚝해졌다.

"집이 뭐 그렇게 깨끗하진 않지만 하루 자고 가는 게 어떤가?"

"예, 그렇게 하겠습니다."

"고 대리님."

선뜻 말을 받는 승준의 서글서글한 대답에 윤서가 슬쩍 팔꿈치로 그의 옆구리를 찌르는 것이 눈에 들어와 기철은 큼, 하고 헛기침을 뱉었다. 그는 은근한 피로감이 배어 있는 승준의 얼굴을 슬쩍 훑어보았다.

적어도 윤서의 결혼에 대해서는, 기철은 그의 전 아내와 의견이 정확하게 일치했다. 이 기회를 그냥 보낼 생각은 추호도 없었다. 윤서가 자주 내려오는 것도 아닌 데다 그녀가 마음에 둔 남자와 함께 있는 것을 볼 기회는 더더욱 흔하지 않다.

윤서의 기준을 통과했다면, 그다음은 자신이었다. 게다가 속이 없는 건지, 아니면 단순히 정말 피곤했던 것인지 순순히 제안을 받아들이지 않는가.

그가 변변치 않은 남자라면, 윤서가 설사 그를 좋아하더라도 그대로 둘 수 없다. 곁에 두고 보지 못해 더더욱 마음으로는 애틋한 딸이었다. 그래서 승준을 바라보는 기철의 눈초리는 점점 더 날카로워지고 있었다.

#14

모래밭을 걷는 듯한 기분이다. 까끌까끌한 모래 감촉이 불편하기도 하지만 은근히 기분 좋게 간지럽기도 한 그런 느낌. 나는 밥을 한 입 떠먹으며 승준의 눈치를 살폈다.

나조차도 조금은 낯설어진 소박한 식탁에, 그가 내 곁에 앉아 밥을 먹고 있었다. 그 광경은 묘하게 뭉클하면서도 꿈처럼 아련한 기분을 자아냈다. 그러나 한편으로는 어지간히 불편하겠다는 생각에 저절로 그의 눈치를 보게 됐다. 물론 고승준은 천연덕스러운 얼굴로 시선이 스칠 때마다 웃고 있었지만.

"술은 좀 하는가?"

"예, 소주 한두 병은 마십니다."

단정하게 대답하는 승준의 말에 아빠가 몸을 일으켜 냉장고 옆

인터셉트

에 있는 수납장에서 소주 두 병을 꺼낸다. 나는 불길한 예감에 재빨리 두 사람을 번갈아 보기 시작했다. 이 조합으로 저녁을 먹는 것만으로도 밥이 어디로 들어가는지 알 수가 없는데, 심지어 술이라니.

게다가 둘 다 내가 알기로는 소주 한두 병에서 끝날 주량이 아닌데.

"즐기는 건 아니고?"

"필요한 때만 마시는 편입니다. 제가 한 잔 드릴게요, 아버님."

승준이 능숙하게 몸을 일으켜 소주병을 받아 들었다. 잔을 내밀면서도 슬쩍 그를 훑어보는 아빠의 시선에 나는 깨작깨작 밥을 씹었다. 어떻게든 이 자리를 빨리 수습하고 싶을 뿐이었다.

"우리 애 어떻게 생각하나?"

풉, 하고 하마터면 입에 넣던 국을 뿜을 뻔한 나는 허둥지둥 휴지를 찾았다. 얼굴에 화끈 열이 올랐다. 낮게 헛기침을 한 승준이 팔을 뻗어 휴지를 몇 장 뽑아 내민다. 흘끗 보니 조금 놀란 표정이었지만 나보다는 담담했다. 부드럽게 웃고 있던 그가 입을 열었다.

"……많이 좋아하고 있습니다. 날이 갈수록, 조금씩 더요. 윤서는 잘 받아주지 않지만요."

"고 대리님!"

오, 하고 작게 입을 벌린 아빠를 본 나는 승준의 옆구리를 쿡쿡 찔렀다. 미안, 하고 입 모양으로 속삭이던 그는 아빠가 비우고 내민 잔을 받아 들었다. 나는 숟가락으로 괜히 밥그릇을 헤집다가 고개를 들었다.

어차피 인사를 시킬 생각이었잖아, 차윤서. 결혼 여부는 둘째치고, 사귀고 있는 걸 숨기는 게 대체 무슨 의미가 있단 말인가. 입장을 바꿔 승준의 부모님을 우연히 만났을 때 그가 내가 느낄 부담을 생각한다는 핑계로 직장 동료라고만 소개를 했다면, 나는 아마도 많이 섭섭했을 것이다.

……그런 것에 연연하지 않는다고 생각했는데, 아무래도 내가 조금 변한 것 같았다.

"저랑 사귀고 있어요. 얼마 안 됐지만. 원래 저녁 전에 올라갈까 생각하고 있어서 데리러 온 거예요."

최대한 덤덤하게 말하자 내 뺨을 향한 승준의 시선이 느껴졌다. 나는 묵묵히 밥을 크게 떠서 입에 밀어 넣었다. 속은 개운했지만, 아빠의 눈길이 부담스럽기도 했다.

말없이 소주가 한 순배 돌았다. 심장이 괜히 두근거려 나는 밥만 어색하게 우물거렸다. 아빠가 불쑥 말했다.

"나는 이래도, 우리 딸은 어디 내놔도 안 빠져."

"윤서가 아버님 많이 닮은 것 같은데요. 일도 잘하고, 회사에서도 평판이 아주 좋습니다. 남자들한테 인기도 많아서 제가 마음 놓을 겨를이 없네요."

낯이 간지러워 밥상만 바라보려 했지만 뼈가 있는 승준의 말에 그를 노려보지 않을 수가 없었다. 흘겨보는 내 시선에 승준이 부드럽게 웃는다. 나는 아무래도 저 미소가 약점이 되어버린 것 같았다. 얄밉다는 생각이 들다가도, 저렇게 웃는 그를 보면 화가 나

인터월드

질 않으니 말이다.

"그래, 양친은 뭘 하시나?"

"아빠, 그런 걸 괜히 왜 물어요."

반찬도 없이 밥을 우물거리던 나는 화들짝 놀라 손을 내저었다. 나조차도 제대로 들어본 적 없는 이야기를 이런 자리에서 처음 꺼내게 하고 싶지 않았다. 그러나 아빠는 눈썹을 삐딱하게 들어 올리며 무뚝뚝하게 반박했다.

"괜히가 어딨어, 이 녀석아. 딸이랑 만나는 남자의 부모님이 뭘 하시는 분인지 궁금한 건 당연하지. 네가 어디 남자를 쉽게 만나는 애도 아니고."

순간 이민석을 운운하던 제훈의 말이 떠올라 나는 쿨룩, 기침을 뱉었다. 내 등을 가볍게 쓸어주는 승준의 목소리가 뒤를 이었다.

"맞습니다, 아버님. 윤서는 저한테 궁금한 게 너무 없어서 잘 묻지도 않거든요. 섭섭할 정도로요."

이 인간이. 지금 누구 편을 들고 있는 거야. 눈을 찌푸렸지만 승준은 씩 웃으며 말했다.

"아버지는 작은 회사에서 고문으로 일하고 계십니다. 어머니는 집에서 요양 중이시고요. 암으로 고생하셨지만, 지금은 많이 좋아지셨습니다."

그의 담담한 목소리에 나는 짧게 숨을 내쉬었다. 아, 다행이다. 어머니 건강이 좋아지셨구나. 괜찮으신 거구나. 그렇게 생각하자니 문득 가슴이 뭉클, 조여들었다.

아빠가 고개를 끄덕이며 '다행이군' 하고 중얼거린다. 나는 승준을 가만히 바라보았다.

생각해 보면 그가 대학을 다니던 때의 일이니 아마 그 후로 많은 일들이 있었을 것이다. 지금의 그에게는, 지나치게 각박하고 힘든 생활을 하는 사람에게는 볼 수 없는 여유라는 게 있었다. 적어도 생활이 어느 정도 안정되었다는 뜻이겠지. 그때의 힘든 기억이 사라진 건 아니겠지만.

형제는 어떻게 되는지, 생활은 어떻게 하고 있는지 같은 질문이 띄엄띄엄 이어졌다. 나는 식탁에 턱을 괸 채 두 사람의 대화를 경청하기 시작했다. 미처 내가 하지 못했던 질문들을 내뱉는 아빠를 경탄의 눈초리로 바라보며, 내가 알지 못했던 고승준에 대해서 조금씩 흡수했다.

불편한 자리에 앉혀 두고 억지로 캐묻는 게 아닌가 하는 생각은 차츰 사라졌다. 조금 긴장한 기색은 있었지만, 승준의 표정이 편안했기 때문이었다.

좋구나, 이런 거.

오랜만에 전화를 걸어도 1분을 채우지 못하는 과묵한 아빠가 술기운으로 뺨을 붉힌 채 어색한 말투로 초등학교 때의 일까지 들추며 민망한 내 자랑을 하는 모습이라던가. 금세 긴장의 끈을 놓고 싹싹한 본모습을 찾아 아빠의 말에 더 민망한 말들을 기꺼이 얹고 있는 승준의 미소 띤 얼굴이라던가.

비가 쏟아지는 소리를 배경으로, 두 사람이 소주 네 병을 비울 때까지 이야기는 끊어질 듯 이어졌다. 승준의 몸 상태를 생각해서 진즉 말리려고 했지만 이 모습이 보기 좋아서, 아빠의 앞에서 긴장이 풀어진 얼굴로 웃고 있는 승준을 보는 게 못 견디게 따뜻해서, 나는 결국 중간에 끼어들지 못했다.

건넛방에서 아빠의 코 고는 소리가 우렁차게 울려 퍼지고 있었다. 피식 웃으며 손님방에 침구를 깔던 나는 문이 드르륵 열리는 소리에 뒤를 돌아보았다. 낯이 익은 아빠의 운동복 티셔츠와 바지를 입은 승준이 수건으로 젖은 머리를 털고 있었다.

……색깔이 조금 나이 들어 보이는 옷이라고 생각했는데, 나는 순간 등산복 모델에 젊은 남녀 배우들을 기용하는 광고주의 마음을 이해했다.

아니, 이건 단순히 콩깍지가 씌었다고 하는 건가.

"호화로운데. 차윤서가 손수 깔아주는 이불이라니."

씩 웃은 승준이 내 곁에 털썩 주저앉았다. 향긋한 샴푸 냄새가 풍겨 나는 일부러 반대쪽으로 고개를 돌렸다.

어떻게 된 일인지, 그의 별다를 것 없는 행동에도 가슴이 두근거리고 뺨이 달아오른다. 안개처럼 은근히 번져 있던 그에 대한 감정이 순식간에 하나로 뭉쳐 뻥튀기처럼 몇 배로 부풀어 오른 것 같았다.

매끈한 손가락도, 선이 또렷한 홑꺼풀의 눈매도, 길고 단단하게 뻗은 목덜미도 다 사랑스럽다. 이럴 때 잘못 눈이 마주치면, 무방비한 얼굴로 당신을 사랑한다고 고백이라도 할 것만 같았다. 입술을 깨물고 있던 나는 눈앞에 불쑥 나타난 승준의 얼굴에 놀라 헛숨을 들이켰다. 그는 반쯤 몸을 뉘인 자세로 나를 올려다보고 있었다.

"왜 눈을 피해. 사람 불안하게. 나 뭐 실수했나?"

"안 했어요."

"존대까지 하네. 실수했더라도 좀 너그러이 봐주라. 장인어른 무서워하는 사위들의 마음을 십분 이해했다니까. 오늘만큼 긴장한 게 또 언제였는지, 기억도 안 난다."

승준은 다리를 세운 채 그대로 자리에 누웠다. 나는 눈을 감은 채 후우, 하고 숨을 내쉬고 있는 승준의 얼굴을 훔쳐보며 입술을 삐죽였다.

"긴장은 무슨. 고승준이 왜 영업팀 에이스인지 절실히 깨달았는데, 난. 우리 아빠처럼 과묵한 사람한테서 그만큼 이야기를 끌어낼 수 있다는 건, 정말 보통 능력으론 어려운 일이니까."

"그래서. 반했나, 나한테?"

슬쩍 한쪽 눈을 뜬 승준이 내 손가락 사이에 제 손가락을 끼워넣었다. 단단히 얽어오는 손길에 또다시 가슴이 쿵쿵거린다. 그가 좋다. 이런 마음이 흘러넘쳐 행동으로까지 이어질 것 같은 기분은 난생처음이었다.

대답 없는 나를 주의 깊게 바라보던 승준이 벌떡 상체를 일으켰다. 순식간에 코가 닿을 듯이 가까워진 그의 얼굴에 나는 주춤거리며 고개를 돌리려 했지만 승준의 손이 금세 내 뺨을 감쌌다. 심장이 그의 손을 따라 뺨에서 뛰고 있는 것 같았다.

"윤서야."

목소리가 달콤하다. 이건 무언가에 쓴 게 분명하다. 그가 내 이름을 부르는 것은 이제 대수롭지 않은 일인데도 미묘한 떨림이 목덜미를 뒤덮었다. 몸을 움츠린 채 눈을 굴리고 있자, 승준이 낮게 중얼거렸다.

"키스를 부르는 얼굴인데. 위험하게."

미소를 지운 승준이 서늘한 얼굴로 내 목덜미를 잡아채자 긴장감은 두 배로 늘었다. 남자로서 그가 풍기고 있는 진한 흥분에, 결국 견디지 못한 나는 그의 앞섶을 쥔 채 작게 벌어진 그 입술에 키스했다.

따뜻한 입술이 부딪치고 몇 번이나 비벼졌다. 잠시 멈칫하던 승준의 손이 이내 내 어깨를 움켜쥐었다. 뜨거운 숨을 뱉어내는 입술 새를 밀고 들어온 그의 혀가 안쪽에 움츠리고 있던 내 혀를 얽었다. 뿌리째 휘감아 집어삼킬 것처럼 밀어붙이는 키스에 숨이 차기 시작했다. 그의 목덜미에 팔을 감는 순간, 나는 승준의 힘에 밀려 이불 위로 쓰러지고 말았다.

타액으로 흠뻑 젖은 입술을 핥짝이며 승준은 눈을 가늘게 뜬 채 위에서 나를 응시했다. 심장이 뛰는 소리가 귓전에서 들리는 것만 같았다. 가슴을 들썩이며 나는 조용히 그를 올려다보았다.

"연락 피하면서 사람 애간장을 녹이더니. 날 아주 말려 죽일 셈이야?"

낮게 잠긴 목소리로 승준이 속삭였다. 그의 손이 부드럽게 내 허리 부근을 더듬고 있었다. 언제고 티셔츠 안을 파고들어올 태세인 그 감촉이 감질난다. 손을 뻗어 매끈한 그의 뺨을 매만지자 승준이 미간을 바싹 좁혔다. 팽팽하게 긴장한 그의 턱 근육이 느껴졌다.

"미안. 혼자 괜히 생각이 많아져서."

중얼거리듯 대답하자 승준의 손이 제 뺨을 어루만지고 있는 내 손을 움켜쥐었다. 내 손등에 가볍게 입술을 비비며 그가 말했다.

"혼자 하지 마. 나랑 관련된 일이라면 더더욱."

"앞으론 그럴 거야. 그러기로 했어."

차분하지만 단호하게 내뱉자 승준의 시선이 신중하게 나를 응시했다. 내 변화가 조금은 전해졌을까. 나는 그의 손가락을 매만지다가 눈을 치뜨고는 중얼거렸다. 뺨이 은근히 달아올랐다.

"키스만 할 거야?"

"……미치겠군. 무슨 유혹이 이렇게 갑작스러워."

꿍, 하고 신음을 삼킨 승준의 입술이 내 목덜미를 파고들었다. 조심스레 어깨를 더듬어 내려온 그의 손이 둥글게 솟은 가슴을 부드럽게 어루만진다. 단순한 손길인데도 아랫배가 바짝 조여들며 온몸에 따뜻한 열기가 번지기 시작했다.

이런 몸의 반응이 낯설다. 그의 손길을 더욱더 적극적으로 원하는 내 몸의 반응이. 여린 목덜미 살을 빨아들이며 이를 세우는 승준의 행동에 나는 파르르 어깨를 떨었다.

"이럴 줄 알았으면 벗고 나올 걸 그랬지?"

짓궂게 중얼거리며 승준이 순식간에 티셔츠를 머리 위로 말아 올렸다. 탄탄하게 뻗은 남자의 맨 어깨가 위압적으로 내 시야를 가렸다. 갑작스레 민망해져 나는 허둥지둥 손을 내저었다.

"불, 불 좀 꺼요."

"절대 싫어."

"왜 싫어?"

"일단 지금은 너한테서 떨어질 수가 없고."

가슴을 손바닥으로 둥글리던 그가 엄지로 유두가 솟아 있는 부분을 부드럽게 긁었다. 응, 하고 가느다란 신음이 튀어나왔다.

"표정을 봐야 좋아하는지 싫어하는지 알지."

"그래도 미, 민망하단 말…… 으응."

뾰족하게 일어선 유두를 손가락으로 튕기던 승준의 손이 점차 아래로 내려갔다. 티셔츠 안을 더듬어 들어온 손이 허리선을 스쳐 나는 입술을 깨물었다. 적나라하게 나를 내려다보고 있는 승준의 시선에 온몸의 솜털이 일어서는 것 같았다.

브래지어 위를 배회하며 예민해진 가슴을 움켜쥐는 손길에 그의 어깨를 붙잡자, 승준이 느른하게 웃었다. 이내 선을 타고 들어가 후크를 풀어 내리자 가벼운 해방감이 느껴진다. 내 뺨과 콧등에 입술을 부빈 승준의 단단한 손이 이내 무방비하게 드러난 내 가슴을 모아 쥐었다. 손가락이 집요하게 유두를 스칠 때마다 허리가 움찔거렸다.

"예뻐. 느긋하게 참기 힘들 정도로."

"그런 말, 흐읏, 느끼하거든."

낮게 웃는 승준의 숨결이 간지럽다. 가슴을 입술로 훑다가 그의 입술이 유두를 물었다. 따뜻하고 말캉한 혀가 꼿꼿하게 솟은 유두를 휘어 감는 느낌이 오싹해 나는 짧게 신음을 흘렸다. 그의 몸과 닿아 있는 곳마다 뜨거운 열꽃이 피고 있었다.

가슴을 그에게 점령당한 채 무방비하게 무릎을 세우고 있는 사이로 승준의 손이 파고들었다. 집에서 입던 발목까지 내려오는 부드러운 치맛자락이 위로 젖혀져 순간 서늘한 공기가 느껴졌다. 민망한 기분에 무릎을 오므리려 했지만 승준이 그렇게 놔두질 않았다.

"아, 으응……."

허벅지를 부드럽게 쓸어내리며 안쪽으로 파고든 손이 습기를 머금고 있는 음부를 슬쩍 더듬는다. 이를 세워 유두를 긁어 내리는 감각에 허리를 들썩이는 틈을 타, 승준의 손이 천천히 내 다리 사이를 문지르고 있었다. 그의 손이 닿기 전부터 살짝 젖어 있음을 알고 있었기에, 나는 정신없이 그의 입술에 매달렸다.

어디로든 도망가고 싶은 기분과 더 간절하게 그의 손길을 원하는 기분이 교차한다. 예민하게 달아오른 아래를 부드럽고 느긋하게 비비는 승준의 손에 숨이 거칠어지기 시작했다. 손바닥으로 여성을 조심스레 쓸면서, 손가락을 세워 안쪽을 꾹 누르며 볼록하게 튀어나온 음핵을 건드리는 그의 손길에 나는 짧게 교성을 내질렀다.

"아홋! 거, 거긴 너무……."

"너무?"

짓궂게 되묻는 그에게 한마디 해주고 싶었지만 그럴 여유를 주지 않는다. 여성이 움찔거리며 젖어들고 있었다. 손마디를 세워 안쪽을 둥글게 비비는 손길에 진한 쾌감을 느낀 나는 큰 소리를 내지 않기 위해 이를 악무는 것이 고작이었다.

"조절 못 하는 어린애가 된 기분이군."

억눌린 듯한 목소리를 뱉으며 승준이 짧게 숨을 뱉었다. 허벅지 사이로 단단해진 그의 남성이 맞부딪쳐 나는 흐응, 하고 작게 신음하고 말았다. 적나라하게 형체를 갖춘 그의 흥분이 내 허벅지에 비벼질 때마다 온몸을 더욱더 예민하게 만들었다.

그와 더 가까워지고 싶었다. 조금의 틈도 없이 그를 끌어안고, 온전히 그를 갖고 싶었다.

이런 욕심이라니.

"하아…… 빨리, 하고 싶어."

온몸이 열기로 들떠 나는 입술을 달싹이며 속삭였다. 욕정으로 짙게 물들어 있는 승준의 검은 눈이 나를 향했다.

당신을 원해. 당신을 갖고 싶어. 차마 입 밖으로 나오지 않는 말을 담은 눈으로, 나는 그를 올려다보았다. 이런 말을 하는 것이 민망했지만, 그 수치심보다 그를 갖고 싶은 욕심이 먼저였다.

손을 뻗어 바지 위로 또렷하게 형체를 갖춘 그의 성기를 더듬자 승준이 젠장, 하고 중얼거리는 것 같았다. 그의 숨결이 거칠어지는 게 느껴져 나는 천천히 그의 바지를 끌어 내렸다. 낮게 숨을 뱉어낸 승준의 입술이 내 입술을 찾았다. 혀가 뜨겁게 얽히고 누구의 것인지 모를 타액이 서로의 입술을 적시고 있었다.

단번에 속옷까지 벗어 내린 그가 내 팬티를 거칠게 잡아 내렸다. 엉덩이를 들썩이자 어렵지 않게 말려 내려가고, 흥분으로 젖은 음부가 허공에 드러났다.

이렇게 환하게 빛이 비추는 곳에서 그의 시선 아래 은밀한 부분을 고스란히 내보이고 있다는 수치심이 미묘한 쾌감을 일으킨다. 몸을 살짝 뒤틀자 승준이 움직이지 못하도록 내 허벅지를 단단히 붙들었다. 피부를 파고드는 그의 손가락이 델 것처럼 뜨거웠다.

"절대로."

반쯤 쉰 듯한 거친 목소리에 나는 마른침을 삼켰다. 어느새 바짝 마른 입술이 건조하게 느껴졌다. 넘실거리는 흥분을 억누르고 있는 듯한 눈으로, 승준은 나를 바라보며 말했다.

"후회하지 않게 할 거야."

"……그런 거 안 해."

"사랑해, 윤서야."

몸의 흥분과는 다른 흥분으로 가슴이 움찔거린다. 나는 내 뺨을 매만지며 희미하게 미소 짓는 승준을 바라보았다. 오늘 하루 내내 그를 향해 있던 감정들이 단단히 뭉쳐져, 내 입술을 움직였다.

"나도…… 그렇게 되어버린 것 같아."

그 순간 승준의 눈이 서서히 벅찬 감정으로 물들었다. 그런 표정을 짓게 할 수 있다면 사랑한다는 말 같은 건 얼마든지 할 수 있겠다는 생각이 들 정도로, 그는 아름다운 눈을 하고 있었다. 바라보는 것만으로도 왜인지 수줍어지는, 그렇게 열렬한 감정이 넘실거리는 눈.

그는 윽, 하고 제 심장 부근을 움켜쥐었다.

"심장 터지겠어."

"……유치하다니까!"

개구쟁이처럼 작게 웃은 승준이 내 목덜미에 짧게 키스했다. 내 허벅지 안쪽을 더듬으며 승준은 단단히 발기해 위로 솟구친 남성을 몇 번 훑고는, 기둥을 붙잡은 채 천천히 내 여성을 비비기 시작했다.

젖어 있던 애액이 질척거리는 소리를 낸다. 으응, 하고 본능적으로 엉덩이를 흔들자, 입구에 맞춰진 그의 남성이 몸을 가르며 느릿하게 들어오는 것이 느껴졌다.

"아웃. 응!"

"아파?"

"아니, 음. 괜, 괜찮아요."

승준은 연신 내 뺨을 콧등으로 부비며 다소 굳은 내 허리를 쓰다듬었다. 몸 안을 가득 채운 버거운 느낌에 힘겹게 숨을 몰아쉬자 웃, 하고 승준이 허리를 움직였다. 팔꿈치로 바닥을 짚고 있던 그가 몸을 낮춰 거칠게 속삭였다.

"너무 뜨겁다."

"그건 내가 어떻게 할 수, 으응, 없는 부분이라."

"움직여도 돼?"

"처, 천천히. 으흑!"

'천천히라니까!' 하고 버럭 소리를 지를 뻔했다. 생각보다 단단하고 뜨거운 그의 남성이 안으로 깊게 찔러온 탓이었다. 밀착한 가슴이 그의 몸에 짓눌려 흔들릴 때마다 온몸의 솜털이 일제히 일어서는 것 같은 오싹한 흥분이 감돌았다. 팔을 뻗어 그의 단단한 등을 끌어안자, 승준이 작게 웃는 것 같았다.

앞뒤로 움직이는 그의 몸을 따라 내 다리가 흔들렸다. 그러나 이내 정신이 아득해져 그런 건 제대로 보이지 않았다. 몸속 깊은 곳까지 헤집고 들어온 승준의 신사적인 움직임은 길지 않았다. 이 내 격렬하게 안으로 치받아 올 때마다 짜릿하게 터지는 쾌감에 나 는 그를 더욱더 끌어안은 채 매달렸다.

놓치고 싶지 않아. 당신이 늘 곁에 있었으면 좋겠어.

어느새 땀이 배어 나온 피부가 미끈거리며 부딪쳤다. 신음을 억 누른 채 내 뺨에 키스를 퍼붓던 승준에게 속삭인 것 같기도, 속으 로 중얼거린 것 같기도 했지만 어느 것도 불확실했다.

기억에 남는 것은 내 몸보다 더 뜨겁게 달아올라 있던 승준의 몸의 온도와 '사랑해' 하고 몇 번쯤 귓가에 중얼거리던 그의 거친 목소리, 그리고 온몸으로 한 남자를 완전히 받아들인 것 같은 강 렬한 쾌감뿐이었다.

나는 그 아찔한 쾌감 속에서, 불현듯 선을 봤던 남자의 말을 떠 올렸다.

"만나면 좋고, 함께 있고 싶고, 그러다 보면 헤어지는 순간, 내 가 등을 보이거나 상대방의 등을 보는 순간이 견디기 힘든 때가 오거든요. 그럴 때 결혼을 생각하게 되죠."

아마도, 나도 모르는 사이 그 단계까지 와버린 것 같았다.

언제 비가 왔었냐는 듯 하늘이 맑게 개었다. 나는 한 손으로 내 손을 쥔 채 운전을 하고 있는 승준의 반듯한 옆모습을 물끄러미 바라보았다. 조금 수척해진 느낌이 들던 어제의 얼굴은 간곳없이 멀끔하다. 사이드미러를 확인하던 그가 씩 웃었다.

"좋아. 아주 좋은 현상인데."

"뭐가?"

"그렇게 뚫어지게 쳐다보는 거. 표정 관리가 좀 어렵긴 하지만. 나는 반대쪽 얼굴이 더 멋있는 편인데, 그렇다고 너한테 서울까지 운전하라고 할 수도 없고."

놀리는 듯한 말투에 내 표정이 자동으로 일그러졌다. 저 얄미운 면만 좀 어떻게 하면 좀 더 멋있을 것 같기도 한데…… 그건 천성이라 별수 없나.

휙, 고개를 돌리자 승준이 흘끗 나를 본다. 잡은 손을 제 쪽으로 몇 번 당기는 목소리가 금세 달콤하게 늘어졌다.

"계속 봐줘, 윤서야. 안 그러면 운전에 집중이 안 된다고."

"손 놓고 앞이나 제대로 보시죠, 고 대리님."

"자꾸 그렇게 호칭에 거리감 두면 심술이 좀 나거든요, 차 대리님."

"어머, 전 좋네요. 그 호칭."

눈을 깜빡이며 방긋 웃어 보이자 허, 하고 웃음을 흘린 승준이 고개를 가볍게 내저었다. 나는 그의 손등을 만지작거리며 조용히 미소를 지었다.

아빠는 그가 썩 마음에 든 모양이었다. 아빠가 아침에 일어나

거실에 나왔을 때는 앞치마를 한 승준이 콩나물국을 끓이고 있었다고 한다. 나는 밥상이 다 차려진 상태에서 아빠가 몹시 어색한 얼굴로 깨울 때까지 곤히 잠들어 있었다. 엄밀히 따지면 그것은 새벽까지 승준이 괴롭힌 탓이었지만 아빠에게 그런 변명을 할 수는 없었다.

아빠나 나에게는 없는 승준의 천연덕스러움은 부드러운 양념처럼 우리 사이에 스며들었다. 무뚝뚝한 얼굴로 오래전에 담가 아껴 두고 있던 산삼주를 그에게 내밀던 아빠도, 그걸 받아 들며 다음에는 괜찮은 안줏거리를 들고 찾아뵙겠다며 웃는 승준도, 내 눈에는 신기하면서도 그 무엇보다 뿌듯했다.

이런 풍경으로 두 사람이 어울릴 거라고는 생각지도 못했기에.

내가 좋아하는 사람을 내 가족이 인정해 준다는 것. 그것은 어딘지 부끄러우면서도 나의 일부를 그와 나눠 가진 듯한 기분이 들게 했다. 그가 내 곁에 없었던 시간마저 공유하게 된 것 같은 그런 느낌.

이제 내게 있어서 승준의 의미는 전과 비교할 수 없을 만큼 커져 버린 것 같았다.

"화가 좀 났었나 봐."

"응?"

불쑥 중얼거리자 승준이 나를 돌아보았다. 나는 덤덤한 얼굴로 말했다.

"당신이 회사를 곧 그만둘 거라는 소리를 들었거든."

"……벌써 그런 말이 돌았어? 결정된 건 며칠 되지도 않았는데."

흠, 하고 짧게 한숨을 내쉬던 승준은 곧 겸연쩍은 얼굴로 나를 흘끗 보았다.

"출장 다녀와서 얘기하려고 했는데, 여의치 않았네. 미리 말 못해서 미안."

"그런 얘기 편하게 할 기회를 주지 않은 건 나니까. 할 말 없어…… 서운하긴 했지만."

'휴게소에서 잠깐 쉴까' 하고 승준이 핸들을 틀었다. 담담한 승준의 얼굴을 바라보며 나는 생각에 잠겼다.

고승준이 없는 회사는 어떨까.

사실 팀이 달라서 매일 그를 볼 수 있는 것은 아니었다. 외근이 잦은 데다 대부분 전화나 이메일로 커뮤니케이션을 하기 때문에 직접 대면하는 것은 일주일에 많아야 한두 번 정도일까. 영업팀의 다른 직원들을 생각해 보면 그렇다.

그러나 고승준은 아니었다. 생각해 보면 사람과 가까워지는데 오래 걸리는 편인 나였지만 승준은 꽤 빨리 친숙하게 받아들였다. 그럴 수밖에 없었다. 단순하게 생각하면 팀원들을 제외하고 가장 '자주' 마주치는, 친화력이 상상 그 이상인 사람이었기 때문이었다.

사소한 일이더라도 직접 찾아와서 전해주며 인사하고, 외근 나갔다 돌아오며 사온 간식을 들고 불쑥 나타났다. 회식 때 마주치면 어느새 곁에 앉아 동기의 정을 운운하며 떠들고 있고, 석 부장이 폭발한 날에는 쪽지와 함께 비타민 음료를 책상에 놓아 두기도 했다.

그러니까 말하자면, 내 단조로운 회사 생활에서 고승준이라는 사람은 생각보다 더 큰 부분을 차지하고 있었던 셈이다. 미림이 꼬집었듯이 그의 호의를 당연한 것처럼 누리면서, 나는 은근히 그에게 기대 왔다. 승준의 존재가 힘든 회사 생활에서 적지 않은 위로가 되어 왔음을, 나는 차츰 깨닫고 있었다.

그와의 관계가 회사 밖에서 계속 이어진다고 해도, 아마 오지랖 넓은 동기로서 내 생활의 일부를 차지하던 고승준 대리의 빈자리는 채워지지 않겠지. 하여튼 이기적이라니까, 차윤서. 나는 짧게 혀를 차며 고개를 내둘렀다.

얼음이 동동 뜬 커피를 든 채, 나는 승준의 손을 잡고 휴게소 근처를 걸었다. 뒷산을 둘러 소담한 산책로가 이어져 있었고, 바람은 선선하고 햇빛은 따사로웠다. 말없이 몇 걸음 걷던 승준이 음, 하고 입을 열었다.

"부끄러워서 말 안 하려고 했는데."

새삼 뭘? 하고 눈을 치켜뜨자 승준이 헛기침을 하고는 씩 웃었다.

"이 회사에 낙하산으로 들어온 거거든."

"……뭐라고?"

눈꼬리를 휘며 웃고 있는 승준의 표정으로 봐서는 농담인지 아닌지 구분하기가 어려웠다. 나는 커피를 쪽, 한 모금 빨며 중얼거렸다.

"경영기획팀도 아니고, 마케팅전략팀도 아니고, 영업팀에 낙하산?"

"다른 팀은 텃세가 심하다고 들어서."

승준이 반듯한 어깨를 으쓱인다. 갈수록 기가 막혀 나는 미간을 찌푸렸다. 농담이라면 어디부터 토를 달아야 할지 모르겠어서 가만히 그를 응시하자 승준이 말을 이었다.

"아버지 부탁이셨어. 사장님이 군대 후임인데 목숨을 빚졌다던가…… 반은 농담인 것 같았지만. 이런 식으로 회사에 들어오고 싶진 않았지만, 선택지가 많지 않았지. 그래서 더더욱 실수 없이, 흠 잡힐 데 없는 성과를 내고 싶었는지도 모르겠어."

"……확실히, 낙하산으로 들어온 사람이 당신처럼 결과를 낸다면 군소리할 사람이 없겠지."

"오, 칭찬인가, 차 대리?"

"그러니까 그런 한마디가 칭찬을 막는다고요."

짧게 웃은 승준이 내 어깨를 끌어당겼다. 자연스레 그의 허리를 감싼 나는 천천히 걸음을 옮겼다. 느긋하게, 그와 함께 이야기를 나누며 걷는 느낌이 좋았다. 이렇게 함께 미래를 향해 걷는 것도 좋겠다는 생각이 들 정도로.

"이 년으로 계약서 작성하고 들어왔고, 얼마 전에 계약 기간이 끝났어. 지금은 조정 중이야. 이 회사에 남을지, 떠날지. 참고로 사장님은 정규직 계약서를 내밀었어. 나 꽤 능력 있는 남자라고."

"그러니까 그 한마디 좀!"

말 안 해도 안다니까. 나는 입술을 삐죽였다. 승준의 웃음소리가 부드럽게 내 귓가를 감싼다. 그의 눈치를 살피려 눈을 빼꼼히 올리던 나는 나를 바라보며 씩 웃고 있던 승준과 눈이 마주쳤다. 그가 고개를 낮추며 은근한 목소리로 속삭였다.

"어때. 내가 없으면 조금은 쓸쓸할 것 같아?"

"……뭐, 어차피 회사에서만 만날 것도 아니고, 팀도 다른데 큰 차이 있겠어요?"

"냉정하네, 차윤서. 내가 외근하면서 너 갖다 줄 간식거리 챙기느라 거래처 스무 개는 놓쳤는데."

"핑계 한번 거창하셔. 누가 들으면 내가 사다 달라고 협박이라도 한 줄 알겠네."

"음. 새로운 방식의 협박이랄까."

"내가 언제?"

눈을 동그랗게 뜨며 되묻자 승준이 콩 하고 머리를 내 이마에 부딪쳤다. 인상을 찡그리려 했지만 걸음을 멈춘 그가 가만히 나를 내려다보고 있어, 나는 조용히 입을 다물었다. 부드럽게 입술을 휜 승준이 손을 올려 내 뺨과 머리칼을 쓸었다.

"처음에는 아마 경비 정산 때문에 회계팀과 마찰이 있었을 때였을 거야. 시스템을 아직 완전히 익히지 못한 신입이었을 때라, 이해 좀 해달라는 뜻에서 유명한 치즈케이크를 사 들고 갔었지. 80프로 이상의 확률로 먹히는 아이템이거든."

아, 그때가 생각났다. 지현이 말에 의하면 꽤 유명한 브랜드의 케이크였고, 회계팀 전원이 하이에나처럼 달라붙어 10분 후에는 잔재를 찾아볼 수 없을 만큼 깨끗하게 비워졌다. 이렇게 기억하는 이유는, 나는 먹지 못했기 때문이다.

"그랬는데 이게 웬일. 제일 잘 보이고 싶었던 차윤서가 없네. 차 대리 생각해서 한 조각은 남겨두라고 눈치껏 말했는데, 아무도 내 얘길 안 듣던데. 회계팀 의리의 수준을 그때 처음 알았다고나 할까."

"……먹을 것 앞에서는 피도 눈물도 없지. 원래가 그런 팀이야."

나도 전적이 있기에 헛기침을 하며 항변했다. 승준이 피식 웃으며 내 뺨을 가볍게 꼬집었다.

"차라리 쓰레기라도 치운 후에 들어오지, 어떻게 임 대리님이 딱 마지막 한 입을 먹고 있는데 들어오냐. 그때 뭐라고 했는지는 기억나냐?"

"……별다른 말 안 했던 거 같은데."

"나 빼고 뭐 맛있는 거 먹었어요? 하면서 칼눈을 뜨는 거야. 나는 나대로 억울했다고. 내 서류 담당하고 있는 게 너였으니까, 너한테 잘 보이려고 사온 거나 다름없는데 말이야. 고 대리가 샀다는 말에 너, 멱살이라도 쥘 것처럼 나한테 와서 뭐라고 했는지 알아?"

"뭐라고 했는데?"

"다음부터는 저도 좀 챙겨주세요, 고 대리님. 차별하시면 저도 차별할 거예요. 그러면서 무서운 표정으로 웃었지."

그랬었나. 내가 한 말이라고는 하지만 잘 기억이 나지 않았다. 목덜미를 긁적이자 승준이 손으로 내 콧등을 쓸었다. 그 손길이 따스해서 간지러움에 눈을 찌푸리면서도 나는 웃을 수밖에 없었다.

"억울해서 그랬겠지. 아, 그러고 보니 그때부터였나. 당신이 간식 공세를 시작한 게."

"그런 말을 듣고 어떻게 가만히 있을 수가 있겠어. 그리고 그다음 주였나. 그 근처 거래처에 들르는 김에 케이크 사 들고 와서, 내가 그 요새 같은 회계팀을 얼마나 기웃거렸는지 알아? 차윤서 있나 없나 확인하려고."

억울하다는 듯 도톰한 입술을 삐죽이는 승준의 말에 결국 웃음이 새어 나와 그의 등을 토닥였다. 금세 미소 지은 승준이 그대로 몸을 낮춰 나를 품에 안았다. 나는 거리낌 없이 그의 허리를 끌어안았다. 맞닿은 가슴이 따뜻했다.

"그 케이크는 먹은 기억이 나는데?"

"먹고, 고맙다면서 웃었어. 아주 예쁘게. 넌 웃음이 많지 않은데다 기본이 무표정이라 날 싫어하나 생각하고 있어서 깜짝 놀랐지. 그리고 깨달음을 얻은 거야. 아, 먹을 걸로 공략하면 되는 단순한 사람이었구나!"

옆구리를 쿡쿡 찌르자 승준의 몸에 단단하게 힘이 들어간다. 나는 '그래, 나 단순하다' 꿍얼거리며 계속 그의 옆구리를 괴롭혔다. 간지러운지 몸을 움찔거리면서도 승준은 나를 안은 손을 풀지 않았다.

"가만히 좀 있지, 차윤서. 내 사랑의 기원에 대해서 말하고 있잖아."

"아, 이번엔 정말 소름 돋았어."

"감동받았어?"

"느끼해서!"

"하여튼 귀엽다니까."

어떻게 내 반항이 그런 흐름으로 이어지지, 하는 망연한 생각이 들었지만 꼬물거리며 내 목덜미를 파고드는 승준의 입술에 생각이 끊어졌다. 보들보들한 입술이 목덜미에 부벼지는 감촉이 간지럽다. 몸을 움츠리자 승준이 깊게 숨을 들이마셨다.

"내가 회사에 없어도 너무 외로워하지 마."

차분하게 가라앉은 목소리가 듣기 좋다. 나는 그를 끌어안은 손에 힘을 주면서 입술을 삐죽였다. 어리광쟁이가 된 듯한 낯선 기분이 들었지만, 어색할 뿐 기분이 나쁘지는 않았다.

"회사에 남진 않을 거야?"

"음. 필드 워크의 기본을 다졌으니 한 단계 나아가볼까 하고. 더 멋진 남자가 되어야 차윤서가 한눈을 안 팔지."

"아니, 난 당신이 너무 느끼하지만 않으면 되는데."

"적응해. 내가 네 매정함에 적응한 것처럼."

고개를 들고 매력적인 눈가를 접으며 씩 웃어 보인 승준이 쪼듯이 입술을 부딪쳤다. 내가 또 어디가 그렇게 매정하냐고 항변하려던 나는 입을 다물었다. 그의 다리 사이에 은근한 열기를 품은 채 단단해져 있는 무언가가, 겹쳐진 하체 위로 느껴졌기 때문이었다. 순간 귓가로 화끈 열이 올랐다.

고개를 숙인 채 허리를 움찔거리자 승준이 더더욱 나를 세게 끌어안았다. 더욱 적나라하게 맞닿아오는 그의 남성이 묘한 부분을 스치는 것을 보니 이 인간, 내가 신경 쓰고 있는 걸 알고 있다. 옆구리를 쿡 찌르자, 승준이 내 귓가에 입술을 가져왔다.

"서울까지 얼마나 걸릴까?"

"……한 시간? 한 시간 반?"

"어떻게 생각해."

낮게 가라앉은 그의 목소리가 짜릿하게 목덜미를 스친다. 놀려줄 생각이었지만 그의 목소리만으로도 가볍게 흥분한 내게도 여유는 없었다. 아랫배에 닿아 있는 그의 것을 내려다보며 입술을 질근거리던 나는, 조용히 속삭였다.

"너무……."

"너무?"

"길다고 생각해."

사우나에라도 들어간 것처럼 순식간에 뺨이 뜨끈해졌지만 어디까지나 나는 차분한 표정을 유지했다. 그러나 이내 승준의 표정을 보려고 고개를 들었을 때, 나를 향한 욕정으로 서늘하게 굳어진 그의 눈매에 오싹한 흥분이 등골을 타고 흘러내려가는 것을 느꼈다.

"가자."

승준이 내 손을 잡아끌고 차로 향했다. 느긋한 여유라고는 찾아볼 수 없는 그의 다급한 표정에 가슴이 주체할 수 없을 만큼 들뜨기 시작했다. 이렇게 하나씩 그를 알아가고, 부끄러운 나를 드러내고, 그렇게 서로를 받아들인다. 이런 모든 순간이 거짓말처럼 자연스럽게 느껴졌다.

차로 조금 달리다 산중에 덩그러니 서 있는 모텔로 누가 먼저랄 것도 없이 뛰어 들어가며, 우리는 웃음을 참지 못했다. 아마도 이런 곳에 모텔이 있는 것을 보면, 서로의 사랑스러움을 견뎌낼 여유가 없는 연인들이 우리 말고도 많은 모양이었다.

그런 말을 하고 싶었지만, 엘리베이터에 오르는 순간부터 입술을 거칠게 부딪치며 나를 껴안는 승준의 손길에 나는 침묵할 수밖에 없었다. 수다는 얼마든지 다음으로 미룰 수 있지만, 그럴 수 없는 일도 있는 법이니까.

야유회 전에 송별회가 열린 것은 적어도 내게는 다행이었다. 나는 북적이는 고깃집 내부를 훑어보며 짧게 한숨을 내쉬었다. 더워서 땀이 날 지경이었다.

도대체 왜 이런 걸 해야 하냐며 입이 댓 발은 나와 있던 우리 팀은 이번 야유회 장기자랑의 1등 상품을 보고 마음을 고쳐먹었다. 모든 직장인들의 꿈은 휴가와 보너스가 아니던가. 우리의 꿈을 정확히 관통한 상품의 규모에 나는 근육통이 올 정도로 느끼한 눈빛과 춤 동작을 연습했다.

루즈한 화이트 셔츠에 반바지가 우리 팀의 의상이었다. 전신거울을 세워 두고 노래에 맞춰 아무래도 잘 이어지지 않는 안무 부분을 연습할 때 지친 얼굴로 들이닥친 승준은, 짧은 트레이닝팬츠와 땀에 젖어 피부에 달라붙은 내 셔츠를 보자마자 그대로 돌진했다.

대부분 그는 내 몸의 여린 살들을 부드럽게 애무하며 점점 달아오르는 내 표정을 보는 것을 좋아했지만, 가끔 뭔가에 불이 붙었을 땐 무어라 말릴 새도 없이 거칠어지곤 했다. 그런 간극마저 매력적으로 느껴진다는 것이, 내가 고승준에게 단단히 홀렸다는 증거일 것이다.

"많이 서운하지?"

곁에 앉아 물수건으로 입가를 닦고 있던 지현이 은근히 내게 몸을 기대며 속삭였다. 컵에 물을 따르며 나는 씩 웃었다.

"그렇게 티 나요?"

"뭐?"

아마도 그녀가 내게 기대한 것은 '저랑 무슨 상관이죠' 급의 무심한 대답이었을 것이다. 얼떨떨한 얼굴로 나를 바라보던 지현이 이내 내 팔목을 낚아채며 구석으로 밀어붙였다. 험상궂은 표정이었지만 그녀의 눈은 짐작하고 있었다는 듯 웃고 있었다.

"이 요망한 차 대리. 언제부터야. 낱낱이 불지 못할까!"

"이게 다 대리님 때문이에요. 하도 옆에서 고 대리, 고 대리, 노래를 부르시니까 저도 콩깍지가 씌었잖아요."

"얼씨구. 그럼 앞으로 강 대리, 강 대리, 노래 한번 불러볼까?"

"지금까지 고 대리한테 얻어먹은 간식이 얼만데, 그러시면 안 되죠."

웃으며 내 팔목을 붙잡고 있는 그녀의 손등을 힘주어 움켜쥐자 지현의 표정이 경악으로 물들었다. 몸을 부르르 떤 그녀가 목덜미를 벅벅 긁으며 중얼거렸다.

"고승준이 인물은 인물이네. 목석같은 차윤서를 이렇게 오글거리게 만들다니. 내 평생 이런 모습은 못 볼 줄 알았는데."

"확실히 보통 인물은 아니죠?"

"······차 대리, 지금 노처녀 앞에서 서방 자랑하니?"

"대리님!"

당혹감에 눈을 부릅뜨자 지현이 깔깔 웃었다. 나는 헛기침을 하며 주변을 둘러보았다. 먼 테이블에 앉아 있던 승준과 눈이 마주치자, 뺨이 붉어진 그가 찡긋, 윙크를 보내며 웃었다.

아직은 여유가 좀 있는 모양이지. 영업팀 사람들이 고승준 아주 보내 버리겠다며 칼을 갈던데.

실제로 그는 이미 꽤 술을 마셨다. 나한테는 여전히 멧돼지 같은 사람이었지만 승준을 꽤 아끼던 석 부장이 그를 옆에 끼고 앉아 내내 술을 따라주었고, 팀원들 이외에도 같이 회식에 참석한 해외영업팀과 회계팀 사람들도 번갈아 가며 한 잔씩 주었던 것이다.

특히 제훈은 맥주잔에 소주를 반쯤 따라 말없이 그에게 건넸고, 승준은 기가 질린 눈으로 똑같은 잔을 먼저 들이켜고 있는 제훈을 바라보다가 고개를 내저으며 맥주잔을 들었다. 꼭 나 때문은 아니겠지만 괜히 머쓱해져 나는 그들을 외면한 채 벽을 보며 술잔을 꺾어야 했다.

그래도 너무 마시진 않았으면 좋겠는데.

슬쩍 그쪽 눈치를 살피던 나는 드르륵, 진동하는 휴대폰을 꺼내
었다. 승준의 문자였다.

—이쪽으로 안 올 거야?
—영업팀 가드가 완전 철벽인데. 언제 끝날 것 같아?
—글쎄…… 내일? 살아서 내일을 맞이한다면 말이지만.

이 술고래들이! 마지막의 마지막까지 거래처 인수인계며 지방
출장까지 사정없이 휘둘러 놓고 송별회까지 아주 진을 쏙 빼놓을
셈인가!
눈을 날카롭게 치켜뜬 채 석 부장을 노려보았지만 별수 있나.
어울리지 않게 착 가라앉은 표정으로 술잔을 기울이고 있는 그의
표정에 나는 승준에게 눈길을 주며 한숨을 길게 내쉬었다. 입술을
삐죽이며 나는 문자를 보내고는 휴대폰을 주머니에 넣었다.

—오늘은 부장님 잘 맞춰 드려. 술 너무 먹진 말고.

"전 잠깐 화장실 좀 다녀올게요."
"가는 김에 고 대리 한 잔 줘."
짓궂은 미소를 띤 채 일어서는 내 종아리를 지현이 쿡쿡 찔렀
다. 나는 입술을 꽉 깨물어 보이고는 천천히 술집을 나섰다. 화장
실은 같은 건물의 아래층에 있었다.
화장실에서 손을 씻고 열이 오른 뺨을 차가운 손으로 식힌 뒤

나는 계단을 내려와 건물 밖으로 나왔다. 이 시간의 회사 근처는 그야말로 불야성이다. 이미 술에 취한 사람들과 곧 취할 사람들로 골목이 시끌벅적했다.

매캐한 연기와 고기 냄새가 조금씩 엷어지고 선선한 봄바람이 느껴져 나는 길게 숨을 들이켰다. 유리문에 비스듬히 몸을 기댄 채 중간에 도망칠지, 파장을 기다릴지를 고민했다. 1차는 거의 마무리될 시간이다. 2차는 아마 영업팀끼리 가겠지.

오늘 둘이 만나는 건 역시 무리인가. 후우, 한숨이 흘러나왔다. 함께 보내는 시간이 그다지 적은 편은 아니라고 생각한다. 평일에 도 일주일에 두세 번은 저녁 때 시간을 보내고, 주말은 그가 지방 출장을 가 있는 때가 아니면 늘 둘 중 누군가의 집에서 함께 보냈 으니까.

그런데도 문득 부족하다는 생각이 들 때가 있었다. 조금 더 곁에 있고 싶은데, 지금 그가 곁에 있었으면 좋겠는데 그러지 못할 때. 그런 순간을 자각하는 때가 많아진다는 것이, 은근히 나를 불 안하게 만들었다.

"이건 좀 너무하네, 고승준. 적당히 좀 홀릴 것이지."

"고승준이 좀 너무하긴 하죠."

불쑥 등 뒤에서 튀어나온 목소리에 나는 화들짝 놀라 허리를 곧 추세우며 뒤를 돌았다. 언제 나왔는지 무심한 표정의 제훈이 막 마지막 계단을 내려오고 있었다.

그 언젠가의 해괴한 데이트 신청 이후로는 그와 단둘이 이야기 를 해본 적이 없었다. 조금 껄끄러운 마음으로 나는 제훈을 바라보았다. 천천히 걸어온 그가 내 곁에 멈춰 섰다.

"왜 나오셨어요?"

"차 대리 따라 나왔습니다."

눈썹을 세우며 입을 열려 하자 제훈이 끼어들었다.

"사과를 하고 싶어서요."

"……사과요?"

"전에 했던 얘기. 불쾌했을 겁니다. 진심으로 그렇게 생각한 게 아니라, 당황해서, 그런 거절에 어떤 식으로 대응해야 할지를 몰라서 그런 유치한 말을 했던 것 같습니다. 미안합니다."

이런 정석적인 사과는 그다지 경험해 본 일이 없어서 나야말로 당황했다. 나는 겸연쩍은 얼굴을 하고 있는 제훈을 바라보며 어색하게 목을 가다듬었다.

"어, 그, 괜찮아요. 저도 발끈했으니까요."

"음. 확실히 무섭게 내뱉고 가긴 했죠."

"누구 탓인데요?"

제훈의 입가에 희미하게 미소가 흘렀다. 나 역시 피식 웃고는 벽에 등을 기대었다. 회사에서 그와 부딪칠 때의 어색한 공기가 이렇게나 쉽게 사라질 수 있다는 것이 신기할 따름이었다. 가만히 나를 보던 제훈이 입을 열었다.

"여자에게 호감을 얻는 건 생각보다 어려운 것 같군요."

……당신한테 말 한마디 붙여 보려고 수군거리던 여자를 내가 못 해도 셋 이상은 아는데.

"대리님 인기 많으시잖아요. 풍요 속의 빈곤이에요?"

"글쎄. 그건 걸어가다가 문득 도로변에 핀 꽃을 보고 아, 예쁘구나, 하고 지나치는 것과 같은 수준일 뿐입니다. 그게 어떤 꽃인지, 이름이 뭐고 향기는 어떤지까지 궁금해하는 일은 좀처럼 없죠."

제훈이 길거리를 바라보며 무심히 대꾸했다. 저렇게 비유하니 이해가 갈 것도 같아 나는 고개를 주억였다.

"누구나 그래요. 내가 누군갈 생각하고 있을 때, 그 사람 역시 날 생각하고 있을 확률이 얼마나 되겠어요? 그런 게 인연이겠죠."

"이제 와 이런 말은 이상하겠지만."

지나가는 사람들을 보고 있던 제훈이 고개를 돌렸다. 눈매가 매서운 그였지만 지금은 왠지 힘이 없어 보였다.

"비 오는 날 당신이 머플러를 주고 갔을 때, 어쩌면 내 인연일지도 모른다는 생각을 했었습니다."

조금의 감정도 느껴지지 않는 무미건조한 목소리가 아닌, 솔직하게 체념한 듯한 그의 말투에 나는 슬쩍 웃고 말았다. 그에게 고집스레 우산을 돌려줄 생각을 하고 있던 때의 내가 떠올랐던 것이다.

민석과 그의 애인을 길거리에서 마주친 뒤, 비를 맞으며 걷던 내게 우산을 씌워줬던 그가. 그날의 나를 덜 비참하게 해줬던 그가.

제훈은 다소 말투가 딱딱하고 매사 덤덤한 느낌이 있지만 좋은 사람이다. 어쩌면, 아마도 승준이 없었더라면 그와 가까워졌을지도 모를 일이다. 매일같이 이런저런 일로 부딪치며 승준과 투닥거리면서도, 그와 지금 같은 사이가 될 거라 미처 생각하지 못했던 것처럼.

그러나 내 인연의 끈은 승준에게로 이어졌고, 이제 나는 그가 없는 시간들을 아쉬워할 만큼 그에게 빠졌다. 사람의 감정이란 예측도, 단정도 불가능한 것이었다.

"고승준만 끼어들지 않았어도."

가볍게 찌푸린 얼굴로 들으라는 듯 투덜거리는 제훈의 말에 나는 웃음이 터지고 말았다. 저렇게 어린애 같은 얼굴이 나오는 걸 보면 그도 상당히 취한 모양이었다.

"그런 표정을 좀 더 지어요."

손가락을 까닥이며 하는 말에 제훈이 눈썹을 들썩였다.

"무슨 표정 말이죠?"

"그러니까, 좀 더, 친근함을 느낄 수 있는 표정이오. 평소에 강 대리님은 표정이 없고 좀 화난 것 같은 얼굴이라 잘생겼어도 여자들이 쉽게 접근하긴 어려우니까요."

"……표정이 없고 좀 화난 것 같은 얼굴이라면, 차 대리 같은 얼굴을 말하는 겁니까?"

"뭐라고요? 제가 어디가 어때서요."

나도 나 자신을 안다. 은근히 가슴 한 켠이 콕콕 찔렸지만 시치미를 떼고 턱을 쳐들자 제훈이 삐딱하게 웃었다.

"고승준 정도 수준의 넉살이니 버티는 겁니다."

"반대일 걸요. 저나 되니까 고승준의 넉살을 버티는 거겠죠."

"그 얘긴 그냥 넘길 수 없는데."

눈살을 좁히고 제훈을 보고 있던 나는 뒤에서 불쑥 날아온 목소리에 고개를 돌렸다. 언제부터 있었는지, 계단 위에서 승준이 팔 짱을 낀 채 엇비스듬히 벽에 기댄 모습으로 나를 보고 있었다.

그는 술에 취해도 그다지 티가 나지 않는 얼굴이다. 눈가가 조금 붉지만 자세히 보지 않으면 모를 정도로 얼굴빛이 말갛다. 차분하게 가라앉았지만 나를 보고도 조금도 웃지 않는 승준의 표정에, 나는 그가 지금 썩 기분이 좋지 않다는 것을 깨달았다.

설마하니 방금의 농담 때문인가. 진심으로 들렸나?

물론 반쯤은 진심이긴 하지만, 평소 고승준의 캐릭터로 봤을 때 저런 말에 발끈할 리가 없다. 웃는 얼굴로 여유롭게 받아넘겼을 것이다.

"내가 두 사람을 아는데, 둘 다 사람들과 친해지는데 시간이 걸리는 성격이지. 그래서 오히려 맞는 건가? 서로를 꽤 편하게 생각하는 것 같군."

"드물지만 나한테도 있거든. 의외로 잘 맞는 사람이."

그렇게 자극할 때가 아닌 것 같은데. 나는 덤덤하게 대꾸한 제훈을 흘겨보고는 눈가를 서늘하게 굳히고 있는 승준에게로 다가섰다. 그는 느릿하게 눈을 깜빡이며 나를 응시하고 있었다.

"괜찮아? 술 깨는 약이라도 사다 줄까?"

"강제훈이 잘생겼어?"

"뭐?"

"곧 죽을 것처럼 피곤하지만 귀는 멀쩡하거든. 분명 잘생겼다는 말을 들은 것 같은데."

승준은 시원스레 뻗은 홑꺼풀의 눈을 찡그리고 있었다. 이 일차

원적인 질투를 어떻게 하면 좋지. 당혹스러우면서도 목덜미 안쪽이 근질거리는 느낌이 들었다. 나는 튀어나오려는 웃음을 꾹 눌러 참으며 고개를 기울였다.

"개인적인 의견이 아니라 대세를 따른 건데."

"개인적인 의견을 말해보면?"

"……역시 잘생겼지. 사람들 눈은 다 거기서 거기잖아."

후우, 하고 길게 내쉬는 숨에 진득한 술 냄새가 묻어난다. 웃을 법도 한데 승준은 웃지 않았다. 눈을 내리깔고 있던 그는 천천히 시선을 들어 내 어깨 너머에 있는 제훈을 바라보았다.

"재수 없는 놈. 어디 그 잘생긴 면상을 남의 여자한테 들이밀고 있어? 저리 가. 쉿쉿."

뱀이라도 쫓는 것처럼 승준은 잔뜩 찌푸린 얼굴로 제훈을 향해 손을 털었다. 흘끗 제훈을 돌아보니 그는 미묘한 표정을 짓고 있었다. 아마도 웃음을 참고 있는 것 같았다. 승준은 그를 향해 손가락을 길게 뻗었다. 표정은 제법 진중했다.

"차윤서 좋아해도 소용없다, 강제훈. 다른 여자 찾아봐. 내가 먼저고, 내가 끝이야. 네 순서는 없어."

낮게 잠긴 목소리가 벽에 부딪쳐 울린다. 묘하게 늘어진 목소리와 이 상황으로 보건대 그는 드물게도 취한 것 같았다. 취중 고백이 이렇게나 귀엽다니. 나는 자꾸만 위로 올라가려는 입꼬리를 끌어 내리며 입술을 깨물었다. 제훈의 시선이 내 뺨에 닿는 것이 느껴졌다.

"그래, 그런 것 같군. 아쉽지만 말이야."

"어차피 너는 안 돼. 필수 조건인 넉살이 몹시, 아주, 결여되어 있으니까."

승준이 턱을 쳐들며 곁으로 다가오는 제훈에게 내뱉었다. 미간을 좁힌 제훈이 대뜸 손을 뻗어 그의 귀를 세게 잡아당겼다. 순간 으앗, 하고 균형을 잃고 휘청이는 승준을 재빨리 부축하며 나는 제훈을 향해 나도 모르게 날카롭게 외쳤다.

"위험하잖아요!"

손에 닿은 승준의 몸이 뜨끈하다. 조용히 나를 내려다보던 제훈이 길게 한숨을 내쉬며 중얼거렸다.

"……이거야 원. 1대 2가 이렇게 서러울 줄이야."

"그러니 방해하지 말고 빨리 올라가라. 쉿쉿. 잘생긴 면상 자꾸 어른거리면 곤란하니까."

"그 말 계속 물고 늘어질 거야?"

옆구리를 살짝 꼬집자 승준이 가늘게 눈을 뜬 채 입술을 비죽 내밀었다.

"이 배신자. 강제훈이랑 밥도 먼저 먹고, 둘만 내려와서 다정하게 내 욕도 하고, 이건 아니지, 차윤서. 네 손만 잡아도 설레는 순정남인 거 알면서, 이렇게 서럽게 만들면 안 되는 거잖아."

"강 대리님, 부탁인데 제발 올라가 주실래요? 안 그러면 민망해서 가루가 되어버릴 것 같거든요."

"저도 제 귀는 소중하니 그만 가죠. 수고해요. 고승준 술 취하면 전광판이랑도 친구 합니다."

희미하게 웃어 보인 제훈이 가볍게 계단을 올라갔다. 나는 벽에 등을 기댄 채 물끄러미 나를 보고 있는 승준의 손을 잡았다. 그가 기다렸다는 듯이 손가락을 얽어왔다.

"강제훈이랑 뭐야."

검게 젖은 눈동자가 곧게 나를 응시한다. 뭐가 이렇게 불안한 걸까. 나는 이미 당신밖에는 없는데.

"같은 회사에서 일하는 동료지."

그가 내게 호감을 품었고, 그것은 이루어지지 않았지만 반쯤 취한 승준에게 시시콜콜 말하고 싶지 않았다. 적어도 그와 내가 '그저' 동료인 것은 사실이니까.

승준이 콩 하고 내 이마에 머리를 찧었다.

"너무 가깝게 있지 마. 나한텐 오지도 않으면서 이런 데서 둘이 대화하고 있지 말라고."

"당신은 떠나고, 나는 회사에서 강 대리님과 계속 부딪칠 건데. 그건 괜찮고?"

"……아무래도 내가 회사에 있어야겠군."

이 인간이 진짜. 그의 뺨을 쭉 늘이자 승준이 미간을 찌푸리며 나를 내려다보았다. 나는 턱을 치켜들며 말했다.

"강 대리님 잘생겼지. 그렇지만 내 취향은 아니란 말이야. 나는 당신이 좋아. 다른 남자는 눈에 들어오지 않을 정도로 당신이 좋다고. 자기가 이렇게 만들어놓고, 뭘 새삼 자신 없는 척이야?"

물끄러미 나를 바라보던 승준의 입술이 순간 비스듬히 기울었다. 검은 눈이 또렷하게 빛난다. 묘한 기분이 들어 눈을 깜빡이자 승준이 씩 웃으며 속삭였다.

"연인이 사랑 고백을 잘 안 해주니 이런 방법이라도 써야지. 별수 있나."

"……아주 사기를 지능적으로 치십니다, 고 대리님. 이거 어디 억울해서 앞으로 좋아한다고 말이나 하겠어요?"

"키스해 줘."

"싫은데요."

흥, 하고 코웃음을 쳤지만 부드럽게 내 뺨을 감싸오는 승준의 손길을 밀어내지는 않았다. 고개를 낮춘 승준이 강아지처럼 코를 부볐다. 간지러워 코를 찡긋거리자 그가 또 한 번 재촉했다.

"해줘."

내가 언제부터 이렇게 남의 말을 거절하지 못하게 된 거지. 남들이 모두 예스를 말할 때 자신 있게 소신껏 노를 외치던 나였는데. 구시렁거리며 나는 고개를 들고 그의 입술을 앙, 깨물었다.

승준의 손이 천천히 내 등을 쓸며 내려가 허리를 당긴다. 그리고 작게 벌어진 서로의 입술 사이로 누가 먼저랄 것도 없이 혀를 얽었다. 질척이는 타액이 뒤섞이고 거칠어진 숨소리만이 조용한 건물 입구에 울려 퍼지고 있었다.

"집에 갈까?"

낮게 속삭이는 목소리에 흥분이 묻어난다. 나는 달콤한 맛이 나는 그의 도톰한 입술을 할짝이며 중얼거렸다.

"곧 죽을 것처럼 피곤하다더니."

"아무래도 효과 좋은 피로회복제를 방금 먹은 것 같아."

"능청은."

퉁명스레 말하면서도 나는 그가 이끄는 대로 순순히 건물을 나섰다. 밤거리에는 여전히 사람들이 많았다. 사라진 우리 둘에 대해 온갖 말을 만들어낼 회사 사람들의 짓궂은 속삭임이 들리는 것만 같았지만, 나는 개의치 않기로 했다. 아마 결정적인 부분에 있어서는 사실일 것이므로.

□—■—□—■

블라우스의 단추를 풀어내는 손길이 다급하다. 나는 잠시 떨어진 것이 아쉽다는 듯 다시 내 입술을 찾는 그를 받아들였다. 열기를 품고 있는 입술이 부딪쳐 작게 입을 벌리자, 이내 그가 혀를 밀어 넣었다. 치열을 핥으며 입안 깊숙이 파고들어와 내 숨결을 빨아들이는 승준의 키스에 내 몸은 열렬히 반응하고 있었다.

팔락이며 블라우스가 바닥에 떨어지고, 승준의 셔츠가 그 위를 덮었다. 거칠게 가슴을 뭉그러뜨리는 그의 손길에 짧게 신음하자 곧장 내 목덜미를 입술로 물어온다. 이를 세워 잘게 깨무는 느낌에 목덜미를 움츠리자 승준이 낮게 웃었다.

"침대로, 하아, 안 갈 거야?"

"못 가. 여유가 없어."

그대로 몸을 낮추며 속옷을 거칠게 벗겨낸 승준의 입술이 이미 꼿꼿하게 선 유두를 물었다. 뜨겁게 달아오른 듯한 그의 혀가 유두를 입안에 넣은 채 굴리고 있었다. 질척이는 소리를 내며 빨아들이다가 콕콕 혀로 찌르는 듯한 감촉에 나는 허리를 움찔거리며 짧은 신음을 뱉었다.

허벅지를 길게 더듬던 승준이 후우, 하고 숨을 내쉬었다. 나는 그 이유를 짐작했다. 스타킹을 신고 있었기 때문이다. 이렇게 둘 다 몸이 달아올라 있을 때의 스타킹이란 참으로 거대한 장애물이었다.

"잠깐만. 좀 벗고……."

"찢을게."

"뭐? 그렇게 잘 안 찢어질…… 꺄!"

허벅지를 짧게 손톱으로 긁는 날카로운 느낌에 몸을 움츠린 사이에 부욱, 하고 우악스러운 소리와 함께 아래가 시원해졌다. 승준은 스타킹에 난 구멍 사이로 손을 집어넣어 점점 더 구멍을 키우고 있었다. 금세 팬티 위에 닿은 그의 뜨거운 손이 앞뒤로 거칠게 움직였다. 나는 흠칫 몸을 떨며 그의 목덜미를 감쌌다.

"앗, 응……."

숨이 가빠진다. 입술과 가슴을 더듬어 대는 그의 손길보다도 승준의 성급함이 나를 더욱더 달아오르게 했다. 벽에 등을 기댄 채 다리를 벌리고 있는 틈새로 승준이 무릎을 꿇었다. 나른하게 반쯤 감긴 눈으로 그를 내려다보던 나는 허벅지 안쪽을 올려 쥔 채 고개를 들이미는 그의 행동에 비명을 내질렀다.

"지금 뭐…… 으흣! 앗, 자, 잠깐. 승준 씨!"

뜨겁고 말캉이는 무언가가 애액으로 젖어 있는 음부를 스친다. 들어본 적 없는 음란한 소리가 그의 입을 따라 흐르고 있었다. 애액을 마시듯 할짝이며 입구 근처를 비비는 그의 입술에 머릿속이 아득해져 금세 허리에 힘이 풀렸지만 승준의 손이 내 허벅지를 단단히 받치고 있었다.

"아웃, 싫어……. 으으응……."

"예뻐, 윤서야. 날 원하니까 흥분하고 있는 거잖아."

승준의 숨결이 은밀한 곳을 맴돈다. 야릇한 수치심과 그보다 더 큰 쾌감이 온몸을 뒤덮고 있었다. 들어본 적 없는 가느다란 교성이 자꾸만 튀어나와 입을 틀어막았지만 역부족이었다. 승준의 손가락이 옆으로 한껏 젖힌 탓에 부드러운 팬티는 금방이라도 찢어질 것 같은 아슬아슬한 소리를 내고 있었다.

볼록하게 튀어나온 음핵을 승준이 입술로 가볍게 물었다. 번개라도 맞은 것처럼 팔딱이자 그가 혀를 내밀어 힘주어 짓누르며 비빈다. 아래에서부터 시작된 불꽃놀이가 급속도로 머리끝까지 타오르는 것 같았다.

"아아, 웃! 으응! 승준 씨, 그만, 그만! 아훗!"

몸속에서 쿨럭, 하고 애액이 흠뻑 흘러내렸다. 아랫배에 잔뜩 힘이 들어가 나는 숨을 몰아쉬었다. 아찔할 만큼 강렬한 쾌감에 유두가 아플 만큼 꼿꼿하게 일어서 있었다. 다리가 후들거리고 있었다.

거칠게 한 손으로 바지와 속옷을 벗어 내린 승준의 남성은 한눈에 보기에도 이미 단단하게 발기해 있었다. 욕정을 숨기지 않는 그의 적나라한 눈빛에 가슴이 떨렸다.

그의 널찍한 어깨에 팔을 얹자 승준이 내 한쪽 허벅지를 들어 올렸다. 내가 토해낸 액체로 뜨겁게 데워진 아래로 선득한 바람이 들어오는 것 같았다. 승준의 입술이 내 뺨을 스쳤다. 삽입의 신호였다.

엉덩이를 조금 앞으로 내밀자 꺼덕이는 그의 남성이 다리 사이로 들어왔다. 이미 젖어 있는 아래를 앞뒤로 문지르는 느낌에 흥분이 알알이 터지는 것 같았다. 나는 정신없이 그의 목덜미에 입술을 부비며 신음했다.

"빨리, 빨리 넣어줘."

손을 더듬어 내려가 성기를 쥐고 있는 그의 손등을 움켜쥐었다. 또렷하게 일어선 힘줄이 손끝에 닿을 정도로 승준의 남성은 무섭게 부풀어 있었다. 그것을 안에 품었을 때의 쾌감을 기억하는 몸이 미끌미끌한 애액을 자꾸만 내보내고 있었다.

"그런 말 하면."

낮게 신음을 억누른 승준의 목소리가 내 귀를 애무하는 것처럼 끈적하게 맴돈다. 나는 숨을 할딱이며 그의 손을 잡아끌었다. 꺼덕이는 남성이 입구를 문지르고 있었다.

"못 참는다니까."

"으응, 빨리. 승준 씨. 승준 씨."

조르듯 부르는 내 목소리에 짧게 숨을 몰아쉰 승준이 거칠게 안을 파고들었다. 이미 젖을 대로 젖어 그의 것이 들어오기만을 기다리던 내부는 무리 없이 그를 받아들였지만 곧장 점막을 쓸 듯이 빠져나갔다 다시 깊은 곳까지 치받아 오는 움직임에 저절로 교성이 터져 나왔다.

"아, 웃! 으응!"

"윤서야. 후우."

차가운 벽에 등이 위아래로 쓸렸지만 아프지 않았다. 아플 겨를
이 없었다는 쪽이 정확할 것이다. 그의 목을 끌어안자 승준이 더
욱 빠르게 움직이기 시작했다. 전에 없이 몸이 저절로 그의 움직
임을 따라 리드미컬하게 튕기고 있었다.

"좋아! 아흑!"

"미치겠다. 너무, 후우, 조여서 버티기가…… 읏!"

깊은 곳까지 들어왔던 승준의 성기가 천천히 밖으로 빠져나갔
다가 부드럽게 다시 밀고 들어온다. 단단한 그의 남성과 마찰하고
있는 점막에서 온몸이 녹을 것처럼 뜨거운 쾌감이 퍼져 나오고 있
었다.

속도를 늦춰 느리게 움직이던 승준이 숨을 헐떡이고 있는 내 다
리를 좀 더 높이 들고는 곧장 거칠게 파고들었다. 나는 길게 신음
을 내질렀다. 허리가 간헐적으로 파르르 떨리며 쾌감으로 젖은 액
체를 쏟아냈다.

어느새 땀이 배어 나온 그의 목덜미에 입을 맞추며 달뜬 숨을
몰아쉬자 승준이 그대로 나를 안아 들었다. 뭐하는 거냐고 묻기도
전에 이미 내 등은 침대에 닿아 있었다. 단단하게 근육이 붙은 승
준의 상체가 내 가슴을 무겁지 않을 정도로 짓누르고 있었다.

따뜻한 숨결이 흥분의 잔재로 예민해져 있는 유두를 간질인다.
단단한 손이 여전히 들썩이고 있는 내 몸을 부드럽게 더듬고 있었
다. 가슴을 움켜쥐고는 유두 주변에 짧게 입을 맞추던 승준이 속
삭였다.

"미안. 좀 거칠었나?"

"……그런 점도 좋은 걸 보면 내가 당신한테 반하긴 했나 봐."

"기어코 순정남 심장 터지는 꼴을 보고 싶은 거야?"

능청스레 중얼거린 승준이 곁에 비스듬히 누운 채 내 머리카락을 천천히 쓸었다. 나는 고개를 돌려 그를 바라보았다.

"출근은 언제부터야?"

"다음 주."

"그렇게 빨리?"

"한참 진행 중인 사업이 있는데 손이 가는 일이라. 조금 더 빨리 합류했어야 했던 일이거든."

"바쁘겠네, 당분간은."

"그래도 차윤서한테 전화하고, 만나러 올 시간은 있지."

뺨과 콧등에 연이어 입을 맞추며 중얼거리는 승준의 말에 나는 피식 웃음을 흘렸다. 내 입술을 가볍게 꼬집은 승준이 미간을 좁히며 말했다.

"전화 받아. 가만 보니까 세 번에 한 번은 안 받는단 말이야."

"당신이 타이밍을 잘 못 맞추더라고. 휴대폰 깜빡하고 잠깐 슈퍼 간 사이에 전화를 하질 않나. 샤워하고 있는데 하질 않나. 그래도 확인하면 바로 전화했잖아."

"으흠."

가늘게 뜬 눈으로 나를 응시하는 그의 시선에 나는 손을 뻗어 그의 높다란 코를 가볍게 튕겼다. 쿵, 하고 숨을 들이쉰 승준이 눈꼬리를 내린 채 나를 바라보았다.

인터셉트

"쓸데없는 생각 하지 말고, 가서 일이나 열심히 하세요."

"간식 들고 종종 갈게."

"그럴 시간이나 있겠어?"

"시간은 마음이 있으면 생기는 법이지."

찡긋 윙크를 날리는 승준의 말에 나는 웃음을 터뜨리고 말았다. 땀에 젖어 엉킨 내 머리카락을 쓰다듬던 승준이 중얼거렸다.

"스타킹이 엉망이야."

"……설마 찢을 줄이야. 그래도 나름 고탄력인데."

쿡 하고 웃은 그가 장난치듯 내 가슴에 뺨을 부볐다. 홋, 하고 작게 신음하자 승준이 불쑥 고개를 들었다.

"어차피 엉망인데, 벗겨줄게."

"아니, 내가 벗으면 되는……."

그러나 이미 승준은 엉망으로 주름진 치마 안으로 손을 집어넣고 있었다. 손가락이 더듬거리며 스타킹 끝을 쥐고 아래로 잡아내린다. 땀에 젖어 살갗에 달라붙어 있던 스타킹이 벗겨지자 시원한 느낌이 들어 나는 깊게 심호흡했다. 끼익 하고 스프링이 눌리는 소리와 함께 승준의 그림자가 나를 덮쳤다.

"그 눈은 조금 불안한데요, 고승준 씨."

"이 녀석이 쉽게 가라앉질 않네요, 차윤서 씨. 어떡하면 좋습니까."

은근한 목소리로 속삭인 승준이 내 다리를 어루만진다. 너무 진한 쾌감의 여파로 잔뜩 예민해진 몸이 움찔거리며 그의 손길에 반응했다. 나는 짓궂게 웃는 얼굴로 나를 보는 승준을 얄밉게 노려보며 손등을 잘게 긁었다.

　그와 나의 관계에 큰 부분을 차지하던 직장이라는 공통분모가
사라지면, 아마도 많은 것이 달라질 것이다. 그렇기에 지금보다
더 노력하지 않으면 서로의 많은 것을 못 보고 지나치게 될지도
모른다. 그렇게 관계는 변해갈 것이다.

　그러나 분명한 것은, 나는 그를 놓치고 싶지 않다는 것이다. 그
가 곁에 있는 달콤함을 알았기 때문에, 혼자가 되고 싶지 않다. 그
래서 노력할 것이다. 그를 좀 더 이해하고, 지금보다 더 단단한 유
대감을 공유하기 위해서. 더 오랜 시간, 서로의 곁에 있기 위해서.

　지금은 그것으로 충분하다. 언젠가는 그와 함께 가족을 이루는
꿈을 꿀 수도, 그렇지 않을지도 모르지만 지금 나를 원하는 그가
있고, 내가 그를 원한다는 사실만으로 충분했다.

　승준의 입술이 부드럽게 내려와 내 입술에 겹쳐졌다. 나는 그를
깊이 끌어안았다. 밤은 길었고, 사랑하는 연인은 아직 나를 놓아
줄 생각이 없는 것 같았다.

　나는 지금 이 순간, 정말이지 행복했다.

에필로그

창문을 타고 넘어오는 봄볕이 따뜻하다. 나는 하품을 뱉어내는 입을 가리며 복도를 지나쳐 휴게실로 들어섰다. 연이은 야근으로 어깨가 나무토막처럼 뻣뻣했다. 목을 이리저리 돌리며 정수기 앞에 서서 냉수를 한 잔 들이켜자 저절로 긴 한숨이 흘러나온다. 텀블러에 커피를 담아 한적한 의자에 앉아 눈을 감은 지 30초쯤 됐을까. 익숙한 목소리가 들렸다.

"차 대리, 차 대리!"

황급한 부름에 실눈을 뜨며 허리를 세우자, 눈을 동그랗게 뜬 채 내게 재빠르게 다가오는 지현이 보였다. 급한 일이라도 생겼나? 영업팀에 넘기고 온 매출 자료에 무슨 문제라도 있나?

"자기는 알고 있었어? 알고 있었지?"

"뭐, 뭘요?"

"고 대리 말이야! 아, 이젠 고 대리가 아니지만."

그녀가 내게 이렇게 호들갑스럽게 언급할 '고 대리'는 한 사람 뿐이다. 나는 괜히 헛기침을 뱉으며 목소리를 낮췄다.

"승준 씨가 왜요?"

"몰랐어? 지금 회사 와 있던데."

"회사예요?"

오후의 나른함으로 잔뜩 늘어져 있던 눈꼬리가 바짝 치켜 올라 갔다. 작게 입을 벌리는 내 표정으로 짐작했는지 지현이 짧게 한 숨을 내쉬었다.

"뭐야. 자기한테 말도 없이 온 거야? 아니, 그보다 더 놀라운 게 뭔지 알아?"

눈을 멍하니 깜빡이자 지현이 맞은편 의자에 털썩 앉으며 말했 다.

"마케팅팀이 최근에 예산 받아간 프로젝트 있잖아. IT 사업계 획안. 전자제품 개발하는 기업들 의뢰받아서 상해에 있는 공장 연 결해 주는…… 그, 제품이 뭐라고 그랬더라? MAC? MTC?"

"아…… MFC요? 질량유량제어기?"

"그래, 그거. 그래서 공급처 세 군데로 후보 잡고 미팅하고 있잖 아."

"그런데요, 그게 고승준 씨랑 무슨 관계가……"

"솔직히 말해봐. 고승준 씨 이직한 회사가 우리 의뢰사라는 거 알고 있었어?"

나는 어깨를 으쓱였다. '조금 쉬면서 앞으로의 계획을 생각해 보려고 한다'는 것이 이 회사를 떠나는 고승준의 마지막 말이었기에 그의 이직처를 알고 있는 사람은 나뿐이었다. 그리고 이 회사에서 나와 고승준의 관계를 아는 사람은 몇 명 되지 않았고. 지현은 그중 한 명이었기에 내게 달려온 것이었다.

승준이 이직한 '태광'은 우리 회사와 이런저런 계약으로 엮여 있었고, 주로 갑의 입장에 있는 회사였다. 적응한 지 한 달도 채 되지 않았기에 정신없는 것 같아 일에 대해 자세히 묻진 않았지만, 아마도 영업팀일 것이기에 우리 회사와 그가 직접적으로 부딪칠 일은 없으리라 생각했다.

"승준 씨가 태광에 다니는 건 맞지만, 맡고 있는 일이 다를 건데요? 그 사람이 우리 회사에 올 일이 없을 텐데."

"태광의 마케팅팀 팀장 자격으로 왔는데도?"

"……뭐라고요?"

나는 미간을 찌푸렸다. 그런 소리는 나도 듣지 못했다. 거기다 마케팅팀이라니. 그제야 생각이 미치는 데가 있어 나는 휴대폰을 꺼내었다. 한 시간쯤 전에 승준이 보낸 의뭉스런 문자였다.

—보고 싶으면 달려가는 고승준 출장 서비스! 잠시 후에 봅시다♥

얼핏 보고 광고인 줄 알고 지울 뻔했던 문자였다. 막연히 그 문자의 '잠시 후'가 퇴근 후라고 생각했는데 그게 아니었나? 그보다 마케팅팀 팀장 자격은 또 뭐란 말인가.

"그런 얘긴 없었는데."

"자기도 몰랐구나? 어지간히 서프라이즈 하고 싶었던 모양이지. 내가 다 놀랐네. 마케팅팀도 꽤 당황한 것 같던데? 덕분에 분위기는 완전히 휩쓸린 것 같고. 고승준이 또 그런 쪽으로 선수잖아."

······아무럼요. 선수죠. 원하는 대로 분위기 끌고 가서 순식간에 사람 마음 휘젓고 혼 쏙 빼놓는 건 국가대표급이고말고요.

나는 절레절레 고개를 흔들며 텀블러를 움켜쥐었다.

하여튼 뭐 하나 곧이곧대로 말해주는 법이 없지, 고승준. 사람을 새벽까지 괴롭힌 주제에 한 마디 언질도 없었겠다?

입술을 으득, 씹자 나를 보고 있던 지현이 피식 웃으며 말했다.

"차 대리 그런 표정 엄청 웃긴 거 알아? 하여튼 고승준이 인물은 인물이야. 영업팀 멧돼지한테도 정색하고 할 말 따박따박 다 하는 차윤서를 이렇게 들었다 났다 할 수 있는 사람이 달리 또 어디 있겠어?"

"예전부터 생각한 건데, 임 대리님은 왜 이렇게 고승준 씨를 예쁘게 보시는 거예요?"

"오해야. 내 총애는 고승준 한정이 아니라고. 멋진 남자들한테는 한없이 너그러워지는 유전자를 타고난 것뿐이지. 굳이 말하자면 엄마 탓이라고나 할까?"

눈을 찡긋거리는 그녀의 말에 나는 헛웃음을 흘리고 말았다. 지현의 수다에 적당히 맞장구를 치고 있었지만 나는 고승준을 떠올리고 있었다. 태연한 얼굴로 웃으며 영업팀에 있었을 때 앙숙이었던 마케팅팀 사람들을 휘두르고 있을 그를.

"……하여튼 얄미운 인간이야."

"내가 차 대리를 좋아하긴 하지만, 그렇다고 대놓고 욕할 정도로 쉬운 사람이 되고 싶진 않거든?"

"임 대리님도 고승준 편이니까 똑같아요."

"어머, 날 승준 씨 만큼 사랑한다니 그거 고맙네."

"그런 뜻이 아니라니까요!"

지현이 깔깔대며 테이블을 가볍게 두드렸다. '승준 씨하고 엮이기만 하면 귀여워진다니까' 하고 웃는 그녀를 바라보며 나는 말없이 이 분노의 화살을 마땅한 인물에게로 돌렸지만 서글서글한 눈매를 부드럽게 접으며 '윤서야' 하고 부르는 그의 칼칼하게 잠긴 목소리가 떠올라 금세 분노는 누그러들고 말았다.

새벽에 뒤척이다 눈을 떴을 때, 나는 내 머리칼을 쓸어 넘기고 있던 승준과 눈이 마주쳤다. 어슴푸레한 방 안에서 하얗게 떠오른 그 얼굴을 꿈과 현실의 경계에서 모호하게 바라보고 있던 나를 확실히 현실로 끌어당긴 것은 씩 웃으며 입술을 파고드는 그의 공격적인 키스였다.

연이은 야근으로 피곤해서 침대에 누운 채 그의 애무를 받다가 잠들어 버린 벌로, 나는 잠이 덜 깨어 예민한 몸으로 출근 시간이 아슬아슬할 때까지 그에게 매달려 있어야 했다. 그럴 때의 승준은 때때로 밤보다 더 과격했다.

나를 부르는 목소리. 조용히 나를 들여다보는 눈빛. 그의 미소. 체온. 체취. 모든 것들이 인지할 새도 주지 않고 내 생활을 잠식했다. 그래서 나는 고승준이 두려웠다. 얄밉다고 생각하다가도 어느새 그의 얼굴을 떠올리며 웃어버리게 만드는 그가. 내 생활의 중심이 되어가고 있는 그가.

o——■——o——■

"요구 사항은 이 정도면 정리된 것 같습니다. 회의 내용 반영해서 계약서 보내주시면 검토해 보겠습니다. 오늘은 이 정도에서 마치죠."

마케팅팀 팀장인 정재는 물 흐르듯 회의를 정리하고 자리에서 일어서는 승준을 바라보았다. 평소 그는 영업팀의 직원들은 마케팅팀의 수족에 불과할 뿐, 자신들의 구체적인 지시가 없으면 제대로 일을 할 수 없는 사람들이라며 무시해 왔다. 팀장인 그의 그런 태도가 마케팅팀과 영업팀의 뿌리 깊은 갈등에도 큰 영향을 미쳤음은 당연한 일이었다.

그래서 승준과도 몇 번쯤 회의 석상에서 큰 소리를 내며 다툰 적이 있었다. 상명하복을 엄격하게 생각하는 그에게는 다른 대안을 제시하는 승준이 제 지시를 받기 싫어 대드는 눈엣가시 같은 존재로만 보였다.

그렇기에 저보다 열 살쯤은 어린 승준이 동등한 위치로 나타난 것이 무척이나 거북스러움과 동시에 이 계약은 얼마든지 유리하게 끌고 갈 수 있겠다는 자신감이 생겼던 것이다. 그 자신감은 회의가 끝난 지금 바닥에 들러붙은 껌처럼 납작해져 있었지만 말이다.

"어떻게, 앞으로도 자주 보게 될 텐데 저녁이라도 같이 하……

하시죠?"

이쪽의 사정을 손바닥 보듯 훤히 알고 있으니 정재는 조금도 유리한 고지를 점할 수 없었다. 이런저런 핑계와 변명을 대도 승준은 예의 바른 미소를 지을 뿐이었다.

납품 기일부터 창고 대여 수수료까지, 제반 사항을 다 알고 있는 사람 앞에서 거짓 핑계를 대는 것만큼 면구스러운 일도 없다. 영업팀 직원이라고 해서 그런 것들을 다 알고 있을 순 없다. 이것이야말로 그가 이 회사에서 일을 할 때 얼마나 많은 정보를 착실하게 숙지하고 있었는지를 역으로 드러내는 점이었다.

고승준은 이 계약에서 최악의 상대였다. 태광도 그걸 알고 승준을 내보낸 것일 테다.

"오늘은 일이 있어서요. 다음에 같이 하시죠."

담담하지만 어딘지 거리감 느껴지는 말투를 뱉으며 승준이 고개를 숙였다. 술자리에서 예전에 일하던 직장에 대한 정을 부추길 생각이었던 정재는 헛기침을 하고는 회의실을 나서는 승준의 뒤를 허탈하게 쫓았다.

"그래도 참 특이한 인연이죠. 계약 체결되고 협력 관계로 일하게 되면 고 대리…… 고 팀장님도 이 회사에 종종 오셔야 할 텐데 말입니다. 인연이 보통 인연이 아닌 것 같습니다. 하하하."

"네, 배운 게 많아서 감사하게 생각하고 있습니다."

일하고 있던 직원들 중 낯이 익은 사람들이 승준을 보며 얼떨떨하게 인사했다. 그는 가볍게 미소 띤 얼굴로 고개를 숙여 보이며 그들을 지나치다가 이내 걸음을 멈췄다.

"배웅은 여기까지로 됐습니다. 들어가 보세요. 이제 곧 기획팀 회의 시간이잖습니까."

별걸 다 기억하고 있군. 재정은 미간을 슬쩍 찌푸리며 일그러진 얼굴로 고개를 끄덕였다.

"그럼 조심해서 가십쇼. 계약서는 이번 주 내로 보내 드리겠습니다."

"수고 많으셨습니다."

승준은 제게서 등을 돌리고 멀어지는 재정을 흘끗 보고는 사무실 밖 복도에 서서 짧게 한숨을 내쉬었다. 생각한대로 일이 진행되지 않는다고 이쪽을 너무 박쥐 취급하는 재정의 태도가 불편했던 것이다.

이 회사의 시스템을 익히 아는 만큼 얼마든지 더 타이트한 조건을 내밀 수 있었지만 예의를 지키기 위해 그로서는 최대한의 배려를 한 조건이었다. 그런데도 무조건 자신들에게 불리하다고 생각하는 것은 어딜 보나 준비 부족, 역량 부족이다. 그는 짧게 혀를 찼다.

"그러게 팀장 자리는 최형중 과장님이 더 어울린다니까."

타이트한 슈트의 어깨를 가볍게 털어낸 승준은 천천히 비상구로 나가 휴대폰을 꺼냈다. 어쩌면 윤서도 자신이 온 것을 알고 있을지도 모른다. 입꼬리가 비스듬히 올라간 얼굴로 그는 통화 버튼을 눌렀다. 신호음은 오래가지 않았다.

[네.]

목소리가 퉁명스럽다. 승준은 웃음을 참은 채 나직하게 말했다.

"반응이 영 심심한데. 바쁜 거면 1번. 뭔가 불만이 있는 거면 2번을 눌러주세요."

삐, 삐, 삐, 삐. 전자음이 귓가에 난무한다. 눈썹을 치켜올린 승준이 벽에 등을 기대고 섰다.

"둘 다라고? 왜?"

[몰라서 묻는 거라면 2번 올인.]

"잠깐 얼굴 볼 시간도 없나?"

[저보다 더 바쁘시지 않아요? 소리 소문 없이 마케팅팀 팀장으로 승진하실 정도니까요.]

아하. 감을 잡은 승준은 피식 웃으며 휴대폰을 고쳐 쥐었다. 윤서는 이럴 때가 귀엽다. 뭐든 방임할 것 같은 차분하고 서늘한 얼굴을 하고 있으면서 이렇게 토라진 걸 드러내며 뾰족하게 대꾸할 땐 품 안에 꽉 끌어안고 싶어진다. 달래달라고 신호를 보내는 거니까 말이다.

"계속 야근하느라 바쁘니까 제대로 이야기할 수가 없었어. 그리고 승진이 아니라 그냥 팀장 대리야. 전에 여기서 일했던 걸 아니까 날 내세운 것뿐이지."

[……마케팅팀이라면서. 왜 나한테는 한마디도 안 했어?]

"회사가 최근에 조직 개편에 들어가서 팀이 엉망이라. 이제 얼굴 좀 보여주지?"

[오늘 오는 건 말해줄 수도 있었잖아.]

"어제 잠들기 전에 내가 무슨 말 하고 있었는지는 기억나나, 차윤서?"

피곤해서 침대에 눕자마자 키스해달라고 조르는 것처럼 작게 입을 벌린 채 잠들어 버린 주제에. 그런 너를 보고만 있어야 했던 내 심정을 알기나 하나 모르겠군.

물론 그 허전함은 기어코 새벽에 채우긴 했지만 말이다.

"곧 들어가 봐야 돼. 가기 전에 얼굴 좀 보자."

시도 때도 없이 보고 싶고, 만지고 싶은 얼굴을 떠올리며 승준이 나직하게 말했다. 계단을 내려가던 사람들이 그를 흘끗거리며 지나쳤다. 수화기 너머의 숨소리에 귀를 기울이던 승준은 삐걱하고 열리는 비상구 문을 바라보았다. 머리를 하나로 가볍게 틀어 묶은 말간 얼굴이 콧잔등을 찡그린 채 느릿느릿 다가오고 있었다.

"임 대리님도 보고 싶어 하는데, 잠깐 들어와도…… 으앗!"

윤서의 손목을 가볍게 낚아채 품에 끌어안은 뒤 승준은 비상구 문을 닫았다. 달콤한 향기가 그녀의 흔들리는 머리칼을 따라 옅게 퍼진다. 블라우스와 부드러운 소재의 니트를 받쳐 입은 등을 어루 만지며 귓가에 뺨을 부비자 윤서가 작게 몸부림쳤다.

"이제 자기는 이 회사 안 다닌다고 너무 막 나가십니다, 고 대리 님!"

"여기 있는 거 어떻게 알았어. 회의실에서 나올 때부터 보고 있었던 거야?"

"……쓸데없이 눈치만 빠르긴."

웅얼거리는 목소리에 승준은 낮게 웃었다. 고요한 비상구에서 그녀를 끌어안고 있자 마치 밀회를 나누는 불륜 커플이라도 된 기분이었다. 그는 꼬물거리며 품에서 고개를 드는 윤서를 내려다보았다. 시선을 피하지 않고 눈꼬리를 치켜올린 채 저를 바라보는 윤서의 시선에 마음이 두근거린다. 비록 화를 내는 것처럼 눈매에 힘이 바짝 들어가 있었지만 말이다.

"화내지 마. 무서우니까."

"무섭기는 하셔?"

"무섭지, 화내는 얼굴마저 예쁘다고 생각하는 내가."

느끼하다고 매서운 눈빛으로 항의하는 윤서의 도톰한 입술에 가볍게 입을 맞췄다. 허락을 구하듯 입술로 입술을 건드리며 가만히 그녀의 눈을 들여다보자 날카롭던 눈매가 서서히 누그러진다. 승준은 씩 웃으며 그녀의 뺨을 감싼 채 작게 벌어지는 꽃잎 같은 입술을 부드럽게 물었다.

조용하게 가라앉아 있던 비상구 안의 공기가 들썩이며 그들의 입술이 부딪칠 때마다 공명하듯 소리를 울렸다.

꿀처럼 달콤한 윤서의 숨소리, 입술과 타액이 뒤엉키는 야릇한 소리가 승준의 몸을 흥분으로 단단하게 만들었다. 장소를 가리지 못할 만큼 이성과 자제력이 없는 편이 아니라고 생각했지만 그 생각은 윤서에게만 닿으면 번번이 무너지곤 했다.

윤서는 제 어깨와 가슴 근처를 쓰다듬고 있는 승준의 손목을 잽싸게 잡아채었다. 장난을 치는 아이처럼 짧게 웃은 승준이 두어 번 그녀의 입술에 쪽쪽, 입을 맞췄다.

"내 입술하고 손은 너를 너무 좋아하는 경향이 있어. 좀 심하지?"

"심한 건 그런 말을 생각해 내는 당신 머리겠지!"

귀를 아프게 잡아당기는 윤서의 손길에 승준은 괴성과 함께 몸을 기울였다. 흥, 하고 코웃음을 치던 그녀가 천천히 손을 뻗어 승준의 재킷 자락을 쥐었다. 옅은 웃음을 머금은 채 승준은 그녀의 손에 제 손을 겹치며 한 발 다가섰다. 촉촉하게 젖은 입술과 발갛게 달아오른 뺨이 자꾸만 몸속의 충동을 부추겼지만 그는 소리 죽인 한숨으로 힘겹게 버텨내는 중이었다.

"언제까지 바쁜데?"

"이번 계약 건만 정리되면 정시 퇴근할 수 있을 거야. 회계팀은 오늘로 마감 끝났나?"

윤서가 작게 고개를 끄덕인다. 그녀는 승준의 손가락을 엄지로 슬슬 쓰다듬으며 중얼거리듯 물었다.

"주말에는?"

"토요일에는 집에 일이 있어. 어머니 정기 검진 때문에."

승준은 아, 하고 눈을 깜빡이는 윤서를 가만히 바라보았다. 목소리를 들을수록, 살결을 부딪치며 서로를 조금씩 더 알아갈수록 갈증은 점점 커져만 간다. 그 갈증은 그녀의 곁에 제가 없는 시간이 있는 시간보다 많다는 것이 원인일 것이다. 짧게 숨을 내쉰 승준이 윤서의 손을 세게 움켜쥐었다. 고개를 드는 그녀를 말없이 바라보던 그는 느릿하게 입을 열었다.

"시간 되면, 같이 갈까?"

여간해서는 긴장하거나 위축되는 법이 없는 승준이었다. 그는 천성적으로 대담하고 무심했다. 특히나 대학교 때 저를 이루고 있던 세계가 순식간에 무너지는 것을 겪으며 그런 경향은 더욱 심화됐다.

거래 상대에게 다른 직원들이라면 하지 않을 제안을 하고, 그들이 하지 않을 반응을 하는 것이 어쩌면 그의 일에 도움이 되었을지도 모를 일이었다. 그렇게 행동하는 기반에는 '일단 해보고, 안 되면 별수 없다'는 식의 초연함이 있었다.

그러나 차윤서를 상대로는 초연할 수가 없었다. 무심해지지가 않는다. 차라리 그녀가 제 마음 앞에서 망설일 때는 그나마 대담하게 굴 수가 있었지만, 오히려 자신을 받아준 다음부터는 자꾸만 겁이 나는 것 같았다.

싫어할까 봐. 실망할까 봐. 그래서 자신을 밀어낼까 봐.

그게 두려워서 제 기분에 취해 멋대로 애정을 밀어붙이다가도 순간 움츠러들 때가 있었다. 그래서 확신이 필요했다. 때로는 싫어지고 실망을 하더라도 그녀와 이어져 있는 끈이 끊어지지 않을 거라는 확신.

이를테면, '결혼' 같은 공적인 형식 말이다.

윤서가 답이 없다. 좋은 신호가 아니었다. 승준은 쓴웃음을 삼키며 그녀의 손등을 토닥였다.

"그냥 쉬고 있어. 정리되면 집으로 갈⋯⋯."

"가도 될까?"

커다란 눈을 깜빡이며 윤서가 작게 물었다. 승준은 얼떨떨한 얼굴로 '응?' 하고 되물었다.

"갑자기 인사드리면 싫어하시지 않을까? 검진 받으러 병원 가시는 거니까, 사람 만나는 거 번거롭게 생각하실 수도 있잖아."

승준은 윤서의 길고 촘촘한 속눈썹이 파르르 떨리는 것을 멍한 눈으로 지켜보았다.

제가 원하는 것을 그녀도 원하고 있다고, 조금은 자만해도 되는 걸까. 매번 헤어져서 다른 집으로 돌아가야 하는 것이 아쉽다. 제 집에 그녀가 없는 것이 자연스러운 일인데도, 문득 그것이 너무 허전하게 느껴진다. 게다가 약속을 정해야만 그녀를 만날 수 있지 않은가.

그런 것만으로는 이제 너무 부족하다. 지친 얼굴로 집에 들어오는 그녀를 제일 먼저 보고 싶고, 피곤해서 무방비하게 늘어지는 그녀를 다독여 주고 싶다. 제가 함께하지 못했던 수많은 시간들을 어떻게 보내고 있었는지도 궁금하고, 앞으로 일어날 모든 일들을 함께 겪고 싶었다.

"……씨…… 고승준! 눈 뜨고 무슨 생각해? 몇 시까지 어디로 가면 되냐고. 과일 같은 거, 사들고 가는 게 좋을까? 아, 입원이 아니라 검진이니까 필요 없나. 그래도 빈손으로 가기는 좀 그런데. 고 대리님, 어떻게 생각하냐니까요."

덤덤한 얼굴이지만 은근히 긴장이 배어 나는 윤서의 초조한 말투를 묵묵히 듣고 있던 승준은 미간을 찌푸리며 제 옆구리를 쿡쿡 찌르는 손길에 천천히 입을 열었다.

"아무래도."

"역시 과일은 좀 그래?"

"……너랑 살아야겠다."

바쁘게 움직이던 윤서의 입술이 멎었다. 가볍게 찌푸려져 있던 미간이 서서히 늘어지고 까만 눈동자가 커다랗게 굳었다. 승준은 그녀를 조용히 바라보며 제가 내뱉은 말을 확인하듯 다시금 나직하게 말했다.

"너랑 결혼해야겠다고, 차윤서."

그 순간만은 거절에 대한 두려움이 없었다. 아니, 느낄 겨를이 없이 흘러나온 말이라는 게 정확한 표현일 것이다. 들은 윤서도 놀란 얼굴이었지만, 그에 못지않게 승준도 당황한 상태였다. 윤서와 함께하는 미래를 막연히 그려 볼 때도 있었지만 그녀 앞에서 결혼을 언급해 본 것은 처음이었던 것이었다.

게다가 설마하니, 자신이 이런 식으로 프러포즈를 할 줄이야. 아무런 준비도 없이, 전에 다니던 회사의 비상구 계단에서 이렇게 불쑥 말이다.

켜켜이 쌓여 느릿하게 타오르던 마음이 뭉쳐져 밀어낸 말이었다. 그러나 일단 입 밖에 내뱉고 나자 그 마음은 더욱더 강해져 확신이 된다. 승준은 두근거리기 시작한 제 심장 소리를 들었다. 시선을 이리저리 혼란스럽게 돌리던 윤서가 마른침을 꿀꺽 삼키고는 입을 열었다.

"그, 글쎄. 난 잘 모르겠는데."

"그렇게 말할 줄은 알았지만 실망인데."

고개를 숙여 콩 하고 이마를 부딪치자 황망한 얼굴을 하고 있던 윤서가 금세 눈을 치켜뜬다. 승준은 씩 웃으며 그녀의 뺨을 쓰다듬었다.

"내 결심을 말한 것뿐이야. 대답을 바란 게 아니라."

"이런 결심을 왜 비상구에서 말하는 건데? 그것도 이렇게 갑자기!"

귓불이 발갛게 물든 윤서가 퉁명스레 외쳤다. 승준의 입매에 걸린 미소가 짙어졌다. 그는 보기 좋게 길쭉한 홑꺼풀의 눈매를 부드럽게 접으며 말했다.

"그렇다고 너무 느긋하게 있지는 마. 알잖아. 내가 결심한 일을 어떻게 이뤄내는 사람인지."

"……협박처럼 들리는데요."

"긴장했네."

"누가?"

날카롭게 반항하는 윤서의 입을 막듯 승준의 입술이 짧게 부딪쳤다. 버둥거리며 승준의 단단한 가슴팍을 두어 번 내려치던 윤서의 손이 머뭇거리며 그의 재킷 앞자락을 움켜쥔다. 부드럽게 그녀의 허리를 끌어안은 채 승준은 더욱 깊이 입술을 겹쳤다.

두근거리는 심장에 자꾸만 웃음이 나와 그녀를 으스러져라 세게 끌어안았다가, 다시 키스하고 웃는 것을 반복하던 그는 윤서에게 몇 번이고 옆구리를 꼬집혀야 했지만, 그래도 그의 웃음은 그치지 않았고 그것은 이내 윤서에게도 전염되고 말았다. 비상구를 채운 공기가 따뜻하게 물들어 둥실둥실 떠오르고 있었다.

—Fin.

안녕하세요, 우지혜(하니뽀)입니다. 여름이 다가오는 길목에 이렇게 새로운 책으로 인사드리게 되었습니다.

조금 더 상큼한 내용으로 찾아뵙고 싶었는데, 아마도 이게 제 최선인가 봅니다. 하하. 하하하하.(그래도 이 작품 전후로 쓴 것들을 보시면 그래, 분발했구나, 하실 거예요. 아마도요…… 허허허.)

글은 참 신기합니다. 쓸수록 어렵고, 제대로 쓰고 있는지에 대한 불안은 계속 밀려들고요.(특히 이번 작품은 연재를 하지 않아서 그 불안이 더 컸던 것 같습니다.) 그러다 보면 고생해서 쓰고 있는 행위가 무의미하게 느껴지기도 하고, 허탈해지기도 합니다. 아무도 봐주지 않을 것 같은데, 나는 뭘 위해서 쓰고 있나. 그런 생각에 빠지기도 하죠.

과연 이렇게 꾸준히 쓴다고 전보다 조금 더 잘 쓰는 내가 되긴 할까. 그런 의문도 끊임없이 생기고요.(이렇게 늘어놓고 보니 총체적 난국이군요!)

하지만 그런데도 자꾸 쓰고 싶어서, 매일 한 자 한 자 써서 문장을 만들어냅니다. 고민과 생각이 많아도 결국 글 쓰는 순간이 행복하니 별수 없죠. 열심히 쓰는 수밖에요!

꾸준한 관심과 채찍질로 응원해 주시는 독자님들, 그리고 늘 곁에서 같은 고민을 나누며 서로를 격려해 주는 멋진 동료 작가님들께 감사드립니다.

포기하지 않고 열심히 쓰다 보면, 조금이라도 더 나은 글을 쓸 수 있는 가능성이 높아질 거라는 하찮은 믿음을 갖고 저는 오늘도 글을 쓰고 있습니다. 앞으로도 지켜봐 주세요. 고맙습니다.